KB043588

푸른 기와의

만신
萬神

푸른 기와의 만신 萬神

이 윤 미 장 편 소 설

가하

푸른 기와의 만신

지은이 이윤미
펴낸이 이형기
펴낸곳 도서출판 가하

초판인쇄 2019년 7월 10일
초판발행 2019년 7월 17일
출판등록 2008년 10월 15일 제 318-2008-00100호

주소 서울 영등포구 양평로 67, 1209 (당산동5가, 한강포스빌)
전화 02-2631-2846 **팩스** 02-2631-1846

www.ixbook.co.kr

ISBN 979-11-300-3840-7 03810

값 13,800원

序

청와대의 푸른 기와 밑 심처에는
나라의 액운(厄運)을 점치고
나라의 길(吉)과 행(幸)을 비는
한반도의 큰무당, 만신이 산다.
언제부터였는지,
어디에서 왔는지,
그게 누구인지는 아무도 모른다.
그것은 그저 유서 깊은 무당들에게만 전해지는 유언비어였다.

그리고 이것은 그 풍문 속의
마지막 만신 이야기다.

프롤로그

붉은 홍등이 좁은 골목을 을씨년스럽게 밝혔다. 하루 종일 관광객들로 북새통을 이루었던 거리는 밤이 되자 개미 한 마리 보이지 않았다.

낡은 사원의 목조 기둥에 몸을 숨긴 우진은 손목을 들어 시간을 확인했다.

새벽 3시.

멕시코와 스페인, 베트남에 거쳐 싱가포르에 이르렀다. 드디어 지난날의 노고를 끝내줄 마지막 거래가 이곳 차이나타운에서 있을 예정이다.

이번에 놓치면 대량의 마약이 한국으로 고스란히 흘러들어갈 가능성이 높기에 신경이 파르라니 곤두섰다.

– 팀장님, 철수하십시오.

귀에 꽂은 무선 이어폰으로부터 지령이 떨어졌다. 우진은 사원의 맞은편에 있는 낡은 모텔 창 중 하나를 날카롭게 쏘아보았다.

– 지금 당장 한국으로 복귀하라는 상부 명령입니다.

우진은 대답 대신, 상의 안쪽에 손을 넣어 장전된 권총을 손에 감았다. 헤드라이트가 꺼진 커다란 트럭이 조용히 섰다. 십 수 명의 그림자들이 어느새 좁은 골목을 점유했다.

"셋은 뒤로 돌아가 트럭을 점한다. 나머지는 조준, 사격한다. 녀석들을 사냥하되 죽이지는 마. 다리 하나, 팔 하나씩이다."

– 팀장님, 다시 한 번 말씀드립니다. 당장 철수하십시오!

이어폰 너머의 목소리가 한층 높아졌다.

"하나, 우리는 업무에 정진하고 국민에 봉사하며 맡은 바 임무에 최선을 다할 것을 다짐한다."

– 그, 그게 무슨……?

"충성서약. 너도 종주훈련 때 태극기 보고 나불댔을 거 아냐. 그게 우리 직업윤리다."

– ……예?

"지금 당장 복귀? 급한 사람이 직접 오라 그래. 그럼 작전 시작한다."

우진은 귀에 꽂힌 이어폰을 빼고는 기둥에서 돌아 나왔다. 그리고 그것을 신호로 사방에서 소리 없는 탄환이 목표물을 향해 빠르게 쏘아졌다.

"좌천……인가."

잘빠진 검은 벤츠에 기대선 우진은 언제 무너져도 이상할 것 없어 보이는 낡은 주택 건물을 올려다보았다.

"특급임무입니다. 지원은 없어요. 보고는 제게 직접 합니다. 모든 상황에 대해서 혼자 판단하고 대처해 행동해야 합니다. 알겠습니까, 천우진 팀장?"

"좌천……이지, 이 상황은. 아무리 봐도."
국정원장 감투를 쓰고 있는 여우 영감이 '특급임무' 운운했지만 믿지 않았다. 이건 틀림없이 상부의 명령을 무시한 그를 엿 먹이려는 수작이다.
"여기서 사람이나 감시하라니. 특급임무? 개소리하고 있네."
우진은 슈트 안주머니에서 사진을 한 장 꺼냈다. 그가 감시해야 할 대상의 사진이었다.
갓 성인이 되었을까 싶게 앳된 여자는 '핵의 과학'이라는 책에 얼굴을 괴고 입을 반쯤 벌린 채 자고 있었다.
"미쳤으면 머리에 꽃을 꽂아야지!"
"아니야! 미치면 하얀 집에 가야 하는 거래! 우리 할머니가 그랬어!"
인상을 퍽퍽 구겨대던 우진은 왁자한 소음에 고개를 돌렸다.
"아니야! 이 언니는 미친 게 아니라 거짓말쟁이야! 이 언니가 우리 아빠가 바람났다고 그랬어! 아빠가 말도 안 되는 소리라고, 다 거짓말이라고 그랬어!"
아이들 서넛을 줄줄이 단 채, 흐느적거리며 걷고 있는 초록색 트레이닝복 차림의 여자가 낯익다.

그는 손에 든 사진을 여자의 얼굴과 대조해보았다. 사진 속의 여자다. 헌데 여자를 에워싼 아이들이 지껄이는 소리가 해괴했다.

"우리 할머니가 그러는데 이 누나, 신기가 있어서 그런 거래."

그의 감시대상은 설마 애들한테 괴롭힘이나 당하는 반편이인가.

"아악, 시끄러워! 이 꼬맹이들이! 조용히 하지 못해!"

자리에 우뚝 선 여자가 소리를 버럭 질렀다. 그리곤 허리를 숙여 한 아이 앞에 제 얼굴을 바짝 들이밀었다.

"너 어제 엄마한테 거짓말하고 학원 안 갔지? 그리고 현수 너는 아빠 몰래 지갑에서 만 원 꺼내가서 장난감 샀고? 그리고 미진이 너는 네 동생 미워서 엄마 안 볼 때 막 때리고 꼬집었네?"

여자가 의기양양하게 입꼬리를 끌어올렸다.

"계속 따라오면 너희들 집에 가서 다 일러버릴 거야, 알겠어? 그러니까 좋게 말할 때 가라, 어? 에비! 훠이!"

여자의 협박조에 겁을 집어먹은 아이들이 우와아, 하면서 반대편으로 뛰어갔다. 여자는 다시 걸었다. 그를 지나쳐 제 갈 길을 가는가 싶더니 문득 고개를 돌려 그를 물끄러미 보았다.

우진은 피하지 않았다. 미행의 기본지침을 무시하는 후안무치한 행동이었지만, 이럴 땐 되레 뻔뻔하게 나가야 그냥 넘어갈 가능성이 높다.

"뭐 이런 때깔 좋은 헛것이 다 있대……?"

여자가 가까이 다가와 그를 위아래로 진득하게 훑었다. 졸지에 헛것이 되어버린 우진은 인상을 찌푸렸다. 가까이서 본 여자의 얼굵은 좀비가 친구 하자 덤빌 만큼 초췌했다.

"……귀신인 게 아깝네. 때깔 참 곱다."

열꽃이 번진 얼굴과 목덜미, 관자놀이에 흐르는 식은땀, 충혈된 빨간 눈자위까지 여자의 상태는 정상이 아니었다.

미쳤으면, 신기, 귀신……이라.

왠지 불길한 예감이 들었다.

그때였다. 몸을 돌리던 여자가 순식간에 밑으로 주저앉듯 꺼져 버렸다. 우진은 반사적으로 손을 내밀어 쓰러지는 여자의 가는 팔을 잡아챘다.

모든 상황에 대해서 알아서 판단하고 행동하라더니, 이런 것도 포함되어 있는 걸까.

"……팔, 내 팔."

그가 잠시 고민하는 사이 작은 웅얼거림이 들려왔다. 우진은 그의 손에 잡혀 대롱대롱 매달린 여자를 내려다보았다.

"팔을 계속 그렇게 잡고 있으면 아파요. 놓든지 잡든지 하나만…… 아윽!"

우진은 미련 없이 여자의 팔을 놓아버렸다. 쓰러지는 여자를 잡은 건 어디까지나 훈련에 의한 반사적인 행동이었다.

"여봐, 일어나봐."

우진이 말했지만 바닥에 드러누운 여자는 뜨거운 숨만 색색 뱉어냈다. 쪼그리고 앉아 여자의 어깨를 손가락으로 건드렸다. 미동도 없다.

"……좆 됐네."

우진은 인상을 찌푸렸다. 그러니까 지금 이 상황에서 판단을 내리자면 병원을 가야 하는 건가.

폐사한 것처럼 축 늘어진 이 여리여리한 몸뚱이를 들고?

아아, 귀찮게 됐다.

chapter 01

시작, 비보

또다. 또 시작됐다.

   하늘과 땅을 구분 짓는 지평선의 경계마저도 무의미할 정도로
폭설이 퍼붓던 겨울이었다. 무연은 복받치는 설움을 꾹꾹 내리누
르며 하얀 치맛자락을 간절하게 잡고 늘어졌다.
   *"돌아보지 마. 절대 돌아보지 마. 잊어. 도망가. 꼭꼭 숨어. 울지
말고 대답해! 내 말, 알아들었어? 꼭꼭 숨어! 아무도 못 찾게 숨어!"*
   끝이 없는 담벼락의 쪽문으로 내몰린 무연은 그렁거리는 눈으로
주변을 둘러보았다. 그녀를 도와줄 것들을 애타게 찾았다. 그러나
뵈지를 않는다.
   눈이 세 개 달린 소꿉친구 삽살이도, 머리에 족두리를 얹고 도깨
비 화장을 한 할미도, 100년 된 벚나무만큼이나 커다란 몸 허리를
가진 할배도 모두 마루 밑, 기둥 뒤, 지붕 위에 숨어서는 형형한 안
광으로 그녀를 지켜볼 뿐이다.
   "여길 나가면, 다 잊어! 나도, 저것들도 모두!"

뭐가 잘못된 건지도 모르면서 무조건 빌었다. 손이 발이 되도록 빌었다.

"싫어요! 으흐윽! 엄마 말 잘 들을게요, 앞으로는 절대로 사람들 다니는 데로 가지도 않을게요, 엄마, 나 버리지 마, 버리지 마……! 잘못했어요, 잘못했어요!"

어미는 갑자기 그녀의 오른 귀를 아프게 휘어잡더니 날카로운 은 귀고리를 찔러넣었다. 살이 뚫리면서 빨간 핏방울이 하얀 설원 위로 후드득, 떨어졌다.

"나처럼 사느니 차라리 뒈져. 개돼지만도 못하게 살 바에야 그냥 죽어. 그게 나아."

무연은 실제처럼 느껴지는 살을 찢는 통증에 두 눈을 번쩍 떴다.

"하아, 하아, 하아!"

온몸이 땀투성이다. 창밖을 보니 아직 해가 뜨기도 전이었다.

"아 씨, 또 개꿈…… 이게 대체 며칠째야."

얼굴을 험상궂게 일그러뜨린 무연은 머리를 손가락으로 박박 긁고는 반대쪽으로 돌아누워 눈을 감았다. 그녀의 머리맡으로 하얀 치맛자락이 언뜻 잔상처럼 맺혔다가 형체 없이 흐드러졌다.

볕이 따사롭다. 졸음이 쏟아진다.

겨울엔 얼어 죽고, 여름엔 쪄 죽을 것 같은 도심의 옥탑방은 열악하기 짝이 없었다. 그러나 옥상의 이 평상만큼은 열 재벌 부럽지 않은 호사라고 무연은 생각했다.

아무리 생각해도 걸작이었다. 길에 버려진 파라솔을 주워다 평상에 고정시켜둔단 창의적인 생각을 한 건.

"언니, 또 졸고 있으면 어떡해. 공부해야지. 취직 언제 할 거야! 엄마가 언니 월세 밀릴까 봐 조마조마하대!"

파라솔 아래 고양이처럼 누워 있던 무연은 감고 있던 한쪽 눈을 게슴츠레 떴다.

"아, 정말 그 아줌마가 애한테 못 하는 소리가 없어. 공부하다가 잠깐 쉬는 거야."

커다란 해바라기 머리띠를 한 가란이는 이 다세대 주택의 건물주 딸이다. 얼핏 여덟아홉 살 남짓해 보였지만 실제로는 열세 살이다. 몸이 자주 아픈 탓에 학교를 다니지 않았는데, 때문에 틈만 나면 옥탑방까지 올라와 그녀에게 시비를 걸기 일쑤였다.

"거짓말! 무슨 책 보고 있었는데?"

무연은 베고 있던 벽돌 두께의 두꺼운 책을 가란이에게 보여주었다.

"현대 물리학 삼대 이론? 제대로 알고는 읽는 거야?"

"하! 당연하지. 현대 물리학 삼대 이론! 상대성 이론, 양자론, 초끈 이론. 가란아, 이 언니 이래 봬도 물리학 전공하는 여자야."

무연은 코 평수를 넓히며 으스댔다.

"엄마가 이과는 취직 잘된다던데 언니는 왜 백수야?"

"백수라니. 아직 졸업 안 한 것뿐이거든? 지금 휴학하고 열심히 학비 벌잖아. 왜 진실을 그런 식으로 왜곡을 하니, 너는?"

"하지만 친구도 안 만나고 씻지도 않고 하루 종일 평상에서 뒹굴

뒹굴하잖아. 언니 같은 어른은 절대 되고 싶지 않아."

무연은 하마터면 해바라기가 활짝 펴 있는 작은 머리통에 꿀밤을 먹여줄 뻔했다. 주인집 딸만 아니었어도 절대 봐주지 않았을 거다.

"어딜 봐도 미래가 없는 백수야."

가란의 버르장머리 없는 말에 무연은 결국 벌떡 일어났다. 그러자 가란이 요란한 비명을 지르면서 평상에서 구르듯 뛰어 내려갔다. 쫓아가서 응징을 해줄까 하다가 말았다.

『아파.』

다시 게으르게 평상에 드러누우려는데 귓가에 가란의 목소리가 울렸다. 짙은 호소가 섞인 고통스런 소리였다.

"너 뭐라고 했어, 한가란?"

옥상을 뛰어다니던 가란이 멈춰 서서는 눈을 동그랗게 굴렸다.

"내가 무슨 말을 해? 언니 이제는 막 환청까지 들리는 거야?"

"너 방금 아프다고 했잖아."

"아닌데?"

무연은 미간을 찌푸리며 귀를 양 손바닥으로 압착하곤 쓱쓱 문질렀다.

오늘은 종일 컨디션이 좋지 않았다. 며칠째 계속된 개꿈 때문인지 뒤통수가 뻐근했고 어깨는 묵직했으며 몸은 축 늘어졌다.

생리할 때가 됐나. 아랫배가 좀 묵직한 것도 같고.

"그러게 좀 씻어. 귀에 막 똥이 이만큼씩 들어찬 거 아니야?"

"뭐? 야! 너 진짜 혼날래!"

무연이 소리를 빽 지르자 버릇없는 꼬맹이가 계단을 뛰어 내려갔다. 그 순간, 다시 한 번 이명처럼 가란의 목소리가 그녀의 귀를 찢었다.

『아파!』

"아……! 고막 찢어지겠네!"

무연은 옥상 난간에 기대 아래를 내려다보았다. 가란이 계단을 타닥타닥 내려가고 있었다. 버르장머리를 고쳐주려 막 입을 열려던 참이다.

1층, 현관문을 열고 집으로 들어가는 가란의 앞으로 검은 것이 안개처럼 너울거리다 허깨비처럼 사라져버렸다.

무연은 습관처럼 손을 올려 오른쪽 귓불에 달린, 투박한 모양의 은 귀고리를 만지작거렸다.

"……뭐지? 요즘 공부를 너무 열심히 해서 몸이 상했나? 보약이라도 한 제 해 먹어?"

가란이네 집 현관을 물끄러미 보던 무연은 아르바이트를 가야 할 시간임을 상기하고 돌아섰다.

"아이고, 삭신이야. 벌어먹고 살기 참 힘들다!"

무연은 깜깜하게 불이 꺼진 건물 1층을 지나 옥탑방으로 오르다 우뚝 멈춰 섰다. 깜깜해야 할 그녀의 방에 불이 켜져 있었기 때문이다.

무연은 옥상 한구석에 쓰레기처럼 쌓여 있는 공구들 사이에서 커다란 삽을 집어 들고 걸음을 옮겼다.

혼자 산 지 6년이 넘었다. 갑작스런 돌발상황에 대처할 수 있을 만한 간담은 진즉에 생겼다. 도둑일 가능성이 가장 컸다. 벼룩의 간을 빼먹지. 이런 옥탑방에 가져갈 게 뭐 있다고.

무연은 문 앞에서 삽을 대각선으로 세워 들고 심호흡을 했다. 삽을 내리치는 시늉을 하며 감각을 손에 익혔다.

그때였다. 안쪽으로부터 문이 열렸다. 검은 바지정장을 입은 싸늘한 눈빛의 중년 여자가 작은 보자기를 들고 서 있었다.

반사적으로 삽을 휘두르려던 무연은 행동을 멈췄다. 깡말라 뾰족한 얼굴 아래 쭉 찢어진 눈과 얇은 입술, 굽어진 매부리코가 왠지 모르게 낯익다.

"기다렸다."

무연은 눈을 가늘였다. 떠오를 것 같으면서도 떠오르지가 않았다. 기억에 없는 사람인데 아는 척이다.

"네 엄마가 오늘 새벽 죽었다."

"……저기요, 아줌마. 이거 가택침입이에요. 제가 경찰서에 신고해도 아줌마 할 말 없거든요? 그리고 엄마라뇨. 저 엄마 같은 거 없는데요."

별 해괴한 소리를 다 듣겠다. 무연은 어이가 없어서 피식 웃었다.

"경아가 죽었다."

경아.

그 두 음절에 삽을 든 손이 느슨해졌다. 불현듯 지난 며칠간 그녀를 끔찍하게도 괴롭혔던 개꿈이 떠올랐다. 눈앞의 아줌마는 그 개꿈 한구석에 존재했던 인물이다. 그녀의 이름은 홍주다.

"시신은 화장했다."

일주일 전에 엄마와 17년 만에 통화라는 걸 했었다. 전화를 하지 말았어야 했다. 그날 이후로 매일 개꿈을 꾸었으니까.

"나처럼 살 바에야 죽어. 도망가. 당장."

17년 만에 전화를 해서 한다는 말이란 건 그동안 잘 살았냐는 안부가 아니었다. 그녀의 전화번호를 어떻게 알아냈는지, 왜 전화를 했는지 따윈 알고 싶지도 않았다.

아홉 살이란 모든 것을 잊어버리기에는 기억이 선명한 나이였고 그렇다고 모든 것을 이해하기엔 부족한 나이이기도 했다.

무연은 한동안 홍주를 빤히 보다가 이내 휴대전화를 들어 귀에 가져다 댔다.

"경찰서죠? 저희 집에 도둑이 들었는데요."

홍주의 미간이 움찔거렸다.

"여기 주소요? 도봉구 쌍문동 지신로 3길 99번지 다세대 주택 옥탑방이요. 출동하시는 데 얼마나 걸리죠?"

칼로 찔러도 눈 하나 깜빡할 것 같지 않은 홍주가 길가를 힐끔 내려다보았다. 무연은 입꼬리를 끌어올렸다.

"경찰 곧 올 건데 거기 계속 있을 거예요? 오 분이면 도착한다는데."

홍주는 평상에다 들고 있던 보자기를 내려놓았다.

"채비해라. 꾸릴 것도 없어 뵈지만 주변을 정리할 시간은 일주일이면 되겠니?"

"무슨 소리를 하는지 전혀 모르겠는데요."

"네가 일주일이나 버틸 수 있을지 모르겠구나. 곧 시작될 테니. 너도 이제 세상에 없는 사람이 될 차례다. 네 어미가 그랬듯이."

그녀의 대답은 필요 없는 모양이다. 홍주는 몸을 돌려 계단으로 향했다. 어차피 경찰은 오지 않을 것이다. 신고하는 척했을 뿐이다. 배터리가 다 닳은 휴대전화는 벌써 두 시간 전에 꺼졌다.

무연은 홍주가 대문 밖으로 나가는 것까지 확인하고 난 후에야 움직였다. 평상 위의 작은 보자기를 물끄러미 보았다.

"네 엄마가 오늘 새벽 죽었다."

남의 애기 같았다. 당연했다. 정이란 정은 모두 떨어질 만큼 그렇게 끔찍하게 헤어졌는데.

그래, 낳아준 것 말고 버린 것 말고 어미가 준 게 하나 있기는 했다. 이 귀고리.

무연은 오른쪽 귓불을 습관적으로 만지작거리다가 이내 평상 위의 보자기를 거침없이 풀어헤쳤다. 안에는 검은 단지가 들어 있었다.

무연은 곧바로 단지의 뚜껑을 열었다. 바람이 불어왔다. 단지 안에서부터 하얀 가루가 조금, 허공으로 날아갔다.

뼛가루다. 그런데 이 뼛가루 주인의 얼굴은 기억이 나지 않았다.

어미란 것은 알겠고 모질었단 것도 알겠다. 그런데 얼굴은 모르겠다. 그저 귀기 서린 서슬 퍼런 눈빛만 생각날 뿐이다.

무연은 단지 뚜껑을 덮고 보자기로 대충 씌워두곤 옥탑방으로 들어갔다. 평상엔 갈 곳 잃은 단지만이 덩그러니 놓여 있었다.

당대의 만신이 죽었다.

만신이 죽었다는 비보가 날아오자마자 성훈은 우진이 있는 싱가포르에 연락을 넣었다. 그러나 상사 말을 개똥으로 아는 놈은 저 할 일을 다 마치고 장장 이틀이나 지나서야 나타났다.

"이번에 징계는 없는 겁니까? 감봉이라든지 정직이라든지."

그의 앞에 마주 앉아 있던 우진이 태평스레 물었다. 성훈은 애써 참을 인(忍)자를 되뇌었다.

시원하게 뻗은 눈썹이나 균형 잡힌 코, 성질머리 있어 보이는 날카로운 눈매, 탄탄한 장신의 우진은 언제 봐도 훤칠했다. 물론 외모만 보고 우진을 부른 건 아니었다. 군 특수임무대대 출신이라는 이력 때문도 아니었다.

"이번에 징계 내리면 쉬는 동안 캠핑이나 갈까 하는데, 어디 좋은 데 아세요?"

우진이 태연하게 덧붙였다.

"천우진 팀장. 명령불복으로 이틀이나 늦게 나타나서는 휴가 타령을 하는 겁니까? 자꾸 그런 식이면 곤란한데요. 안 그래도 원 내일손이 부족했는데 데스크 워크는 어떠십니까?"

성훈이 여우처럼 빙글 웃었다.

"사양하겠습니다."

우진은 바로 항복을 선언했다. 성훈을 건드리면 어떤 식으로든 복수당한다. 1년 전 한국에 들어왔을 때 신입요원들의 지리산 종주 훈련에 따라가 훈육관으로 빡세게 굴렀던 그때처럼.

"그래서 뭐 테러 조짐이라도 있습니까? 아님 북에 침투라도 하는 겁니까?"

성훈은 자리에서 일어나 책상에 올려두었던 검은 서류봉투 하나를 우진 앞에 던졌다.

"10년이나 해외로 나돌았으면 됐죠. 국내 임무입니다."

"국내? 국내에 특급으로 분류될 만한 게 있습니까? 아, 혹시 정치가며 재벌 경호하라는 거라면 안 합니다. 성미에 안 맞습니다. 그런 거면 애초에 다른……."

"감시입니다. 그 안의 인물을 24시간 밀착감시하면 됩니다. 위장 유무는 상관없어요."

우진은 눈을 가늘게 뜬 채 성훈을 집요하게 응시하다 이내 검은 서류봉투를 집어 들고 일어났다.

경호가 아니면 됐다. 조국에서 까라면 까야지 별수 있나.

"아버님은 강녕하십니까?"

성훈은 원장실을 나가는 우진의 뒷모습을 보다 문득 입을 뗐다. 우진이 걸음을 멈추고 성훈을 돌아보았다.

"그 노인네가 강녕하시거나 말거나입니다. 왜 그걸 저한테 물으십니까?"

"천 팀장이 그분의 아들이니까요."

"아, 그랬습니까? 전 제가 땅에서 솟거나 하늘에서 뚝 떨어진 놈인 줄 알았는데요."

우진이 비죽이 웃었다. 입술 끝에 걸린 선득함에 성훈은 안도했다. 그의 선택은 틀리지 않았다. 이 일은 우진이어야만 했다.

만신은 어느 시대에나 있어왔다. 단군이 천지에 내려와 인간 세상을 다스리기 시작했을 때도, 나라가 삼국으로 나뉘어 서로 한강을 차지하겠다 피 터지게 싸울 때에도, 조선을 호구로 알고 왜구가 틈만 나면 쳐들어왔을 때도, 전쟁으로 수천, 수만의 사람들이 죽어나갔을 때도 그리고 지금도.

하지만 시대는 변했다. 과학이 발전하면서 비과학적인 만신의 존재는 묻혔다. 그 존재를 아는 사람은 손에 꼽을 정도로 적었다.

그러나 만신은 여전히 푸른 기와 밑 심처에 살며 제 존재를 지우고 나라를 위해 기도를 하고 점을 치고 굿을 한다.

"천 팀장."

당대의 만신이 죽었다. 하지만 만신에게는 그 힘을 고스란히 물려받은 아이가 하나 있었다. 제 목숨을 담보 삼아 푸른 기와 밑에서 도망치게 했던 작은 계집아이.

"특급임무입니다. 지원은 없어요. 보고는 제게 직접 합니다. 모든 상황에 대해서 혼자 판단하고 대처해 행동해야 합니다. 알겠습니까, 천우진 팀장."

"위험도가 어느 정도나 되길래 심각하게 그러십니까?"

"최하, 그리고 어떤 의미에선 최상이죠."

"무슨 말이 그렇습니까? 기면 기고 아니면 아닌 거죠."

우진이 농담하냐는 듯 그를 보았다. 성훈은 꿍꿍이 어린 얼굴로 빙긋 웃었다.

"천 팀장, 신을 믿습니까?"

"……이거 뭐 도를 믿습니까, 그런 레퍼토리예요? 신은 무슨."

성훈이 본 우진은 지독하게 현실적인 놈이었다. 눈에 보이지 않는 건 믿지 않고 직접 확인하지 않은 건 인정하지 않는다. 그게 우진이었다.

"세상엔 눈으로 보고도 믿지 못할 것이 많죠."

우진이 나가고 혼자 남은 빈 사무실에서 성훈이 나직하게 뇌까렸다. 붉었던 하늘이 어느덧 군데군데 검어졌다. 밤이 다가오고 있다.

만신이 죽었다. 그것은 곧 또 다른 모든 것의 시작이기도 했다.

우진은 회의실 의자에 몸을 파묻곤 성훈이 건넨 봉투 속 내용물을 꺼내 들었다. 얇은 종이와 사진 한 장뿐이다.

우진은 젊은 여자가 찍혀 있는 사진을 힐끔 본 후, 종이로 눈을 돌렸다.

"임무연. 스물여섯. 도봉구 쌍문동 어쩌구저쩌구 거주. 안양 천사의 집 출신으로 A중학교, J고등학교 졸업. 현재는 K대학 물리학과 3학년 휴학 중. 뭐야, 이게 다야? 왜 감시해야 하는 건지도 없어?"

어이가 없다. 우진은 뭔가 더 없나 싶어 봉투를 벌려 속을 휘저어 봤지만 없는 게 잡힐 리 없다.

"최하이지만 최상일 수도 있다?"

그는 국정원 내에서도 1퍼센트 안에 드는, 신분을 완벽히 숨긴 채 첩보활동을 하고 용의자 암살이나 체포를 담당하는 블랙 중의 블랙이라 불리는 특수요원이다. 그런데 고작 감시하라는 게 일개 대학생 여자애다.

이건 뭐, 네 마음대로 탱자탱자 놀라는 소리인가?

"선배님! 언제 돌아오셨습니까?"

회의실의 문이 벌컥 열렸다. 우진은 재빠르게 사진과 종이를 재 킷 안쪽에 구겨넣었다.

작년 종주훈련 훈육관으로 참여하면서 낯이 익게 된 햇병아리 요원인 호윤이 반짝이는 눈으로 그를 바라보았다.

"새로운 임무를 맡으셨습니까! 한국에는 얼마나 계십니까!"

"인마, 귀먹겠다. 볼륨 좀 줄여."

우진이 면박을 주었지만 정작 호윤은 기절할 것 같은 심정이었다. 종주훈련 때 우진에게 한 번 반하고 국정원에 입사를 하고 듣게 된 그에 대한 전설 같은 이야기에 두 번 반했다.

결정적인 계기는 종주훈련 때 헬 데이(Hell day)였다. 야밤에 얼차려를 받던 중 격투기 선수 출신이라던 신임요원이 IBS(Inflatable Boat Small 상륙작전용 고무보트로 150kg.)를 머리에 이고 오리걸음을 하다가 이런 비인간적인 훈련은 못 해먹겠다 반발한 적이 있다.

그리고 미쳐 날뛰는 신임요원을 눈 깜짝할 사이에 제압한 게 바로 우진이다. 그저 스치듯 지나갔을 뿐인데 쓰러진 것은 격투기를 했다던 신임요원이었다. 마치 영화의 한 장면 같았다. 호윤의 무한한 동경은 그때부터 시작되었다. 이 사람의 걸음걸이, 말투, 하다 못해 숨소리마저도 닮고 싶다.

"왜 쫓아오냐? 너 나 알아?"

회의실을 나와 휴게실로 향하던 우진이 그를 졸졸 따르는 호윤에 신경이 거슬려, 멈춰 서서 물었다.

"네, 선배님이십니다!"

"그거 말고. 너랑 나랑 같이 커피 한잔할 정도로 친하냐고."

"예. 커피 같이 마시고 싶습니다!"

"내가 그렇게 좋냐?"

"존경합니다!"

이거 꼴통 아니야?

스토커가 생긴 기분이라 우진은 짜증스런 한숨을 내쉬었다.

거울 속에는 꼬리가 조금 올라간 눈매, 오목조목한 코, 모양 좋은 입술까지 영락없는 고양이 상을 가진 여자가 다크서클을 턱 밑까지 내려뜨린 채 지친 얼굴을 하고 있었다.

"미쳐버리겠네."

짜증스레 중얼거린 무연은 잠을 깨기 위해 찬물로 세수했다. 벌써 이틀째 잠을 자지 못했다. 잠만 들면 가위가 눌렸다.

거울을 빤히 보던 무연은 문득 오른쪽 귓불을 만지작거렸다. 엄마의 부고를 듣고 난 다음 날, 시리기만 했던 은빛 귀고리는 이렇게 검게 변색되었다.

『키득키득.』

신경을 긁는 가벼운 웃음소리와 함께 반투명한 하얀 털뭉치가 시야에 걸렸다. 그러나 무연은 지난 이틀간 그래왔던 것처럼 아무것도 없는 양 그것을 무시했다.

『그렇게 무시한다고 뵈는 게 안 뵈는 것도 아닐 텐데.』

그래, 홍주의 말대로 확실히 뭔가가 시작되었다. 엄마에게 버려진 이후로는 보이지도, 들리지도 않았던 것들이 또다시 해일처럼 쏟아져들었다. 특히 저게 문제다. 저 털뭉치.

돌이켜보면 그녀는 어렸을 때 저 털뭉치를 가리켜 삽살이라고 불렀었다. 보이는 산 것이라곤 제 엄마와 이틀 전의 그 정신 나간 아줌마 둘뿐이었으니 산 것, 죽은 것, 현실인 것, 아닌 것의 구분 따위는 없었다.

그러나 지금은 안다. 저것들은 모두 헛것이다. 특히 말이나 되냐 말이다. 눈 세 개 달린 삽살개가.

『용을 써봐라. 네 팔자가 바뀌나.』

삽살개는 어린아이의 모습으로 변해 따라붙었다. 끝까지 모른 척할 테다. 누가 더 독한지 한번 겨뤄보자 이거다.

"졸려 죽겠네. 잠이 고프구나, 잠이. 아…… 악!"

무연은 반쯤 빈사상태로 계단을 터덜터덜 내려가다가 발을 헛디뎌 아래로 굴렀다. 너무 아파 소리도 나오지 않았다. 그대로 몸을 웅크려 쓰라린 무릎과 정강이를 손으로 열나게 문질렀다.

"재수가 없으려니까 진짜!"

무연은 가까스로 자리에서 일어났다. 오늘은 몸을 혹사시켜 밤에 곯아떨어질 계획이다.

무연은 정처 없이 걸었다. 골목 쓰레기를 줍기도 하고 동네 작은 놀이터에서 꼬맹이들과 놀아주기도 했다. 물론 다리가 꼬여 넘어지거나 멍하게 걷다 전봇대에 부딪치거나 지나가던 자전거와 부딪칠 뻔하거나 하는 소소한 사고가 있긴 했지만 나름 바지런하게 반나절을 흘려보냈다.

저녁에는 가끔 함께 오목을 두곤 하는 부동산 할아버지를 만나 오목을 두었다.

"네 어디 아프나? 볼이 고마 빨가뻰데?"

"아뇨. 잠을 못 자서 그래요."

"그럼 환할 때 가서 자지 왜 나랑 이러고 있나?"

"자꾸 가위가 눌려서요. 저도 자도 싶어요."

『킥킥킥.』

경망스런 웃음소리가 들렸지만 무연은 못 들은 체했다. 아무것도 들리지 않는다, 아무것도 보이지 않는다, 나는 사람이고 귀신은 물러가라, 속으로 끊임없이 되뇌었다.

그때였다. 무언가가 등을 툭 치는 것 같더니 뒷목이 오싹해지며 머리카락이 쭈뼛 섰다.

"쯧쯧쯧, 조강지처 버리고 혼자 사니 외롭지? 그렇게 바람을 왜 펴, 피우길."

무연은 황급히 두 손으로 제 입을 틀어막았다. 할아버지의 눈초리가 예사롭지 않았다.

"니 뭐라 캤나?"

무연은 고개를 도리도리 저었다. 두 눈을 휘둥그레 뜨곤 끔뻑였다. 당황스러웠다. 곧 이상한 감각이 없어져 천천히 손을 내렸다. 하지만 그 순간, 또다시 무언가 등을 툭 쳤다.

"명줄은 긴데 등 긁어줄 마누라 없으니 외로워서 어쩐대. 이생에선 벽에 똥칠할 때까지 살겠고만. 자식들이 욕하겠어. 병들어 말년에 며느리들 고생 직싸게 시키⋯⋯."

무연은 식겁하며 또다시 입을 막았다. 입이 제멋대로 나불거렸다. 그녀를 쏘아보는 할아버지의 시선이 삐죽해졌다.

"이게 뚫렸다고 입이가! 내 혼자 산다고 네 보태준 거 있나! 명줄 길다고 지금 욕하는 거가! 네 미쳤나!"

"아니, 할아버지, 그게⋯⋯!"

무연은 오목판을 뒤엎으며 벌떡 일어나는 할아버지 기세에 부동산을 구르듯 뛰쳐나왔다. 등 뒤에서 할아버지가 빗자루를 휘두르며 쫓아 나왔다. 또다시 뭔가가 등을 툭 쳤다.

"성질은 염병, 지랄 같아가지고 저러니 마누라가 도망갔⋯⋯읍!"

"야, 가시나야! 거기 안 서나! 다시 한 번만 내 부동산 앞에 나타나기만 하면 다리몽둥이를 확 분질러⋯⋯!"

"제가 아니에요, 할아버지, 저 아닌데 그래도 일단 죄송해요!"

무연은 일단 도망쳤다. 부동산에서 나와 오른쪽으로 곧장 내달린 터라 집으로 향하는 길 어디쯤이었다.

『킥킥킥.』

그녀가 삽살이를 서슬 퍼렇게 쏘아보자 그것이 안개처럼 흩어졌다가 다시 뭉쳐지며 어린아이로 변했다.

『이틀 동안 눈뜬장님인 척하더니 이젠 내가 뵈나 보지?』

무연은 하얀 머리칼을 가진 남자아이를 내려다보았다. 반듯한 바가지 머리에, 이마 아래 세 개의 눈자위는 온통 검었으며 엉덩이 부근에는 강아지 꼬리가 달려 있다.

아이가 입매를 늘여 웃자 뾰족한 치아가 제법 위협적으로 드러났는데 그래봤자 삽살개다. 그것도 눈 세 개 난 변이종.

"너! 다 설명해. 나한테 무슨 일이 일어나고 있는 거야?!"

『모르겠어? 시작됐다니까.』

돌이켜보면 이런 괴현상은 17년 전에는 일상이었다. 이제 와서 새삼 헛것이 보인다고 미칠 필요는 없는 거다. 처음이라면 모를까, 한번 겪어봤던 일은 분노를 주었지 두려움을 안겨주진 않았다.

"뭐가 자꾸 시작됐대. 제대로 말 안 하면 머리털 다 뽑아버린다."

무연이 눈을 부라리자 삽살이가 기괴하게 입매를 늘여 웃었다.

『신병.』

"뭔 병?"

『네 입은 이제 보는 사람마다 과거든 미래든 여과 없이 주절거릴 거고, 네게 예비된 신들은 자신들이 거느리고 있는 잡귀들 먼저 보내올 거야. 차라리 죽는 게 낫다고 생각될 만큼 수많은 액(厄)이 널 주무를 거야. 보고도 못 본 척, 듣고도 못 들은 척. 그게 언제까지 통할까?』

"너 지금 나 저주하냐?"

무연은 삐딱하게 서선 아이를 험상궂게 내려다보았다. 겉은 태연했지만 사실 속은 혼란스럽기 그지없었다.

"액? 아홉수, 삼재 뭐 그런 거 말하는 거야? 운명은 자기가 개척해가는 거야. 그런 미신을 믿으라고? 양자역학에 따르면 미래에 대해 알 수 있는 것은 오직 '확률'뿐이야. 알겠어? 이게 어디서 운명론을 지껄여? 맞을래?"

시건방진 태도로 그녀를 보던 삽살이가 그녀의 뒤를 가리켰다. 무연은 인상을 쓰며 돌아보다 굳었다.

"……가란아?"

해바라기 머리띠를 한 가란이 거기 서 있었다.

『언니, 엄마랑 아빠가 집에 안 와. 아무도 없어.』

눈물이 그렁그렁한 가란이 파리한 얼굴로 그녀에게 손을 뻗었다. 무연은 멍하니 서 있었다.

『아프다고 한 거 들었잖아. 넌 애가 죽을 걸 알았어. 그때.』

삽살이가 말했다. 가란의 손이 그대로 그녀를 투과해 스쳐갔다.

"너……."

가란의 눈에서 눈물이 툭 떨어졌다. 자리에 쪼그리고 앉아 엉엉운다. 가란은 우는 모습 그대로 바람에 흩날리듯 사라졌다. 그것은 마치 한낮의 백일몽 같았다.

『이제 제대로 보이지?』

무연은 위화감에 주변을 돌아보았다. 듬성듬성 선 차와 건물들 사이로 희뿌연 형체들이 시야에 들어온다. 수 개, 아니 십 수 개였다. 머리가 지끈거리고 눈썹이 파르르 떨렸다.

『넌 예전에도 이런 것들 봤었지. 경아 그게 널 숨길 때까지만 해도 말이야. 넌 오히려 산 것들보다 죽은 것들과 더 친했어.』

"이게 뭐야……. 왜 이제 와서 또…….."

머릿속이 하얬다. 아무것도 생각나지 않았다. 머리카락 사이로 달달 떨리는 손가락을 쑤셔넣어 아프도록 꽉 틀어쥐었다.

"신기가 내렸다면서? 부동산 할배가 그러대? 신이 막 내린 거면 엄청 용하겠어. 앞에서 얼쩡거려볼까, 무슨 소리를 하는지?"

"그냥 미친 여자예요. 어제 놀이터에서 우리 애한테 무슨 소릴 했는지 알아요? 애기 아빠가 바람났다고 그랬대. 미쳤지."

"혹시 알아? 자기 아저씨가 진짜 바람난 걸 수도 있잖아."

"어머, 언니! 그걸 지금 말이라고 해요?"

무연은 라면봉지 바코드를 스캐너로 읽다가, 그녀에 대해서 수군거리고 있는 인간들을 슥 훑었다.

정말이지 미친년으로 소문나기까지는 이틀이면 족했다. 어제도 길에서 만나는 사람마다 족족 헛소리를 주워섬겼었다. 인생이 내리막길을 아주 제대로 걷고 있다.

"감사합니다. 안녕히 가세요."

저 인간들 째려봐서 뭘 어쩌리. 무연은 결제를 마치고 손님에게 인사한 후 시계를 보았다. 곧 퇴근할 시간이다.

"이제 집에 가냐? 얼굴이 많이 안 좋다?"

"제 얼굴은 원래 이 모양이에요."

부점장 용진의 물음에 무연은 멍하니 대꾸했다. 용진 너머로 꽃무늬 상의를 입은 할머니가 어스름하게 일렁여, 서둘러 눈을 돌렸다.

어제 삽살이가 확인사살 시켜준 뒤로 헛것들은 정말이지 뚜렷해졌다. 게다가 머리가 몽롱하니 헛것인지 산 것인지 구분도 잘 안 됐다.

"갈게요, 안녕히 계세요."

무연은 마트 직원용 출입구를 통해 나왔다. 발밑이 흔들리고 몸도 무거웠다. 겨우 걸어 동네 놀이터를 지날 즈음이다. 왁자하기로 유명한 아이들이 그녀를 빙 둘러쌌다.

무연은 그 순간 느꼈다. 어제처럼 뭔가가 싸한 기운이 등으로 몰려온다는 것을.

가슴을 앞으로 한껏 내밀고 빠르게 걸었다. 싸한 기운이 쫓아온다. 저 기운이 닿으면 또 이상한 말들이 입 밖으로 마구 쏟아질지 모른다. 그것만은 사양이다, 제발.

"미쳤으면 머리에 꽃을 꽂아야지!"

"아니야! 미치면 하얀 집에 가는 거래! 우리 할머니가 그랬어!"

무연은 아이들을 무시했다. 사흘째 한숨도 못 잤다. 눕기만 하면 가위에 눌렸다. 한계였다. 자신은 지금 제정신이 아니었으니 더욱이 집에 얼른 가야 했다.

"아니야! 이 언니는 미친 게 아니라 거짓말쟁이야! 이 언니가 우리 아빠가 바람났다고 그랬어! 아빠가 말도 안 되는 소리라고, 다 거짓말이라고 그랬어!"

"우리 할머니가 그러는데 이 누나, 신기가 있어서 그런 거래."

"아악, 시끄러워! 이 꼬맹이들이!"

결국 싸한 기운에 뒷덜미를 잡히고 말았다.

"너 어제 엄마한테 거짓말하고 학원 안 갔지? 그리고 현수 너는 아빠 몰래 지갑에서 만 원 꺼내가서 장난감 샀고? 그리고 미진이 너는 네 동생 미워서 엄마 안 볼 때 막 때리고 꼬집었네?"

놀라는 아이들을 보며 무연은 입꼬리를 끌어올렸다.

"계속 따라오면 너희들 집에 가서 다 일러버릴 거야, 알겠어? 그러니까 좋게 말할 때 가라, 어? 에비! 훠이!"

얼굴이 하얗게 질린 아이들이 뒷걸음질을 치다 도망가버렸다.

꼬맹이들 이겨놓고 좋다고 웃던 무연은 이내 자조적인 한숨을 내쉬었다. 잠이 모자라니 이렇게 유치하고 심술궂어진다.

무연은 또다시 걷다가 따가운 시선을 느끼고 고개를 돌렸다. 장신의 남정네가 그녀를 물끄러미 보고 서 있었다. 남자의 몸이 어슴푸레 일렁였다. 맥없이 흔들거리는 제 몸은 생각도 않았다.

"뭐 이런 때깔 좋은 헛것이 다 있대……? 아닌가……?"

성질 있어 보이는 사나운 눈매며 모양 좋은 입술과 높은 코, 건강하게 잘 그을린 피부, 단정하게 손질한 짧은 머리카락.

무연은 남자 쪽으로 걸음을 옮겼다.

"……귀신인 게 아깝네. 때깔 참 곱다."

남자를 위아래로 빤히 훑었다. 가만히 보니 이것은 아니다. 헛게 아니다. 사람이다.

낭패감에 사과를 하려 했지만 등으로 싸한 기운이 몰려오는 바람에 급하게 몸을 돌렸다. 그리고 그 순간 몸에 힘이 쭉 빠졌다. 발밑이 핑 돌고 뇌도 가출하는 느낌이었다.

까무룩 기절이라도 했나 보다. 팔이 아프다는 생각과 함께 애써 눈을 떴다. 때깔 좋은 헛것이 그녀를 황당한 얼굴로 내려다보고 있었다.

잘생겼지만 말 한마디 잘못 붙였다가 초상날 것처럼 사나운 인상이었다. 정말 정신이 나가긴 했나 보다. 이 상황에서 남자에게 등급을 매기고 있다니.

"팔을 계속 그렇게 잡고 있으면 아파요. 놓든지 잡든지 하나만…… 아윽!"

착하게도 남자가 그녀의 팔을 놓아버렸다. 아스팔트 바닥에 몸이 털썩 떨어졌다. 아프다고 항의하고 싶었지만 기력이 없다. 밭은 숨만 색색거렸다. 몸이 불덩이 같았다. 내장이 모두 타들어갈 것처럼 맹렬하게 뜨거웠다.

"여봐, 일어나봐."

남자의 목소리가 아주 먼 곳에서 들려왔다.

이런 식으로 죽는 건가. 미친년으로 소문나기가 무섭게 이렇게 길바닥에서 객사하나. 인생 참 뭐 없다. 죽기 싫은데.

chapter 02

미친 여자

우진은 쓰러진 무연을 보다가 어디론가 전화를 걸었다.

"감시대상이 쓰러졌습니다."

우진은 성훈의 지시를 기다렸다. 그런데 묵묵부답이다. 그는 눈살을 찌푸린 채 말을 이었다.

"미행도 들통 났습니다."

– 애초에 숨어서 감시할 생각이 없었겠죠. 알아서 하세요.

"진심입니까? 대체 이 여자를 왜 감시해야 합니까?"

위에서 까라면 까야 하는 입장상 이런 질문을 한 적은 거의 없지만, 여자가 제정신인 것 같지 않아 보여 그대로 지나칠 수가 없었다.

– 국가적 안보 인물입니다. 이렇게 의문을 드러내다니 의외네요. 갑자기 뭐가 궁금해졌습니까?

"아아. 아무리 봐도 미친 여자 같아서요."

그가 거침없이 뱉자 전화 너머에서 침묵이 흘렀다.

우진은 개의치 않고 전화를 끊은 후, 여자를 차 뒷좌석에 밀어넣

곧 근방에서 가장 가까운 민국병원으로 향했다.

"애 보모 노릇이나 하려고 해외 임무에서 제외된 건가."

사람이 이렇게 뜨거워도 되는가 싶게 온몸이 불덩이였다. 볼은 빨갛고 관자놀이에서는 식은땀이 줄줄 흐른다. 사진보다 많이 초췌하고 말랐다는 것을 빼면 앳되고 어린 여자였다.

"대체 뭐냐, 넌?"

의사가 여러 가지 검사를 해보았지만 별다른 특이사항은 없었다. 그러나 고열이 계속된 탓에 여자는 입원실로 옮겨졌다. 이젠 하다하다 간병인 노릇까지 한다.

늦은 밤, 보호자용 간이침대에 누워 졸던 우진은 사람이 움직이는 기척에 눈을 떴다. 침대를 보았다가 자리에서 벌떡 일어났다. 여자가 없어졌다.

"젠장……!"

우진은 병실을 나와 길게 뻗은 복도를 살폈다. 어두운 복도 한가운데 누군가 천천히 걸어가고 있다. 무연이었다.

"여봐요. 임무연 씨!"

우진은 여자에게 다가갔다. 그러나 그녀는 계속 걷기만 했다. 우진은 여자의 앞에 섰다.

"하아…… 가지가지 하네, 진짜."

여자의 눈이 굳게 감겨 있었다. 그러니까 지금 이 여자, 자면서 걷는 거다.

우진은 망설임 없이 손을 뻗어 여자의 뒷목 어딘가를 꾹 눌렀다.
여자의 몸이 그 자리에 스스럼없이 허물어져 내리는 걸 두 손으로
받아냈다.

"너 정체가 뭐냐, 진짜."

미친 것도 모자라 몽유병까지 있다. 우진은 축 늘어진 몸뚱이를
안아 들었다. 제자리에는 갖다 놔야지 싶었다. 임무만 아니었으면
몽유병이든 뭐든 알 바 아닌데 말이다.

그들이 마주 앉은 곳은 청와대에서도 외빈 접견을 위한 장소로
자주 사용되는 상춘재(賞春齋)의 밀실이다.

"원장님께서 그 애에게 사람을 붙이셨다고요."

"혹시 야반도주라도 할까 봐서요. 유능한 요원을 붙였습니다."

"그럴 필요는 없었는데요. 어차피 이곳으로 돌아와야 하는 아이
입니다."

"17년을 평범하게 살았습니다. 그런데 갑자기 네 운명이니 이제
이렇게 살아라 하면 모든 게 만사태평 돌아갈 것 같으십니까? 시간
을 좀 더 줘보시는 건 어떻겠습니까?"

홍주로서는 이해할 수 없었다. 주변을 정리할 시간을 일주일이
나 주었다. 그 아이는 당연히 제가 있어야 할 자리로 돌아오는 것뿐
이다.

"일전에 만난 그 아이는 고삐 풀린 망아지 같았습니다. 그러니 하루라도 더 빨리 칠궁(七窮)에 자리 잡게 해 만신으로서의 소양을 다지는 것이……. 원장님께서는 혹시 그 아이가 돌아오지 않길 바라십니까?"

"설마요. 국가를 위한 일인데요. 두 발 벗고 나서도 모자라죠."

그야 알 수 없지. 홍주는 속으로 중얼거렸다.

올해 당선된 대통령은 애초에 나기를 뼛속부터 로열패밀리라 없이 사는 국민들의 고충을 이해하지 못했고, 있는 자들은 자신들의 잇속을 불리려는 이기적인 정책을 연신 내세웠다.

이전에는 절대적인 킹메이커가 있었으나 4년 전 은퇴를 선언하고 칩거에 들어갔다. 이렇게 어지러운 정계상황 속에서도 성훈은 뒷배 하나 없이 실력만으로 국정원장 자리를 10년째 꿰차고 앉아 있는 너구리 같은 자다.

"그런데 저는 조금 의문이 듭니다. 만신은 늘 있어왔습니다. 아무도 존재를 모를 뿐, 늘 거기에 있었지만 전쟁은 일어났고 왜구에 침략당했죠."

"원장님. 만신이 신인 줄 아십니까?"

홍주가 성훈을 향해 냉막하게 말했다. 만신은 신이 아니다. 그저 신의 말을 옮기고 신에게 기도를 하고 신의 눈을 빌려 조금 앞을 내다보는 사람일 뿐이다.

"아니었습니까?"

성훈의 어투엔 약간의 경멸이 스며 있었다. 홍주는 스산하게 웃었다. 그녀 역시 뼈대 깊은 세습 무가의 핏줄이었고 만신지기는 집

안 내력이다. 그녀만큼 만신이 뭔지, 어떤 일을 하는 이인지, 어떻게 해나가야 하는지 잘 아는 사람은 없다.

"일개 무당은 지천에 널렸습니다. 나라 만신이 왜 나라 만신인지 아십니까? 옆에는 죽은 이의 영혼을 저승길로 안내해주는 길잡이 영수, 천구가 있고 그 몸에는 태고지신과 격암 남사고, 치우천왕이 내립니다. 한 신당 수천, 수만의 귀신들이 따르지요. 그 말이 무슨 뜻인지 아십니까?"

"뭐, 대단하게 들리네요."

"그 애는 신내림 같은 건 필요 없습니다. 그 애에게 감히 신내림을 해줄 무당도 없습니다. 그저 순리대로 흐를 겁니다. 그 애는 자신의 운명을 받아들일 수밖에 없겠죠."

"거부할 수도 있지 않습니까?"

"거부한다면, 그 앤 미치거나 죽겠죠."

홍주는 서늘한 눈으로 성훈을 직시했다.

"미치거나 죽을 바에야, 여기가 낫지 않겠습니까. 그래서 경아도 돌아왔었죠. 석 달 만에. 배 속에 그 어린것을 품고서."

성훈은 눈을 내리깔았다.

"원장님 말씀대로 시간을 더 줘보죠. 그 아이는 결국 제 발로 이곳으로 돌아올 겁니다. 그럼 살펴 가십시오."

홍주는 자리에서 일어나 성훈을 향해 묵례하곤 뒤돌아 밀실을 나갔다.

무연은 자신을 침대에 찍어 누르고 있는 남자를 놀란 눈으로 바라보았다.

"임무연 씨, 정신 차린 것 맞습니까?"

놀라서 굳어 있다가 가까스로 고개를 끄덕였다.

"안 자는 것 맞죠?"

"……자다니요? 무슨 말이에요? 그쪽은 누구예요?"

간만에 푹 잤기 때문인지 눈꺼풀이 떨어지지 않아 눈을 감은 채 상체를 일으켰다. 그런데 일어나는 것과 동시에 우악스런 힘에 밀려 도로 침대에 누웠다. 눈을 뜨니 낯선 남자가 그녀를 의심스러운 눈초리로 내려다보고 있었다.

"하아."

남자는 대답 대신 그녀에게서 손을 떼며 짙은 한숨을 쉬었다. 그리곤 다소 어이없는 얼굴로 그녀를 보다가 손을 뻗어 이마를 손바닥으로 덮었다.

"저기요. 지금 뭐 하시는 거예요?"

이쯤 되면 황당한 건 그녀다. 말만 한 남정네가 어디 말만 한 여자를 침대에 찍어 누르지 않나 이마를 막 만지질 않나.

"열 없네. 정신 차렸으면 일어나죠. 여기서 살림 차릴 겁니까? 몇 시간을 퍼자는 거야, 대체."

무연은 그제야 주변을 돌아보았다. 하얀색의 얇은 침대보, 딱딱한 쿠션감, 베고 누운 베개에 세로로 빼곡히 적힌 '민국병원'이라는 글자까지.

무연은 여기가 병원이라는 사실을 인지하고 나서야 용수철 튕기

듯 벌떡 일어나 앉았다. 정신없이 침대에서 내려와 신발을 꿰신은 무연은 황망하게 중얼거렸다.

"병원? 여기 왜⋯⋯."

무연은 헝클어진 머리카락을 대충 손으로 빗어내리며 병실 밖으로 나왔다. 벽에 기대서 있던 남자가 다소 신경질적인 투로 말했다.

"정신과 좀 가보죠."

무연은 키가 꽤 큰 남자를 올려다보았다. 165센티미터인 그녀가 고개를 젖힐 정도이니 185는 거뜬히 될 것 같다.

게다가 가만 보니 낯이 익다. 어디서 봤었을까.

곰곰이 생각하던 무연은 그가 기억 속에서 마지막으로 보았던 때깔 좋은 헛것이었다는 사실을 떠올렸다.

"어제는 열이 나서 이쪽으로 왔는데 밤새 보니 그쪽한테 필요한 과는 정신과인 것 같습디다."

"예?"

"몽유병, 그거 정신과 진료과목 아닙니까?"

이 남자, 그녀에게 진심으로 정신과를 권유하고 있었다. 살다 살다 이런 소리는 처음 들어봤다.

"몽유, 지금 몽유병이라고⋯⋯."

"내가 은인이긴 한데 고맙다고 할 필요는 없어요. 나도 다 사정이 있으니까."

기가 막혔다. 남자는 짜증이 짙게 밴 얼굴로 돌아서서 가버렸다. 무연은 얼른 남자를 따라가려 했다. 그러나 간호사가 막 데스크를 지나가려는 그녀를 붙들었다.

"임무연 환자님? 입원비 정산해주셔야 퇴원하실 수 있습니다."

상냥한 웃음을 머금은 간호사가 그녀의 팔을 강하게 붙들었다.

무연은 주머니를 더듬거렸다. 그런데 땡전 한 푼 없다. 가방이 어디 있었지, 지갑은?

머리가 하얘졌다. 살아오면서 아무리 힘들었대도 무전취식을 한 적은 없었다. 그런데 지금은 무전취식 비슷한 걸 한 범죄자가 될 판이다.

"저기, 제가 지금 돈이……."

"보호자분은요?"

그녀가 어쩔 줄을 몰라 하자 간호사가 여전히 웃는 얼굴로 그녀에게 물었다.

"……보호자요?"

"예. 무연 씨 입원수속 해주신 그 남자분이요."

그녀가 멀뚱히 보자 간호사는 컴퓨터를 보고 메모지 한 장에 숫자 몇 개를 휘갈겨 써서 그녀에게 내밀었다.

"그분 전화번호네요. 천우진 씨."

천우진? 모르는 이름이다. 그런데 보호자? 어떻게 그녀 이름을 알고 입원수속을 했지?

"전화, 빌려드릴까요?"

"아, 네, 감사합니다."

무연은 포스트잇에 적힌 번호로 전화를 했다. 일단 당장 도움을 청할 곳이라곤 그 남자밖에 없는 것 같았다. 전화 너머에서 저음이 들려왔다.

"여보세요? 저…… 천우진 씨? 저기 저는 임무연인데요. 저 병원에 데려오셨다고……. 혹시 제 가방 못 보셨는지. 못 보셨으면 혹시 병원비라도 빌려주시면……."

– 아, 미친.

뜬금없이 들려온 욕설에 무연은 저도 모르게 어깨를 움찔했다. 돈 빌려달래서 욕하는 줄 알았다. 그러나 이어지는 남자의 음성에 인상을 와락 구겼다.

– 여기 있습니다. 제 차에.

우진은 낡은 가죽가방을 들고 병원비를 정산하는 여자를 물끄러미 보았다. 밤새 수면상태로 세 번이나 침대 탈출을 시도한 사람치고는 지극히 정상으로 보였다.

"저기, 어제는 고맙습니다."

병원비 결제를 마친 여자의 인사에 우진은 대답 대신 어깨를 으쓱였다.

"그런데 절 어떻게 아시는지. 입원수속 해주셨다고 하던데요."

그를 경계하는 기색이었다. 정신은 제대로 박혀 있는 것 같다. 낯선 남자가 자신의 신상을 알고 있다는 게 이상하다는 것쯤은 인지하고 있는 모양이다.

"지갑이요. 그 안에 신분증 있잖습니까."

우진은 적당히 시치미를 뗐다.

"아, 그렇죠. 아무튼 감사합니다."

그리고 잠시 우물거리던 여자가 이내 조심스럽게 물었다.

"그런데 혹시 사례를 해드려야 하는지."

"사례? 돈 많아요?"

우진은 여자의 머리끝부터 발끝까지를 노골적으로 찬찬히 훑었다. 초록색 트레이닝복, 때 묻은 스니커즈, 대충 얽어 묶은 기다란 머리칼과 화장기 없는 하얀 얼굴.

그의 무례한 시선이 기분 나빴는지 무연이 미간을 찌푸렸다.

"그런 소리 쉽게 하는 거 아닙니다. 막말로 내가 한몫 왕창 뜯어먹으려고 마음먹었으면 어쩌려고 그래? 안 그렇습니까?"

우진은 등을 돌렸다. 더 이상 뭉개고 있을 이유도 없거니와 앞으로 어떻게 무연을 감시해야 할지 계획을 세워야 했다. 그녀는 자신을 또렷이 인식했을 테고 모르는 사람인 척 주변을 배회하는 건 물 건너갔다.

우진은 주차장으로 가 차에 앉아 병원 입구를 응시했다. 얼마 지나지 않아 무연이 비척거리며 걸어 나왔다.

저 여자의 어디가 그렇게 중요한 걸까.

잘 걷다 갑자기 멈춰 선 무연은 갑자기 제 입을 두 손으로 틀어막고 구부정하게 몸을 숙이고는 아무것도 없는 맨땅을 이리저리 지그재그로 걸었다. 마치 뭔가를 피하듯이.

"저건 또 왜 저래……?"

우진은 그 모양을 인상을 찌푸린 채 착잡한 얼굴로 보다 휴대전화를 꺼냈다.

"천우진입니다. 얼굴이 노출됐습니다. 다른 요원으로 임무 투입

시켜주십시오."

우진은 확신했다. 하룻밤으로 충분했다. 저 여자가 어떤 종류의 보안인물인지는 몰라도 이건 그가 할 만한 일이 아니다. 하지만 단호한 거절과 함께 전화가 뚝 끊겼다. 우진은 어이없는 얼굴로 휴대전화를 보다가 이내 차에 시동을 걸었다.

"하, 좋습니다. 알아서 판단하고 행동하죠. 말씀하신대로."

무연이 거주하는 집 앞 담벼락에 주차를 한 우진은 무연이 터덜터덜 걸어 올라가고 있는 옥탑방 건물을 올려다보았다.

다세대 주택.

건물을 물끄러미 보던 우진의 입가에 묘한 미소가 스쳤다.

무연은 애써 글자에 신경을 집중했다. 내내 그녀의 방을 배회하는 가란 때문이다. 못 본 척을 하니 구석에 앉아 손가락 장난을 치기 시작했다.

평범하게 살고 싶었다. 학교를 졸업한 후에는 한국과학기술연구원에 취업하고 싶다는 꿈도 있었다. 이제 와서 경아처럼 평생을 푸른 기와에 갇혀 살고 싶지 않았다.

"욱!"

무연은 과자를 집어 입가로 가져가다 입을 틀어막았다. 배는 고파 죽겠는데 뭘 먹으려면 욕지기가 치밀었다. 체하기라도 한 것처럼 속이 울렁거리고 메스꺼워졌다. 무연은 정신없이 문을 열고 옥상으로 뛰쳐나왔다. 숨을 크게 들이마셨다가 뱉어냈다.

평화롭던 자신의 일상을 덮쳐오는 어떤 미증유의 힘에 화가 치밀었다. 애써 감정을 삭이다가 몸을 숙여 평상 밑에 방치해두었던 보자기를 꺼냈다.

모두 이것 때문인 것만 같다. 모르는 사람이 봤다면 제 엄마 유골단지를 그딴 식으로 취급하냐며 기겁했겠지만 무연에게는 상관없는 일이다.

보호가 필요한 아홉 살, 저같이 살지 말라는 이유만으로 버려졌고 그 이후 그녀가 살아남기 위해 얼마나 독하게 버텼어야 했는지, 기이한 일투성이던 어린 시절을 받아들이기 위해, 자신이 이상한 아이가 아님을 증명하기 위해 얼마나 발악해야 했는지, 이 안에 든 엄마라는 여자는 모를 것이다.

무연은 작은 단지를 머리 위로 높이 치켜들었다. 깨어버리고 싶었다. 이딴 것 가지고 있기도 싫었다.

하지만 끝내 던지지는 못했다. 손끝이 바르르 떨렸다.

"아으, 정말……!"

무연은 단지를 다시 보자기에 싸서 평상 밑에 밀어넣었다. 몸을 돌리는 그녀의 시야에 무언가가 들어왔다. 만국기가 걸린 무당집이었다. 하지만 이내 머리를 탈탈 털었다. 그녀는 물리학과를 전공한 과학도다. 신병이 들렸다고 무당을 찾아가서야 쓰나.

아무것도 먹을 수가 없어서 굶기를 이틀째였다.

"첫 번째 카드는 운명의 수레바퀴, 두 번째 카드는 달, 마지막 카드는 저승사자네요. 이 카드는 종말을 뜻해요. 손님의 앞에는 피할 수 없는 운명이 있는 거군요."

무연은 진한 화장을 한 점술사를 퀭한 눈으로 보다 자리에서 일어났다.

뭘 먹을 수 없는 것뿐 아니라, 때때로 내장을 끊어먹을 것 같은 복통도 그녀를 괴롭혔다. 때문에 지푸라기라도 잡아보자는 심정이었는데 역시 괜한 짓이었다. 기분만 싱숭생숭해졌다.

『거기에 가야 해. 네 운명을 받아들이기로 했다는 걸 보여주면 다들 장난질을 멈출 거야. 이대로 가다간 정말 죽을걸?』

불쑥 나타난 삽살이가 옆에 따라붙었으나 무시했다. 집으로 돌아와 주택 마당으로 들어서던 무연은 문득 주변을 두리번거렸다. 허공을 휙휙, 날렵하게 가르는 소리가 귓전을 때렸기 때문이다.

"……어?"

하얀색 민소매에 짙은 남색 트레이닝 바지를 입은 남자가 줄넘기를 하고 있었다. 낯익은 얼굴이다. 그녀를 발견한 상대가 줄넘기를 멈추었다.

"우연이네. 여기 살아요? 나 오늘 이사 왔는데."

천우진이라는 이름을 가진 사람이었다. 그는 2층 어귀를 가리켰다. 그래, 거기 1년 정도 전부터 빈방이 하나 있기는 했다.

"그럼 앞으로 잘 부탁해요."

간단하게 인사한 남자는 그녀를 지나쳐 2층으로 올라가 집으로 들어갔다. 무연은 고개를 갸웃거렸다.

"……우연이라고?"

말 그대로 받아들일 만큼 바보는 아니었다. 하지만 지금 그녀는 생각하는 것도 귀찮고 힘든 지경이었다. 무연은 계단을 터벅터벅 올라갔다. 그녀를 괴롭히는 것들도 그녀가 아사하길 바라지는 않을 테니, 언제고 먹기야 먹을 수 있을 터였다.

그렇게 희망적으로 생각하는 수밖에 없었다.

이번 임시거처는 꽤 양호한 편이었다. 곰팡이나 누수, 벌레의 흔적 따위는 없었다. 수압도 좋고 창이 큰 편이라 햇볕도 잘 들었다.

"따로 문서로 올릴 필요는 없습니다. 감시대상의 안전을 확인하고 지켜보고 특이사항이 있을 경우에만 말씀해주세요."

전례 없던 성훈의 지시를 떠올리던 우진은 이불 위에 누워 있다가 눈살을 찌푸렸다.

이 집은 다 좋은데 방음이 약했다. 우진은 짜증스런 얼굴로 천장을 올려다보았다. 위층에서 문 여닫는 소리가 났다. 새벽 1시가 넘었는데, 저 여자는 잠도 안 자나.

우진은 자리에서 일어나 현관문을 열었다. 난간 끝의 계단으로 초록색 트레이닝복이 보였다. 여자는 계단을 타박타박 내려가 대문을 열었다.

그 모습을 지켜보던 우진은 이내 혀를 차고 움직였다. 여자는 맨발이었다. 몽유병이 도졌나.

여자는 터벅터벅 걸었다. 마치 목적지가 정해진 양 걸음에는 망설임이 없었다. 게다가 흐리멍덩한 얼굴이긴 했지만 분명히 눈이 뜨여 있었다.

진짜 미치기라도 한 건지. 제정신인데 맨발로 밤거리를 저렇게 돌아다니는 거야?

주택가이기도 했고 늦은 시각 탓에 인적도 드물었다. 여자가 멈춘 건 주택가가 거의 끝나는 지점에서였다. 그녀는 바로 앞에 뻗은 큰길 대신 곧장 뒷산으로 올라가는 오른쪽 샛길로 빠졌다. 그것도 길이 잘 닦인 등산로가 아닌 흙이 버석거리는 나무 사이로 향했다. 맨발에 야산이라도 타려는 건가.

"여봐요!"

우진은 지켜보는 걸 그만두고 무연의 팔을 잡아챘다. 그가 당기는 힘에도 불구하고 계속해서 산을 오르려 했다.

"이봐요, 임무연 씨!"

눈을 뜨고는 있는데 초점이 흐렸다. 마치 자고 있는 것처럼.

우진은 나머지 한 손으로 반대쪽 팔을 잡고 무연을 끌어당겼다.

"좀 깨봐요. 임무연 씨, 정신 좀 차려! 일어나보라고!"

무연을 흔들었지만 눈 하나 깜빡하지 않았다. 안 되겠다 싶어 우진은 여자의 뒤로 돌아가 어깨를 감아 안고 나머지 한 손으로 코와 입을 막았다.

얼마 지나지 않아, 자가 호흡을 하지 못하는 위급상황에 이르자 잠에 취해 몽롱하게 흐려져 있던 눈동자에 서서히 초점이 잡혔다. 여자의 눈동자에 그의 모습이 비쳤다.

"……읍! 으읍!"

그가 망막에 온전히 맺히고 나서야 여자의 손이 발작적으로 그의 팔을 꽉 움켜쥐었다. 우진은 여자의 코와 입에서 손을 뗐다. 다소 거친 방법이었지만 가장 효과적일 거라는 예상은 맞아떨어졌다.

"정신 들었어요?"

"이게 뭐……! 여기가 어디예요?"

그가 숨을 못 쉬게 했던 탓에 가슴을 크게 들썩거리던 여자가 주변을 둘러보다가 당황스런 얼굴로 물었다.

"내가 정신과 가보라고 했죠, 거기. 달밤에 이게 무슨 체조야, 대체."

"지금 나 죽이려고……!"

"내가 그쪽 몽유병 있다고 했어, 안 했어? 상황이 파악 안 됩니까?"

입이 삐뚤어졌어도 말은 바로 하는 거라고 했다. 우진은 인상을 찌푸리며 낮지만 으슥한 야산을 가리켰다.

"지금 거기 맨발로 산 타려 했다고. 그거 잡아줬더니 사람을 살인미수로 몰아? 그럼 뺨이라도 때려서 깨울 걸 그랬나? 그게 나았어요?"

"……그게 정말이에요?"

그를 의심하는 듯했으나 곧 신발도 신지 않은 제 발을 내려다본 여자는 짙은 한숨을 내뱉었다.

아스팔트 바닥을 쭉 걸어온 탓에 발바닥에는 아릿한 통증이 있을 테고 이래저래 길바닥에서 묻은 것들 때문에 발도 새까맣게 변했을 거다.

"내가, 여기를……."

"상황 파악됐으면 집에 가서 얌전히 좀 잡시다."

우진은 몸을 돌렸다. 이런 여자를 감시하라는 거면 발 뻗고 잘 시간도 없겠다.

그때였다.

"너는 남의 말을 듣지 않는 이로구나. 천심을 움직이는 자의 아이로구나. 팔자에 살(殺)이 많아 인생이 고달프고 평탄하진 않았겠구나. 그래도 기다리거라. 기다리고 또 기다리거라. 네 마음이 가는 대로 움직이거라. 그래야 당도할 것이다."

우진은 걷던 걸음을 멈추고 뒤를 돌아보았다. 제 입을 두 손으로 틀어막은 여자가 두 눈을 동그랗게 뜨고 있었다.

"지금 뭐라고 했습니까?"

"뭐가요?"

"지금 뭐라고 나불댔잖아, 그쪽."

"제가요? 언제요? 아뇨."

고개를 마구 가로저은 여자는 그의 눈을 피해 시선을 다른 곳으로 돌렸다. 뒤통수가 찜찜했지만 우진은 등을 돌렸다.

그의 임무는 감시다. 그것에만 집중하자. 본능이 그에게 경고했다. 상관하지 말라고.

"……아야! 아, 아퍼라, 씨이!"

집을 향해 거침없이 걸어가던 우진은 걸음을 멈추었다.

"아으……!"

우진은 고개를 돌렸다. 뒤에서 오고 있던 여자가 허리를 숙여 제발을 내려다보고 있었다. 가로등에 살짝 비친 여자의 발은 새까만 군데군데 얼핏 빨간 자국이 섞여 있었다.

이내 다시 걷기 시작한 여자는 한쪽 발을 절뚝거렸다. 우진은 낮게 한숨을 쉬고는 왔던 길을 되짚어 갔다.

그가 다가가자 여자가 눈을 치켜뜨며 경계했지만 개의치 않았다. 그대로 몸을 숙여 앉은 우진은 다짜고짜 여자의 발목을 잡아 올렸다.

"뭐, 뭐 하는……!"

여자가 발을 빼려 하자, 우진은 발목을 더욱 세게 죄었다.

"이상한 착각은 하지 맙시다. 몽유병은 내 스타일 아니거든. 그리고 그렇게 막 착각해도 될 만큼 그쪽, 매력 넘치진 않습니다."

여자의 다리에 힘이 꾹 들어갔다. 그런데 이번엔 발을 빼려는 게 아니라 마치 그를 차내려는 것 같은 움직임이었다.

성깔은 있나 보았다. 우진은 피식 웃으며 긁힌 상처로 가득한 발을 살핀 후, 주변을 둘러보았다. 전봇대 옆의 의류수거함이 눈에 들어왔다.

우진은 의류수거함 안에서 옷가지 두어 개를 집어다 무연의 발치에 던졌다.

"그걸로 대충 싸매요. 더 상처 나기 전에."

여자가 옷가지를 보고 눈만 껌뻑이고 있자 우진은 옷가지를 주워 다시 여자에게 내밀었다.

"이걸로 대충 발 싸매라고. 서로 신겨주고 할 사이 아니잖아. 나 알아요?"

남자는 무례하고 건방지고 한마디를 해도 참 재수 없게 하는 싸가지였다. 아무리 엿가락 바른 듯 달달하게 생겼으면 뭐하나.

"나 잘 알면 내가 발 싸매주고."

무연은 곧장 남자의 손에서 옷가지를 빼앗듯 가져와 발에 대충 감았다. 맨발보다는 한결 나았다. 그사이 남자는 이미 저만치 앞서 가고 있었다. 무연도 다시 걷기 시작했다.

몽유병이라니. 자괴감에 한숨이 새어나왔다. 눈을 떴을 때, 숨이 막혀서 얼마나 놀랐나. 죽이려는 줄 알았다. 죽는 줄 알았다.

그러나 정신 차렸냐며 그녀를 놓아주는 남자의 짜증스런 얼굴이 그녀를 안도하게 했다. 저 남자가 없었으면 그녀는 저 야산 어딘가쯤에서 온몸에 흙칠을 한 채 영문도 모르고 깨어났을 수도 있다.

"대체 뭘 어떻게 해야……."

생각을 이으며 걷던 무연은 문득 걸음을 멈추었다. 발을 옷으로 감쌌어도 밟히던 게 없어지지는 않는다. 그런데 어느 순간부터 이물질의 느낌이 확연하게 줄었다.

앞서 걷는 남자를 빤히 보다 깨달은 어떤 사실에 저도 모르게 픽웃고 말았다.

그는 커다란 돌멩이나 깨진 유리조각 같은 것을 발로 차내며 걷고 있었다. 마치 그녀가 걸어야 할 길을 미리 닦아주듯이.

그러고 보면 왜 저 남자가 거기에 있었던 거지? 처음은 집 앞에서. 그 후 병원. 그리고 같은 주택. 또 여기. 우연일까.

갑작스럽게 달라진 일상을 버티는 것만도 힘에 부쳐 머리가 잘 돌아가지 않았다.

그때였다. 갑자기 남자가 그녀에게 전속력으로 달려왔다. 무연은 두 눈을 크게 떴다. 남자가 그녀의 어깨와 허리를 휘감곤 그대로 바닥으로 굴렀다.

눈을 깜빡인 순간 하늘이, 그다음에는 바닥이, 또 그다음에는 남자의 얼굴이 그녀의 얼굴 위에 있었다.

남자는 숨을 거칠게 몰아쉬며 어딘가를 응시했다. 무연도 남자를 따라 고개를 돌렸다가 두 눈을 부릅떴다. 그녀가 조금 전까지 서 있던 자리에 두터운 전선 묶음이 떨어져 스파크가 파바박 튀기고 있었다.

『죽을 거야, 곧.』

머리 위로 하얀 털뭉치가 너울거렸다. 그녀를 내려다보는 삽살이의 검은자가 기이한 붉은빛을 띠었다.

『그렇게 자꾸 거부만 하다가는 너 죽어.』

심장이 무섭게 뛰어댔다. 무연은 저도 모르게 일어서려는 남자의 옷자락을 꽉 움켜쥐었다. 무섭다. 처음으로 실감됐다.

죽을 수도 있다는 것. 신병이 가진 의미.

그저 무시한다고, 모른 척한다고 해결되는 게 아닐지도 모른다는 불안이 엄습했다. 머리털이 쭈뼛 섰다.

"……이봐요, 이거 뭡니까? 놓죠?"

남자가 그녀가 생명줄처럼 꽉 부여잡은 옷깃을 가리켰다.

"놓으라니까?"

무연은 놓지 않았다. 놓을 수가 없었다. 손가락이 곱아들었다. 이 남자는 길에서 객사할 뻔한 그녀를 구해주었고, 지금도 전기에 감전될 뻔한 걸 구해줬다.

그러니까 놓을 수 없다.

그녀가 끝끝내 놓지 않자 남자가 그녀의 몸에서 비켜나 그 옆에 앉았다. 그녀의 손에 의해 꼬깃꼬깃 구겨진 옷은 그가 움직이는 대로 비틀린 덕에 빨래 짜는 모양이 되었다.

"하아. 진짜 귀찮게."

우진은 여자가 하얗게 질린 손으로 움켜쥔 제 옷자락을 내려다보았다. 애처롭게까지 느껴지는 절박한 손짓에 그걸 떼어내는 수고가 귀찮아져버렸다.

그렇게 얼마나 앉아 있었을까. 옷깃을 잡고 있던 손이 느슨하게 풀어져, 우진은 시선을 내렸다. 여자는 두 눈을 감고 있었는데 가슴팍이 고르게 오르내렸다. 잠이라도 든 것 같았다.

황당하다. 이 차가운 아스팔트 바닥에 누워 잠이 오나?

우진은 여자의 얼굴 위에 손을 휘휘 저어보았지만 반응이 없었다. 잠든 거다. 헛웃음이 흘러나왔다. 뭐 이런 여자가 다 있어?

그대로 잠이 들고 말았다. 무연은 자신의 무신경함이 경악스러

웠다. 게다가 어찌 된 일인지 이번엔 가위도 눌리지 않았고, 창자
가 비틀리는 복통도 없었다.

"일어났습니까?"

만족스러운 기분에 몸을 길게 늘이며 옆으로 돌아눕던 무연은
벌떡 일어났다.

"임무연 씨. 하나 물읍시다. 뭡니까, 거기?"

벽에 기대앉아 있던 남자가 히죽 웃고는 살벌하게 물었다.

"예? 뭐라니요?"

"알 수 없는 열병으로 쓰러져 열두 시간을 내내 앓다가 갑자기 한
번도 아픈 적 없는 사람처럼 벌떡 일어나는 것, 몽유병, 어젯밤의
갑작스런 원인 모를 사고까지. 한 번은 우연이라 쳐도 그게 겹치면
고의적인 필연이잖습니까."

매서운 남자의 어투가 그녀를 빈틈없이 조여들었다.

"퍼즐이 맞춰지지가 않아. 그래서 그냥 대놓고 묻는 겁니다. 그
쪽은 뭡니까?"

"……우연이 겹치면 필연. 그러면 그쪽이 날 길에서 주운 것, 여
기로 이사 온 것, 어젯밤 야산에서 날 발견한 것 모두 필연인가요?"

의표를 찔렀다. 남자의 눈썹이 올라가는 것을 보고 무연은 속으
로 쾌재를 불렀다. 상대에 대해 알고 싶으면 자기 먼저 꺼내 보이는
게 수순이다.

"그래서 말인데 그쪽은 누구신데요?"

남자가 입매를 비틀며 재미있다는 듯 눈을 빛냈다.

"천우진입니다. 이미 알겠지만."

"……임무연이에요. 이미 아시겠지만."

확실히 이 남자는 그저 평범한 이웃은 아니다. 필연이다.

"그동안 신세 진 것, 제대로 인사 못 했었네요. 감사합니다."

무연은 우진의 집에서 나오기 전에 깍듯하게 인사했다. 경황이 없었을 뿐이지 염치는 있었다.

그의 정체에 대해서도 생각하지 않기로 했다. 솔직히 지금 같아서는 그가 누구든 상관없었다. 그녀에게 해가 되는 것만 아니라면. 아니, 오히려 몇 번이나 신세를 졌다.

무연은 돌아섰다.

돌이켜보면 이미 그녀는 알았을지도 모른다. 우진은 신에게 일생을 저당 잡힌 그녀에게 있어 유일한 빛이었다. 절대 놓고 싶지 않았지만 놓을 수밖에 없었던 목숨 같았던 사람.

그때 알았더라면 아마 그녀는…….

chapter 03

발악

홍주는 활짝 열어놓은 장지문 너머로 초록이 무성한 내원을 바라보았다. 청와대가 세워진 이후로 만신은 줄곧 이곳, 칠궁(七窮 : 조선시대 왕의 어머니였지만 왕후의 자리에 오르지 못한 일곱 후궁들의 신위를 모신 사당)에 살았다. 이곳을 관리하며 나라를 위해 기도하고 점사를 봤다.

"너무 늦어……."

홍주가 나직하게 중얼거렸다. 당분간은 무연을 내버려두기로 성훈과 약속했지만 조금씩 초조해졌다. 무연은 경아와 달랐다. 속세의 물이 너무 깊이 들었다. 이대로 손 놓고 있다간 그 아이는 제가 죽는 한이 있어도 이곳으로 돌아오지 않을지도 모른다는 생각이 들었다.

홍주는 협탁 위의 전화로 손을 가져가 본가에 연락을 넣었다.

"사람이 필요합니다. 입이 무거운 자들로. 만신을 데려와야겠습니다. 신당을 너무 오래 비워뒀더니 공기가 탁해졌습니다."

당대의 대통령은 만신의 존재에 대해 흥미로워할 뿐, 크게 관심이 없었다. 만신이 가진 힘을 믿지 않았다. 당연했다. 당시 만신이었던 경아는 병이 깊어 아무것도 할 수 없는 환자였으니까.

하지만 이젠 달라질 것이다. 무연은 건강했고 만신으로서의 소임을 다할 것이리라. 그러기 위해 태어났다.

전화를 끊은 홍주는 경아의 신당으로 갔다. 오래 비워둔 신당 안의 공기가 무겁고 탁했다. 그녀는 신의 존재를 확인한 적이 없었다. 신기가 없기 때문이다. 하지만 그녀는 이 푸른 기와를, 나라 만신을, 그리고 전통을 믿었다. 그렇게 배웠고 자랐고, 당연했다.

오늘은 아주 바쁜 하루가 될 예정이다. 지금의 상황을 타계할 수 있는 가능성이 있다면 뭐든 해봐야 했다. 그것이 다소 과학적이지 못한 방법이라도.

"어디 갑니까?"

계단을 내려가자 기다렸다는 듯이 2층 우진의 집 문이 열리고 그가 모습을 드러냈다.

"안녕하세요."

무연은 태연하게 인사를 건넸다. 이 남자가 무슨 이유로 그녀의 주위를 배회하는지는 모르겠지만 피할 이유는 없었다.

"어딜 그렇게 씩씩하게 갑니까?"

"부적 쓰려요."

계단을 빠르게 내려간 무연은 마당을 가로지르다 멈춰 섰다. 화단 앞에 무기력하게 앉아 있는 주인아줌마 때문이다. 그 옆에는 가란이 제 엄마를 애타게 보며 울고 있었다.

입술을 악문 무연은 얼른 고개를 돌리고 대문을 나왔다. 아무리 안타까워도 모른 체해야 했다. 그게 그녀가 살 방법이었다.

"나는 그냥 평범한 사람이야."

무연은 이어폰으로 귀를 틀어막고 댄스음악을 크게 틀었다. 횡단보도 신호를 기다리며 흐트러지려는 감정을 가다듬었다. 곧 신호가 보행신호로 바뀌었고 횡단보도에 발을 디뎠다. 다섯 걸음 즈음 갔을까.

빠앙! 빠앙!

무연은 이어폰을 뚫고 들어오는 커다란 소리에 고개를 돌렸다. 빨간색 스포츠카가 맹렬한 기세로 달려들고 있었다. 그 자리에 얼어붙었다. 너무 놀라 꼼짝도 할 수가 없었다.

이대로 죽나 싶은 순간, 그녀의 몸이 뒤로 거칠게 당겨졌다. 차는 보도 안쪽 담벼락을 긁고 나서야 겨우 멈추었다.

이틀 새 두 번째였다. 손이 덜덜 떨렸다. 이런 건 우연일 수가 없다.

"사고를 아주 몰고 다니네."

굳어 있던 무연은 고개를 들었다. 그녀는 우진의 위에 엎어져 있었다. 그녀를 구해준 손의 주인이 이 남자다.

"그쪽이랑 다니면 목숨이 열 개라도 남아나지 않겠어."

긴장감 하나 느껴지지 않는 우진의 얼굴에 그제야 살아 있다는 실감이 들었다.

"누구한테 원수라도 졌습니까?"

"……차라리 원수라도 진 거면 억울하지라도 않죠."

무연은 차를 향해 고개를 돌렸다.

우연이 아닌 필연. 차바퀴에 들러붙은 어슴푸레한 검은 덩어리가 그녀의 눈에 들어왔다. 심장이 공포로 얼어붙는다.

"일어나요."

무연은 가까스로 차에서 시선을 떼고 우진을 올려다보았다. 커다란 사고로 인해 주변에 모여드는 시선이 많아지고 있었다. 하지만 다리에 힘이 들어가지 않았다.

"진짜 손 많이 가네."

낑낑거리고 있는데, 우진이 손을 뻗어 그녀를 부축해 일으켜주었다. 그리곤 그녀를 위아래로 빠르게 훑더니 불쑥 말했다.

"근처에 약국이 있나?"

"저 다친 데 없는……."

"거기 말고 나. 내가 다쳐서."

우진이 손바닥을 그녀에게 내밀었다. 아스팔트 바닥에 쓸렸는지 피가 나고 있었다. 과한 상처는 아니지만 그렇다고 소란 떨 정도도 아니었다. 이거 다쳤다고 지금…….

무연은 우진을 보았다. 우진이 왜 그러냐는 얼굴로 그녀를 빤히 쳐다본다.

참 말과 행동이 다른 남자다. 자기 상처 치료할 거라고 하더니 정작 상처를 치료받는 건 그녀였다. 매번 말하는 모양이 그따위니 고마워하라는 건지 말라는 건지 모르겠다.

"앗, 따거!"

"엄살은."

우진은 피가 나는 그녀의 무릎을 소독하고 연고를 바른 후, 정사각형의 대형밴드를 붙여주었다. 날이 더운 탓에 반바지를 입었다가 이 사달이다.

"혹시 내 뒤 밟았어요?"

무연은 자신의 손바닥에 밴드를 붙이는 남자를 멋쩍은 얼굴로 힐끔거리다 물었다.

"당연하지. 안 그럼 어떻게 그렇게 매번 구해주나? 내가 슈퍼맨도 아니고."

"……역시 일부러 나한테 접근했다는 거네요?"

"이쯤 되면 피차 알잖아."

"왜 나한테 접근을 하는데요?"

"나도 모릅니다. 그냥 감시만 하랍디다."

이 남자, 정말 묘하다. 그녀를 미행하는 주제에 뭐가 그렇게 당당한지 여유가 흘러넘쳤다. 정의감이 투철해 보이지는 않은데 아무렇지도 않게 사람 목숨을 세 번이나 구해주는 사람.

"……그래요. 좋아요. 가죠."

무연은 자리에서 일어났다. 우진이 눈썹을 치켜올렸다.

"가자니?"

"뒤를 밟나, 같이 가나 그게 그거잖아요. 근데 언제까지 저 쫓아다녀요?"

그녀의 말에 수긍한 듯 옆에 선 우진이 어깨를 으쓱였다.

"나도 모르겠네, 그건."

날카로운 턱선과 사나운 눈매, 높은 코와 비율 좋은 입술은 무심해 보이기도 하고 한편으로는 냉정해 보이기도 했다. 그를 물끄러미 보던 무연은 한 가지 떠오른 사실에 입을 열었다.

"그 전에 하나만 확인하죠. 혹시 나한테 나쁜 짓 할 거예요?"

"……아마 아닐걸?"

뭐 목숨을 구해줬으니 나쁜 짓을 하지는 않겠지.

이름 석 자만 알 뿐인 생판 남인데 그를 보고 있자니, 열흘이 넘도록 불안정하게 곤두서 있던 신경이 누그러졌다.

여전히 희끄무레하게 맺혔다 흩어지고는 하는 영혼들이 그녀의 시계에서 떠다녔다. 의식적으로 눈을 돌린 무연은 남자와 벌어진 거리를 한 걸음 더 좁혔다.

우진은 대문 위, 바람에 나부끼는 서낭기를 올려다보았다. 종교에 대한 편견은 없지만 그래도 무당이라니.

"여기는 뭐하러 온 거야?"

"말했잖아요. 부적 쓰러 왔다고."

"부적은 왜? 정신과를 가보지, 차라리."

몽유병 때문이라면 정신과를 가는 게 맞다. 물리학을 전공한 과학도라면 조금 더 현명한 판단을 내리는 게 좋지 않을까.

"이런 걸 믿어?"

"티끌만큼도 안 믿어요. 그저 뭐든지 해봐야 하는 사정이 있어서 온 것뿐이에요."

티끌만큼도 안 믿는다면서 뭐든지 해봐야 하기 때문에 찾은 게 무당집이라.

오긴 왔는데 스스로도 저 안에 들어가는 게 영 망설여지나 보다. 문을 앞에 두고 갈팡질팡이었다. 하지만 잠시 후 결심이 섰는지 여자는 문을 두드렸다.

요즘 무당들은 손님도 가려서 받는 모양이다. 우진은 물바가지를 얻어맞은 무연을 어이없는 얼굴로 보았다. 문전박대당해 쫓겨나기를 벌써 네 집째다.

"무슨 짓을 했길래 가는 곳마다 그 모양이야?"

부적을 잘 쓰기로 유명했던 첫 집에서는 무당이 다짜고짜 나가라 소리를 질렀고 두 번째 집에서는 여자의 발치에 납작 엎드려 잘못했다 빌었다. 세 번째 집은 신나서 부적을 써주긴 했으나 무연이 거부했다. 그리고 조금 전 들어갔던 마지막 집에서는 나이 지긋한 노인이 욕지거리와 함께 물세례를 퍼부은 참이다.

"아무 짓도 안 했어요."

손바닥으로 얼굴의 물기를 닦아낸 무연이 인상을 긋고는 방금 쫓겨난 무당집 대문을 발로 쾅 찼다.

"에이 씨, 부적 한 장 못 써주냐고!"

철제로 된 남색 대문이 불쾌한 쇳소리를 내며 흔들렸다. 가슴을 들썩이며 씩씩거리는데 문이 다시 열렸다. 노인은 손에 든 바가지에서 소금을 냅다 뿌렸다.

"너한테 부적 써주면 내가 골로 갈 판인데 죽고 싶어 환장했어?"

"죽긴 왜 죽는다 그래요!"

굵은 소금에 맞으면서도 무연이 노인에게 바락바락 대들었다.

"네 뒤에 늘어선 그림자들이 너는 안 봬? 십 리 밖까지 쭉 늘어섰어. 그것들 보고서도 너한테 뭐라도 해줄 무당 있으면 그게 미친년이거나 사이비지! 당장 꺼져!"

두 여자의 신경전을 구경하던 우진은 무연의 뒤를 힐끔 보았다. 뭐가 있다는 건지 모르겠다. 온몸에 굵은 소금을 다닥다닥 붙인 여자만 열이 뻗쳐 바르르 떨고 있는데.

"한 번만 더 얼쩡대봐! 그땐 소금으로 안 끝나, 알겠어? 에이, 재수가 없으려니까!"

무연은 매정하게 닫힌 문 앞에 꼼짝도 않고 서 있었다. 우진은 자신이 입고 있던 보머재킷을 벗어서 무연의 머리 위로 던졌다.

천우진, 인간성 참 좋아졌다. 다른 사람한테 옷 벗어줄 줄도 알고.

"여기서 날밤 새울 거야?"

"아니요."

대문을 노려보던 무연은 코를 훌쩍거리더니 좌우를 살폈다. 그리고는 담벼락 근처에서 뭔가를 줍더니 다시 대문 앞에 섰다. 이어 무연이 하는 행동에 우진은 어이가 없어져 헛웃음을 지었다.

애냐, 진짜.

무연은 돌멩이로 짙은 남색 철문을 그어내렸다. 분필로 그은 것처럼 하얀 선이 생겼다. 무연은 그 돌을 가지고 동네 꼬마들도 유치해서 안 할 것 같은 낙서를 했다.

[돼지 바보 사이비 무당 똥개]

대문이 철컹거리는 소리를 들었는지 대문이 벌컥 열렸다. 노인
은 대문을 보고 얼굴이 시뻘게졌다.

"이익! 이년이!"

무연이 그의 팔을 덥석 잡아당겼다.

"뛰어요!"

"거기 안 서! 이년이! 야아아아!"

골목에 노인의 앙칼진 목소리가 메아리쳤다. 우진은 무연의 손
에 끌려 무작정 뛰었다. 얼마 가지 않아 멈춘 무연이 숨을 정신없이
몰아쉬며 그의 팔을 놓았다.

"씨이, 언제 봤다고 초면에 이년 저년 하고 말이야."

무연은 얼굴이며 머리, 옷 여기저기 녹다 만 굵은 소금이 붙어 있
는 몰골이었지만, 조금 전까지 분노를 뿜어내던 사람 같지 않게 어
딘지 통쾌해하는 얼굴이었다.

"어쨌든 미안해요. 저 때문에 괜히 뛰게 만들었네요."

"대체 안에서 뭐라고 했기에 가는 곳마다 이런 취급이야?"

그의 재킷을 툭툭 털어 내밀던 무연이 눈을 끔뻑였다.

"말했잖아요, 부적 써달라고 했다고."

"무슨 부적?"

"액(厄) 쫓는 부적이요. 요즘 재수가 사나워서."

'재수가 사납다' 정도는 너무 약한 표현 아닌가.

"울 줄 알았는데."

머리를 손으로 탈탈 털던 무연이 눈썹을 치켜세웠다.

"눈이 빨갰잖아."

"아아. 그깟 일로 왜 울겠어요? 쓸데없이."

무연이 히죽 웃었다. 원래 이 여자를 잘 모르긴 했지만 이렇게 장난기가 많고 잘 웃었었나 싶어 의아해졌다.

하긴, 처음 봤을 때도 동네 꼬마들을 상대로 되도 않는 협박을 해대고 있었지. 그 불덩이였던 몸으로 말이다.

"그럼 또 갈 건가, 무당집?"

"아뇨. 다른 데 갈 거예요. 따라올 거예요?"

무연이 벽에서 몸을 뗐다. 우진은 고개를 끄덕였다. 따라갈 수밖에. 그가 해야 하는 일이 이 여자 감시니까.

"근데 어디 갈 건데?"

무연이 꿍꿍이 어린 웃음을 물고 손을 들어 한 곳을 가리켰다. 멀리 십자가 하나가 우뚝 서 있었다.

"교회?"

무당집에 이어 교회라. 안 어울리는 조합이다.

"말했잖아요, 제가 뭐든 해야 하는 사정이 있다고."

그렇다고 하루에 몇 개씩 종교 갈아타는 건 그 뭐냐, 신성모독 같은 거 아닌가.

얼굴 가득했던 장난기는 이미 흔적도 없이 사라졌다. 어둡게 그늘진 얼굴로 돌아선 무연은 다시 걸음을 옮겼다.

"뭐든 해야 하는 사정이라……."

우진은 이 여자의 그 대단한 '사정'이라는 게 참 궁금해졌다.

무당집에 이어 교회, 성당, 절까지 돌고난 후 마지막 종착지는 동네의 한 삼겹살집이었다.

"그래서 발이 팅팅 부르틀 정도로 돌아다닌 수확은 있는 거야?"

"없어요."

무연이 집게로 고기를 뒤집으며 대답했다. 보통 상황이 이렇게 되면 실의에 빠지기 마련인데 이 여자는 지나치게 생생했고 식욕마저 좋았다. 누가 보면 사나흘은 굶은 줄 알 정도로 게걸스레 고기를 먹어치웠다.

"여기 고기 맛있어요. 좀 들어요. 내가 사는 거예요."

사실 무연은 며칠간 식사를 하지 못했고, 우진은 그걸 몰랐다.

"근데, 천우진 씨는 나이가 어떻게 돼요?"

"왜."

"듣다 보니, 자꾸 말을 툭툭 잘라 드셔서요."

"나는 그래도 되지. 거기 목숨을 세 번은 구해줬는데."

우진은 무연의 분해하는 기색에 피식 웃고는 뒤늦게 젓가락을 들었다. 종일 돌아다닌 탓에 그도 시장했기 때문이다.

"자요. 먹어요. 오늘 감사의 뜻이에요."

입 앞으로 불쑥 쌈이 하나 들어왔다. 우진은 쌈을 들고 있는 무연을 보았다.

"아, 싸준 사람 민망하게. 얼른요."

무연이 그의 손에 쌈을 넘겨주었다. 그가 떨떠름한 얼굴로 입에 넣자 기다렸다는 듯이 무연의 얼굴에 웃음기가 퍼졌다.

"아, 이거……! 아, 젠장……!"

한 입 씹는 순간 우진은 그대로 쌈을 뱉었다. 입안 가득 느껴지는 와사비 맛이 머리끝까지 알싸하게 뻗어나갔다.

"이제 얼마든지 반말해요. 쿨하게 듣죠."

싱긋 웃으며 무연이 컵을 내밀었다. 그 컵을 신경질적으로 빼앗아 벌컥벌컥 입에 들이부었다. 빌어먹을 와사비. 우진은 살벌한 눈으로 무연을 쏘아봤지만 무연은 그저 생글생글 웃었다.

"딱 봐도 저보다는 연배가 있어 보이시고 몸 잘 쓰는 거 보니 운동하는 것 같고 그리고 본인은 싫은데 어쩔 수 없이 나 따라다니는 걸 봐선 무슨 조직 같은 데 있는 것 같고. 혹시…… 흥신소 직원이에요?"

"뭐?"

"흥신소요. 아님 사립탐정? 경찰? 아, 그게 그건가?"

스스로도 구분이 어려운지 무연이 머리를 갸웃거렸다. 그로서는 어이가 없을 뿐이다.

"신병 있다던 거 아니었어? 멀쩡해 뵈는데?"

"신병은 무슨. 그냥 미친 거라니까. 요즘 세상에 그런 게 어디 있어?"

"아니, 민주 엄마 얘기 못 들었어? 귀신이라도 씐 모양이지?"

우진은 고개를 돌렸다. 그와 무연이 앉은 테이블을 보며 입방아를 찧어대는 다른 테이블의 사람들이 눈에 들어왔다.

"신경 꺼요."

인상을 찌푸리던 우진은 다시 눈을 돌렸다. 무연은 여전히 내일은 없는 사람처럼 열심히 고기를 먹고 있었다.

"아니면 불편하시려나? 신병 앓는다는 미친 애랑 마주 앉아 있는 거요. 가도 돼요. 괜히 미친 애랑 얽혔다고 소문날 수도 있어요."

농담처럼 말은 하지만 다소 자조적인 어투였다. 우진은 무연을 빤히 보다 피식 웃었다.

"난 그런 거 안 믿는데. 세상에 귀신이 어디 있고 신이 어디 있어? 신병? 정말 신이 들린 거면 내가 누군지 단번에 맞혔어야지. 근데 거긴 모르잖아?"

맞는 말이다. 무연이 고개를 끄덕이자 우진이 거보라는 얼굴로 눈썹을 까딱이곤 젓가락을 테이블에 놓았다.

"다 먹었으면 일어나자고. 여기서 밤새울 거야?"

자리에서 일어난 우진은 계산을 마쳤다. 무연은 그런 그를 묘하게 바라보다 피식, 새어나오려는 웃음기를 꾹 누르며 자리에서 일어났다.

분명 신사는 아니다. 매너가 좋은 것도 아니고 다정하지도 않다. 그런데 뭐랄까. 왜인지 그가 상냥하게 느껴졌다. 말버릇이 참 싹퉁머리 없는데도 말이다.

"그럼 고생했어. 잘 자."

집까지는 금방이었다. 무연은 무뚝뚝한 인사를 하고 집으로 들어가는 남자의 뒷모습을 조금 아쉽게 배웅했다.

누군가와 이렇게 함께 오래 있는 건 거의 없던 일이라 막상 헤어지고 혼자가 되자 기분이 이상해졌다. 말수가 많은 사람은 아니었지만 그래도 존재감이 뚜렷했기 때문인지, 갑자기 밤바람이 을씨년스럽게 느껴졌다.

무연은 묘하게 감상적이 된 제 기분을 털어내듯 고개를 젓고는 계단을 터벅터벅 올라가 옥탑방으로 들어갔다.

"……어라?"

방 불이 켜지지 않았다. 전구 갈 때가 됐나.

무연은 인상을 찌푸리곤 더듬더듬 움직여 방 안으로 들어갔다. 상 위의 스탠드를 밝힐 생각이었다.

그런데 기척이 느껴졌다. 무연이 돌아보자 화장실 안쪽으로부터 검은 그림자가 튀어나와 그녀의 입을 막고 손을 비틀어 압박했다.

"읍!"

무연은 공포에 질려 마구 바르작거렸다. 그림자는 혼자가 아니었다. 또 다른 사람이 방을 엉망으로 헤집어놓았고 그동안 그녀는 문밖으로 끌어내졌다.

최대한 반항해 발을 밟기도 하고 버팅기기도 했지만 속수무책이었다. 고개를 마구 흔들어 입이 상대의 손에서 벗어나자 손을 사납게 물어버렸다.

"큭……!"

"사람 살……!"

입이 다시 막혔다. 무연은 발을 버둥거려 근처 화분을 차버렸다. 쨍그랑, 소리가 울리고 옥탑방 안에서 세 명이나 되는 사람들이 튀어나왔다. 그들뿐만이 아니었다.

"어라, 이건 또 무슨 상황이야?"

검정색 팬츠에 하얀 면 티셔츠를 입은 우진이 계단참에 서 있었다. 일련의 소리를 듣고 올라온 모양이다.

무연은 저도 모르게 몸을 늘어뜨렸다. 우진이 나타난 것만으로도 안심이 되었다. 살았다, 라는 생각에 눈시울도 시큰해졌다.

"친구야?"

무연은 필사적으로 고개를 가로저었다. 우진은 관자놀이를 긁적였다. 헤어진 지 고작 몇 분이나 되었다고 또 사달이다. 이 여자의 인생에 평탄할 날은 없는 걸까.

여기서 밖으로 나갈 수 있는 길은 그의 뒤에 있는 계단뿐이다. 우진은 계단을 뒤에 둔 채 곧바로 남자들에게 달려들었다. 싸움이라면 이력이 난 그다.

"달밤에 체조하게 생겼네."

가장 선두에 있는 남자를 발로 차고 손날로 목을 가격하자 몸이 그대로 허물어져 내렸다. 가장 짧은 동선으로 확실하게 적을 제압하는 게 그가 군대에서 익힌 실전 무술이었다.

두 번째, 세 번째 남자 역시 마찬가지였다. 도미노 쓰러지듯 남자들이 기절했다. 눈 깜짝할 사이에 벌어진 일이다.

우진은 무연을 잡고 있는 남자에게 곧장 달려들었다. 다행인 것은 무연의 입만 틀어막고 있을 뿐, 남자에게 무기는 없다는 것이다.

우진은 남자의 옆을 돌아 뒤를 가격하고 무연을 잡아당겼다. 처음에 쓰러졌던 남자가 몸을 일으키고 있었다. 지금은 일단 몸을 빼야 했다. 우진은 무연의 손을 잡고 계단 아래로 뛰어 내려갔다. 대문 밖으로 내달려 주택가 골목을 방향이 짚이는 대로 뛰었다.

그렇게 얼마나 뛰었을까. 무연이 넘어졌는지 그가 잡고 있던 팔이 쑥 꺼지며 휘청였다.

"헉, 헉."

우진은 숨을 헐떡이며 돌아보았다. 자리에 주저앉은 무연이 바닥을 짚고 토할 것처럼 숨을 쏟아내고 있었다.

이제 어떻게 해야 할까. 다시 집으로 돌아가기에는 위험이 따른다. 그렇다면 다른 곳으로 가야 하는데 그는 지금 땡전 한 푼 없었다.

"돈 있어?"

"헉헉, 네? 돈? 돈이요?"

그때까지도 숨을 헉헉대며 땀을 닦던 무연이 그를 올려다보았다. 우진은 얼굴을 찡그렸다. 있을 리 없겠지.

고개를 돌리며 생각을 잇던 우진은 앉아 있던 무연의 손을 낚아채 또다시 달렸다.

"왜……!"

왜긴. 놈들이 쫓아오니까 그러지.

아직 안전지대는 아니었던 모양이다. 우진은 무연을 데리고 정신없이 달리다가 골목이 미로처럼 얽힌 지대로 들어섰다. 무연도 두 눈을 꾹 감은 채 빨개진 얼굴로 숨까지 참으며 죽자 사자 달리고 있었다.

"젠장······!"

오밤중에 이게 웬 난리인가.

우진은 코너를 돌다가 사람 한 명이나 겨우 지나다닐까 싶은 작은 틈새가 보여 무연을 밀어넣고 자신도 몸을 구겨넣었다. 그리고는 헐떡대는 무연의 입을 손으로 막고 숨을 죽였다.

숨이 막히는지 무연이 그의 손을 치워내려 했지만 우진은 얼굴을 들이댔다.

"쉿."

발소리가 다다다 났다. 이제 저 소리들이 사라질 때까지 숨을 죽이고 있는 수밖에 도리가 없다. 그들을 쫓는 소리는 아직도 사방에서 들려왔다.

가만히 소리에 집중하던 우진은 시선을 내렸다. 그와 벽 사이에 낀 무연의 동그란 정수리가 눈에 들어왔다. 숨을 내쉴 때마다 그와 그녀의 몸이 살짝 맞닿았다 떨어지기를 반복했다.

지나치게 가깝다는 생각에 우진은 몸을 살짝 움직였다. 무연에게서 조금이라도 떨어지기 위해서였다. 그러나 그의 셔츠를 움켜쥔 무연의 손에 힘이 바짝 들어갔다. 그녀의 몸이 희미하게 떨리고 있는 게 느껴졌다.

그래, 보통 여자다. 겁이 나겠지. 당연했다.

그러는 동안 발소리는 점점 멀어져 들리지 않게 되었다. 그래도 안전하다는 걸 확신하는 데는 조금 더 시간이 걸렸다.

우진은 무연의 앞에서 몸을 비켰다.

"너 대체 정체가 뭐야?"

입을 앙다문 채 있던 무연이 그의 물음에 고개를 들었다.

"왜 저런 것들이 널 쫓아다녀?"

이번엔 그냥 넘어가지 않을 작정이었다. 이제 영문도 모르고 상황에 놀아나는 건 재미가 없다.

"너 간첩이라도 돼? 아니면 스파이? 뭐야?"

무연의 손끝이 희미하게 떨렸다. 안쓰럽긴 했지만 그렇다고 심문을 그만둘 생각은 없었다. 우진은 조금 전보다 더 위압적으로 무연을 내려다보았다.

"정체가 뭐냐고."

무연이 그를 올려다보았다. 유리알처럼 투명한 눈에 위화감이 들었다. 모든 걸 꿰뚫어 볼 것처럼 투명하기도 하고 끝을 알 수 없는 어둠이 도사리고 있는 것처럼 깊기도 했다.

"나도 몰라요."

"뭐?"

"왜 저 사람들이 날 쫓는지. 혹시 제가 어디다가 사채라도 썼었어요? 왜 이렇게 된 건지, 이게 무슨 상황인 건지 정작 궁금한 건 나라고요."

무연이 지친 얼굴로 고개를 숙였다. 눈가가 젖어 있었다. 젠장. 괜히 그가 울린 것 같아 기분이 찜찜해졌다.

우진은 무연을 두고 벽 사이에서 나와 다시 한 번 주변을 확인했다. 일단은 움직여야 했다. 집으로 돌아가는 건 멍청한 짓이다.

"뭐 해? 나와."

벽 사이에서 걸어 나오는 폼이 이상해 보니, 또 신발이 없다.

"……하, 맨발의 청춘이 따로 없네."

집 안에서 바로 끌려 나왔을 테니 신발을 챙길 틈도 없었으리라. 우진은 골목을 두리번거렸다. 저번처럼 뭔가 신발 대용으로 싸맬 만한 것이라도 없나 싶어서였다. 그런데 그보다 먼저 움직인 무연이 벽 틈에서 뭔가를 가지고 나왔다.

"저기, 이거면 될 것 같은데."

우진은 인상을 구겼다. 포대자루였다. 무연이 발을 그 안으로 쑥 집어넣고는 왔다 갔다 하며 바닥을 걸었다.

"옷보다는 착용감이 덜해도 괜찮은데요?"

히쭉 웃으며 하는 말이 어이가 없다. 포대자루를 허벅지에 묶고는 또 한 짝을 찾겠다며 벽 틈 사이로 몸을 들이밀려 했다.

"여봐."

우진은 무연의 팔을 잡아당겼다.

"그냥 여기 가만히 있어. 어차피 움직이려면 차도 있어야 하니까."

우진은 몸을 돌렸다. 그런데 그의 옷자락을 무연이 와락 잡았다. 돌아보자, 무연이 당황하며 손을 후다닥 놓았다.

"가…… 어, 가려고요? 제가 좀 귀찮게…… 굴긴 했죠? 나는 그냥……."

어찌할 바를 모르며 횡설수설하는 무연을 보고 나서야 우진은 아차 싶었다. 그가 혼자 가버릴까 봐 겁이 난 모양이다.

"……너무 눈에 띄어서 내가 쪽팔려. 그러니까 여기서 기다려.

그 포대자루는 좀 벗고."

어스름한 골목길을 거침없이 나아가는 그를 보며 불안감을 누르던 무연은 자리에 풀썩 쪼그려 앉았다. 한숨을 짙게 내쉬고는 우진을 잡았던 제 손을 내려다보았다.

저 남자에게 언제 이렇게 의지하게 된 걸까.

『이쯤 되면 너도 옹고집인 건 알겠다.』

무연은 무릎에 파묻었던 고개를 퍼뜩 들었다. 하얀 소복이 눈에 들어왔다. 따라 올라가니 머리칼이 하얗고 눈자위가 시커먼 삽살이가 어린아이의 모습으로 서 있었다.

"너······! 이······!"

무연이 멱살이라도 잡으려 엉덩이를 들썩였다. 그러나 그녀의 손을 가볍게 피한 삽살이가 잔망스럽게도 웃었다.

『너, 정말 죽고 싶어?』

그 말이 가슴을 울렸다. 정말 죽을 뻔했으니까 지나가는 말처럼 들리지가 않았다.

"······다, 이것들 다 장난인 거야? 내가 싫다고 해서, 그래서 다? 납치도?"

꾹꾹 참아 눌렀던 억울함이 순식간에 차올랐다. 눈시울이 붉게 달아올랐다.

『납치? 훗, 우린 인간의 일에 직접적인 관여는 할 수 없어. 그게 이승의 불문율이라는 거지. 단지 우리가 영향을 끼칠 수 있는 건 너뿐이야. 너에 관해서만. 네가 만신이니까. 하늘과 땅을 잇는 경계에 선 자.』

그렇게 말하는 삽살이의 얼굴에는 기이한 귀기가 어렸다. 목덜미의 털이 쭈뼛 섰다. 무연은 삽살이를 적대적으로 쳐다보다 순간 스치는 생각에 입을 열었다.

"가만. 내가 죽으면 다 소용없잖아?"

『멍청하구나? 죽는 게 차라리 나을 만큼 널 괴롭힐 거니까. 그리고 결국 널 죽일 수도 있지. 신들이란 건 꽤 변덕스럽거든.』

"그럼, 그럼 여기서 벗어날 방법은 없……."

『경아도 예전에 같은 걸 물었었어. 하지만 결국 죽었지.』

경아라는 이름에 무연은 입을 다물었다. 낯설지만 그립고 진저리나면서도 아픈 그 이름.

하지만 경아는 만신이라는 제 운명을 덤덤하게 받아들였다. 삽살이의 말에는 괴리가 있었다.

"엄……마는 만신이었어. 결국 죽다니, 그게 무슨 소리야?"

『경아가 물은 건 너였어. 널 벗어나게 할 방법.』

무연은 눈앞의 삽살이를 빤히 보았다. 경아는 그녀를 운명에서 벗어나게 한다는 이유로 아홉 살이었던 그녀를 내다 버렸다.

하지만 삽살이는 꼭 그 방법이라는 것 때문에 경아가 죽은 것처럼 말한다. 그렇다면, 경아는 17년 전에 죽었어야 했다. 말이 맞지 않다.

"그게 무슨 말이야?"

"지금 누구랑 얘기하는 거야?"

무연은 갑작스런 목소리에 골목 어귀를 돌아보았다. 우진이었다. 고개를 다시 돌렸지만 삽살이는 이미 사라진 후였다.

"일단 그거라도 신어."

우진이 그녀의 앞으로 뭔가를 던졌다. 커다란 갈색 워커가 그녀의 발밑에 떨어졌다. 무연은 워커에 발을 꿰며 우진을 올려다보았다.

"이게 어디서 났어요? 샀어요?"

"이 시간에 문 연 가게가 있겠어? 난 지금 돈도 없다고."

무연은 다시 워커를 내려다봤다. 분명히 새건 아니다. 그렇다고 아주 낡은 것도 아니었다. 분명 누군가가 신던 거다.

무연은 다시 한 번, 삽살이가 있었던 벽 틈의 검은 공간을 힐끗 보고는 자리에서 일어났다.

"이거 혹시 천우진 씨 신발이에요?"

걸을 때마다 커다란 워커가 그녀의 발아래서 껄떡댔다.

"왜, 냄새라도 날까 봐?"

그가 물었고 무연은 웃으며 고개를 가로저었다.

"그게 아니고요. 다시 제대로 말할게요. 도와줘서 고마워요."

날카롭지만 서늘한 그의 눈을 마주한 무연은 마음을 꾹꾹 눌러 담아 말했다. 우진이 그녀를 멀거니 보더니 검지로 그녀의 이마를 밀었다. 그리곤 눈을 가늘게 뜨곤 입가를 늘였다.

"잊었어? 나도 그놈들 못지않게 꿍꿍이 있는 놈이란 거. 너 좀 맹한 데가 있다?"

무연은 얼굴 전체로 퍼지는 그의 웃음에 저도 모르게 숨을 멈췄다. 비웃는 게 아닌, 평범하게 웃는 얼굴은 처음 보았다.

그런데 그 미소가 한순간 숨을 멎게 할 만큼 치명적이라서 당황스러웠다. 무연은 눈을 정신없이 깜빡였다. 귀신도 아닌데 사람을 홀린다. 깜짝이야.

"내 얼굴에 뭐 묻었어? 뭘 그렇게 봐."

무연은 우진의 뒷모습을 빤히 쳐다봤다. 돌이켜보면 그녀의 일상이 무너져 내린 순간, 늘 저 남자가 있었다. 정체도 모르고, 왜 그녀 곁을 맴도는지도 알 수 없는데, 싫고 귀찮은 티를 팍팍 내면서도 결코 외면하지는 않는다. 아마 저 남자가 없었더라면 그녀는 죽었을지도 모르겠다. 산속을 헤매다가 혹은 전기에 감전이 됐거나 혹은 차에 치여서.

오늘은 유난히 긴 밤이었다. 그래서 고마웠다.

버리고 가지 않아서.

신발을 가져다줘서.

또 내 옆에서 걸어줘서.

chapter 04

야반도주

아직 동이 트기 전이다. 한강 근처에 차를 세운 우진은 어딘가로 전화를 걸었다. 무연은 차 조수석에서 새우처럼 몸을 잔뜩 웅크린 채 자고 있었다.

– 하아. 지금 몇 시인 줄 알고 전화한 겁니까?

곧 전화 너머에서 잠이 덜 깬 목소리가 흘러나왔다.

"새벽 3시 57분이네요."

– ……무슨 일이라도 생겼습니까?

"감시대상에게 사람이 붙었습니다. 간밤에 납치당할 뻔했거든요. 일단은 노숙 중입니다."

– ……예?

우진은 간밤에 있었던 일과 더불어 임무연이라는 여자가 몰고 다니는 폭풍 같은 사고들에 대해서 짧게 언급했다.

– ……그렇군요. 하지만 돌아가도 될 겁니다. 보장하죠.

"무슨 일인지 말씀해주실 생각은 없는 겁니까? 그냥 저 같은 따까리는 꼭두각시인형처럼 얌전히 말만 잘 들으라는 거죠?"

우진은 미간을 찌푸렸다. 이번 일은 굉장히 이상했다. 감시대상 도, 성훈도, 일의 처리 방식도. 명확한 게 없다.

─ 조만간 지시 내리겠습니다. 우선 그녀를 안전하게 보호하세요. 그게 천 팀장이 해야 할 일입니다.

우진은 똥 씹은 얼굴로 전화를 끊었다. 애초에 불타는 애국심으로 NIS 요원이 된 건 아니다. 그저 그를 둘러싼 모든 것으로부터 들들 볶이지 않게 해주는 일종의 울타리 역할을 군대와 국정원이 해주었기에 선택한 길이었다.

"아직도 절 그렇게 모르십니까, 원장님? 제가 또 상부 명령 듣기를 개똥으로 아는 놈 아닙니까."

임무연이 왜 국가보안인물인지 궁금하다. 그가 볼 땐 약간의 몽유병이 있는 것을 제외한다면 평범한데 말이다.

우진은 잠깐이라도 눈을 붙이기 위해 차에 올랐다. 의자를 젖히는데 뭔가가 툭, 떨어지는 소리가 났다. 무연의 발에 아슬아슬하게 매달려 있던 워커가 결국 바닥에 떨어졌다.

우진은 눈을 가늘게 뜨고 무연의 종아리 언저리의 쓸리고 긁힌 상처를 내려다보았다. 그러다 장난감처럼 작은 발에 시선이 멎었다. 저걸로 걸어다닐 수는 있나.

"으흠, 흠!"

왜인지 자신이 변태같이 느껴져 헛기침을 한 우진은 뒷좌석으로 손을 뻗어 뭔가를 찾았다. 진녹색 담요였다. 있는지도 잊어먹고 있었는데 갑자기 떠올랐다.

담요를 무연의 몸 위로 덮어준 우진은 이번엔 진짜로 좌석을 젖히고 누워 눈을 감았다.

☙

성훈은 동이 트자마자 홍주에게 전화했다. 우진의 보고를 듣자마자 홍주의 짓일 거라고 짐작했다.

– 맞습니다. 제가 본가의 사람을 보냈습니다.

"그렇게까지 하셔야 했습니까? 방법이 너무 거치셨습니다. 그 아이가 그렇게 귀하다면 방법이 잘못된 것 아닙니까?"

– 전 단지 그 아이를 데려오라 일렀을 뿐입니다. '그분'께서도 몹시 기다리고 계십니다. 더 이상 왈가왈부는 안 하셨으면 좋겠군요. 그럴 권리가 있으시던가요? 손을 빌려주실 게 아니라면 더는 관여하지 마세요.

성훈은 얼굴을 굳혔다. 경아가 떠올랐다. 한평생을 살아 있되 존재하지 않는 자로 살아야 했던 자의 처절한 고독과 깊은 절망과 뼈를 갉는 한(恨).

경아가 죽는 그 순간까지 바랐던 건 그녀가 목숨까지 깎아가며 세상으로 내보냈던 제 아이를 그 끔찍한 푸른 기와 밑으로 끌어들이지 않는 거였다. 그 아이만큼은 자유롭고 평범하게 살아가는 것.

"……손을 빌려드리죠."

성훈은 전화를 끊었다. 홍주는 사명을 목숨처럼 여기고 사는 여자다. 그 자리에 그 아이를 데려다 놓기 위해서라면 무슨 짓을 할지 모른다. 그렇다면 그의 선택지는 하나뿐이다.

무연은 눈을 멍하니 깜빡였다. 앞에는 반듯이 누워 자고 있는 우진이 보였다. 제 몸엔 낯선 녹색 담요가 덮여 있었다. 남자에 대한 짙은 호의가 뭉글뭉글 피어올랐다.

담요를 손으로 만지작거리던 무연은 몸을 조심스레 일으킨 후, 녹색 담요를 우진에게 덮어주고 차에서 내렸다.

"……한강인가?"

무연은 뿌옇게 물안개가 낀 한강을 보다가, 물가로 다가갔다. 멀리 한강 너머 빌딩숲이 보였다.

"어쩌려고? 더 가면 빠진다?"

멍하니 있던 무연은 놀라 뒤를 돌아보았다. 어느새 차에서 내린 우진이 가슴 앞으로 팔짱을 끼고 서 있었다.

"어, 일어났어요?"

"하나 묻자. 너 간첩이야? 아니면 외국 정보기관 스파이?"

무슨 소리인지 모르겠다. 그녀를 물끄러미 보던 우진이 다시금 입을 열었다.

"혹은 북한 관련 고위인사 자제라도 되나?"

무슨 개 풀 뜯어먹는 소리인가. 꿈이라도 꿨나.

"그것도 아니면 왜 널 청와대로 데려가야 하지?"

"……예?"

우진이 팔짱을 끼고 있던 손을 풀어 휴대전화를 들어 보였다.

"방금 명령 하달이 왔어. 임무연을 청와대로 데려가라고."

청와대.

무연은 저도 모르게 뒷걸음질을 쳤다. 끝없는 담벼락. 그 안에서 자유 없이 갇혀 살았던 새장 속의 새였던 그들 모녀.

"또 물으면 이걸로 한 다섯 번쯤 되는 것 같은데. 너 정체가 뭐야, 임무연?"

무연은 숨을 들이켜고 주먹을 꽉 움켜쥐었다.

"……당신, 뭐예요?"

우진은 고개를 한쪽으로 기울이며 서늘하게 대답했다.

"NIS 소속 특수요원 천우진. 이제야 밝히는 거지만 난 널 감시하려고 여기 있는 거거든."

그리고 그때였다.

『외로워.』

무연은 고막을 울리는 섬뜩한 음성에 뒤를 돌아보았다.

"내가 깠으니까 그쪽도 까."

그의 목소리가 먼 데서 들려온다. 무연은 두 눈을 부릅떴다. 코앞에, 눈자위가 하얗게 까뒤집어진 여자가 나타나 입을 귀 밑까지 쭉 찢었다.

『외로워.』

흠뻑 젖은 머리칼에서 물이 뚝뚝 떨어져 내렸다. 하얗고 창백한 손을 뻗어 그녀의 목을 감아쥐었다. 움직일 수가 없었다. 사람이 아니다. 이건 귀신이다. 물귀신.

망할! 인간의 일에는 관여할 수 없다면서!

무연은 귀신이 강으로 끌어내리는 힘을 이기지 못하고 풍덩 빠졌다. 검은 어둠이 그녀를 감쌌다. 폐가 콱 막혔고 목을 쥔 섬뜩한 손은 계속해서 그녀를 끌어내렸다.

무연은 두 눈을 질끈 감았다. 죽는다. 허우적거리던 손이 그대로 내려앉았다. 그리고 그때, 그녀의 손목을 무언가가 잡아챘다. 무연은 겨우 눈을 떴다.

우진이다. 그녀의 손목을 잡은 그는 물 위로 떠오르기 위해 헤엄을 쳤다. 그제야 무연은 바둥거렸다. 발을 차며 손으로 제 목을 감아쥔 것을 떼어내려 안간힘을 썼다. 살기 위해서.

우진은 그녀를 둔치 위로 끌어올려주곤 자신도 그 옆에 뻗어버렸다.

"하아, 하아!"

"하아, 하아!"

정신없이 숨을 골랐다. 어스름하게 밝아지는 하늘을 멍하게 올려다보는데, 갑자기 목깃이 왈칵 쥐어지며 상체가 거칠게 들렸다. 성질이 난 것 같은 우진이 그녀를 무섭게 쏘아보았다.

"죽으려고 환장했어? 진짜 미친 거야, 너?"

그녀만큼이나 흠뻑 젖은 우진의 얼굴에서 물방울이 흘렀다.

"아니면 도망이라도 가려고? 헤엄쳐서? 너 또라이냐? 죽으려면 다른 때 죽어. 내가 안 얽혀 있을 때."

이 남자는 불도저 같다. 부드러운 맛이라고는 티끌도 없다. 그러니 지금도 그녀의 멱을 움켜쥐고 죽일 듯이 노려보는 거겠지만.

그런데 이상하게도 무섭지는 않았다. 투박하지만 다정한 부분도 분명 있는 걸 알기에. 예를 들면 조금 전의 녹색 담요 같은.

"죽으려고 했던 거 아니에요. 미쳤어요? 왜 죽어. 살아남아서 하고 싶은 게 얼마나 많은데. 그냥 난……."

과연 말해도 믿을까. 그녀 스스로도 이 모든 일이 믿겨지지가 않는데.

"……푸른 기와에는 만신이 산다, 라는 말 들어본 적 없어요?"

"만신? 무당 말하는 거야? 난 신이라든지 점, 예지 따위는 안 믿어."

"빙고. 나도 안 믿어요."

"지금 장난해?"

"장난이면 차라리 낫죠."

무연이 아랫입술을 짓씹었다. 미치겠는 건 자신이다. 이 모든 게 꿈이었으면 좋겠다. 지금도 보였다. 그녀를 물속으로 끌어당겼던 귀(鬼)가 가까운 물 위에 서서 그녀를 보고 있었으니까.

"그때 들었잖아요. 신병 앓는다는 얘기."

그녀의 멱살을 쥐고 있던 손이 탁 풀렸다. 목을 죄고 있던 힘도 사라졌다.

"이건 뭐, 얘기할 가치가 없네."

우진이 말을 마라는 듯 자리에서 일어나는데 무연은 그의 팔을 꽉 잡고 당겼다.

"내가 만신이래요. 푸른 기와에 산다는 그 만신."

"너 정말 이거야?"

우진이 검지를 들어 관자놀이 옆에 대고 빙빙 돌린다.

"몽유병만 있는 줄 알았는데 망상증도 있었어?"

무연은 그를 잡은 손을 놓고 웃고 말았다. 맞다. 이런 게 일반적인 상식이다. 그게 말이나 되냐 미친년 취급하고 흘려버리는 것. 그런데 어찌 된 일인지 그녀에게는 그 미친 일이 현실이었다.

숨 막히고 빌어먹을 만큼 비현실적인 현실.

우진은 일어나서 입고 있던 셔츠를 벗어 물기를 꽉 짰다. 근육으로 꽉 조여진 단단한 상체가 역동적으로 움직이는 것을 멍하니 바라보던 무연은 겨우 일어나 앉았다.

그는 그녀를 청와대로 데려가야 한다고 했다. 하지만.

"미친 거 맞다고 쳐요. 그렇게 치자고요."

트렁크에 있는 가방에서 새 옷을 찾던 우진이 그녀를 보았다.

"그러니까 나 청와대 데리고 가지 말아요."

무연은 젖은 몸이 으슬으슬 떨리는 것도 상관없이 간절하게 말했다. 우진이 어이가 없다는 듯 고개를 가로저었다.

"뭘 착각하는 모양인데 네가 미친 건 미친 거고 내가 해야 할 일은 해야 할 일이거든."

자신의 짐에서 새 상의와 하의를 찾은 우진은 무연을 향해 던졌다.

"저쪽에 화장실 있으니까 갈아입고 와."

어쩌면 조금 기대했는지도 모른다. 우진이 그녀를 도와주기를.

"나처럼 살 바에야 죽어. 도망가. 당장."

경아가 죽기 전 했던 마지막 통화가 그녀의 머리를 울렸다. 화장실로 향하며 슬쩍 돌아보니 우진은 트렁크 안을 보고 있었다.

"도와준 건 고마워요. 그런데 나 거기는 다신 안 가요."

도망갈 거다. 아무도 못 찾을 곳으로 가서 숨겠다. 평생을 숨어 살아야 한다고 해도 그곳에 갇혀 사는 것보다야 나을 것이다.

당했다. 아무리 기다려도 무연은 오지 않았다. 불길한 예감에 뒤늦게 여자 화장실로 갔지만 무연은 이미 사라진 후였다.

"감히 날 뺑이 돌리시겠다? 임무연, 너 죽었어. 잡히기만 해."

화장실에서 나온 우진은 뻥 뚫린 고수부지 주변을 험악한 얼굴로 쏘아보았다.

"감시대상이 도망쳤습니다. 그러니까 저한테 이 여자에 대해 전부 알려주셔야겠습니다. 푸른 기와의 만신이 대체 뭡니까?"

─ 푸른 기와의 만신이 뭐냐고요? 그걸 알게 되면 천 팀장은 엄청 귀찮은 일에 휘말리게 될 텐데요. 복잡하고 귀찮은 일, 싫어하잖아요. 그래도 듣겠습니까? 원해요?

우진은 얼굴을 구겼다. 알려줄 생각은 없나 보다. 여우 같은 영감탱이. 국정원장이 이래도 되는 거야? 살살 약 올리기나 하고.

"하아, 됐습니다. 제가 알아서 찾죠."

우진은 전화를 끊었다.

이 발칙한 여자를 어디 가서 찾아야 하나. 옥탑방으로 돌아갔을 리는 없다. 해는 이미 훌쩍 떴고 하루를 시작하는 사람들로 고수부지는 활기를 띠어갔다. 인파가 많았다. 하지만 그 속 어디에도 그의 눈에 익숙한 여자는 없었다.

무연은 비척비척 걸었다. 땡전 한 푼 없고 갈 곳 역시 없었다. 도주한 것까진 좋았다. 그런데 그 뒤를 생각을 안 했다. 배고파.

"하아……."

무연은 한참을 걷고 또 걷다가 종내에는 지하철역 앞에 주저앉았다. 멍하게 정신 나간 사람처럼 앉아 있으려니, 문득 앞으로 동전 하나가 또르르 굴러왔다. 오백 원짜리였다. 고개를 들자 근처에 있던 꼬마가 또다시 돈을 던졌다. 이번에도 오백 원이었다.

"……익, 야! 나 거지 아니거든?"

어이가 없었다. 길바닥에 앉아 있다고 다 거지인 줄 아나. 인상을 퍽퍽 쓰다 오백 원짜리 동전을 집었다. 자존심이 처참히 구겨졌다. 그런데 또 동전이 굴러온다. 모두 합치면 천오백 원이다. 이거면 컵라면 작은 거 하나 먹을 수 있는데. 무연은 입맛을 다셨다.

그래, 자존심이 밥 먹여주나. 그리고 구걸이란 거 처음도 아니다. 버려졌던 날, 그녀는 아동 보호소에서 신고를 받고 나왔다는 사람을 만나기 전까지 역 앞에서 사흘이나 노숙을 했었다.

무연은 가까운 편의점으로 들어가 컵라면을 들고 계산대로 갔다. 천오십 원이니 그래도 사백오십 원 남는다. 히쭉 웃는데, 계산대 직원의 표정이 영 불쾌해 보였다. 그리고 뜨거운 물을 받으러 셀프 테이블 앞으로 갔던 무연은 그제야 직원의 심정을 이해할 수 있었다. 거울을 보고 식겁했다.

"……맙소사, 꼴이 왜 이래!"

헝클어진 머리칼, 여기저기 까진 다리, 짝 안 맞는 슬리퍼—우진의 워커는 한강에 빠졌을 때 사라졌기에 도망치며 주웠다—와 포대자루 뒤집어쓴 것 같은 헐렁한 옷.

"그렇게 안 봐도 빨리 먹고 나갈게요!"

직원의 눈총에 무연이 퉁명스레 말했다.

무연은 컵라면을 먹은 후 역사 앞에 가서 앉아, 아까와 같은 방법으로 차비를 벌었다. 당장 내 코가 석 자인데 자존심 운운할 때가 아니었다.

"이거 생각보다 짭짤한데?"

동전이 제법 모이자, 무연은 가까운 버스 정류장에서 쌍문동으로 가는 버스를 골라 탔다. 어두워지기 시작한 거리는 여기저기 불을 밝혔고 퇴근시각에 몰린 사람들이 거리로 쏟아져 나왔다.

"……하, 어디로 가나."

막상 삶을 두고 도망갈 결심을 하니 별다른 연고도 없는데 미련이 떨쳐지지 않았다. 억울했다. 밤새 코피 쏟아가며 공부해 겨우 간 대학, 기술연구원의 꿈, 사랑…….

가만히 차창에 이마를 기댔다. 문득 우진이 생각났다. 말은 참 못되게 했지만 그만큼 그녀의 옆에 오래 있어줬던 사람은 없었다. 폐만 정말 진득하게 끼쳤다.

그러고 보면 그 사람, 참 잘생겼었는데.

가뭄에 콩 나듯 웃을 때는 가슴이 철렁 내려앉기도 했었다. 그와 함께했던 시간들은 분명히 꽤 즐거웠다.

생각을 잇다 보니, 버스는 어느새 쌍문동으로 들어섰다. 버스에서 하차한 무연은 익숙한 길을 걸어 낡은 주택 앞에 섰다. 도망간 그녀가 다시 돌아오리라고는 생각 못 했을 것이다.

살금살금 계단을 밟아 옥탑방으로 향했다. 도둑 들었던 티가 확 났다. 파라솔은 옆으로 나뒹굴고 있고 평상 위는 발자국이 엉망으로 찍혀 있다. 집기가 부서져 흩어져 있었고 집 안 역시 다르지 않았다.

눈시울이 시큰해졌다. 6년이다. 홀로 일구어낸 그녀의 일상이 무너져 내렸다. 이렇게 구둣발에 짓밟혀서는 처참하게.

입을 앙다문 무연은 커다란 가방에 지갑과 통장, 물리학 관련 서적 몇 권, 당장 입을 수 있는 옷가지 몇 벌을 챙겼다. 짐을 싸는 데는 십 분도 채 걸리지 않았다. 그만큼 단출한 살림이었다.

무연은 짐을 들고 옥탑방을 나와 계단으로 향했다. 그러나 채 몇 발자국도 가지 못하고 멈췄다. 평상 밑, 노란 빛깔의 보자기 때문이다. 잠시 머뭇거리던 무연은 평상으로 가 보자기를 꺼냈다. 경아의 유골이었다.

"이거 두고 가면 정말 미친년 소리 들어, 임무연. 사람 도리는 하자."

보자기를 껴안고 돌아서던 무연은 깜짝 놀라 입 안쪽 살을 콱 깨물었다. 귀신처럼 서 있는 가란 때문이었다. 아니, 귀신이 맞긴 했다.

『언니, 가?』

가란이가 입을 뻐끔거리자 이명처럼 목소리가 웅웅 울렸다. 지금까지 단 한 번도 제대로 마주하려 하지 않았던 넋이었다. 가란이 눈물이 그렁그렁한 얼굴로 그녀에게 말했다.

『부탁 하나만 들어줘. 나 좀 도와줘. 언니.』

"……가야 돼. 너도 이제 좀 가라. 산 사람 좀 그만 괴롭히고. 나는 살았고 너는 그……! 아무튼."

무연은 그대로 가란을 비켜 지나가려 했다.

『엄마가 죽으려고 해. 언니, 엄마 좀…….』

무연은 가란을 돌아보았다. 안개처럼 일렁이는 가란의 몸이 마치 제 슬픔을 대변하듯 가늘게 떨렸다.

『엄마 좀 살려줘.』

"무슨 소리야. 아줌마가 왜?"

가란이 죽고 난 후 넋 나간 사람처럼 마당을 배회하던 아줌마의 모습이 떠올랐다.

『엄마가 죽어. 나 때문에. 내가 죽어서.』

자식을 앞세운 부모는 살아도 산 게 아니다. 그 슬픔은, 절망과 허무는 이루 말할 수 없다. 게다가 가란이는 아픈 아이였다.

"……어디 있는데?"

정의감이 투철해서가 아니다. 가란이 엄마였고, 살면서 인연을 맺은 몇 안 되는 사람들 중 하나였다. 그녀가 어느 날 갑자기 사라지면 그녀를 기억해줄 몇 안 되는 사람 중 하나.

무연은 손에 든 노란 보자기를 꽉 움켜쥐었다.

"네 엄마 어디 있냐고!"

가란이의 모습이 사라졌다가 대문 앞에 맺혔다. 무연은 서둘러 계단을 뛰어 내려가 대문을 열었다. 그리고 비명을 삼켰다. 그 앞에 살벌한 얼굴로 서 있는 우진 때문이다.

"어딜 가려고?"

우진이 그녀를 위압적으로 내려다보았다.

"바보야? 보통 이런 상황에 집엘 다시 오나?"

무연은 우진의 뒤를 보았다. 가란이 한쪽 방향을 손가락으로 가리키고 있었다. 느낌이 이상하다. 심장이 쿵쿵 뛰었다. 무연은 우진을 지나치려 했으나 그가 앞을 막았다. 반대쪽으로 움직여도 마찬가지였다. 무연은 소리를 버럭 질렀다.

"비켜요! 가야 돼요!"

하지만 우진의 얼굴은 냉랭하기만 했다. 우물쭈물할 시간 따위는 없다. 무연은 발을 들어 우진의 정강이를 시원하게 깠다. 밖으로 뛰어나가며 진심으로 소리쳤다.

"미안해요!"

가란이가 가리키는 방향으로 뛰었다. 다리가 휘청여 중간에 넘어지면서 유골단지도 험하게 굴렀지만 깨졌는지 확인할 틈도 없었다. 곧바로 보자기를 들고 일어나 허겁지겁 달렸다.

도착한 곳은 낡은 모텔이다. 데스크 직원이 제재했지만 아랑곳않고 가란이 가리키는 방향으로 정신없이 뛰어 3층으로 올라갔다. 가란이 서 있는 문 앞에 그녀도 멈춰 섰다. 문을 열려 했지만 열리지 않았다.

"아줌마! 문 좀 열어봐요! 아줌마! 저 무연이에요!"

문을 탕탕 두드렸다. 그 소란에 다른 방에서 사람들이 하나둘씩 복도로 나왔다. 안으로부터 가란의 울음소리가 귀를 먹먹하게 할 정도로 크게 터져 나왔다.

"아줌마아아!"

무연은 고래고래 소리를 질렀다. 문을 발로 차고 몸으로 부딪쳐도 보았다. 하지만 열리질 않는다. 그리고 그때, 누군가 그녀의 어깨를 잡았다. 우진이다. 그녀를 따라온 모양이다.

"여기 열면 돼?"

"……열 수 있어요?"

우진이 으스대듯 입매를 비틀곤 재킷 안쪽에서 뭔가를 꺼냈다. 총이었다. 그는 총구에 뭔가를 장착하고 군더더기 없는 동작으로 바로 문고리를 쏘았다. 눈 깜짝할 사이 문고리가 날아갔다.

"뭐 해? 들어가야 하는 거 아니었어?"

무연은 잠시 우진을 멍하니 보다 급히 안으로 들어갔다. 가란이가 축 늘어진 형체 옆에 서서 서럽게도 울고 있었다.

"아줌마! 119! 119 좀 불러줘요! 아줌마! 정신 좀 차리세요!"

무연은 축 늘어진 몸을 안아 올렸다. 주인아줌마다. 옆에는 술병과 함께 이름 모를 약병이 굴러다녔다.

"아줌마……! 이건 아니잖아요! 눈 좀 떠봐요!"

아저씨는 어디 가고 왜 아줌마 혼자 여기서 이러고 있나.

무연은 수척해진 아줌마의 얼굴을 더듬더듬 매만졌다. 가슴이 쿵쾅거렸다. 손끝이 덜덜 떨렸다. 그리고 그 손을 누군가 진정시키듯 꼭 잡아 눌렀다.

"사람 쓰러진 거 처음 봐?"

"그럼 당연히 처음 보죠. 죽지는 않겠죠?"

"안 죽어. 그러니까 뒤로 넘어갈 것 같은 얼굴 하지 마."

투박한 말에 적잖이 안도가 되었다. 곧 주황색 기동복을 입은 구조대원들이 출동했고 아줌마를 싣고 나갔다. 무연의 귓가에 가란의 음성이 희미하게 흩어졌다.

『언니, 고마워…….』

돌아본 자리에 가란은 이미 없었다. 어째서인지 눈물이 후드득 떨어졌다.

"이봐, 괜찮아?"

우진이 그녀 앞에 쪼그려 앉았다.

"사실 오늘 아침에 도망갔을 땐 잡으면 다리몽둥이를 부러뜨려 버려야지 했는데."

그가 눈을 가늘게 뜨고 손 위에 턱을 괸 채 그녀를 빤히 보았다.

"짜증나니까 울지 마. 아직 너한테 손도 안 댔거든?"

협박을 참 이상하게 한다, 이 남자.

"여기서 밤새울 거야? 안 일어나?"

우진은 일어나 밖으로 나갔다. 무연도 팔로 바닥을 짚었다. 다리에 힘이 들어가지 않았다.

"아, 피……."

무릎이 쓰려서 내려다보니 피가 흥건했다. 아까 넘어졌을 때 찢어졌나 보다. 한숨을 쉬며 고개를 드니, 문밖에 서 있는 우진의 단단한 등이 눈에 들어왔다.

어차피 두 번 도망갈 엄두도 안 났다. 그러니까 저 남자의 불친절한 상냥함에 조금 기대봐도 되지 않을까.

"저기요, 천우진 씨."

그가 그녀를 돌아보았다.

"나 무릎이 많이 다쳤는데요. 많이 피곤하고 지치기도 했고요. 하룻밤만 자고 가면 안 돼요?"

"뭐?"

"……많이 지쳐서요. 하룻밤만 자고 간다고요."

갑자기 목구멍으로 뭔가 올컥 치밀어 오른다. 어리광을 부리고 싶어진다. 눈앞의 남자에게.

"지금 청와대 못 간다고요. 아파서."

그가 성큼성큼 다가와 무릎을 들여다보았다.

"장난해? 겨우 이거 갖고 이러는 거야?"

무연은 히죽 웃곤 자리에서 일어났다. 일부러 과장되게 절뚝이며 복도로 나가 현장을 정리한다며 남아 있던 카운터 직원에게 말했다.

"이 사람이랑 묵을 건데, 방 하나만 주실래요?"

"하나?"

무연은 천진하게 고개를 끄덕였다.

"내가 또 도망가면 어쩌려고요? 옆에서 지켜야죠."

"……말이나 못 하면. 너 미친 거 아니지? 사실은 엄청 정상인 거지? 그냥 미친 척하는 거지?"

무연은 글쎄요, 하는 얼굴로 우진을 보며 입매를 늘였다. 그러자 그가 얼굴을 찡그린다.

"웃지 마. 정들어."

우진은 침대 옆의 일인용 소파에 빼딱하게 앉아 죽은 듯이 자는 무연을 빤히 바라보고 있었다.

"망할 여우."

우진은 문득 짜증스럽게 중얼거렸다. 그놈의 푸른 기와의 만신이 뭔지 궁금해 죽겠다. 하지만 성훈은 그걸 알게 되면 그가 귀찮은 일에 휘말릴 거라고 했다.

"에라, 잠이나 자자."

우진은 소파 등받이에 머리를 기댔다. 그러다 선잠이 든 모양이다. 어디선가 낑낑거리는 소리가 들려와, 눈을 떴다. 이 여자는 도무지 조용히 자는 법이 없다.

"왜 그래?"

우진은 몸을 똬리 틀듯 말고 있는 무연에게 물었다. 그러나 하얗게 질린 얼굴을 고통스럽게 일그러뜨릴 뿐, 대답이 없었다. 우진은 침대에 걸터앉았다. 또 열이라도 나는가 싶어 이마에 손을 가져다 댔다가 놀라 뗐다.

"뭐야, 이거."

몸이 얼음장이다. 추위에 언 입술이 달달 떨리고 있었다.

"왜 그래, 임무연?"

우진은 이불을 끌어 무연을 꼼꼼하게 덮어주고 휴대전화를 찾았다. 구급차를 부르기 위해서였다. 그러나 그의 손을 얼음장처럼 찬

손이 힘없이 잡았다. 무연이 고개를 저었다.

"소용, 없어……요. 그러니까, 밤이 지나면…… 나을 거니까, 괜찮, 아요."

"괜찮아지다니?"

"잊었, 어요. 나 열병으로 팔팔 끓다가 순식간에 괜찮……아, 지는 거."

탁탁 부딪치는 이 사이로 겨우 말한 무연은 다시 몸을 잔뜩 웅크리고 숨을 할딱였다. 눈을 감고 숨을 죽인 채 이 시간이 지나가기를 잠자코 기다린다.

은근히 미련하다. 달달 떠는 걸 보고 있자니 가만히 있을 수가 없다. 옷장 같은 게 있으면 이불이란 이불은 모두 꺼내 덮어줄 텐데, 방 안에는 침대 침구류가 다였다.

"쯧."

우진은 혀를 작게 차곤 무연을 빤히 내려다보았다. 이내 이불을 들추고 들어가 무연의 몸을 당겨 안았다. 무연이 놀라 그를 밀어내려 해서 우진은 차가운 몸을 팔로 두르고 꽉 조였다.

"낑낑대는 게 안돼 보여서 그러니 혹여 이상한 상상은 하지 마. 떡 줄 사람은 생각도 않는데 김칫국부터 마시지도 말고. 개도 오한 들 때 이렇게 꽉 눌러주면 좀 낫더라고."

그의 무심한 말에 무연의 입에서 김빠진 웃음이 흘러나왔다. 내가 개인가, 하는 중얼거림도 들렸다. 그 와중에도 무연의 온몸이 진동하듯 떨렸다. 이러다 숨이라도 넘어가는 건 아닌지.

"돌을 씹어 먹어도 될 나이에 뭘 이렇게 밤마다 빌빌거려, 너는."

무연은 대답 대신 온기를 찾아 그의 품으로 더 파고들 뿐이었다. 우진은 저도 모르게 그녀의 머리통을 쓰다듬어주었다. 그러자 무연이 그를 올려다보았다. 머쓱해졌다. 이 망할 손 때문에.

"……왜. 뭐."

"몇 살, 이에요?"

"너보단 많이 먹었어."

"어쩐지. 연륜, 인가. 스킨십이, 무지 자연, 스러워요."

무연의 엉뚱한 말에 우진은 헛웃음을 흘렸다.

"좀 살 만한가 보다, 너?"

"아뇨, 죽겠, 어요."

무연이 그 와중에도 웃었다.

무연의 오한이 잦아든 건 그로부터 시간이 꽤 지난 후였다. 우진은 그의 옆구리에 머리를 콕 박고 잠든 무연을 내려다보았다. 깊이 잠든 것 같은데도 그의 셔츠를 구명줄 잡듯 꼭 움켜쥐고 있었다. 그 손을 떼보려고도 했지만 더 꽉 틀어쥐며 파고들었다.

하도 파고드는 바람에 침대 끝까지 몰려 아래로 떨어질 판이다. 게다가 이제는 작은 머리통이 그의 배 위로 올라와 꾸물거렸다. 우진은 인상을 굳히며 무연의 어깨를 흔들었다.

"이제 괜찮으면 떨어져. 어이. 야."

거기서 더 내려가면 위험지대인데 이 여자는 몸을 동그랗게 마느라 점점 더 내려가려 했다. 안 되겠다 싶어 우진은 무연의 어깨와 머리를 잡아 배에서 내려놓았다.

"아무리 그래도 나 남자거든."

자리에서 일어나려는데 무연이 또다시 그의 옷자락을 잡아당겼다. 악몽이라도 꾸는지 미간에 잔뜩 힘을 주며 끙끙 앓다가 또 그에게 붙어왔다. 마치 체온을 갈구하듯이. 잠결인 것 같은데 어쩌면 이렇게까지 집요한지.

"자고 있는 얼굴이 제일 낫네."

살짝 벌어진 입술 사이로 숨이 흔들린다. 기분이 묘했다. 하얀 시트 위로 검게 흐트러진 머리칼을 내려다보다 저도 모르게 얼굴 옆으로 머리칼을 넘겨주었다.

"……이 손이 정신이 나갔나."

무연은 그저 목표물이다. 여자가 아니라.

이를테면 목표 지점까지 안전하게 운반해야 하는 물건 같은 거다. 전달하는 순간 거기서 끝이다. 그러니까 여린 숨소리나 그의 셔츠를 꽉 틀어쥔 가녀린 손, 코를 자극하는 달달한 체향에 신경 쓸 필요 없다.

우진은 무연을 등지고 돌아누웠다. 얼마 지나지 않아 등 뒤에 바싹 붙는 온기가 느껴졌다. 우진은 감았던 눈을 떴다. 감각이 올올이 섰다. 침대를 벗어날 수도 있지만 본능처럼 온기를 찾는 여자를 밀어내고 싶지가 않았다.

이건 연민이다. 모르는 사람들한테 쫓기고 반쯤 미친 데다가 무슨 짓을 저질렀는지는 몰라도 청와대행을 앞두고 있다. 우진은 그의 등을 껴안은 무연을 그냥 둔 채 눈을 감았다.

『경아는 제 수명을 반이나 깎는 비방을 써가며 네 힘을 누르고 묶어두었어. 넌 네 엄마를 잡아먹은 거야. 그래도 도망칠 거야?』

무연은 삽살이의 검은 동공을 무기력하게 내려다보았다.

"반이나 깎다니? 수명을? 그게 말이 돼?"

『네 영안을 가려주었던 그 은귀고리가 네 엄마의 수명이었다. 모든 일에는 그에 상응하는 대가가 있는 법이지.』

삽살이가 입가를 기괴하게 늘이곤 다시 말했다.

『자, 그럼 너는 여전히 도망칠 생각이냐? 그래봤자 달라지는 건 쥐뿔도 없겠지만.』

온몸으로 한기가 덮쳤다. 무연은 경기하듯 두 눈을 반짝 뜨고 벌떡 일어났다. 막 화장실에서 나오던 우진이 그녀를 보곤 눈썹을 치켜세웠다.

"깼으면 일어나. 대낮이야."

무연은 침대에서 내려와 화장실로 갔다. 꿈이었나. 무연은 차가운 물로 세수를 하고 거울을 들여다보았다.

도망가면 뭔가 달라질까. 아니다. 어딜 가나 미친년일 거고, 귀신이 보일 테지. 제대로 살아갈 순 없을 거다.

"……받아들이겠다고 하면, 괜찮은 거야?"

어디선가 '그래.' 하는 음성이 고막을 울려왔다. 무연은 귀에 달린, 이제는 검고 탁하기만 한 귀고리를 매만졌다. 경아가 죽고 귀고리 빛이 탁해지면서 헛것이 다시 보이기 시작했다.

경아가 그녀를 푸른 기와에서 내보내기 위해 뭔가 수를 썼었다면 그녀 역시 그 방법이란 걸 찾으면 되었다. 그리고 반드시 돌아오리라. 그 푸른 기와의 끝없는 담장 너머 자유로운 세상으로.

"후후후."

무연은 고개를 숙인 채 헛헛하게 웃었다. 그동안 발악했던 것이 무색하게 결정은 쉬웠다. 화장실을 나와 우진에게 다가갔다. 그는 그녀가 가져왔던 노란 보자기를 이리저리 돌려보고 있었다.

"내가 졌어요. 까짓거 청와대 갑시다."

무연은 입가를 늘였다.

"……어차피 갈 건데?"

"한국말은 아 다르고 어 다르잖아요. 내 발로 가는 거랑 끌려가는 거랑은 달라요. 마음가짐부터가."

쇠뿔도 단김에 빼랬다. 무연은 경아의 유골 보자기를 들고 히쭉 웃었다.

"가요."

이제 이 남자와도 안녕이다. 그렇게 생각하니 갑자기 뱃속 어딘가에 휑한 바람이 드는 기분이다. 무연은 배를 손으로 문질렀다. 그녀를 지나쳐 나아가던 우진이 슬쩍 흘겨보며 웃었다.

"배고파? 어제 그 난리를 쳐놓고 눈뜨자마자 밥부터 찾냐?"

"배고픈 거 아니거든요? 그냥 배가 이상해서 그래요."

"병원 가라니까. 너 걸어다니는 종합병원이야. 성가셔."

"지금 사람한테 성가시다 했어요?"

엘리베이터 앞에 선 그가 짓궂게 입꼬리를 끌어올렸다. 장난기

많은 소년 같은 웃음에 무연은 또다시 뱃속으로 바람이 파고드는 것을 느꼈다.

"성가시다는 걸 성가시다 하지, 뭐라 그래."

"그 성가신 거 오늘부로 떨쳐내서 좋겠네요."

"글쎄. 그건 좀 서운한 것 같기도 하고."

그의 대답이 뜻밖이어서 무연은 우진을 물끄러미 보았다. 우진이 빨리 오라는 듯 그녀를 돌아보았다. 그와 헤어지기 싫은 마음이 불쑥 들어버렸다.

우진이 차를 세운 곳은 청와대와 담을 함께 쓰고 있는 칠궁(七窮)의 옆문이었다. 이곳에서 접선자와 만나기로 했다.

무연은 보자기를 들고 차에서 내렸다. 그리고는 운전석으로 와 고개를 까닥이곤 빙글 웃었다.

"그동안 고마웠어요. 저 때문에 수고도 많았고요."

"아직 상대 쪽에선 안 온 것 같은데 차에 타 있어. 날도 더운……."

"아뇨, 왔어요."

무연이 고개를 돌려 어딘가를 응시했다. 우진 역시 따라 고개를 돌렸다. 칠궁 안쪽에서 누군가 걸어 나오고 있었다. 어딘가 강퍅하고 차가운 인상의 중년 여자였다.

"확실해?"

눈을 가늘게 뜨고 홍주를 보고 있는 우진을 빤히 보던 무연은 뒤늦게 대답했다. 이상하게 가슴 저 밑바닥이 헛헛했다.

"……확실해요. 그럼 갈게요."

무연은 우진에게서 몸을 돌렸다. 느릿느릿 걷는데, 뒤에서 경적이 크게 울렸다. 돌아보자 우진이 손을 흔들고 있었다.

"……뭐야. 저러니까 우리가 되게 친한 사이 같네."

보고 싶을 것 같다. 그리고 그제야 가슴에, 배에 파고들었던 바람의 이유를 깨달았다. 아마 그녀는 천우진을 조금, 좋아했던 모양이다. 그도 그럴 게 언제나 슈퍼맨처럼 나타나서 그녀를 구해주었다. 행동의 의도가 뭐든, 그녀가 필요로 할 때마다 옆에 있어주었다.

"뭐야, 깨달을 새도 없이 엄청 짧은 첫사랑이었네."

아마 다시는 못 볼 거다. 가슴이 시큰거렸다.

그와 처음 만났던 건 병원에서였다. 아주 오래전 같은데 돌이켜 보면 불과 한 달도 안 되었다. 그런데 그 짧은 시간 동안, 기억 모든 곳에 저 남자가 있었다.

"잘 먹고 잘 살아요, 천우진 씨."

함빡 웃었다. 속이 시렸지만 애써 감췄다. 흉한 꼴은 다 보이고 이제 와서 예뻐 보여봤자 쓸데도 없겠지만 그래도 마지막의 마지막에는 웃는 얼굴로 기억되고 싶었다. 저 사람에게.

chapter 05

마녀와의 전쟁

"예전에 너와 경아가 지냈던 무영궁(無英宮)이다. 기억을 할지는 모르겠지만 앞으로도 쭉 여기에서 지내게 될 거다."

무영궁은 칠궁의 가장 깊은 곳에서도 언덕을 조금 올라와야 겨우 볼 수 있는 중간 규모의 한옥이었지만 그녀에게는 그럴싸한 새장일 뿐이다.

"아줌마."

무연은 풀이 곱게 발린 장지문을 열고 들어가 방 가운데 다탁에 보자기를 올려두며 홍주를 불렀다.

"아줌마?"

"그럼 뭐라고 부를까요? 어렸을 때도 아줌마라고 했잖아요."

이곳에서 순순히 있어줄 마음은 없다. 엄마가 그녀를 위해 비방을 찾았듯이 그녀 역시 이 모든 고리를 끊을 방법을 찾으리라. 그리고 이 담장 밖으로 나갈 거다. 만신 따위 집어치울 거다.

"나는 홍주다. 마땅한 호칭이 없으니 선생님이라고 불러라."

"엄마도 아줌마를 그렇게 불렀던가요?"

"경아는 내 친구였다."

"에이, 제가 홍주야, 할 순 없잖아요. 그냥 아줌마라고 부르죠. 전 그게 편해요."

무연은 돌아서서 간소한 방을 둘러보았다. 나무로 된 낡은 나비 장과 다탁, 방석, 그리고 이단으로 된 서랍 모양의 수납함.

어렴풋한 기억이 떠올랐다. 밤에, 그녀는 늘 엄마를 향해 몸을 틀고 잤지만 경아는 고집스럽게 정자세로 천장만을 보았었다.

"망나니처럼 굴지 마라. 고분고분해지는 게 좋을 거다."

"고분고분할 사람을 원하면 다른 사람을 찾았어야죠. 제가 아니라."

무연은 적대감이 가득 실린 눈으로 홍주를 보았다. 단 한 번도 원한 적 없었다. 경아에게 버려진 것, 과거를 잊고 평범하게 살려 바둥거린 것, 다시 여기로 돌아온 것까지 모두.

"저는 더 이상 아홉 살짜리 꼬맹이가 아니에요. 멋대로 길들이려는 생각은 접어두세요. 그럴 마음 추호도 없으니까요."

"네 발로 온다고 했다 들었다. 그 뜻은 네 운명을 받아들이기로 결정한 것 아니냐?"

무연은 장을 열었다. 정갈하게 개켜진 비단이불이 눈에 들어왔다. 결코 그립지 않은 향수가 물결처럼 밀려들었다.

"천만에요, 아줌마."

무연은 입가를 스산하게 비틀었다. 홍주의 표정 없는 얼굴에 균열이 일었다. 무연은 그것을 즐겁게 바라보았다.

"난 전쟁을 하러 온 거예요."

우진은 불편한 얼굴로 성훈의 지시를 곱씹었다.

"오늘부로 임무연의 모든 기록을 말소하세요. 그 어디에도 흔적
이 남아 있어서는 안 됩니다. 바로 사망신고하고 다니던 학교, 아르
바이트 장소, 집도 모두 처리하세요."
"그 여자, 살아 있는 것 아닙니까?"
"맞습니다."
"그런데 왜 그래야 합니까?"
"내가 천 팀장에게 알려줄 수 있는 건, 임무연이 더 이상 존재하
되, 존재하면 안 되는 사람이기 때문입니다."

그게 무슨 개소리냔 말이다. 시키니 하긴 했는데 여러 가지로 석
연치 않았다.
"뭐가 어떻게 돌아가는 거야."
기록 말소는 쉬웠다. 사망신고, 재산정리.
혈혈단신인 여자의 신변은 정리하고 말 것도 없이 씁쓸할 정도
로 간단했다.
"너는 대체 26년 동안 뭘 하고 산 거냐."
집을 정리한 후, 대학에도 무연의 사망을 알렸지만 휴학과 복학
을 여러 번 반복했던 탓인지 애도하는 사람도 없었다. 죽었다는데
울어줄 사람 하나 없다는 게 신경이 쓰였다.

짧은 시간이었지만 무연과의 기억이 꽤 진하게 남아 있었다. 그렇게 사람을 굴려먹더니 결국 마지막엔 함빡 웃으며 손까지 흔들어 인사했다. 웃고는 있었지만 칠궁을 향해 돌아선 걸음이 유독 무거워 보였다. 무연을 맞이하러 나온 상대는 어쩐지 느낌이 좋지 않았다.

그 여자를 보낸 게 정말 잘한 건지 모르겠다. 꼭 도살장에라도 끌려가는 듯한 얼굴이었는데.

우진은 한숨을 쉬며 업무 보고를 하기 위해 원장실로 향했다.

"기록은 모두 말소했습니다."

"수고했어요."

"그럼 전 이제 어디로 가면 됩니까? 유럽? 미국? 캐나다? 칠레? 아니면 대기발령입니까?"

"아뇨. 천 팀장 다음 임무는 이미 정해졌습니다."

우진은 눈썹을 치켜세우곤 창밖을 내려다보는 성훈의 뒤통수를 응시했다. 어딘지 모르게 불안한 예감이 들었다.

"다음 임무는 임무연 감시입니다. 아니, 정확히 말하면 경호를 가장한 감시겠군요."

순간 그가 잘못 들은 건 아닌가 했다.

"농담하지 마십시오."

"아니면 다른 선택지도 있죠. 일전에 천지원 비서관이 찾아왔었습니다. 제가 이야기했던가요?"

천지원이라는 이름에 우진의 얼굴이 똥 씹은 것마냥 구겨졌다.

"궁금하지 않은데요. 제가 알아야 하는 겁니까?"

"결정하는 데 도움은 될 것 같군요. 천 팀장을 청와대 경호팀으로 데려가고 싶어 했습니다."

우진은 눈썹을 치켜세웠다. 잘못 들었나 싶었다.

"그쪽보다는 임무연 경호가 낫지 않겠습니까? 어차피 천 팀장, 나라에서 까라면 까야 하잖아요?"

성훈이 비죽이 웃었다.

"망할. 좆 됐네."

우진이 거칠게 중얼거렸지만 성훈은 개의치 않았다. 특수부대에서 3년, 국정원 특수요원으로 10년. 우진은 항상 저런 놈이었다. 그리고 다행히도 우진의 성격상 두 가지 중 하나를 택해야 한다면 뭘 택할지 성훈은 너무나 잘 알았다.

"……생각해보겠습니다."

우진이 못마땅히 대답했다. 성훈은 그런 우진을 향해 드물게 진지한 얼굴로 말했다.

"푸른 기와에는 만신이 산다, 라는 말을 들어본 적 있습니까?"

"푸른 기와에는 만신이 산다, 라는 말 들어본 적 없어요?"

언젠가 무연이 했던 말이다. 자리에서 일어나려던 우진은 도로 앉았다.

"푸른 기와의 만신, 전에도 들었었는데 그게 대체 뭡니까?"

"임무연 경호를 맡게 되면 꼭 알아야 할 말입니다. 천 팀장 인생이 꽤나 귀찮아질 거예요."

성훈의 뒤로 석양이 졌다. 블라인드 창 사이로 들이치는 빛이 피처럼 붉었다.

우진은 무연을 떠올렸다. 그녀는 손에 든 노란 보자기를 구명줄처럼 잡고 활짝 웃었다. 그러고 보면 그 여자는 수어 번, 그를 그렇게 잡았었다. 전선줄이 떨어졌던 그 밤에도, 괴한들이 침입했던 그 밤에도, 오한으로 온몸을 발발 떨던 그 밤에도. 겁에 질린 기색이 역력한데 곧 죽어도 아닌 척하면서 그를 놓지 않았었다.

"하나 먼저 묻죠. 그 여자, 여전히 거기에 있습니까?"

성훈은 고개를 끄덕였다. 그는 무연이 얼마나 청와대를 가기 싫어했었는지 알았다. 데려가지 말아달라고 애원까지 했었다.

"하아. 그 일, 하게 되면 많이 귀찮아집니까?"

그는 머리 복잡한 걸 딱 싫어했다. 그래서 성인이 되자마자 집에서 뛰쳐나왔고 그 이후로는 땅에서 불쑥 솟았거나 하늘에서 뚝 떨어진 놈처럼 본데없이 살아왔다.

"아마도요. 그럼 생각할 시간을 얼마나 주면 됩니까?"

우진은 인상을 썼다. 물론, 한 번쯤은 무연의 안위를 확인하고 싶었다. 잘 있는 건지. 몽유병으로 청와대를 헤집고 다녀 사람들을 기절시키진 않는지. 그리고 여전히 그곳이 싫은 건지.

"오래 걸리지는 않았으면 좋겠군요."

성훈이 여우처럼 웃었다.

더 이상 복통과 오한은 없었지만 여전히 잠을 잘 수가 없었다.

"일어나라."

장지문이 벌컥 열리며 싸늘한 새벽 공기가 밀려들었다. 그녀의 머리맡에 모여 밤새 떠들던 헛것들이 바람에 밀려 연기처럼 흩어졌다. 불면의 원인이 사라졌으니 이제 좀 잘 수 있겠다.

무연은 등을 돌리고 이불을 머리끝까지 뒤집어썼다. 그러자 지난 나흘간 그랬듯이 홍주가 그녀의 이불을 단숨에 벗겨냈다.

"추우니까 문 좀 닫아주실래요?"

"일어나지 않으면 밥 없다."

무연은 얼굴을 와락 찌푸렸다. 인간의 원초적인 욕구를 두고 협박을 하다니 치사하다.

"네가 옥탑방에 두고 온 짐도 가져다 달래서 가져다줬고 음식도 고기반찬으로 달래서 신경 썼다. 봐주는 데도 정도가 있어."

어차피 홍주의 신경을 박박 긁고 싶은 것뿐이었다. 무연은 자리에서 부스스 일어났다.

"먼저 자리 정리하고 옷 갈아입고 세수부터 해라."

"신당 가야죠. 세수도 안 하고 얼굴 먼저 들이밀면 더 갸륵하게 여기시지 않겠어요? 저 위에 계신다는 그분이요."

방 밖으로 나서던 무연은 손가락을 들어 하늘을 가리켰다. 그녀의 버릇없는 태도에 홍주의 눈에서 불꽃이 튀었지만 잠시였다. 감정을 무표정한 얼굴 밑으로 숨기며 서늘하게 말했다.

"그래, 한번 해보려무나."

무연은 바로 옆방, 신당의 문을 벌컥 열었다. 정면에 치우천왕 족자가 바로 보였다. 홍주는 치우천왕이 그녀가 마지막의 마지막에 모셔야 할 신이라고 했다.

치우천왕. 배달국(倍達國)의 14대 천왕으로 큰 안개를 일으키며 세상을 다스린 도깨비 부대를 이끈 용맹한 왕. 무연은 저 족자 속의 신을 본 적이 있다. 어릴 적, 엄마 경아의 곁에서.

무연은 신당 안으로 무거운 발을 들여놓았다. 신당이라 해도 별거 없었다. 커다란 상 위에 빨간 비단을 깔아 무신도(巫神圖), 무구(巫具), 무복(巫服), 무악기들을 모셔두었다.

원래는 쌀밥과 정화수, 그리고 약간의 반찬을 차려 절하고 치성을 드려야 하지만 무연은 그것이 형식일 뿐이라고 생각했다. 마음이 곧 치성이니 그 역할만 잘하면 될 따름 아닌가.

무연은 족자 앞에 넙죽 절을 하고는 빙글 웃었다.

"안녕히 주무셨어요? 오늘 하루도 무사 기원합니다."

인사를 마치고 돌아서는데 홍주가 문가에서 볼을 푸들푸들 떨고 있다. 무연은 그런 홍주를 향해 어깨를 으쓱이고는 제 방으로 갔다.

"인사드렸으니 밥 주세요."

여름이라지만 산속이라 새벽바람이 으슬으슬했다. 무연은 이불 속으로 재차 기어들어갔다. 매일 새벽같이 일어나 치성드리고 밥 먹고 또 치성드리고 밥 먹는 걸 평생을 반복하면서 살아야 하다니 생각만으로도 싫어진다.

『키득키득. 저이, 널 아주 씹어 먹고 싶은 얼굴이던데.』

"알 바 아니야. 왜 신이란 건 안 오는 거야? 네가 여기 있기만 하면 올 거라며. 잡것들만 득실거리잖아."

무연은 머리를 손으로 괸 채 그녀 앞에 앉아 있는 아이 모습의 삽
살이를 보았다. 어디서 구했는지 빨간 사탕을 핥고 있었다.

『넌 아직 하급신도 제대로 못 들인 신세야. 네가 그릇이 되어야
그들이 널 찾아오지. 아침 기도부터가 그렇게 엉망인데 그들이 널
찾아오겠어?』

그럼 아예 온다고 하지를 말든가. 온다고 난리 피워서 사람 인생
파투 낸 게 누군데. 무연은 입을 삐죽 내밀었다.

『가만. 바람이 분다. 귀인이 올 거야.』

삽살이의 이마에 있는 세 번째 눈이 갑자기 붉게 빛났다.

"귀인? 무슨 헛소리야. 여기 누가 온다고."

여긴 금단의 성역이다. 그녀와 홍주를 제외하곤 산 것이라곤 아
무도 들어올 수 없는, 존재도 몰라야 하는.

『귀인이 올 거야. 동방에서 불어온 바람에 실린 천운을 타고난 귀
인이. 어쩌면.』

"어쩌면? 뭐야, 귀신 주제에 뭐가 그렇게 애매해? 족집게여야 하
는 거 아니야?"

무연은 사사건건 삐딱선을 탔다.

『너는 내가 무엇인지나 알고 그렇게 방자하게 구는 거냐?』

"뭐긴, 삽살개지."

그녀가 심드렁하게 대답하자 삽살이가 그녀를 지그시 바라봤다.
속을 샅샅이 파헤칠 것 같은 섬뜩한 눈초리였다.

『나는 죽은 이를 저승길로 인도하는 천구다. 만신의 안내자이기

도 하지. 네 말대로 운명은 늘 예측불가하다. 사람의 기운은 짧은 만큼 강해서 어떻게 변할지 모르지. 하지만 너는 만신이 될 거야. 네 기운보다 훨씬 강하고 질긴 운명의 끈이 네 목을 움켜쥐고 있어. 그 운명에서 벗어날 방법은 오로지 죽음뿐이다.』

무연은 몸을 일으켜 천구를 쏘아보았다. 도와주지는 못할망정 저주나 쏟아붓고 말이다.

"이⋯⋯게 어디서 뚫린 입이라고 막말을 해? 만신? 니미럴! 엿이나 바꿔 먹지! 그리고 너! 지금 여기서 농땡이 피우는 거야? 지금만 해도 저승길 가는 사람이 얼마나 많겠어. 자고로 노는 사람은 먹고 자지도 말랬거든? 내가⋯⋯!"

무연은 눈을 부라리며 천구에게 삿대질을 하다 문득 멈췄다. 삽살이가 불쾌한 얼굴로 그녀를 빤히 보고 있었다.

"내가⋯⋯ 문제니까. 응, 서투니까 당연히 네가 조언을 해주는 거잖아. 그렇지? 맞네! 내가 잘못했네!"

무연은 얼른 태세를 전환했다. 삽살이와 싸워봤자 남는 건 없다. 오히려 만신에 대한 이런저런 정보를 캐기 위해서라도 내 편으로 만들어둬야 했다.

"⋯⋯아무튼 삽살, 아니 천구야! 나한테도 방법 좀 가르쳐줘. 엄마한테 한 것처럼. 응? 무슨 책 같은 거라도 있는 거 아니야?"

『있대도 너 같은 건 읽지도 못할 거다.』

"뭐가 있긴 있구나? 나 도와주면, 아니 내가 청와대 나가기만 하면, 어! 그래, 너 사탕 좋아해?"

화를 내는 와중에도 천구의 손에는 사탕이 옴팡지게 쥐어져 있었다. 천구의 검은 눈이 크게 뜨였다. 무연은 웃음을 물었다.

"나 도와주면 그 사탕 백 개, 아니 천 개는 사줄 수 있는데."

천구의 엉덩이에 있는 복슬복슬한 꼬리가 바르르 떨렸다. 그녀의 착각일지도 모르겠지만 얼굴엔 붉은 홍조도 얼핏 떠 있었다.

"어떻게 안 될까?"

그녀를 째려보던 천구는 이내 눈을 꾹 감고는 흩어지듯 사라져 버렸다.

무연은 한숨을 깊게 내쉬었다. 눈치로 봐서는 책이든 뭐든 있긴 있는 것 같다. 하지만 함부로 굴려놓았을 것 같지도 않고.

"하아. 그래도 선방했다, 임무연. 방법이 있긴 있다잖아……."

불안했던 마음이 조금 가라앉는다.

파주는 공기가 좋았다. 은퇴 후의 은닉처를 제대로 골랐다. 5년 만에 이곳을 다시 찾았다. 눈앞의 견고한 회색빛 담장은 언제 봐도 참 재수 없었다. 그 안에 사는 노인 역시 마찬가지였다.

"무슨 속셈이야? 청와대 경호원?"

확인해야 할 것이 있었다. 우진은 손가락이 부러져도 하고 싶지 않았던 전화를 했고 지원은 본가로 오라고 했다.

"새삼 날 동생이라고 인정할 마음이라도 들었나?"

"그럴 리가. 어떻게 그런 끔찍한 소릴 말이라고 하지?"

우진은 독사처럼 사특한 눈을 한 지원을 보며 비소했다.

"그런데 왜 서로 불편할 거리에 불러들여? 오히려 전쟁 지역에라도 쫓아 보내야 하는 거 아냐, 그쪽 입장에서는?"

"맞아. 네가 전쟁터로 가서 지뢰라도 밟기를 바라야지, 난."

"그런데 나를 경호실로 불러들이려 했다?"

"아버지 뜻이셔. 내 뜻이 아니라."

그러면 그렇지. 천지원이 그를 옆에 두고 싶어 할 리가 없다.

"그 사람 뜻대로는 안 될 텐데 어쩌나."

"안 되다니?"

우진은 히죽 웃고는 그대로 몸을 돌려 차에 올랐다. 지원도 그를 잡을 생각은 없어 보였다.

확인하고 싶은 것은 했다. 역시 그 사람이 뒤에 있었다. 그렇다면 더욱 하라는 대로 하고 싶지 않다. 다음 근무지는 정해졌다.

한편 지원은 대문이 여닫히는 소리에 돌아봤다가 허리를 숙였다. 머리가 하얗게 셌지만 여느 젊은이 못지않은 단단한 체격을 가진 노인이 서 있었다.

"나오셨어요, 아버지."

"역시 청개구리 같은 놈이라니까. 안 그러냐?"

"어렸을 때부터 그랬죠. 늘상 사람 깔보고 무시하고."

"그러니까 다루기가 오히려 더 쉬운 게야."

"남 원장, 믿을 만한 사람이 맞나요?"

남성훈 국정원장은 정치를 도모할 만큼 야망이 큰 인물은 아니지만 쉬이 마음을 놓을 수도 없는 사람이었다. 국정원장이라는 자리를 10년 동안 지킨 것, 수많은 요원이 그를 맹목적으로 따르는 것은 머리가 좋고 재주가 뛰어나다고 해서 얻어지는 게 아니다.

"그자와 나의 목적은 같다. 하지만 그 목적을 이용하려는 의도가 다르지."

지원은 노인을 경외감 어린 시선으로 보았다.

이곳, 파주에는 거대한 용이 움츠려 산다. 용은 한 나라를 좌지우지할 만큼 강한 권력을 가졌으며 그녀의 아버지였고 우진의 아버지이기도 했다.

천석제. 전설적인 킹메이커. 그게 움츠려 자는 용의 이름이다.

우진은 칠궁의 문턱을 넘어 안으로 들어섰다. 사방에는 오래된 사당들이 드넓게 펼쳐져 있었는데 그가 가야 할 곳은 따로 있었다. 성훈이 일러준 대로 낮은 산의 중턱을 향해 쭉쭉 올라갔다.

"푸른 기와의 만신이라는 건, 청와대에 사는 무녀를 말합니다."

말도 안 되는 헛소리다. 시대가 어느 땐데 무속인가.

"임무연 씨가 그 무녀고 그래서 국가 차원의 보안인물인 겁니다. 그들은 대대로 존재해왔지만 있어서는 안 되는 존재이기도 했습니다. 천 팀장이라면 청와대에 나라의 액운을 점치고 길과 행을 비는

무녀가 산다면 믿겠어요? 그런 무녀를 두고 정치를 하는 대통령을 신뢰할 수 있겠습니까?"

아니, 신뢰할 수 없다.
더불어 무연이 그렇게 자주 아팠던 것, 이해할 수 없는 행동을 했던 것 모두 신병으로 귀결되자 더 어이가 없어졌다.

"때론 눈으로 보고도 믿지 못할 일들이 일어나는 법이죠."

이러쿵저러쿵해도 결론은 그거였다. 임무연이 푸른 기와의 만신이므로 모든 기록을 말소하고 흔적을 지워라. 궁금증은 풀렸다. 그 이유라는 게 여전히 납득이 되지는 않았지만.
칠궁이 그의 등 뒤로 사라지고, 산을 가로지른 계단을 한참 올라가자 사당보다는 규모가 조금 더 큰 한옥이 모습을 드러냈다.
열을 냈더니 슬슬 더웠다. 우진은 입고 있던 재킷을 벗다가 얼굴을 찌푸렸다. 눈에 들어온 광경 때문이었다.
굵은 나무에서 초록색 뭉텅이가 폴짝 뛰어내리더니 자리에 주저앉아 미친것처럼 땅을 긁어 팠다. 상의 밑을 잡아 당겨 풀과 흙을 가득 담아 한옥 안쪽으로 달려갔다. 무연이다.
우진도 그녀를 따라 움직였다. 한옥 입구에 서서 안쪽을 보니, 오른쪽 가장 끝 방이 열려 있었고 무연은 그 안에다 제가 모은 흙더미를 탈탈 털고 있었다.
"이런 망아지 같은 계집애가!"

그도 한 번 본 적 있는 냉막한 인상의 중년 여자가 뿔이 난 얼굴로 나오자, 무연은 구르듯 대청마루를 뛰어 내려왔다.

우진은 한옥 입구에 서서 그런 무연을 보고 웃었다.

"어이."

근 일주일 만에 보는 무연이 조금 반가웠다. 놀란 얼굴로 그를 멍하니 보는 게 꽤 재미있다.

"어, 천……우진 씨……?"

무연이 단숨에 거리를 좁혀서는 그를 위아래로 훑어보다가 팔을 손가락으로 쿡쿡 찔렀다.

"정말, 맞네요……?"

"그럼 또 때깔 좋은 헛거라도 되는 줄 알았어?"

처음 만났을 때 했던 말을 똑같이 돌려주자 무연이 웃으며 고개를 가로저었다. 그런데 유독 붉게 부어오른 볼이 눈에 들어왔다. 피부가 하얘서 더 눈에 띄었다.

"……이건 왜 이래?"

그가 눈살을 찌푸리며 볼 쪽으로 손을 가져가려는 때였다.

"누구십니까?"

우진은 눈을 돌리고 무연을 쫓아 나온 중년 여자를 바라봤다.

"국정원 특수요원 천우진입니다. 오늘부로 임무연의 경호를 맡았습니다. 그런데 애 볼은 왜 이럽니까? 어디서 맞은 것 같은데."

당연히 대답은 돌아오지 않았다. 성훈에 의하면 이곳에 사는 건 이 둘뿐이니 뻔했다. 우진은 중년 여자를 곱지 않은 눈으로 쏘아보다 무연을 돌아보았다. 그녀가 그의 손목을 잡아끌었기 때문이다.

"……다시 보니 무지막지 반갑네요, 천우진 씨."

무연이 함빡 웃었다. 그를 잡고 있는 손에 힘이 꾹 들어갔다. 우진은 저도 모르게 여자의 머리통을 거칠게 쓰다듬어주었다.

"웃지 마, 정들어."

홍주가 어떻게 된 일인지 알아보겠다고 간 뒤, 우진은 한옥을 돌아 대충 구조를 익혔다. 그중 무연의 옆방이 비어 있어 거기에서 지내야겠다고 마음대로 짐도 거기다 내려놓았다.

재킷을 벗어두고 나오자, 대청마루에 앉아 있던 무연이 얼른 고개를 돌렸다. 눈이 마주쳤다. 그를 기다린 모양이었다.

"임무인 거예요?"

"말했다시피. 아니면 여기 올 일이 없지. 알 일도 없고."

그가 옆에 걸터앉으며 대꾸하자, 무연이 콧잔등을 찡그리며 입을 비죽였다. 우진은 그런 무연의 동그란 머리꼭지를 내려다보다 툭 던지듯 입을 뗐다.

"푸른 기와의 만신이라는 게 있다던데. 빙빙 돌려 말하는 성격도 아니고 단도직입적으로 물을게. 너, 무당이야?"

우진은 무연의 눈을 빤히 쳐다보았다. 마치 무엇이든 꿰뚫어 볼 듯, 맑으면서도 검고 깊은 눈이었다. 송두리째 발가벗겨진 느낌이 들어서 조금 불편해졌다.

"아마도요."

"그럼 귀신도 보나? 신이라는 것도 모시고? 무슨 일을 하는 건데? 작두도 타? 굿도 하고? 빙의도 되고?"

그가 삐딱한 태도로 묻자 무연이 실소를 흘렸다.

"그렇게 빈정거릴 거 없어요. 나도 잘 모르니까."

"근데 왜 여기 있어?"

"엄마가 만신이었으니까, 나도 만신이 돼야 한다고 해서요."

쓸쓸하게 대꾸한 무연은 대청마루 밖을 바라보았다. 한동안 정적이 이어졌다. 해가 따갑게 내리 쬐고 나무 사이를 지나 솔솔 부는 바람은 상쾌해 가만히 앉아 있자니 몸이 나른해졌다.

"……그럼 안 가요?"

"음?"

갑작스런 물음은 속삭임 같았다. 우진은 뒤로 손을 짚어 반쯤 눈을 감고 있다가 잠꼬대처럼 되물었다.

"당분간은 여기 있냐고요."

"……아마? 그렇대도 좋아할 거 없어. 너 도망 못 가게 감시하러 온 거니까."

그의 대답에 무연이 낮게 웃었다. 감시받는 게 좋은가.

"무당이라니까 소름 끼치지 않아요?"

"왜?"

우진은 무연을 심드렁하니 쳐다보았다.

"왜 내가 왜 소름 끼쳐야 하냐고."

그는 이 세상에 존재하는 수많은 종교들을 존중한다. 무속이라는 토속신앙 역시. 단지 믿지 않을 뿐이다. 신이라는 존재를.

게다가 이 여자가 만신이니 뭐니 해도 임무연이라는 본질은 변하지 않는다. 무당라는 건 그냥 직업일 뿐이다. 그에게 피해만 주지 않는다면 관여할 부분은 아니었다.

"네가 만신이면 만신인 거지. 상관없어. 만신이든 뭐든. 난 내가
할 일만 제대로 하면 돼."

그를 올려다보는 무연의 표정이 웃을 듯 말 듯 묘해졌다.

"그래도 몽유병은 사양이야. 여기로 의사는 들어오나? 너 정신
과 의사 필요하잖아."

"전부터 정신과 정신과 하는데 봐요, 나 멀쩡하거든요? 그리
고…… 어차피 여긴 아무도 못 와요."

"아무도 못 와? 왜?"

"나 국가 차원의 보안인물이잖아요. 쉽게 얼굴 팔고 그러면 안
돼요."

말이나 못 하면. 꿍꿍이 어린 웃음과 대답에 우진도 피식 웃어버
렸다. 뻔뻔스럽기는.

"잠시 저 좀 보죠."

우진과 무연은 건조한 목소리를 따라 고개를 돌렸다. 무연의 얼
굴이 단숨에 썩은 무마냥 팍 일그러졌다.

찌르면 피 한 방울이나 나올까.

홍주는 푹신한 보료에 앉아 허리를 꼿꼿하게 세우고 섬뜩하리만
치 차가운 눈으로 그를 보았다.

"국정원에서 왔다고 하셨나요? 남 원장이 보낸 거겠죠. 애석하
지만 이곳에 당신은 필요 없습니다."

"빈방이 있길래 벌써 짐 풀었습니다만."

"이곳에서 본 것은 모두 잊고 떠나주시지요."

자신이 할 말은 모두 마친 탓인지 홍주가 그대로 자리를 뜨려 했다. 우진은 입꼬리를 비틀었다. 이렇게 소박을 당할 거란 얘기는 못 들었다. 무연의 일이니 이 또한 알아서 판단해야 할까.

"애석하지만 그렇게는 안 되겠습니다."

"뭐라고 하셨습니까?"

홍주가 형형한 안광으로 그를 쏘아보았다.

"어떤 상황에서든 임무연 옆에 딱 붙어 도망가지 못하게 감시하라는 게 상부 명령입니다. 군인에게 명령불복종은 곧 죽으라는 소리입니다."

성훈이 들었다면 어이를 상실했을지도 몰랐다. 상부 말을 개똥으로 들었던 그의 전적이 화려했기 때문이다.

"그건 저와 상관없는 일이죠."

"저는 상관있습니다. 제 모가지가 걸린 일이라."

"여기에 당신이 묵을 곳은 없어요."

"창고 같은 방 하나 있던데요."

우진은 입매를 둥글게 말았다.

"저 여자, 제가 여기다 데려다 놨습니다. 그래서 책임이라는 게 콩알만큼은 있습니다. 그런데 여기서 학대를 당하고 있는 거라면 저 여자 얼굴 보기가 낯뜨겁잖습니까."

"학대?"

홍주가 미간을 움칫했다.

"때렸잖습니까."

홍주가 눈을 가늘게 내리떴다. 무슨 생각을 하는지는 알 수 없었다.

"남 원장과 얘기해야겠군요."

홍주는 자리에서 일어나 닫혀 있던 장지문을 활짝 열었다.

"으억!"

문을 여는 것과 동시에 괴상한 신음이 터졌다. 우진은 그 원인을 알기에 입꼬리를 당겼다. 무연이었다. 문에 이마를 부딪쳤는지 회랑 한쪽에 쪼그리고 앉아서는 이마를 미친 듯이 문질러댔다.

"채신머리없이 뭐 하는 짓이냐."

"아오…… 사과가 먼저 아니에요?"

무연이 뻔뻔하게 소리쳤으나 홍주는 이를 무시하곤 등 돌려 가버렸다.

"뭐가 궁금해서?"

우진은 몸을 돌려 문밖에 주저앉아 있는 무연을 향해 물었다.

"그, 콩알만 한 책임감……이 있어요, 나한테?"

"엄한 데서 맞고 다니니까."

콩알만 한 건지 뭔지는 그도 모른다. 애초에 감정의 크기를 뭔가로 잴 수 있다는 게 말이 안 됐다. 그건 형태가 없는 거니까.

"왜 맞았어?"

"뭐, 저 아줌마 입장에선 제가 맞을 만한 짓을 했죠. 내가 신당 무구를 함부로 굴렸거든요."

의외였다. 자신을 합리화하기 위해 억지를 부릴 줄 알았다. 이렇게 순순히 인정할 줄은 몰랐다.

127

"무구 중에 신칼이라는 게 있어요. 막 휘둘러보다가 바닥에 떨어뜨렸는데 칼에 기스가 쫘악……! 한 대 얻어맞고 나무로 도망갔죠."

"고작 기스가 난 정도로 뺨을 때리나?"

"저 아줌마 기준에는 제 행동이 뺨을 때릴 정도였던 거죠. 사람마다 추구하는 가치가 다르잖아요."

여전히 이해는 잘 가지 않았지만 우진은 그냥 수긍했다. 보잘것없는 못생긴 인형 하나가 누군가에겐 둘도 없는 보물일 수가 있다. 뭐 그런 비슷한 맥락 아니겠는가.

"원래 이런 거 잘 안 물어보는데 괜찮아? 피 조금 난다."

우진은 아까부터 거슬리는 무연의 새빨간 이마를 가리켰다.

"약은 있어?"

사람을 간병인으로 만드는 재주가 있다. 임무연.

─ 저야 힘이 있겠습니까. 그분께서 관여하신 일입니다.

홍주는 성훈의 말에 가타부타 말없이 전화를 끊었다.

옛날에야 자충(慈充 : 신라의 제2대왕 남해차차웅은 존경받는 무당이란 뜻의 자충으로 불리웠다)이며 국무(國巫 : 조선 초기 제천의식에서 나라굿을 수행하고 나라의 안과태평을 비는 나라무당을 가리키는 말)라는 말을 빌어 무당도 존경받는 시대가 있었다지만 오늘에 이르러서 무당은 천하고 낮게 취급당하는 경우가 많았다.

그녀 역시 그런 환경에서 자랐다. 어린 시절 무당집 자식이라는 이유로 놀림받았고 괴롭힘당했다. 그래서 뒤늦게 푸른 기와의 만신이라는 존재를 알았을 때, 온몸으로 희열을 느꼈다.

이 나라에서 가장 높은 곳에 가장 천한 자가 산다.

하지만 그뿐이었다. 그들은 도구였다. 때로는 창이, 때로는 방패가 되는 정치적 도구.

"천석제……."

홍주는 이름 하나를 나직하게 읊조렸다. 현 정권에서 무소불위의 막강한 권력을 가진 자였다. 그렇다면 그녀도 더 이상 왈가왈부할 수 없다.

차마 입 밖으로 소리 내어 말할 수는 없는 쓸쓸함에 홍주는 잠시간 죽은 듯이 고요히 앉아 있다가 일어났다. 망아지처럼 천방지축 날뛰는 무연에게 무가를 가르칠 시간이다.

"오구시왕님 이 말씀을 들으시고 허허, 베렸다 베르덕이 날 살렸단 말이 웬 말이며 베렸다 베르덕이가 날 살렸단 말이 웬 말이냐."

홍주는 바리데기 무가의 한 부분을 읊었다. 그녀가 읊고 나면 무연이 읊어야 했다. 그러나 무연은 다음 부분을 읊지 않았다.

"……이게 네가 말한 전쟁이란 거냐."

작은 상 하나를 사이에 두고 둘은 마주 앉아 있었다.

"유치하구나. 적어도 네가 해야 할 일들은 하고 나서 큰소리를 쳐야지. 치성도 성의 없이 드리고 무구도 함부로 다루고 수양도 쌓지 않지. 이게 그 전쟁이라는 거냐?"

"······나는 천하도 내야싫고 나라도 내야싫고 옥쇄도 내야싫고 열두오구시루나 내게 다가 점지하여 주옵시면 열두오구시루나 이고 불쌍허시는 망재님네들 극락문이라 줄줄이 열어줄랍니다."

무연이 도전적인 눈빛으로 다음 구를 읊었다. 홍주는 눈썹을 치켜올렸다.

"다 외웠어요. 아줌마 앞에서 하기 싫은 것뿐이에요. 오늘 무가는 분명 바리데기 다 외우면 끝난다고 했었죠?"

무연은 보란 듯이 책상 위의 무가 종이를 내려놓고 물리학 서적을 올려놨다. 그리곤 양 입꼬리를 싱긋 끌어올렸다.

"이젠 내 개인시간이에요. 나가주세요."

무연은 책을 펼쳤다. 자신이 해야 할 일은 똑 부러지게 할 것이다. 친구의 말대로 자격이 갖춰질 때까지 신들은 찾아오지 않을 것이다. 신들이 찾아와야 했다. 친구가 흘린 말대로라면 그 열쇠는 신들이 쥐고 있는 게 틀림없다.

"그건 뭐하러 보는 거니?"

자리에서 일어나려던 홍주가 물었다.

"전공서예요. 나중에 복학하면 시험도 봐야 할 거고 취직도 해야 하는데 요즘 같은 경쟁시대에 마냥 놀 순 없죠."

"필요 없을 것 같은데 말이다."

"무슨 말이에요?"

"네가 아직도 산 사람 같으니? 네가 세상에서 지워진 존재라는 생각은 안 해본 거야, 네 엄마처럼?"

무연은 두 눈을 끔뻑였다. 홍주의 말이 바로 이해되지 않았다.

"전에도 말했었지. 네 주변을 정리하라고. 산 적이 없는 사람이 되어야 한다고. 푸른 기와에는 만신이 산다. 하지만 그 만신은 어디에도 없는 존재다."

그러니까 홍주의 말은 그녀가 더 이상 존재하지 않는 사람이라는 것 같다. 무연은 아랫입술을 으깨 씹었다.

"그러니 그런 걸 공부할 필요는 없다. 시간이 남으면 몸을 깨끗이 하고 치성을 드려. 네가 돌아갈 자리는 아무 데도 없으니."

홍주가 자리에서 일어나 방을 나갔다. 두꺼운 전공서를 붙든 손아귀가 바들바들 떨렸다. 한 사람이 살아왔던 흔적을 모두 없앤다는 게 그렇게 쉬울 리 없었다.

"확인해야 돼. 그렇게 어떻게? 이놈의 집구석엔 텔레비전도 없고 컴퓨터도 없고 뭐 세상 돌아가는 걸 알 수가 있어야지……!"

머리로는 알고 있다. 홍주의 말대로 그녀의 모든 흔적이 지워졌을 가능성이 컸다. 일을 허투루 하는 곳이 아니었다. 여기는 청와대니까.

어깨가 어느 순간 툭 떨어졌다. 무연은 상에 그대로 엎어져버렸다. 돌아갈 곳이 없다. 열심히 살았는데 결과가 이렇다. 힘이 쭉 빠져버렸다.

"망할…… 술 땡겨."

눈물이 날 것 같았다.

무연은 복분자가 담긴 커다란 술병을 껴안고 어두운 회랑을 깨금발로 살금살금 걸었다. 손가락 끝에는 컵 두 개가 달랑달랑 걸려서 위태로워 보였다.

"천우진 씨, 자요?"

무연은 술병을 내려놓고 문밖에서 물었다. 장지문이 열리며 우진이 얼굴을 내밀었다.

"술 상대 좀 해줘요."

무연은 술병을 슬쩍 밀며 웃었다. 보통은 웃는 얼굴에 침 못 뱉는다고들 하는데 이 남자는 아닌가 보다.

"난 직업상 술은 안 마시니까 알아서 마셔."

우진이 다시 문을 닫으려 했다. 하지만 무연은 얼른 닫히는 문을 두 손으로 꼭 잡고는 다시 한 번 말했다.

"이거, 맛이 기가 막힐걸요? 원래 훔쳐온 술이 더 맛있는 법이잖아요."

"누가 그래?"

"내가요."

그가 어이없는 얼굴로 그녀를 보는 사이 무연은 얼른 술병을 방 안쪽으로 놓고 안으로 들어가 자리 잡고 앉았다.

"나만 마실게요. 그냥 거기 앉아 있어요."

무연은 낑낑대며 뚜껑을 열었다. 달콤한 술내음이 순식간에 방을 가득 채웠다.

"이걸 어디서 훔쳐왔어?"

"저번에 부엌에 몇 개 있는 거 봤거든요."

그녀를 한동안 어이없는 얼굴로 바라보던 우진이 이내 문을 닫았다. 그리곤 벽에 기대앉아서 그녀 하는 양을 물끄러미 보았다.

그사이 벌써 술을 한 잔 따라 들이켠 무연이 개운하다는 얼굴로 씩 웃었다. 입 주변이 복분자처럼 진한 자주색으로 변했다.

"왜 오밤중에 술이야. 무슨 일 있어?"

"무슨 일 있죠. 이건 위로주예요."

"위로주?"

"내가 더 이상 산 사람이 아니라네요."

무연은 어깨를 으쓱였다. 입 밖으로 꺼내니 또 우울해졌다.

"이놈의 집구석에는 텔레비전도 없고 컴퓨터도 없어서요. 전화가 한 대 있긴 한데 그건 저 아줌마만 숨겨놓고 쓰거든요. 그래서 내가 정말 살았는지 죽었는지 확인할 길이 없는데, 여긴 청와대니까 빈말은 안 할 것 같고."

"무슨 소리를 하는 거야?"

"내가 살았던 흔적을 모두 지웠대요. 그게 무슨 뜻인지 알아요?"

무연은 병 안의 술을 컵으로 떠서 벌컥벌컥 들이마셨다. 입가로 흐른 술이 그녀의 턱을 타고 목까지 흘렀다. 그것을 손바닥으로 닦아낸 후 또 한 잔 마셨다.

"내가 돌아갈 곳이 없어졌다는 뜻이에요. 내가 임무연인데 임무연으로는 살아가지 못한다는 뜻. 그거 기분 되게 이상해요. 기분 더러워."

속이 홧홧해졌다. 달콤하긴 하지만 연거푸 비운 술은 독했다. 취기가 올랐다. 흔들리는 시야 사이로 우진을 빤히 보았다.

깨달을 새도 없이 끝난 마음이었고, 가벼운 감정이었다고 생각했다. 그런데 눈물이 날 것 같은 순간, 떠오른 사람이 그였다. 위로 받고 싶고 혼자 있고 싶지 않았다. 그리고 이 사람이라면 말없이 묵묵히 저기 앉아 있어줄 것 같았다.

그래서 무작정 술을 들고 여길 왔다.

"나중에 여기서 나가면 불법체류자가 되는 건가? 설마 나 체포할 건 아니죠? 서로 사정도 다 아는 마당에."

무연은 배시시 웃었다.

"술 맛있네. 둘이 먹다 죽어도 모를 맛인데. 후회 안 하겠어요?"

"……안 해. 너나 마셔."

무연은 그녀를 물끄러미 보는 우진을 피해 고개를 돌리곤 술을 들이켰다. 그녀를 빤히 보는 눈길 때문에 다른 의미로 손끝이 뜨거워졌다.

"에이 씨. 술 마시다 심장발작 올라."

"뭐?"

"아무것도 아니에요."

무연은 콧등을 찡그렸다. 이놈의 가슴은 주책도 바가지다. 이런 상황에 두근거릴 정신이 있나. 아니다. 전쟁통에도 애는 태어난다고 했다. 상황과는 상관없이 마음 가는 건 총알도 못 막는 거다.

"적당히 마셔. 뻗지 말고."

무연은 발개진 얼굴로 고개를 끄덕였다.

chapter 06

사랑이 시작될 때

우진은 복잡한 마음으로 무연을 빤히 보았다. 그녀의 흔적을 지운 사람이 바로 그였다. 신경 끄면 그만인데 연거푸 술을 마셔대는 모양을 보니 그답지 않게 안쓰러워졌다.

"야, 너…… 취했냐?"

고개를 푹 숙인 채 몸을 좌우로 흔들던 무연이 고개를 들었다. 메마른 눈동자가 건조하게 느껴졌다. 그의 물음에 두어 번 눈을 깜빡이더니 히죽, 푼수처럼 웃었다.

"안 취했는데요? 난 이런 것도 다 기억하거든요. 물이랑 액화질소가 만나면 어떻게 되게요?"

안 취했다고 우기는 것부터가 취한 거다. 우진은 피식 웃었다.

"샤샤샥, 안개가 퐈! 생겨요. 두 번째. 물에 세슘을 넣으면? 팡, 터져요. 산산조각 나죠. 이런 건 다 상식이라고요."

"주정하나?"

무연이 배시시 웃으며 고개를 좌우로 흔들었다.

"아닌데요? 나 원래 똑똑하거든요?"

주정은 받아주는 게 아니다. 정도가 더해지니까.

우진이 가만히 있자 삐지기라도 한 것처럼 입을 비죽인 무연이 비틀대며 일어났다.

"술도 안 마셔, 말 상대도 안 해줘, 재미없다. 잠이나 자야지."

희한하게 말은 제대로 하는데 휘청이는 몸뚱이가 위태롭다. 우진은 술병을 껴안는 무연을 불안하게 보다 대신 술병을 들어 무연의 방에 놓아주고 나왔다.

"그럼 자라."

방으로 돌아가려 돌아설 때였다.

"저기요."

무연이 덜컥 그의 옷깃을 틀어쥐었다. 이제는 그의 옷을 잡는 게 버릇이 됐나. 기다려도 말이 없길래 몸을 돌려 무연을 내려다보았다.

그리고 그 순간, 무연이 그의 가슴에 가볍게 안겨왔다. 어깨를 떼어내려는데, 그를 잡은 손이 희미하게 떨리는 게 느껴졌다.

"……야, 너 이거 성희롱이다?"

"그럼 신고하든지. 난 국가보안인물 어쩌고라서 체포 못 할걸요? 죽은 사람을…… 어떻게 체포해."

"……배 째라 이거냐?"

"그런 거죠. 죽으니까…… 좋은 점도 있긴 하네."

웅얼거린 무연이 그의 가슴팍에 얼굴을 꾹 눌렀다가 훌쩍 떨어졌다.

"고마워요. 잘 자요."

고개를 푹 숙인 채 우물거리다가 방으로 쏙 들어가버렸다. 뒤에 남은 그만 황망해졌다. 무슨 짓거리인지 알 수가 없어 머리를 긁적이던 우진의 눈에 안뜰이 들어왔다.

뜰 안은 어두웠고 바람 소리는 스산했다. 봄인데, 이곳에만 봄이 오지 않은 것 같았다.

푸른 기와의 만신이라는 임무연은 줄곧 이곳에서 살아가겠지. 영원히 봄이 오지 않을 것만 같은 적막한 곳에서.

우진은 무연의 방문을 한동안 바라보다 돌아섰다. 그리고 몇 걸음 못 가 다시 제자리에 섰다. 무연이 얼굴을 꾹 눌렀던 가슴 어귀가 축축했다.

"……바보냐. 웃으려면 계속 웃고 울려면 아예 처음부터 울든가."

그가 저 여자를 죽였다. 모든 기록으로부터, 저 여자가 온전히 살아왔을 모든 삶을 그가 모두 다 처분시켜버렸다.

"……진짜 기분 뭐 같네."

우진은 그날 밤 잠을 이룰 수 없었다. 무연의 얼굴이 머릿속에 눌어붙어서 좀처럼 떨어지지를 않았다. 천우진 역사에 여자 때문에 잠을 못 자는 날이 오다니. 지나가는 개가 웃을 일이었다.

아침부터 운동하게 생겼다. 방에도, 신당에도 무연이 없길래 홍주에게 물었더니 그녀는 무연이 칠궁 청소를 하고 있다고 대답했다. 예부터 만신은 칠궁 관리도 함께 해왔다고 덧붙이며.

"하, 저길 찾아봐야 해?"

칠궁으로 내려가는 계단의 시작지점에 선 우진은 한숨을 쉬었다. 칠궁은 자그마치 8,200평에 이르는 규모를 자랑했다.

한편 무연은 빗자루로 냉천정 앞마당을 쓸고 있었다. 새벽 기도를 드리고 아침을 먹기가 무섭게 여기로 쫓겨 내려왔다. 쓸어낸 나뭇잎을 파란색 비닐봉지에 담고 못에 뜬 나뭇잎들도 뜰채로 모두 건져냈다.

대충 끝났나 싶어 주변을 둘러보던 무연은 잠에 취해 반쯤 감겨 있던 눈을 동그랗게 떴다.

"천구야……!"

홍주에게 듣기로 천구는 만신에게 붙어 있는 영수라는데, 저놈은 제 맘대로 오고 제 맘대로 갔다. 직무유기였다. 무연은 천구 앞으로 부리나케 뛰어갔다.

"야, 너 어디 있다가 이제 나타나셨니, 보고 싶었잖아!"

『나도 바빠.』

녀석이 새침하게도 말했다. 무연은 천구를 밉지 않게 쏘아보다 이내 얼굴을 바꿔 용건을 꺼내려 했다. 그러나 천구가 먼저였다.

『처마 밑에 벌집 생겼어. 뜯어내.』

"뭐?"

『궁금한 게 있거든 벌집 먼저 해결 본 다음에 해.』

제 할 말을 끝낸 녀석은 순식간에 사라져버렸다. 무연은 멍청하게 서 있다 얼굴을 일그러뜨렸다. 지금 벌집이 중요한 게 아닌데!

무연은 성난 얼굴로 처마 밑을 올려다보았다. 그러나 워낙 높은 탓에 잘 보이지를 않는다. 찾아서 제거하려면 일단 어디 있는지부터 확인해야 하는데.

"아이씨, 내 팔자야."

무연은 회랑 난간에 발을 조심스레 얹었다. 옆의 기둥을 잡았는데도 중심잡기가 어려워 몸이 휘청거렸다.

"대체 벌집이 어디 있다는 거야?"

난간 위를 조금씩 이동하며 벌집을 찾았다. 벌집이 있으면 벌들이 앵앵거려야 할 텐데 아무런 소리도 들리지 않았다. 무연은 기둥에서 손을 떼고 조금 더 옆으로 몸을 옮겼다.

『클클클.』

오싹한 바람이 훑고 지나갔다. 섬뜩한 기운에 몸이 흔들렸고 바닥에 머리를 박을 것 같아 두 눈을 질끈 감았다.

"하, 넌 자꾸 어디를 기어올라가? 뭐 하는 짓이야?"

바닥으로 떨어지는 대신 무연의 몸을 누군가 받았다. 이럴 사람은 한 명밖에 없다. 미간을 찌푸린 우진이 그녀를 바닥에 내려주곤 처마를 올려다보았다.

"한강에선 물에 자빠지지를 않나. 사고사로 죽는 게 꿈이야?"

"……아뇨."

"근데."

"벌집을 치우려고…….."

"벌집? 벌집이 어디 있는데."

또 구해줬다. 놀라서 우진을 빤히 보던 무연은 볼에 발그레한 홍조가 피는 느낌에 얼른 눈을 돌렸다. 괜히 속 들킬라.

"나도 몰라요. 벌집 있다고 치우라고 했어요."

"누가?"

"예?"

천구라고 말할 수는 없는 노릇이었다. 더 이상 미친 여자로 보이는 건 사양이었다. 그런데 그녀의 대답은 상관이 없었던지 우진은 처마 밑을 돌며 여기저기 살폈다. 이내 뭔가를 발견하고 손가락으로 가리켰다.

"이거 같은데 보여? 쳐내면 돼?"

우진의 곁으로 가서 벌집을 확인한 무연은 고개를 끄덕였다. 사실 그녀의 신경은 벌집보다는 우진에게 쏠려 있었다. 불필요하게 바짝 다가서는 괜스레 코를 킁킁거렸다. 향수는 안 쓰나?

"쳐낼 만한 거 있어?"

그가 갑자기 그녀를 돌아보는 통에 움찔한 무연은 냉큼 냉천정의 뒤로 돌아가 기다란 장대를 하나 가져왔다. 자신이 할 셈이었는데 우진이 바로 장대를 가져가선 벌집을 강하게 쳐냈다.

"조심해요! 막 하다 벌한테 쏘여요! 악!"

대번에 벌집이 바닥으로 떨어졌고 동시에 안으로부터 벌들이 어마무시하게 쏟아져 나왔다. 무연은 우진의 팔을 잡아 얼른 뛰었다. 귓가에 앵앵대는 소리가 공포스럽게 따라붙었다.

그때였다. 손이 뒤로 확 당겨졌고 뭔가에 단단히 끌어안겼다.

"무슨……!"

"있어봐."

무연은 두 눈을 멍하게 깜빡였다. 그의 가슴에 얼굴이 박혀 있어 뵈는 건 없었지만, 자신이 지금 우진의 품에서 보호를 받고 있다는 건 알았다. 심장고동이 북소리처럼 울렸다.

"살다 살다 벌에 다 쫓겨보네."

문득 웃음기 밴 목소리가 머리 위에서 들려왔다. 그가 웃고 있는 것 같았다. 가슴이 떨렸다. 이 남자는 히어로 같았다. 언제 어디서나 그녀가 곤란하거나 위험할 때면 나타나서는 그녀에게 숨 쉴 구멍을 트여주었다.

"쏘인 덴 없지?"

"없어요. 우진 씨는요?"

그가 갑자기 몸을 뗀 탓에 무연은 달아오른 얼굴도 채 식히지 못하고 우진을 올려다봤다. 그런데 그의 이마 가운데가 부어올라 있었다. 무연은 저도 모르게 손을 뻗어 그의 이마를 어루만졌다.

"쏘였나 봐요. 안 아파요?"

"됐어."

그가 얼굴을 뒤로 빼려 했으나 무연은 집요하게 그의 얼굴을 잡아 제자리도 돌려놨다.

"가만요. 올라가면 약 있을 거예요. 말벌은 아니겠죠?"

갑자기 사람 이마가 이렇게 될 리는 없으니 벌에 쏘인 게 맞는 것 같다.

"말벌인 것 같아요?"

이마를 보다 시선을 내리자, 우진과 눈이 딱 마주쳤다. 무연은 그제야 자신이 다 큰 남정네의 얼굴을 마구 주무르고 있었다는 사실을 깨닫고 얼른 손을 떼어냈다.

"뭐 이렇게 친절해. 무섭게."

"그게, 말벌이면 위험하니까 그런 거죠."

꽤 부드러운 피부였다.

"어, 얼른 가요. 약 발라야죠."

손끝에 남은 감각이 간지럽고 어색해 주먹을 움켜쥐었다. 무연은 몸을 돌려 서둘러 걸으며 말했다.

"집에 먼저 올라가요. 벌은 다 갔을 테니까 벌집 회수해서 버려야 돼요."

그런데 우진이 바로 옆에 따라붙었다. 조금 전보다 더 크게 부어오른 것 같은 벌에 쏘인 자국이 눈에 들어왔다. 안 되겠다.

"가서 약 빨리 발라야겠어요. 빨리 올라가요."

"됐어."

"그럼 여기 잠깐만 있어요. 약 가져올게."

무연은 곧바로 계단을 향해 뛰었다. 뒤에서 우진이 그녀를 불렀지만 무시했다. 그녀 때문에 벌집을 건드렸다 이 사달이 난 거였으니 치료라도 제대로 해주고 싶었다.

숨을 헐떡이며 무영궁까지 단숨에 올라간 무연은 부엌으로 뛰어들어 얼음이 가득 든 비닐봉지와 스테로이드 연고를 가지고 다시 구르듯이 계단을 내려왔다.

냉천정에 도착하니, 우진이 회랑에 앉아 있었다.

"많이, 헉, 기다렸, 죠, 헉."

그런데 벌집이 있어야 할 자리에 파란 비닐봉투가 놓여 있다.

"어……? 저거 천우진 씨가 했어요? 내가 해야 되는 건데."

"아무나 하면 어때."

무연은 우진의 옆으로 가 얼음봉지와 연고를 옆에 내려놓았다.

"혹시 카드 같은 것 있어요? 전에 기사에서 봤는데 벌에 쏘였을 때는 일단 침을 빼고 얼음찜질하고 스테로이드 연고 바르는 게 좋대요."

"그런 것도 알아?"

"있어요? 난 빈털터리란 말이에요."

우진의 대꾸는 태연했지만 무연은 속이 타들어갔다.

"뭘 이렇게 유난을 떨어."

"걱정되잖아요."

그가 지갑에서 카드를 하나 빼서 내밀었다. 무연은 우진의 이마 바깥에서부터 부어오른 부분 쪽으로 카드를 조심히 밀었다. 곧 얇고 가는 침이 올라왔다. 손으로 침을 잡아 빼고 나서야 그녀는 안도의 한숨을 쉬었다.

"걱정? 그 말, 새삼스럽네."

"왜 새삼스러워요?"

비닐봉지에서 얼음을 꺼내 그의 이마에 대주었다. 눈이 마주치자 괜스레 쑥스러워져서 먼 곳을 보았다.

"누가 이렇게 걱정해주는 게 한 500년 정도 된 일이라서."

"……가족은요?"

"없어."

이 사람도 혼자인가.

무연은 얼음 녹은 물이 그의 얼굴을 타고 흐르자 소매로 얼굴을 닦아주었다. 새 얼음을 얹어주는 동안에도 그가 그녀를 계속해서 뚫어지게 보는 바람에 눈 둘 곳을 찾기가 어려웠다.

"그런데 이런 환경이면 언제든지 도망갈 수 있지 않나?"

"네?"

"여기 오기 싫다고 도망갔던 사람이 누구더라."

무연은 피식 웃었다.

"그랬었죠. 그런데 도망가는 걸로는 끝이 안날 것 같더라고요. 할 수 있는 건 다 해보고 나서 도망을 가도 가야죠."

"안 가겠단 소리는 아니네."

무연은 얼음을 갈며 흘깃 우진을 보았다. 역시 이 남자의 웃는 얼굴은 근사했다. 본판이 되는데 화사하기까지 하니 무슨 말을 할까. 참 잘났다, 너란 남자.

무연은 떨리는 심장께를 꾹 내리누르며 연고를 우진의 이마에 살살 펴 발랐다. 상처는 안 남으면 좋겠는데.

자리를 정리한 무연은 하던 일을 마치기 위해 회랑에서 내려왔다. 우진도 그녀를 졸졸 따라왔다. 그녀가 오른쪽으로 가든, 왼쪽으로 가든 마찬가지였다. 마치 그림자라도 붙여놓은 기분이었다.

"왜 그렇게 따라와요? 나한테 엿이라도 붙여놨어요?"

헌데 우진이 되레 그녀를 이상하게 보았다.

"뭔가 착각하는 모양인데 나는 입장상 24시간 거기 밀착감시해야 하거든. 그러니까 움직일 땐 어디 간다 꼭 말하고 다녀. 오늘 아침처럼 사람 뭐 빠지게 찾게 하지 말고. 알았어?"

"……그러니까 항상 있다고요, 내 옆에?"

"대부분은?"

그가 바로 대꾸했다. 무연은 고개를 끄덕이고는 돌아서서 아까 뜰채로 건졌던 나뭇잎들을 봉투에 담았다. 저도 모르게 입꼬리가 올라갔다. 비록 그게 일이어도 그 말이 무척이나 따뜻하게 들린다는 걸 이 남자는 알까. 우진을 가까이 두고 알 기회가 많을 것 같다는 생각에 웃음이 비어져 나왔다.

"아, 그러고 보니 계속 물어볼 생각을 못 했네. 몇 살이에요?"

"서른셋."

기껏해야 서른 즈음이나 될까 싶었는데. 동안이구나.

"국정원 요원들은 가명도 많이 쓴다던데 천우진이 진짜 이름은 맞아요?"

"맞아."

무연은 슬쩍 돌아봤다. 우진은 근처 나무에 기대서는 얼음으로 이마를 문지르며 건성으로 대답 중이다.

"부모님은 돌아가신 거예요?"

"애초에 없었어."

"네?"

"하늘에서 뚝 떨어졌거든, 난."

농담인지 진담인지. 애초에 진지하게 대답해줄 생각이 없는 걸까. 국정원이라는 곳 자체가 원래 정보에 대해 민감한 곳이니까.

"그럼 키는요?"

"184."

"어디서 자랐어요?"

"서울."

"좋아하는 음식은 있어요?"

"안 가려."

"싫어하는 건요?"

"수프, 죽. 알맹이 없이 흐물흐물한 것들."

"애구나?"

무연이 웃자 우진이 인상을 그었다. 그에 대해 알고 싶은 게 많았다. 그래도 가장 궁금한 건.

"여자친구는, 있어요?"

"여자친구?"

"애인요. 국정원 요원이라고 여자도 못 사귀는 거 아니잖아."

"나 남자 좋아하는데."

무연은 저도 모르게 경악스러운 얼굴로 그를 돌아보았다. 눈이 마주치자 개구지게도 씨익 웃는다.

"농담. 없어."

무연은 가슴을 쓸어내렸다. 진짜인 줄 알고 깜짝 놀랐다.

"그런데 너 왜 자꾸 호구조사해?"

우진이 두 눈을 가늘게 뜨곤 그녀를 위아래로 훑었다.

"내가 뭐, 뭘요?"

"키가 몇이냐는 둥, 가족관계가 어떻게 되냐는 둥 애인은 있냐는 둥."

"그게, 앞으로 같이 있을 사람이니까 그냥 궁금해서요. 천우진 씨도 궁금한 거 물어보면 되잖아요."

"궁금한 거?"

무연은 고개를 끄덕였다. 그가 그녀에게 궁금한 게 있었으면 좋겠다. 적어도 관심은 있다는 뜻일 테니까.

우진이 노골적으로 그녀를 위아래로 훑었다. 그리고 이어 그의 입에서 흘러나온 소리에 무연의 기대는 와르르 무너졌다.

"너 같은 꼬꼬마한테 무슨."

"내가 무슨 꼬꼬마예요? 스물여섯이나 먹은 아가씨한테. 옛날 같았으면 애를 낳아도 셋은 낳았을 나이거든요."

"그래서 낳았어? 애? 안 낳아봤으면 말을 말든가."

우진이 씩 웃었다. 저 얄미운 입을 쭉 잡아 비틀어주고 싶은 한편, 그가 밉지 않아 곤란했다.

"아님 어필을 해봐. 꼬꼬마가 아니란 걸. 내 눈엔 앞이나 뒤나 별 구분도 없지만."

우진이 어깨를 으쓱였다. 기가 막혔다.

"천우진 씨가 봤어요, 내 앞이랑 뒤?"

"안 봐도 안아보면 알지."

그 말의 의미를 단박에 깨달은 무연은 입을 딱 벌렸다.

"원래 이런 사람이에요?"

"무슨 사람?"

"그, 변태스런 그……."

"변태라기보다, 내가 그런 건 잘하거든."

"뭘 잘해요?"

"나 좋아할 것 같은 사람, 나한테 정나미 떨어지게 하기."

찬물을 뒤집어쓴 기분이다. 우진이 그녀와 마주 섰다. 그의 얼굴에 어린 장난기는 여전했지만 그가 하려는 말이 장난이 아니라는 건 알겠다.

"오늘 너, 티 났어. 그러니까 아예 시작하지를 마."

그녀를 감시하러 온 사람이다. 일거수일투족 그녀를 관찰하고 있다. 그러니까 모를 리 없다. 빨개진 얼굴, 피하는 눈길, 지나친 호기심.

그렇지만 아예 시작을 말라니.

"난 분명히 말했다, 임무연."

그가 돌아서며 반쯤 장난스런 기색으로 중얼거렸다.

"아, 잘나도 탈이야."

멀어지는 우진의 등을 보며 벙쩌 있던 무연은 이내 입을 꾹 다물었다.

"내 마음이지 뭐. 지가 뭔데 그만두라 마라야? 재수 없어!"

사람 마음이란 게 뜻대로 되던가. 이미 시작해버렸는데 뭘 어쩌라고.

『클클클. 우리 무연이, 차였네?』

오싹한 기운이 온몸을 싸늘하게 훑는다. 고개를 찬찬히 돌리니 빨간 족두리가 보였다.

『이 할미 잊었니, 우리 무연이?』

"하악……!"

새어나오려던 비명을 가까스로 막았다. 고목나무처럼 주름이 자글자글한 노파가 머리에 빨간 족두리를 이고 색동한복을 입은 채 그녀의 발치에 서 있었다.

『오랜만이구나. 이 삼신을 잊지는 않았겠지?』

노파가 웃자 눈매가 하회탈처럼 둥글게 말렸다.

『네가 하도 안 불러서 그냥 왔지. 자, 나를 뫼시겠느냐?』

그리고 그녀는 떠올렸다. 이 삼신이라는 할미가 얼마나 고약한 성미를 가졌는지. 어찌나 장난질이 심한지 웬만한 동자신들은 명함도 못 내민다.

그녀가 어렸을 때, 삼신이 도깨비 화장을 하고 머리를 풀어헤친 채 겁을 주는 바람에 회랑에서 오줌을 싼 적도 있었다.

"뭐 해?"

삼신의 생글거리는 얼굴을 허옇게 질려서 바라보던 무연은 고개를 돌렸다. 우진이 눈살을 찌푸리고 서 있었다.

"아뇨, 가요."

젠장. 그 생각을 못 했다.

엄마가 모셨던 신들이 그대로 그녀에게 오는 거라면 대처가 필요할지도 모른다. 무연은 엄마의 곁에 있었던 수많은 신들의 얼굴을 되새겨보려 했다. 그러나 기억을 되짚을수록 한숨만 나왔다. 천구 말이 맞다. 그 신들이란 것, 변덕이 죽 끓듯 해서 다루기가 여간 어려운 게 아니다.

『나를 뫼시려면 굿 한번 시원하게 벌여라.』

굿은 얼어 죽을.

『굿상 받아본 지가 어언 몇 년인지. 이참에 한번 신명나게 놀아보자꾸나!』

삼신이 계속해서 그녀의 뒤를 따르며 종알거렸다. 잊고 있었다. 이 삼신은 수다도 하해와 같았다.

『그런데 이 총각, 참 귀한 손일세.』

삼신의 목소리를 흘려듣던 무연의 눈썹이 움찔했다.

『팔자에 살이 많긴 해도 인물도 훤하고. 나랑 다리나 놔주련?』

이런 노망난 노파 같으니라고! 억겁을 살면 맛이 안 갈 수가 없나 보다.

"헉, 허억! 토할 것 같아······! 이건 아니지 않아요? 이건 아닌데! 좀 서봐요!"

무연은 절규했다. 이건 숫제 그가 그녀를 감시하는 게 아니라 그녀가 그를 따라다니는 형국이다. 감시해달라고 말이다.

우진은 나무 사이를 달리던 것을 멈추고 뒤를 돌아보았다.

"그러게 돌아가라니까? 사람 꽁무니를 왜 이렇게 쫓아다녀?"

며칠 째 한량처럼 놀고먹으려니 찌뿌듯해 몸을 좀 움직여보려 했다. 그래서 무영궁 뒤쪽으로 높지 않게 뻗은 산등성이를 가볍게 달리는 거였고.

"사람 꽁무니를 쫓아다닌다니요? 나도 이참에 운동 좀 해보면 좋을 것 같아서 이러죠."

겨우 허리를 편 무연이 눈을 치떴다.

"그 체력으로?"

"내 체력이 어때서요?"

운동부족이다. 우진은 말보다 눈빛으로 전하기를 택했다. 괜스레 찔린 무연이 말을 돌렸다.

"아무튼 천우진 씨가 이러고 있는 동안 내가 어디 가면 어쩌려고요? 어딜 가면 간다고 말하라고 한 게 누군데."

우진은 코웃음을 쳤다. 무연의 생활패턴은 일정했다. 새벽 치성, 아침식사, 칠궁 청소, 홍주와 무(巫)에 대한 공부, 그리고 공부 또 공부…….

결론은 그가 엿가락처럼 무연의 옆에 붙어 있지 않아도 그녀가 어디서 뭘 하고 있는지 예측이 가능하다는 거다.

"옆에서 안 봐도 네 일과가 너무 뻔하니까. 지금이면 그 아줌마랑 신당에 틀어박혀 있을 시간 아니야?"

"외출했어요. 아무튼 그래서 불만이에요? 알아서 감시당해주겠다는데!"

무연의 얼굴이 심통 맞아졌다. 우진은 실소를 흘렸다.

"티 다 난다니까. 난 애초에 귀찮은 거 질색이야. 다시 말하지만 시작도 하지 마."

진심을 담아 경고했다. 그러나 무연이 다시 뛰어가려는 그의 발을 붙들었다.

"어쩔 수 없잖아요. 지금 내 안에서 PEA(페닐에틸아민이라는 뇌내물질로 연애호르몬이라고도 한다)가 마구 활개를 치니까."

"뭐라고?"

"PEA요. 연애호르몬. 에스트로겐, 도파민, 노르에피네프린, 옥시토신, 엔도르핀. 이것들이 난리예요. 연애하고 싶어서 발광 중이다, 이 말이죠."

"연애가 하고 싶은 거라면 다른 남자 찾아봐. 난 아니야."

"여기 남자가 어디 있어. 잊었어요? 나는…… 없는 존재라고요. 그러니까 남자를 찾아보자면 천우진 씨밖에 없잖아."

우진은 반박하려다 입을 다물었다. 그녀를 죽은 사람으로 만든 게 그였다. 사람 뭐 켕기게 하는 데 참 재주 있다, 임무연.

"그래서 선택지가 나밖에 없다?"

"그래요! 나는 아마 앞으로도 남자 구경은 못 할 거 같고 이대로 산속에서 썩자니 억울하고 그런 점에서 천우진 씨는 남자고, 비주얼 좋고, 내 옆에 붙어 있고 그러니까 못 먹을 수도 있겠는 감, 혹시 싶어 찔러나 보는 거예요. 찔러보는 것도 안 돼요?"

무연이 히죽 웃었다. 그를 바라보는 눈이 지나치게 곧고 솔직했다. 그런 여자가 눈이 부셨다.

"……하다 하다 안 되면 도망가겠다며?"

"그쪽이 잡으러 올 거잖아요. 저번처럼."

글쎄. 그때까지 여기 있을까.

성훈 같은 모사꾼은 천우진이라는 고급인력을 여기서 썩힐 리 없다. 그는 머지않아 다른 임무에 투입될 것이다.

"애초에 네가 너무 꼬꼬마라 여자로 보이지도 않아."

우진은 무연의 얼굴 위로 고개를 숙여 가까이 들이댔다. 속눈썹,

콧방울마저 가볍게 부딪칠 정도로 좁혀진 거리에 무연의 눈이 튀어나올 듯 휘둥그레졌다.

"귀찮은 것도 질색이고."

'관계'라는 건 귀찮다. 이러한 병적인 관계 기피는 어쩌면 아버지와 생모, 계모, 그리고 이복누이라는, 사람 관계의 가장 기본인 가족관계의 비틀림에서부터 기인한 것인지도 몰랐다. 그래서 애초에 귀찮을 여지가 있는 관계라면 피하고 보는 게 편했다.

"……봐봐. 꼬꼬마 맞네. 바짝 굳은 거 봐. 아직 멀었어. 숨 쉬어. 죽겠다."

긴장해서 숨을 참고 있던 무연의 얼굴을 태연하게 보다 우진은 고개를 들었다. 그리곤 손을 뻗어 무연의 머리통을 투박하게 비비대고 돌아서서 걸었다. 뒤에서 자박이며 그를 따라오는 무연의 발걸음 소리도 이어졌다.

"……여자 많이 만나봤나 봐요?"

"한 트럭쯤?"

"거짓말."

"맞아. 난 태생부터가 귀찮고 성가신 건 피하고 보는 스타일이라 연애할 성격이 못 돼. 그러니까 바라지 말라고. 아무것도."

"그래도 모르잖아요. 내가 불쌍해서라든가, 자꾸 신경이 쓰여서라든가. 그래서 좋아질 수도."

당돌하게 말하는 것과 달리 목덜미며 귓불이 눈에 띄게 붉었고 얼굴도 조금 경직되었다.

"그럴 일은 없지 않을까. 동정심에 휘둘려본 적이 없는데?"

철벽 치는 그의 대답에 무연이 한숨을 쉬며 고개를 돌렸다. 너무 심했으려나. 그답지 않게 미안한 마음이 들려 했다.

"일단은 알겠어요."

무연이 씩씩하게 대답했다. 그 뒤론 말이 없었다. 우진은 고요해진 무연의 옆모습을 바라보았다. 이상하게 눈을 뗄 수가 없다. 막 지기 시작한 노을로 물든 얼굴이 처연해서일까.

그러다 어느 순간, 무연이 장난스럽게 입꼬리를 끌어당기며 그를 돌아보았다. 괜스레 뜨끔해서 우진도 급급하게 눈을 피했다.

"매주 토요일마다 청와대 앞에서 의장행사 하는 거 알아요? 퍼레이드도 하고 전통무예 시범도 하고 국악 공연도 하고. 보러 가고 싶다."

"가라?"

"아줌마한테 머리채 잡혀 끌려와서 방에 갇힐지도 몰라요."

"설마."

"그 머리채 잡아오라고 있는 사람이 천우진 씨거든요?"

무연이 반쯤은 장난으로 되받아쳤다. 하지만 듣는 그는 이상하게 불쾌해졌다. 맞는 말인데 왜 이렇게 기분이 엿 같은가.

무연이 그를 지나쳐 한옥으로 향했다. 우진은 인상을 굳혔다. 터덜터덜 걷는 무연의 등에서 눈을 뗄 수가 없다. 삶을 모두 빼앗기고 원하지도 않는 자리의 명분을 지키기 위해 꼭두각시처럼, 새장에 갇힌 새처럼 살아야 하는 여자.

"쯧, 정말 귀찮은 건 질색인데."

복잡한 건 그의 인생만으로도 충분하다. 그런데도 무연이 신경이 쓰인다는 게 문제다. 궁금했고 온 인생을 빼앗겨버린 게 안됐고 사실 그가 그녀의 인생을 뺏은 사람이라는 말을 못 하겠다.

"공사는 구분하자, 천우진."

무영궁까지는 금방이었다. 무연의 뒤를 밟아 가니 금방 도착했다. 그런데 뜰 안으로 먼저 들어선 무연이 갑자기 자리에 우뚝 섰다. 우진도 따라 섰다.

"임무연 씨?"

뜰 가운데 누군가가 서 있었다.

"청와대 비서실에서 왔습니다. 천지원입니다. 초면이죠, 우리?"

우진의 얼굴이 소태를 씹은 것처럼 구겨졌다.

chapter 07
푸른 기와에서 왔단다

옛날과는 달리 만신이라는 자리가 꽤 공공연한 자리가 됐구나 싶었다. 개나 소나 다 찾아오고.

무연은 눈앞에 이지적인 미인형의 여자를 빤히 바라보았다. 짧은 단발머리에, 빨간색의 하이웨스트 팬츠, 심플한 흰 블라우스를 받쳐 입은 여자는 막 잡지화보에서 빠져나온 것 같았다.

"무슨 일로 오셨어요? 여기 살면서 사람 구경은 앞으로 힘들겠구나 했는데."

"그래요?"

무연은 대청마루의 기둥에 기대앉은 우진을 힐끔 보았다. 그의 눈은 감시대상인 그녀가 아니라 눈앞의 지원이라는 여자에게 꽂혀 있었다. 그리고 그럴수록 그녀의 기분은 급속도로 저조해졌다. 그러니 말도 당연히 곱게 나가지 않았다.

"본론부터 이야기하시죠?"

무연은 무뚝뚝하게 말했고 지원이라는 여자가 빙그레 웃으며 클러치 백에서 명함 하나를 꺼내 그녀의 앞으로 밀었다.

"그렇게 하죠. 임무연 씨는 자신이 푸른 기와의 만신이라는 걸 증명해 보일 수 있나요?"

곧고 단정한 태도로 말하는 지원을 보며 무연은 저도 모르게 또다시 우진을 보았다. 그는 역시 지원만 보고 있었다. 이런 타입이 저 남자 취향인가.

나를 봐요. 이 사람이 아니라 나를 여자로 보라고요.

목구멍까지 치솟는 말을 애써 눌렀다. 우진은 언제든 밖으로 나갈 수 있다. 그에게는 수많은 인연의 기회가 닿을 수 있지만 그녀는 아니다. 가슴 언저리가 욱신거렸다.

나를 봐줘요, 천우진 씨. 나를 지키고 나를 감시해야 하잖아.

볼 안쪽 살을 지그시 짓씹었다. 그 와중에도 지원의 말은 계속되었다.

"일례를 들자면 무연 씨의 외조모 되셨던 선선대 만신은 예지력이 뛰어나셨다더군요. 실제로 나라의 큰일을 사전에 예견해서 큰 도움을 주신 적이 있다고요. 그리고 무연 씨 어머니는 굿을 아주 잘하셨다고 들었습니다. 저도 들은 것뿐이지만요."

무연은 경아에 대한 기억이 많지 않아 굿을 잘했는지 어쨌는지 모른다. 하지만 그걸 눈앞의 여자에게 묻고 싶진 않았다. 스스로도 안다. 괜한 자존심이라는 걸.

"그런 분이 최근까지는 많이 아파서 10년이 넘도록 굿을 전혀 못 했었죠. 의미가 없었달까요."

묘하게 거슬리는 뉘앙스에 무연은 지원을 싸늘하게 응시했다.

"나라는 만신에게 사람이 살아가는 데 필요한 기본적인 의식주를 제공해주고 원하는 모든 걸 신경 써주죠. 평생 먹고살 걱정은 안 해도 되고요. 자유에 대한 대가치고는 꽤 괜찮지 않나요?"

"……그러니까 고마워하라는 건가요? 이런 데 갇혀서 자유도 없이, 원하지도 않는 일을 하고 살아야 하는데, 먹고살게 해주니까? 이 자리에 있어보실래요? 그런 소리가 나오나."

음성이 뾰족해졌다. 무연은 무릎 위에 얹고 있던 손을 꽉 움켜쥐었다.

"아, 오해하셨나요? 그런 뜻은 아니었어요."

사람을 갖고 노는구나, 아주.

"제 말은 만신께서도 나라의 성의에 보답을 해주셔야 한다는 거예요. 굿이든 예지든. 대통령께서는 무연 씨를 매우 흥미로워하고 계세요. 하지만 그 실력도, 존재의 이유도 검증되지 않은 사람을 대통령께 내보일 수는 없지 않겠어요?"

무연은 대통령을 떠올렸다. 그는 익히 말하는 좋은 대통령은 아니었다. 기득권층의 전폭적인 지지를 받아 이 나라의 정점에 설 수 있었다.

"그러니까 확인해볼 겸 왔어요. 무연 씨는 뭘 할 줄 아시죠?"

시험을 하고자 온 건가. 어이가 없었다. 무연은 피식 웃으며 입꼬리를 비틀었다.

"그렇다면 애석하게 됐어요. 증명 못 해요. 저도 제가 미쳤다고 생각하거든요. 귀신을 보는 게 어떻게 정상이에요. 안 그래요?"

이즈음에야 비로소 지원의 얼굴에서 웃음이 사라졌다.

"전 솔직히 무당이라는 게 왜 필요한지 모르겠어요. 21세기잖아요? 10년쯤 뒤에는 버스가 하늘을 날아다닐걸요. 20년쯤 뒤에는 시간여행을 할 수도 있고요. 이런 과학적인 시대에 무당이 대체 왜 필요하고 청와대는 왜 만신의 맥을 잇게 하려는 거죠?"

지원의 눈매가 송곳처럼 날카로워졌다.

"설마 만신이 비를 내리게 하거나 땅을 갈라지게 하는 힘 같은 걸 가졌다고 생각하는 건 아니죠? 그냥 반쯤 미친 거라고요."

무연은 정말이라는 듯 눈을 동그랗게 뜨며 말했다. 마치 비밀을 알려주듯 몸까지 앞으로 내밀며 말이다.

"풋!"

지원에게 집중했던 무연은 갑작스런 웃음소리에 눈을 돌렸다. 우진이다. 괜스레 낯이 뜨거워졌다. 제 입으로 나 미쳤소, 떠벌린 광년이가 됐다.

천지원이라는 여자의 등장 이후, 처음으로 그의 눈이 그녀에게 꽂혔다. 만족스러운 기분에 입꼬리를 올리며 무연은 당차게 덧붙였다.

"대통령께 한번 생각해보라 하세요. 반쯤 미친 애를 청와대란 우리에 가둬놓으니 그냥 이런 것들 모두 없애면 어떻겠냐고."

지원이 눈을 내리떴다. 무연은 생글생글 웃었다. 반쯤 미친 척하니까 사람 우습게 만들기란 참 쉬웠다.

"말이 안 통하네요. 조만간 날짜를 잡겠습니다. 그때는 예의를 차려주세요. 어찌 됐든 대통령께 존재를 증명해야 할 거예요."

"할 수 있는 게 없는데 뭘 증명하라는 거죠?"

"그게 뭔지요."

자리에서 일어난 지원이 마루 밑으로 내려가 신발을 신고 뜰로 걸음을 디뎠다. 그런데 내내 앉아 있던 우진도 자리에서 일어나 뜰로 내려섰다.

"어디 가요?"

"잠깐 있어."

엉덩이가 들썩였다. 따라가고 싶은 충동이 강하게 일었다.

무연은 아랫입술을 깨물었다. 또 혼자 남았다. 지원과의 대화를 곱씹었다. 돈도 없고 갈 데도 없고 심지어 미치기까지 했다.

"날 여자로 보면 그것도 미친놈이겠네. 씨, 짜증나."

지원을 따라간 우진 때문에 가슴 언저리가 꽉 막힌 듯 조여들었다. 아프다. 눈가가 시큰거렸다.

"대답해봐. 만신이 대체 뭐야?"

지원이 계단을 내려가다 그를 돌아봤다.

"임무연 씨와 잘 지내. 그게 아버지께서 바라시는 거야."

으레 그랬듯 그의 의문은 가뿐하게 무시하고서 저 하고 싶은 말만 뱉는다.

"지금 명령하는 건가?"

"정치가는 협상이라는 걸 하지. 명령이 아니라."

천석제가 딸 하나는 참 열 아들 부럽지 않게 잘 키웠다. 석제가 그러했듯 지원 역시 정치의 길을 걷기 위해 착실히 수순을 밟고 있었다. 부녀(父女)가 아주 붕어빵이다.

"네가 알아야 할 건 없어. 그냥 하라는 대로만 해. 익숙하잖아?

짖으라면 짖고 죽으라면 죽고. 네 위치가 그러니까."

독한 말을 물 삼키듯 서슴없이 뱉은 지원은 비소를 머금은 채 계단을 또각또각 내려갔다. 어릴 때 같았으면 무작정 들이받고 봤겠지만 이제는 아니다.

그 망할 놈의 천씨 집안은 더 이상 그와 아무 관계도 없고 어떤 영향도 미칠 수 없었다. 그들은 완벽한 타인이다.

"말하는 꼬락서니를 보면 정나미가 안 떨어질 수가 없다니까."

언제고 되기만 한다면 이름 성도 다 갈아엎어버릴 것이다. 우진은 지원을 뒤로하고 등을 돌렸다.

"잘 지내라……고?"

그럴 소릴 했다니, 석제도 무연을 알고 있다는 뜻이다. 어쩌면 이 모든 상황이 석제의 계획으로 안배된 것인지도 모른다. 그 사람이라면 그러고도 남았다. 덫에 걸린 기분이다.

만신이라고는 해도 다 미신이다. 대체 저 자그마한 여자를 뭐에 쓰려고 다들 눈이 벌개서는 이러나 싶다. 그렇게 치면 성훈 역시 다를 게 없다.

"이놈이나 저놈이나. 쯧!"

우진은 뜰 안으로 들어섰다. 대청마루에 무릎을 세우고 그 위에 턱을 괸 채 우두커니 앉아 있는 무연이 보였다. 눈이 마주치자 무연이 괜스레 딴청을 피우고 싶을 만큼 밝은 얼굴로 웃는다.

"대체 쟤 주위에서 무슨 일이 일어나려는 거야?"

무연이 신발을 대충 꿰신고는 그에게 다가왔다.

"그, 저 여자랑은 뭐예요? 혹시 옛날에…… 사귀었다거나……."

"질투하냐?"

남은 저 때문에 머리가 복작복작한데, 지금 뭘 묻는 거야?

엉뚱한 질문에 저도 모르게 실소가 흘러나왔다. 게다가 눈깔이 해태가 됐는지 입술을 잘근잘근 깨물며 질투하는 무연이 귀엽게 보였다.

"……배다른 남매야."

눈을 동그랗게 치켜뜬 무연이 입을 붕어처럼 뻐끔거렸다. 괜히 말했나. 이런 소재는 대개 불편해하기 마련이다.

"그냥 남매라고요? 확실하죠?"

뒤늦게 반응이 왔다. 무연은 기쁜 얼굴로 웃었다. 보통 배다른 남매가 있다고 하면 말 못 할 가정사가 있겠구나, 하고 안쓰러운 표정이라도 짓지 않나? 왜 이렇게 좋아해?

"너 다칠걸."

우진은 싱글벙글하는 무연을 보다 문득 말했다.

"나랑 가까이 지내면."

천석제라는 괴물이 뭘 할지 모르거든.

석제에게는 그나 지원, 대통령 모두가 이 나라를 움직이는 데 필요한 장기 말일 뿐이다.

"무슨 말이에요?"

청와대를 전면에 세워놓고 개인의 이익을 위해 음지에서 움직이는 자들이 있다. 석제는 그자들의 대통령이었다. 제 손으로 네 명의 대통령을 이 나라 꼭대기에 세웠고 끌어내리기도 했다.

"다칠 리가 없잖아요. 날 지켜주잖아요, 천우진 씨는."

무연이 검고 깊은 눈동자로 천진하게도 말했다.

"지켜줬잖아요, 처음 만났을 때부터."

우진은 그를 향해 맑게 웃고 있는 무연을 물끄러미 보았다.

"천우진 씨는 다치게 하는 사람이 아니라 지켜주는 사람이에요."

지켜주는 사람.

가슴 한켠이 이상하다. 담낭인지 쓸개인지 콩팥인지 간인지 모를 부위가 슬며시 죄어들었다.

"그러니까 더 가까워져도 되는데. 우리요."

우진은 저도 모르게 웃었다. 장난스런 웃음을 물고 넌지시 던지는 무연의 말에는 진심이 어마어마하게 섞여 있었다.

"무구는 닦아놓은 거냐?"

갑작스런 목소리에 생글거리던 무연이 고개를 돌렸다. 홍주가 외출에서 돌아온 모양이다.

"지금 가요."

무연이 얼른 돌아섰다. 우진도 방으로 들어가려 했다. 그러나 그를 불러 세우는 건조한 음성에 멈춰야 했다.

"천우진 씨."

돌아보니, 홍주가 메마른 눈으로 그를 응시했다.

"저 아이에게 연정을 품지 마세요."

이건 또 무슨 귀신 씻나락 까먹는 소린가.

그가 황당함에 굳어 있는데 홍주가 재차 입을 열었다.

"신이 품을 아이입니다. 여자로 보면 안 됩니다. 죽고 싶지 않으면."

"······제가 미쳤습니까?"

그가 할 수 있는 말은 그거뿐이었다.

"저 아이는 경아의 전철을 밟게 하지 않을 겁니다. 저 아이에게도 단단히 주의를 주긴 했지만 알다시피 말을 듣는 애는 아니니까요."

"그럴 일 없습니다. 저도 취향이라는 게 있어서 말이죠."

"······다행이군요."

홍주는 경고하듯 그를 성마르게 쏘아보다 몸을 돌렸다.

"그런데 죽는다는 건 무슨 소립니까?"

"아니라면 알 필요는 없지 않나요?"

"궁금하면 영 뒤가 켕겨서 잠을 못 자서요."

홍주는 잠시 그를 빤히 보다 낮고 고요한 음성으로 말했다. 그래서 더욱 사실처럼 들리기도 했다.

"무당들은 고독하죠. 자신이 품어 안을 아이가 다른 자와 정을 통한다는 것을 신들은 격렬하게 질투합니다. 그래서 많은 무당들은 자신이 사랑하는 이를 먼저 보내지요. 그게 병이든 사고든 말입니다."

"그거, 무슨 도시 괴담 같은 겁니까?"

"사실이에요. 죽고 싶지 않으면 연정 같은 건 품지 마세요. 무당이란 무릇 사람들의 삶을 위로하고 달래주며 남을 위해 사는 존재입니다. 제 인생, 제 사랑, 제 존재 같은 건 없어요."

"하."

어이가 없어 헛웃음밖에 안 나왔다. 이쯤 되면 사이비라고 봐야 하지 않을까. 그에게는 낯설고 생소한 세계였다. 하지만 홍주는 시종일관 진지했다. 진심이었다. 가슴이 차갑게 내려앉았다.

"만신의 힘은 피에서 피로 이어집니다. 무연이 역시 다음 대 만신을 위해 아이를 가지긴 해야겠지만 그뿐입니다. 만신에게 자유의지 같은 건 없어요."

홍주는 등을 돌렸다. 연정이라니 말도 안 된다.

신당 문이 벌컥 열렸다. 품에 무구들을 안고 대청마루로 나온 무연은 앉아서 그것들을 하얀 천으로 닦았다. 그러다 뜰에 덩그러니 서 있는 그를 보고 갑자기 의미 없이 히쭉 웃었다.

존재의 의미 따윈 찾지 말고 나라를 위해 살아야 한다는 만신. 스스로를 위해 할 수 있는 건 아무것도 없다는 만신. 어째서 무연이 청와대로 오는 일을 그렇게 겁냈는지 알 것 같았다. 이제 와서야. 가슴께가 꽉 죄어들며 폐부가 갑갑해졌다.

"너 진짜 반쯤 미쳤냐. 그날 아침에 여기 왜 온다고 했어? 또 도망이나 가지."

우진은 입 안쪽 살을 지그시 깨물었다. 어쩌나. 그럼에도 불구하고 이곳에서 방법을 찾겠다고 웃으며 지내는 무연이 예뻐 보이기 시작했다. 이놈의 청개구리 같은 성깔이 연정 품지 말라고 사방에서 짖어대니까 반대로 튀려고 이러나.

우진은 무연에게 다가갔다. 그리곤 고개를 숙여 의아해하는 무연의 얼굴 옆으로 제 얼굴을 가져갔다.

"의장행사 보고 싶다고 했지?"

그가 속삭이자 무연이 눈을 끔뻑거리며 고개를 끄덕였다.

"토요일에 나갈까? 몰래."

무연의 얼굴이 활짝 개었다. 발갛게 상기된 볼을 말며 예쁘게도 웃었다. 좋아하는 걸 보니 지원과 홍주 덕에 여러 번 기분을 잡쳤던 그도 기분이 좋아졌다.

우진은 옆에 걸터앉아 무연이 무구를 닦는 것을 바라보았다.

"……무당은 남자랑 못 산다며?"

무심코 나온 말에 무연의 손이 멎었다. 잠시 정적이 흘렀다.

"죽는다고."

그가 덧붙이자 무연이 웃을 듯 말 듯 입꼬리를 애매하게 굳힌 채 그를 보았다. 이상하게 그 눈이 따스하게 느껴졌다.

"걱정 말아요. 내가 천우진 씨한테 흑심 품고 있어도 그것뿐이지, 죽게 할 생각은 없으니까."

그럼 무슨 생각으로 들이대는 거냐고 묻고 싶은 걸 목구멍 너머로 꼴깍 삼켰다. 화답해줄 것도 아니면서 거기까지 묻는 건 아니다.

"참, 나갔다가 걸리면 천우진 씨가 뒤집어쓰기예요. 알았죠?"

무연이 갑자기 그에게 몸을 기울여 낮게 속삭이곤 배시시 웃었다. 귓바퀴에 닿은 숨결에 우진은 반사적으로 목을 움츠리곤 몸을 뺐다.

아, 젠장.

고작 숨결 하나에 잠잠하던 몸에 성적인 반응이 일어났다. 엄청나게 당황스러웠다. 미쳤냐, 천우진?

그는 무연에게서 조금 떨어졌다. 정신 차리자. 쟤는 원래 예뻤다. 예쁘장하게 생겼었다. 갑자기 새삼 예쁜 게 아니라.

생각을 고쳐먹었다.

『내 너에게 이르지 않았니? 굿을 해야 네게 오겠다고?』

"그러셨죠. 하지만 대가 없는 굿은 없습니다."

거울 앞에 앉은 무연은 젖은 머리를 빗었다. 옆에 얼쩡대던 삼신
의 눈초리가 점차 사나워졌다. 삼신은 계속해서 그녀를 어르고 꼬
셨지만 무연은 꿈쩍하지 않았다. 신을 받으면 죽지 않고서야 이 팔
자에서 벗어날 방법이 없다. 모든 게 끝이었다.

『대가라고? 이년, 내가 어렸을 때 너를 곱다 해서 지금도 이리 예
쁘게 보고 있는 걸 모르겠는 거냐?』

"알죠. 그러니까 제가 묻는 말에 대답만 해주시면……."

『이 고약한 계집년! 네 정녕 죽고 싶으냐? 굿을 해. 굿을 해서 네
가 해야 할 일, 내가 해야 할 일을 하게 해!』

다소 거칠어진 쇳소리에 고개를 돌리던 무연은 너무 놀라 심장
마비가 오는 줄 알았다. 검게 변한 피부색과 붉은 눈, 이 사이로 드
러난 뾰족한 송곳니는 산짐승 같았고 쏟아내는 날카로운 살기는
그녀의 숨을 충분히 옛다.

『죽고 싶은 거냐. 나를 받지 않으려는 몸주 따윈 나 역시 필요 없
다.』

"잠깐, 그게 아니라 저도 궁금한 게 있어요! 대답해주시면 굿은

생각해볼……!"

『내가 이기나 네가 이기나 한번 보자꾸나! 내가 이기면 네가 살
것이고 네가 이기면 네가 죽을 것이다!』

무연은 눈을 질끈 감았다. 그녀가 말할 기회도 주지 않고 성급하
게 성을 낸다. 삼신의 진노는 거센 바람이 되었다. 방을 한바탕 훑
고 지나간 폭풍 속에 무연은 멍하게 앉아 있었다. 애써 빗은 머리는
이미 산발이 됐다.

『신의 노여움을 사지 마.』

주위를 둘러봤지만 목소리의 주인인 천구의 모습은 없었다.

『사람답게 살고자 하면 신의 노여움을 사지 마. 그러면 경아처럼
너도 죽어.』

무연은 이를 악물었다.

『하고자 왔으면 받아들여.』

싫다. 사람처럼 산다는 건 원하지 않는 삶에 매여 꼭두각시처럼
사는 게 아니었다. 그녀가 생각하는 산다는 일은 좋아하는 음식을
먹고, 적금 만기에 맞춰 여행계획도 세우고, 내 집 장만에 허덕이
기도 하는 것이었다.

그때였다. 어마어마한 통증이 배 속을 휘저었다. 무연은 방바닥
을 짚고 이를 악물었다. 칼로 쑤셔대는 것 같은 잔인한 통증이 그녀
를 헤집기 시작했다. 눈이 뒤집어지는 것 같았다.

『네 운명을 받아들여라. 나를 뫼셔라.』

"싫어……!"

머릿속에서 삼신의 음성이 웅혼하게 울렸다. 그녀가 거부하자

배 속이 진탕이 되었다. 눈물이 절로 쏟아졌다. 무연은 소리를 내지 않기 위해 몸을 웅크렸다. 소리를 내면 우진이 달려올 것이었다. 이런 모습은 보여주고 싶지 않았다.

『고얀 것, 나를 뫼셔라. 굿을 해.』

무연은 이 끔찍한 시간이 지나가기를 기다렸다. 순식간에 흘러내린 땀으로 옷이 다 젖었다. 몸이 바들바들 떨렸다.

"으으윽……!"

온몸이 뜨겁게 달궈졌다가 차갑게 식기를 몇 번이나 반복했을까. 문밖에 사람 그림자가 어른거렸다. 그런데 어느 순간 그녀를 압박하던 모든 통증이 사라졌다. 땀에 젖은 얼굴로 고개를 들자 아이의 모습을 한 천구가 그녀의 어깨에 손을 얹고 있었다. 그는 이례적으로 우울한 얼굴로 말했다.

『경아처럼 죽지 마라.』

"임무연, 뭐 해? 무슨 소리가 났는데."

밖에서 우진의 음성이 들려왔다. 그사이 천구는 사라졌다.

"잠깐만요."

무연은 몸을 세워 책상 위의 거울을 끌어왔다.

"하. 이 꼴을 하고……."

고통을 참느라 씹어댄 입술에선 피가 잘잘 흘렀고 얼굴은 땀범벅이었다. 무연은 거울 속의 자신을 손끝으로 더듬었다.

"할 수 있을까, 나……."

자신이 없어진다. 무섭다. 그녀에게 닥쳐올 일들이 무서워졌다.

"이제 슬슬 다녀온 얘기나 해보려무나. 그 아이는 어떻더냐?"

석제가 텃밭을 가꾸던 손을 멈추고 흙을 털고 일어났다. 어깨에 하얀 수건을 두르고 까맣게 탄 얼굴은 여느 시골의 농부와 다르지 않았다. 하지만 그는 농부가 아니라 천석제였다. 이 나라의 그 어떤 곳에도 그의 영향이 미치지 않는 곳은 없다.

아버지는 신이었다. 지금의 이 시대를 창조한.

"……맹랑하던데요. 대통령께 전해달라더군요. 자기는 만신이니 뭐니 증명해 보일 수 없으니 없애는 건 어떻겠냐고."

"허허, 웃긴 아이로구나. 그 애 엄마와는 달리."

석제가 집을 향해 천천히 걸음을 옮겼다. 해는 이미 떨어져서 땅거미가 진 지 오래였다.

"아버지, 한 가지 여쭤도 되겠습니까."

"네가 정색하고 물으면 내 꿈자리가 다 사납던데 말이다."

"저 역시 그 아가씨 말에 동의합니다. 지금 이 나라에 만신이라는 게 왜 있어야 하죠? 왜 중요한가요?"

석제는 세월에 바라진 옅은 잿빛 눈을 가늘게 뜬 채 잔잔하게 웃었다.

"만신이란 건 말이다. 중요해서 있는 게 아니다. 필요해서 있는 거다."

"예?"

"구실이 필요하단다."

뜬구름 잡는 소리였다. 하지만 지원은 내색하지 않았다. 중요하지는 않지만 필요는 하다. 그녀로서는 그 의미를 알 수 없었다.

한편 석제는 불길한 주홍빛을 띠고 있는 노을을 바라보며 얼굴 하나를 떠올렸다. 그가 젊어서 막 청와대에 입성했을 때 우연히 칠궁에 사는 만신을 마주한 적이 있었다. 그녀는 입에 욕을 달고 살았는데 그 괴팍함에 혈기 왕성했던 그도 오금을 떨었었다.

"그 아이가, 궁금하구나."

조용히 뒤를 따르던 지원이 눈을 치켜떴다. 맹랑하다면 차분했던 경아보다는 괄괄했던 제 조모를 더 닮았을 거다.

"네놈, 아주 크게 될 놈이로구나? 아주 인간이기를 말아먹기로 한 놈이 바로 너로구나! 이 풍물에 튀겨도 죽지 않을 질긴 놈. 하늘을 가리고 땅을 덮고 인(人)을 틀어쥐고 물아(物我)를 농락하는구나. 어허, 어허, 어허야. 네가 나를 죽이고, 내 딸을 죽이고, 내 손녀를 죽이고, 그 손녀의 아이를 죽이고. 생명의 윤회가 굴레를 지고 또 지고. 어허, 어허, 어허야. 크게 될 사람아, 바른길을 걸어라. 그 끝에 극락이 있나니, 옳은 길을 디뎌라."

그 만신이 칠보산의 금지(禁地)에 올라 굿을 하다 그에게 그런 공수를 내렸었다. 그는 길을 택했고 추는 움직이기 시작했다.

171

삼신할머니가 단단히 심통이 난 모양이다. 밤새 그녀를 죽일 듯 괴롭힌 통증은 다음 날까지도 이어졌다. 살점이 떨어져나갈 것 같다가도 뼈가 바스러지는 충격이 뒤를 이었고 그러다가 좀 쉴 만해지면 또다시 시작됐다.

무연은 이미 피투성이인 입술 대신 베개를 꽉 물며 눈을 질끈 감았다. 방 안으로 새벽이 어스름히 드리웠다. 얼마 지나지 않아 홍주가 들어왔다.

"아…… 나 오늘은 땡땡이요!"

목소리를 겨우 쥐어짜냈다. 성큼성큼 다가온 홍주가 그녀의 몸을 뒤집었다.

"신이, 신이 온 것이냐? 거부를 했어? 이 어리석은 것이!"

격양된 목소리에 무연은 실눈을 떴다. 그림자가 진 홍주의 얼굴이 거뭇해 표정을 읽을 수가 없었다.

"대답을 해. 밤새 이런 이랬던 거야?"

숨만 간신히 몰아쉬었다. 심술맞은 삼신 할망구! 대답할 기운도 없어 속으로만 이를 가는데, 홍주가 방을 나갔다.

"이쪽으로 누워봐."

잠시 후 다시 돌아온 홍주는 얼음처럼 찬 수건으로 그녀의 얼굴이며 팔, 목 부위를 조심스럽게 닦아냈다.

"불덩이다. 어리석은 것."

홍주가 혀를 낮게 찼다. 무연은 눈을 감았다. 지칠 대로 지쳤다. 체내의 물이 모두 땀으로 배출된 것 같았다. 통증은 또 잠시 잦아들었다. 무연은 뻑뻑한 눈을 멍하니 끔뻑였다.

"······엄마, 많이 아팠어요? 죽기 전에 말이에요."

얼굴을 꾹꾹 눌러주던 손이 멎었다.

"죽을 만큼 아팠으니 아프기야 했을 거다."

무뚝뚝한 대꾸에 그녀는 허탈하게 웃었다. 틀린 말은 아니었다.

"어제 갑자기 궁금해졌던 건데요. 아줌마는 우리 아빠······ 누군
지 알아요?"

홍주의 손이 멎었다.

"혼자서 어떻게 애를 낳아요. 그 아빠라는 사람, 죽었어요?"

열로 뇌가 녹는 와중에도 우진의 말이 떠올랐다. 죽냐고 물었던
말이 못처럼 박혔다.

"······죽었다."

무연은 무거운 눈꺼풀을 닫았다. 갔다. 그녀를 무겁게 내리누르
던 삼신의 존재가 더 이상 느껴지지 않았다. 미증유의 힘이 뿔뿔이
흩어졌다.

"무당은 사람을 좋아하면 안 돼요? 내가 좋아하면, 죽나요?"

무연은 바짝 마른 입술을 뻐끔거려 겨우 말했다.

"천우진 씨한테는 나 아팠다고 하지 마요. 폐를 많이 끼쳐서 더
는 싫어요."

무연은 곧바로 잠에 빠져들었다. 밤새 앓았으니, 쓰러지고도 남
았다. 이렇게 될 때까지 소리 한번 내지 않았다. 독했다.

"너는 참······ 경아를 많이 닮았구나."

경아를 생각하자 홍주의 입가에 희미한 미소가 떠올랐다. 경아
가 열정적인 사랑 때문에 청와대에서 도망가기 전까지는 모든 게

좋았었다. 만족스러웠다.

홍주는 조용히 일어났다. 무연이 온 이후 조용할 날이 없었다. 어렸을 땐 그녀만 보면 무섭다고 설설 피해 다니기만 했던 어린것이 이렇게 되바라지게 커서는.

홍주는 무연의 방을 나와 서서히 밝아지는 하늘을 응시했다. 이곳에서 바라보는 풍경은 늘 같았고 그녀는 안정감을 느꼈다.

"일찍 일어나셨네요."

무연의 옆방 문이 열렸고, 우진이 눈인사를 했다.

"임무연은 어디 있습니까? 벌써 칠궁에 갔습니까?"

"잡니다. 한동안은, 그냥 자게 두세요. 오늘은 쉬게 할 겁니다."

우진이 무연의 방으로 움직이려 하자, 홍주가 저도 모르게 말했다. 그리고 당황했다.

왜 그랬을까. 간만에 한 경아 생각 때문이었을까. 경아가 죽기 전까지도 무연은 가만히 두라는 부탁을 간절히 했기 때문에.

"알겠습니다."

우진이 그녀를 물끄러미 보다 몸을 돌렸다. 의심하는 것 같진 않았다. 홍주는 낮게 한숨을 쉬었다. 강렬한 태양이 칠보산 자락을 달구기 시작했다.

"벌써…… 또 여름이구나."

그녀에게 꿈이 있다면 그것은 괄시받지 않는 거였고 무시당하지 않는 거였다. 만신도 하나의 문화고 삶이고 살아가는 모습이란 걸 증명하고 싶었다.

무당도 사람이다. 왜 그들은 소외되어야 하나. 정작 똥줄이 타면

달려와서 도와주십사 고개를 숙이지만, 제 볼일 끝나면 돌아서서
는 사이비네 어쩌네 하면서 그들을 벼랑 끝으로 몬다.

홍주는 입가에 자조적인 미소를 띠었다. 살면서 단 한 번도 밖으
로 표출해본 적 없던 설움이 딱딱하게 덧쓴 가면 아래 소리 없이 요
동쳤다.

우진은 무연의 방문 앞에서 이마를 찌푸렸다. 쉬기로 했다고는
하지만 어째 하루 종일 코빼기도 비치지 않았다.

"임무연, 뭐 해? 나와 봐."

"왜요?"

"왜 그래, 하루 종일? 뭐 얼굴을 봐야 감시를 할 거 아냐."

"여기 있는 거 맞으니까 문 앞에서 지켜요!"

어이가 없다. 아무리 생각해도 수상했다. 손가락으로 미간을 잠
시 긁던 우진은 덧붙였다.

"들어간다."

우진은 방 문고리를 잡아 열었다. 놀란 무연이 다탁에 앉아 책을
뒤적이다 입을 떡 벌렸다.

"뭐냐, 그 얼굴은?"

빠르게 무연을 스캔한 우진은 와락 인상을 구겼다. 곧바로 무연
의 턱을 손으로 잡아 들어올렸다.

"야, 이게 뭐야. 너 그 아줌마랑 주먹다짐이라도 했냐?"

입술이 온통 부르텄다. 피딱지가 엉긴 모양이 보기에도 쓰라렸
다. 게다가 그럴 수 있나 싶게 하룻밤 사이에 살이 쏙 내렸다.

"······저기."

"뭐. 빨리 말해."

우진은 무연의 얼굴을 샅샅이 훑다 눈을 들었다. 무연의 검은 동공이 잘게 흔들리고 있었다.

"그게······ 입김이······."

왜 제대로 말을 못 하는지 답답해할 즈음, 그의 입가를 무연의 손이 살짝 덮었다.

"입김이 자꾸 닿아서······요."

그제야 우진도 그가 필요 이상으로 너무 가까이 다가갔었다는 사실을 인지했다. 고개를 뒤로 뺀 무연이 멋쩍게 웃었다.

애는 뭐 그런 걸 그렇게 콕 집어서 말하나. 사람 무안하게.

하지만 여기서 무안해하면 천우진이 아니다. 우진은 태연하게 무연의 턱을 잡고 얼굴을 좌우로 홱홱 돌려보았다.

"얼굴이 왜 이 꼬라지냐고."

"······굴렀어요. 어떻게 하다가 잘못 굴렀어요."

"굴러?"

그게 말이 되나. 이걸 물고 늘어져, 말아?

"구른다고 입술이 그렇게 돼? 다크서클이 턱까지 내려왔는데?"

"잠을 설쳐 그래요. 찢어서 찢어진 입술이 아팠거든요."

우진은 눈을 가늘게 떴다. 이내 무연의 턱을 잡고 있던 손을 놓았다.

"너도 말 안 되는 거 알지?"

"훗, 가끔은 그냥 넘어가는 미덕도 좀 있어주죠."

그가 옆으로 비켜 앉자 피식 웃은 무연은 보던 책을 끌어다가 발치에 펼쳐놓고 다시 집중했다. 그 모습을 멀거니 보던 우진은 점점 인상을 그었다. 피딱지가 앉아 하얗게 말라붙은 입술과 수척한 얼굴이 그의 기분을 불편하게 만들었다.

"약은?"

무연이 여전히 책에 시선을 둔 채 대답했다.

"당연히 발랐죠."

"정말 싸운 거 아니야?"

"누굴 쌈닭으로 아나."

웃으며 대답하던 무연이 갑자기 고개를 들었다. 동공이 확 커지더니 고통스런 얼굴로 피딱지가 앉은 입술을 왈칵 깨물었다.

"……아, 제발!"

"왜 그래?"

무연이 방바닥을 짚은 채 몸을 바르르 떨었다. 무연을 일으켜 세우려 했지만 그녀는 그를 밀어내며 도리질했다.

"갑자기 왜 이러냐고. 어디가 아픈 거야? 어?"

우진은 무연이 오한에 떨던 밤을 떠올렸다. 그때와 비슷한 건가. 초조함에 신경질이 났다. 바닥에 엎드려 숨만 겨우 할딱이던 무연이 꺼질 것 같은 목소리를 흘렸다.

"괜찮아요……!"

괜찮기는 개뿔.

우진은 흐느적거리는 무연을 등에 업었다. 병원을 가야 했다. 병원을 가서 정확한 진단을 받아야 했다.

"뭐 하는 겁니까?"

그러나 우진은 홍주에 의해 가로막혔다. 무연은 그의 등에 힘없이 늘어져 숨만 겨우 쉬었다. 곧 멎을 것처럼 엉망진창으로 뛰는 심장고동이 무섭게만 느껴졌다. 어찌나 뜨거운지 몸이 녹아내릴 거 같았다. 가야 한다. 이러다 죽을 수도 있다.

"병원 갑니다. 비키시죠!"

그가 잇새로 으르렁거리듯 말했다.

"안 됩니다. 그 아이, 방에 다시 뉘어주십시오."

"아프다고요! 애 죽어요!"

"그 애는 아무 데도 못 갑니다."

"좋은 말로 할 때 비키라고."

그가 위협적으로 으르렁대도 홍주는 꿋꿋했다. 우진은 홍주를 피해 옆으로 지나가려 했으나 홍주가 또다시 앞을 막았다.

"그 애가 병원에 간다고 나을 거라 생각하세요?"

"낫고 안 낫고는 가봐야 알겠죠."

"잊으셨습니까? 그 애는 죽은 아이입니다. 그 애를 병원에 데려가서 뭘 어쩌려고요? 치료나 제대로 받을 수 있겠어요?"

맞다. 그가 이 여자를 죽였다. 살았었던 흔적들을 모두 지웠다. 우진은 갑자기 가슴이 무겁게 내려앉아 발을 멈췄다.

"……괜찮아요."

꺼질듯 아슬아슬한 가는 음성이 그를 달래듯 속삭였다.

"조금 있으면 괜찮아져. 이렇게…… 그럴 필요 없어요. 걱정하지 마요. 그냥 잠깐 이러는 거야. 후우."

등에 느껴지는 심장고동이 위험할 만큼 불규칙하다. 무연이 늘어져 있던 팔을 올려 그의 목을 슬며시 감쌌다. 바들바들 떨리며 닿는 손이 지독하게 안쓰러웠다.

"또 민폐 끼쳤네요. 그러고 싶지 않았는데……."

얼마 지나지 않아 고른 호흡소리가 들려왔다. 이렇게 심장이 엉망으로 날뛰는데, 온몸이 불덩이인데 잠이 오나.

"병원을 가도 어쩔 수 없어요. 원인을 찾을 수 없으니 괜한 검사만 해대겠죠."

우진은 신경을 홍주에게로 돌렸다.

"전에도 이렇게 아팠었는데, 같은 이유인 겁니까?"

"……무연이가 제게 오려는 신을 거부했고 그래서 신들이 괴롭히는 겁니다. 죽을래, 아니면 받아들일래. 무연이가 포기하지 않는 이상 반복될 겁니다."

그게 말이 되나. 그가 미간을 찌푸리자 홍주가 무미건조한 어투로 덧붙였다.

"천우진 씨는 자신의 본분을 잊으셨습니까? 여기 저 아이의 인권 보호를 위해 계신 겁니까, 아니면 감시를 위해 있는 겁니까? 그애를 이 집에 붙잡아두는 것 외에 천우진 씨가 해야 할 일은 없습니다."

홍주와 그는 신경전을 벌이듯 뜰에 서서 대치했다. 홍주의 말이 맞았다. 이 여자가 안쓰러웠고 그래서 귀찮은 일도 가끔 자처했었지만 그가 이곳에 있는 이유는 하나였다.

"당신은 선을 넘었습니다."

어느 순간 그의 목을 아슬아슬하게 감고 있던 무연의 팔이 툭 떨어졌다. 그 작은 움직임에 몸이 짐승처럼 반응했다. 가슴이 덜컥 내려앉았다. 정말 숨이 넘어가면 어쩌나 하는 불안에 신경 끝이 타들어갔다.

지금까지 그는 생사의 기로에 선 적 허다했고, 당장 내일을 기약할 수 없는 부상도 수없이 당했었다. 전장에서의 10년은 그를 무디게 했다. 감정이 깎여나갔고 인간성이 부서져 내렸다. 어지간해서는 동요하지 않았고 공사 구분은 철저했다.

그러니까 이 임무는 껌이어야 했다. 그런데 어렵다. 이 여자가 숨이 넘어가든 말든 그가 할 일만 하면 되는데 돌아설 수가 없다. 발이 움직이지 않았다. 그게…… 안 된다.

chapter 08

성가신 예감

홍주의 말에 따르면 열이 하루에 열두 번도 더 오르내릴 수 있다고 했다. 우진은 일어나 앉은 무연의 이마를 다시 한 번 짚어봤다. 열을 확인하기 위해서였다.

"진짜 성가시다, 임무연."

"……내가 아프고 싶어서 아파요?"

무연이 머쓱한지 희게 웃었다. 바보 같은 게 지금 상황에서 웃음이 나나. 지금은 안정을 찾기는 했지만 수척한 얼굴이 계속해서 그의 심정을 사납게 했다.

"이제 정말 괜찮아요. 자꾸 몸이 아픈 게 아무래도 운동부족인가 봐요. 쇠도 씹어 먹을 나이인데 말이죠."

"쇠 씹어 먹으면 그게 사람이냐."

"어어? 그냥 비유잖아요, 비유!"

인상을 그으며 소리를 높이는 무연을 보며 우진은 눈을 흘겼다. 괜찮은 거 보여주려 애써 떠들어대는 무연이 못마땅했다. 저럴 기운 있음 밥이나 먹지. 빨리 기운 차리게.

"근데…… 눈뜨니까 생각난 건데, 오늘 토요일 아니에요? 의장 행사 데려가준다고 했잖아요!"

"좀 살 만한가 보다?"

"하도 누워 있었더니 갑갑해서. 흐흐. 홍주 아줌마, 저 옆집 가지 않았어요? 없잖아요. 그죠?"

발칙하게도 대통령이 업무 보는 곳을 옆집이라 칭한 무연이 눈동자를 반짝였다.

"설마 그냥 넘어가려는 건 아니죠? 먼저 보여주겠다고 했으니 약속은 지킵시다."

어이가 없어 눈썹을 치켜세우자 무연이 그가 앉아 있는 문간까지 무릎걸음으로 와서는 히죽거렸다. 짓궂은 웃음기가 잔뜩 밴 무연의 얼굴이 묘하게 색스러웠다.

미쳤나. 무슨 생각을 하는 거야.

우진은 가까이 다가든 무연의 이마를 손가락으로 밀어젖혔다.

"몸이나 멀쩡하면 말을 안 해. 언제 어디서 픽픽 쓰러질지 모르는데 널 데리고 어딜 나가."

"말 한번 참……!"

무연이 눈을 가늘게 뜨곤 그를 째려보았다. 그렇대도 그는 무연을 데리고 나갈 생각이 없었다.

"아직도 열 있다니까, 너."

우진은 무연의 이마를 손으로 덮었다. 무연의 눈이 동그래졌다.

"……그……래요? 난 괜찮은데."

호기도 부릴 때 부려야 된다. 씩씩한 척, 괜찮은 척, 아무렇지 않은 척. 이 여자는 시도 때도 없이 호기를 부렸다.

"뭐냐. 왜 얼굴이 빨개져?"

"내가요?"

"그럼 너지, 나겠냐? 열도 더 오르는 것 같고?"

우진은 입꼬리를 당겨 올렸다. 이유가 짐작이 갔기 때문이다.

"……하나 물어봐도 되냐?"

"뭐, 뭘요?"

"내가 왜 좋냐?"

그 말과 동시에 무연의 얼굴이 더는 빨개질 수 없을 정도로 검붉어졌다. 곧 터질 것 같았다.

"내, 내가 언제요?"

그가 대꾸 없이 빤히 보자 무연이 변명하듯 덧붙였다.

"그러니까 직접적으로 좋아한다고 말한 적은 어, 없는데요."

바로 앞에 두고 말하려니 쑥스러운지 무연은 엉덩이를 쭉 빼며 멀어졌다. 입을 비죽거리며 인상을 팍팍 써댔다. 그 모습을 보자니 이상하게 즐거워졌다.

"아아, 그럼 좋아하는 게 아니었어?"

"아니라고 한 적도 없고요!"

무연이 몸을 돌려 앉으며 신경질을 버럭 냈다. 이상하다. 무연이 그를 좋아한다는 게 꽤 기분 좋다.

"……그나저나 토요일이네, 정말. 그 아줌마는 오후나 되어야 올 거고. 의장행사라……."

등을 보이고 앉아 있던 무연이 슬그머니 고개를 돌렸다.

"······그거 가는 거예요, 우리?"

"네가 네 꼬라지가 안 쪽팔리면 가고."

"꼬라지? 무슨 말이에요? 아무튼 가는 거예요! 그리고 만에 하나 걸린다, 그러면 천우진 씨가 책임지기고요!"

무연이 들뜬 마음에 바로 좌식 책상 위의 거울을 집는 걸 보며 우진은 피식 웃었다. 거울을 보고 제 몰골에 놀랐는지 새된 비명을 질렀다.

"세상에! 미쳤어, 미쳤어!"

자책하며 제 무릎을 쳐대는 게 우스웠다.

"갈 자신 있어?"

"······화장술을 우습게 보시나 봐요. 현대 문명에는 화장이라는 게 있거든요?"

화장술. 그거에는 그도 일가견이 좀 있는데 말이다. NIS 요원은 아무나 되는 게 아니다. 그들은 화장법뿐 아니라 코디법, 고스톱, 포커, 마이티, 마작, 골프, 폭탄주 제조법도 가르침을 받는다. 술도 잘해야 하고 화술도 좋아야 한다. 무릇 정보요원이라는 건 빠른 시간 안에 많은 정보를 캐내야 하는 게 일이니까.

"컨실러 있어?"

그가 툭 뱉자 무연이 눈을 휘둥그레 떴다. 어떻게 컨실러를 아느냐는 듯한 표정이다.

"얼굴에 그 버짐 핀 거는 BB로 좀 눌러주고 잡티는 컨실러로 좀 커버하면 봐줄 만은 하겠네."

"버짐 아니거든요?"

"버짐 맞는데 뭘."

"아니라고요!"

자리에서 벌떡 일어난 무연은 장지문을 거칠게 닫아버렸다. 우진은 물러나 앉으며 웃었다. 안으로부터 뭔가가 우당탕 쏟아지는 소리가 났다.

"아 씨! 옷이 왜 이거밖에 없어."

무연의 불평을 들으며 우진은 회랑에서 내려섰다. 왜인지 평화롭게 느껴지는 오전이다. 그의 인생 중 이런 순간이 과연 며칠이나 있었을까.

신경이 느슨해진다. 긴장이 이완된다. 그래서 자꾸 그의 평정심도 흔들리는 건지 모르겠다.

다리 라인이 그대로 드러나는 진청 스키니와 박시한 하얀 셔츠를 입고 머리를 늘어뜨린 무연은 말 그대로 다른 사람 같았다. 우진은 일순 당황했다.

"이 정도 꼬라지면 괜찮죠?"

무연이 그의 앞에서 한 바퀴 빙 돌았다. 푸석했던 볼은 은은한 분홍빛이 돌았고 길게 뺀 아이라인 덕에 눈매가 깊어 보였다. 피딱지가 앉았던 입술은 짙은 주홍빛으로 발랄한 인상을 주었다.

"……괜찮네."

"본판이 돼야 화장기술이라는 것도 먹히는 거거든요. 그런데 정말 이렇게 나 데리고 나가도 돼요?"

"괜찮아. 내가 옆에 있으니까."

우진은 자꾸 무연의 얼굴로 향하는 자신의 시선을 다잡았다. 얼굴에 금칠을 하든 은칠을 하든 임무연은 임무연이다. 화장 조금 하고 옷 좀 바꿔 입었다고 이렇게 줏대 없이 나풀거리나.

그들이 도착했을 때는 의장대 퍼레이드가 한창 진행 중이었다.

"그냥 여기서 봐."

그녀가 사람들을 비집고 앞으로 나가려 하자 우진이 그녀의 팔을 잡았다.

"안 보인단 말이에요."

"까치발 들어."

"그걸 말이라고 해요?"

거리는 모여든 인파로 무척 혼잡했다. 하지만 그녀는 공연을 제대로 보고 싶었다. 더구나 이렇게 칠궁 밖으로 나온 건 근 한 달 만의 일이다.

무연은 우진의 만류에도 앞으로 나아갔다. 뒤에서 우진이 따라오는 걸 알기에 거침없이 나아갈 수 있었다.

"우와. 저렇게 하려면 대체 얼마나 연습을 해야 하는 거야."

결국 인의 장벽을 뚫고 가장 앞에 선 무연은 화려한 칼 공연을 보고 입을 떡 벌렸다. 그 옆에는 국악대와 전통의장대 수십여 명이 음악을 연주했는데 행과 열을 맞춰 일사불란하게 돌아가는 행사는 무연을 무척이나 들뜨게 했다.

"어디 가지 말고 여기 있어."

여군의장 시범이 진행되기 직전이었다. 그녀가 돌아보자 우진이 그녀의 귀 가까이에 대고 말했다.

"잠깐 볼일 좀 보고 올 테니까. 삼 분이면 돼."

대답할 사이도 없었다. 무연은 사람들 사이를 헤쳐 어딘가로 빠져나가는 우진의 머리꼭지를 멍하니 보았다.

"공연 같이 보고 싶었는데 눈치 없기는. 티 난다면서 그건 또 모르냐. 씨."

혼자만 데이트하는 기분이었나 보다. 하지만 이내 생각을 떨쳐버리듯 고개를 저은 무연은 여군의장 공연을 관람했다.

우진은 사람들 사이를 빠져나왔다. 자신이 잘못 본 건가 싶었다. 이 시간에, 이런 장소에 그 사람, 석제가 있을 리 없었다.

석제는 정계 은퇴 선언을 한 이후에는 가급적이면 외부로 노출되는 것을 꺼렸기에, 둥지를 튼 파주에서 잘 움직이지 않는다고 들었었다.

"눈깔이 노망이 났나……?"

우진은 주변을 날카로운 눈으로 샅샅이 훑었지만 아까 본 게 헛것인 양 닮은 사람조차 찾아볼 수 없었다. 잠시 황망하게 서 있던 우진은 이내 바지 주머니에서 휴대전화를 꺼냈다. 진동이 울렸기 때문이다. 성훈이었다.

"벌써 정기보고 할 때가 됐나?"

성훈에게 일주일에 한 번씩 정기보고를 하고 있다. 우진은 전화 받기를 망설였다. 의장행사에 나온다고 얘기를 하지 않았거니와, 이 아저씨 성격에 엄청난 잔소리가 예상됐기 때문이다.

잠시 고민하던 우진은 휴대전화를 주머니에 넣고 몸을 돌렸다. 혼자 있을 무연에게 생각이 미쳤다. 정신이 빠졌다. 감시대상에게서 눈을 떼다니. 처음 있는 일이었다.

정말 뭐에라도 홀린 기분이었다. 게다가 무연은 아직 다 낫지 않았다. 혹시 갑자기 어제처럼 확 고꾸라지기라도 한다면.

우진은 거의 뛰다시피 무연을 두고 왔던 곳으로 되돌아갔다. 그런데 가까스로 인파를 뚫고 돌아간 자리에는 무연이 없었다. 앞에서는 쿵쿵 울리는 타악 공연이 한창이었다.

우진은 사람들 사이에 서서 사방을 훑었다. 사라졌다. 흔적도 없이.

그는 곧 인파를 헤치고 무연을 찾기 시작했다. 초조함에 주먹이 불끈 쥐어졌다. 임무연은 고분고분한 강아지가 아니다. 자신은 뭘 믿고 무연을 혼자 뒀을까. 평소의 그였다면 절대로 일어나지 않았을 일이었다.

"……행사인가? 그런데 저 여자, 좀 미친 거 같지 않아?"

마구잡이로 사람들을 헤치며 무연을 찾던 우진은 걸음을 멈추고 돌아보았다.

"그것보다 홍보하는 것 같은데? 점 보러 오라고."

우진은 수군대던 여자들 앞으로 가서 섰다.

"점? 지금 뭐라고 했습니까?"

"예?"

"혹시 키는 이만하고 긴 생머리에 청바지, 하얀 셔츠 입은 여잔데 보셨습니까?"

여자 둘이 서로를 마주 본다. 그리고는 "맞지, 맞지?" 하며 서로에게 확인하더니 고개를 끄덕였다.

"그…… 이상한 소리를 하고 다니던데."

"어디로 갔습니까?"

"좀 전까지는 저쪽에 있었는데……."

우진은 바로 몸을 돌려 여자들이 가리킨 방향으로 갔다. 인파가 몰린 곳으로부터 약간 떨어져 있는 곳이었다. 그곳에는 사람들이 약간 모여 있었는데 그가 찾아 헤매던 얼굴도 있었다.

"너 조심해라! 이런 잡것이! 네 명 다 못 하고 극락 가기 싫으면 착하게 살아! 당장 오늘부터 네 조강지처 놔두고 다른 년 치맛자락에 폭 싸여 허리 돌리던 거부터 그만둬라!"

카랑카랑한 목소리가 들렸다. 그는 사람들을 헤치고 앞으로 나갔다. 몇몇이 무연에게 휴대전화를 들이대 영상을 찍고 있었다.

"저, 저는요?"

"이 불여시 같은 년! 그렇게 샐샐 웃고 꼬셔댔지? 그래도 네 친구 사람은 꼬시지 말아야지. 너 물어보고 싶은 돈 많이 버냐, 좋은 인연 있냐, 그게 다 무슨 소용이야? 네년이 그렇게 사는데 어찌 복을 바라누?"

우진은 멈칫 섰다. 무연은 그녀 같지 않은 목소리, 모르는 표정,

모르는 말씨로 허리를 구부정하게 굽히고 춤을 추듯 묘하게 움직이고 있었다.

"아이고, 아이고! 이 일을 어쩌오. 사람의 인명은 재천인데! 이렇게 젊은 세월 꽃처럼 피어서 복할 세월 이렇게 지니 어쩌누. 아프지, 아프지. 많이 아프지. 어쩌누."

무연은 웬 여자의 손을 잡고 닭똥 같은 눈물을 뚝뚝 흘려댔다.

"이거 미친년 아니야, 그냥?"

"어디서 몰래 카메라라도 찍는 거 아니야? 킥킥!"

"어허, 어허야! 이 망할 놈들을 봤나!"

무연이 그녀를 욕한 젊은 남자아이 둘을 노골적으로 째려보았다. 발을 질질 끌며 그들에게 다가가더니, 기괴하게 느껴질 정도로 천천히 입꼬리를 끌어올렸다.

"쯧쯧쯧쯧, 사람의 탈을 쓴 짐승들이로구나. 이 망할 놈들, 어찌 그리 사누? 탄광에 갇혀 죽은 네 아비 탓은 하지 말아라. 네놈 두고 도망간 어미 탓도 하지 말아라. 이리 사는 건 네놈 탓이다. 원망을 말고 덕을 길러라. 어찌 그리……!"

"아, 씨발, 뭐래냐?"

무연이되 무연이 아닌 것 같은 괴이한 모습에 잠시 굳어 있던 우진은 무연을 향해 손을 휘두르려는 남자의 모습에 바로 움직였다. 무연을 뒤로 잡아당기고 돌려 세웠다.

"클클클."

무연이 쇳소리 같은 웃음소리를 흘리며 그를 무시하고 몸을 돌리려 했다. 우진은 무연의 어깨를 강하게 잡곤 내리눌렀다. 귀기가 서린 무연의 눈이 그를 향했다. 눈이 마주쳤다. 목덜미가 섬뜩했다. 본능이었다.

"가만히 있어."

눈을 맞추고 강하게 말한 우진은 무연의 해괴한 행동을 촬영하며 자리를 지키고 있던 사람들을 돌아보았다. 무연에 대해선 그 어떤 기록도 남으면 안 된다. 애초에 홍주는 이런 상황을 염려하고 만신을 칠궁 안에 가둔 것일까.

"뭐예요, 당신!"

"내 휴대전화 내놔요!"

그가 휴대전화들을 모조리 앗아, 촬영된 것이 있는지 확인하고 삭제했다. 당연하게도 여기저기서 반발이 빗발쳤다. 하지만 우진은 험상궂은 얼굴로 주변을 둘러보면서 크게 말했다.

"할 말이 있으면 청와대로 오십시오."

일순간 주변이 고요해졌다. 가만히 서 있는 무연의 해괴한 웃음 소리만 메아리처럼 울렸다.

"뭐 볼일 남았어요? 아님 구경났습니까?"

우진은 인상을 쓰며 사람들을 향해 내질렀다. 사람들이 곧 서로 눈치를 보며 하나둘씩 자리를 떴다.

"임무연."

상황이 일단락되자 그제야 우진은 무연을 나직이 불렀다. 그와 눈을 맞춘 여자는 임무연이 맞으면서 아니기도 했다. 무연을 빤히 내려다보던 우진은 설명할 수 없는 괴리감을 느꼈다. 무연의 검은 동공에 섬뜩한 푸른빛이 이는 것처럼 보였다.

"뭐야, 넌? 임무연 맞아?"

무연은 입꼬리를 스산하게 휘며 마치 찌를 것 같은 눈빛으로 그를 쏘아보았다.

"이놈 보게나? 클클클, 그러는 너는 누구냐?"

무연이 묻는다. 아니, 무연이 아닌 것이 묻는다. 문득 그의 뇌리를 '신'이라는 단어가 때리고 스쳐갔다.

"씨는 있는데 본데가 없구나. 사람의 인연이란 인연, 실이란 실은 모두 끊고 보는 어리석은 것이구나. 쯧쯧쯧."

우진은 무연이 지껄이는 말에는 신경을 쓰지 않으려 했다.

"누구냐고. 임무연은 어디 있어."

"클클클, 웃긴 놈일세."

그것은 대답하지 않았다. 그저 아이처럼 천진난만하게 그를 바라보았다.

"임무연이 아니면 꺼져라."

그가 뇌까리자 그것이 박장대소했다. 클클거리며 한참을 웃어대던 것이 문득 웃음을 지우고 그를 향해 까치발로 뛰어 다가왔다.

"네 아비는 걸물이로구나!"

우진은 눈썹을 꿈틀거렸다.

"네놈도 뜻만 먹는다면 네 아비보다 더할 수 있을 텐데, 생겨먹은 만큼이나 제멋대로구나. 너 같은 놈은 골치지."

"정신 차려, 임무연."

우진은 무연의 어깨를 잡아 흔들었다. 그러나 무연이 아닌 사특한 눈초리를 한 그것은 사라지지 않았다.

"네 아비, 그것이 너를 말아먹고 이 아이를 말아먹겠구나. 쯧쯧 쯧쯧, 네 아비는 사람이더냐?"

"……꺼지라고."

우진은 낮게 이를 사리물고 말했다. 그러나 그것은 색스런 미소를 짓곤 그의 손에서 어렵지 않게 빠져나갔다. 그리고는 마침 근처를 지나가던 남자 앞에 얼굴을 불쑥 들이밀었다.

"네놈 참 마음에 드는구나? 저놈은 고집이 영 쇠심줄이라 마음에 들지 않는데 말이다."

지나가다 갑자기 팔을 잡힌 남자가 당황하며 무연을 보았다. 그러나 평균치를 웃도는 예쁘장한 외모에 금세 얼굴이 빨갛게 달아올랐다.

우진은 주먹을 꽉 움켜쥐었다. 무연이 아닌 것은 분명했다. 저렇게 능숙하게 남자에게 달라붙을 재주도 못 된다, 그 여자는.

기분을 잡쳤다. 남자의 팔을 잡고 배시시 웃는 모습이 희한할 정도로 불쾌하게 다가왔다. 정말 저 안에 든 게 그 '신'이라는 것이라면 어떻게 돌려놓아야 하나.

우진은 자꾸만 몸을 남자에게 밀착하는 무연을 잡아 자신에게 당기곤 남자를 험상궂게 보았다.

"이 여자 미쳤습니다. 그러니까 가던 길 가십시오."

눈치는 있는 놈인지 어리둥절해하던 남자가 이내 몸을 돌렸다. 우진은 짜증이 났다. 그는 아랑곳 않는 무연의 태도에 진심으로 성질이 났다.

"임무연 데려다 놔, 너."

검푸른 눈동자는 마치 이 상황을 즐기듯이 짓궂게 반짝인다.

"클클클, 이 애가 정신이 나가든 말든 무슨 상관이 있다고 이러는 거냐? 이 아이가 좋으니?"

"웃기고 있네. 꺼지라고."

"이 아이가 좋은 게로구나? 이 몸뚱이가 여자로 보이는 게지?"

그것이 웃으며 또다시 그의 손을 뿌리치려 해서 그는 무연의 손목을 더 세게 쥐었다. 손자국이 남을 만큼 강한 힘이었는데도 무연의 표정은 일말의 변화가 없었다. 내색은 안 했지만 가슴 언저리가 불안하게 타들어갔다.

"내가 어떻게 하면 꺼질래?"

"이 아이에게 관여하지 말아라. 이 아이에게서 멀리 떨어져라. 네가 모든 이유가 될 것이니."

"마지막으로 묻는다. 어째야 꺼질래? 난 신 같은 거 안 믿거든. 그러니까 네가 뭐라고 지껄이든 안 들어."

헛소리를 들어줄 인내심은 더는 없었다. 우진은 무연의 얼굴 위로 자신의 얼굴을 내렸다. 입술이 닿을 듯 말 듯 가까워졌다.

"알아서 꺼질 거 아니면 실력행사 들어간다. 경고했다."

우진은 그대로 무연의 얼굴을 쥐고 동그랗게 솟은 코를 왈칵 깨물었다. 봐주는 것 따윈 없었다. 잇자국이 나지 않을까 싶게 세게 문 채, 무연의 눈을 직시했다. 얼마 지나지 않아 그녀의 눈 깊은 곳에 일렁이던 푸른빛이 꺼져버리면서 무연의 몸이 축 늘어졌다. 우진은 그런 무연을 지탱하곤 깊은 한숨을 쉬었다.

"……하."

찬물을 쏟는다든가, 뺨을 때린다든가 충격요법은 얼마든지 있다. 그런데 그는 그를 모른 척하는 여자가 짜증이 나 콱 깨물어버렸다.

"……이게, 네가 사는 세상이냐."

우진은 무연의 등을 끌어안아 체온을, 숨을 확인했다. 살아 있다. 어디 안 가고 여기 있다.

"한 번만 더 정신줄 놓고 도망가봐라. 그때는 내가 어떻게 하나. 근데, 너 거기 있긴 하냐……?"

미동이 없다. 우진은 한동안 무연의 몸을 그대로 안고 있었다. 거리를 오가는 수많은 사람들 사이로 그들만 그렇게 멈춰 있었다.

무연은 숨을 들이마시며 눈을 떴다. 막혔던 폐부가 확 뚫린 듯 공기가 밀려들었다. 흐느적거리는 나뭇잎 사이로 내리쬐는 햇빛을 꿈이라도 꾸는 것처럼 멍하니 보았다.

왜 이러게 멍할까. 그녀는 방금 전까지 자신이 뭘 하고 있었는지 떠올렸다.

여군의장대 공연이 끝나자 사물놀이 패가 등장했다. 장구며 징, 꽹과리가 신명나게 거리를 채웠다. 그리고 그때 무연은 뭔가를 보았다. 불길했다.

상모를 돌리고 노는 사물놀이 패 속에는 홀로 탈을 쓴 채 검은 한복을 입은 것이 자유롭게 몸을 놀리며 깔깔거렸다. 그자의 발은 땅에 닿지 않았고 몸은 나비처럼 날아다녔다. 사람이 아니었다.

가슴이 둥둥 울리고 숨이 가빠졌다. 꽹과리와 대금, 아쟁 소리가 머리를 미친 듯이 쑤신다. 빠개질 듯 아프다. 무연은 참을 수 없는 통증에 그 자리에 주저앉아 머리를 감싸 쥐었다.

『킥킥킥! 네게서 아주 익숙한 향기가 나는구나? 판도 좋겠다, 너 나랑 놀아보련?』

사물놀이 패 사이를 휩쓸던 탈이 불쑥 그녀의 앞으로 짓쳐들었다. 탈 속의 붉은 눈이 그녀를 옭아맸고 눈앞이 까무룩해졌다.

"생존본능은 아주 타의 추종을 불허하나 보다, 너는."

낯익은 목소리에 무연은 눈을 굴렸다. 우진의 목소리였다.

"하도 안 일어나기에 코 좀 막았더니 죽을까 봐 바로 발딱 일어나네. 진즉에 그럴걸."

턱을 쳐들자 나뭇잎을 배경으로 우진이 올려다보였다. 무연은 멍하니 입을 벌렸다. 보이는 각도가 영 이상한데 말이다.

"파리 들어간다."

그가 손으로 그녀의 턱을 툭 쳤고 무연은 그제야 깨달았다. 귀를 울리는 차 소리, 사람들의 기척, 시원하게 쏟아지는 분수…….

"오늘 일어나긴 할 거야?"

무연은 벌떡 일어나 앉았다. 맙소사. 그녀는 분수대 근처의 벤치에서 우진의 무릎을 베고 팔자 좋게 누워 있었다. 왜 이러고 있는지 모를 노릇이다. 기절이라도 했나.

"어, 나, 왜, 그, 어떻게…… 된 거예요?"

"너? 너 정말 병원 가는 거 심각하게 생각해봐야겠더라."

우진이 무심한 얼굴로 툭 뱉었다.

"다중인격이던데?"

정면을 심드렁하게 바라보며 말을 잇던 우진이 문득 입매를 사납게 비틀었다.

"아니면 반쯤 미쳤었다고 해야 하나."

"내가 무슨 짓을 했어요, 또? 무슨 짓이요?"

무연은 야밤에 동네를 헤집고 다녔었던 전적을 떠올리곤 식겁한 얼굴로 우진을 보았다. 그런데 그는 대답 대신 휴대전화를 내밀었다. 휴대전화에서 시끌시끌한 음성이 들렸다.

"직접 봐."

무연은 미심쩍은 얼굴로 휴대전화를 받아 들었다. 동영상이다. 그리고…… 그녀가 있었다. 당혹스럽다. 손바닥이 축축해지기 시작했다. 머리가 마비되는 기분이었다.

"이거……."

그녀가 동영상 속에 있었다. 낯선 목소리, 낯선 표정을 하고 춤을 추듯 흐느적거리며 사람들 앞에서 얼쩡대고 있었다.

"이거, 나예요?"

겨우 물었다. 휴대전화를 쥔 손이 수전증마냥 덜덜 떨렸다. 눈앞이 어지럽게 흔들렸다. 이게 그녀란다. 반쯤 미친 여자. 아니, 아주 미친 여자.

"이게 정말……."

왜 만신이 청와대에 갇혀 있는지 알겠다. 왜 거기서 나오지 말고 평생을 썩어야 하는지 알겠다. 그대로 방목하고 풀어뒀다간 이 사달이 날 테니까. 저도 기억하지 못하는 순간을 걷고 말하며 사람들을 식겁하게 할 테니까.

차마 그를 보지 못하겠다. 어떻게 그를 보나. 이런 그녀가, 어떻게 그를.

"왜 그래, 죄라도 지었냐?"

무연은 흠칫했다. 그가 그녀를 툭 치려는데, 무연은 반사적으로 그의 손을 피했다. 자리를 옮겨 그와 거리를 두려 했다. 그러자 그가 그녀의 팔을 잡아 제 쪽으로 끌어당겼다. 그 바람에 휴대전화가 바닥에 떨어져 둔탁한 소리를 냈다.

"내가 세균이냐. 피하지 마. 왜 피해."

우진이 눈썹을 찌푸리며 하는 말이 선뜻 이해가 가지 않았다. 그렇다고 되물을 엄두도 안 났다. 그녀의 위축된 태도에 우진이 낮게 혀를 찼다.

"쯧, 설마 너 겁……."

말을 잇던 그의 분위기가 갑자기 싸늘하게 바뀌었다.

"그 아이에게서 떨어지십시오."

우진을 따라 돌아보던 무연은 자리에서 벌떡 일어섰다. 거기엔 홍주가 있었다.

chapter 09

하필이면 너를

"여길 나가주세요."

무영궁에 도착하자 홍주는 우진의 출입을 막았다. 앞서 뜰 안으로 들어섰던 무연이 놀라 돌아보았다.

"남 원장에게 연락했습니다. 우린 천우진 씨, 필요 없습니다. 이 아이 감시는 저 사람들이 하도록 하죠."

우진은 분수대에서부터 그들 뒤를 따라왔던 덩치 좋은 남자 둘을 돌아보았다. 홍주가 무연을 찾기 위해 동행한 자들이다.

"그동안 수고하셨습니다."

홍주가 살짝 고개를 숙였다. 그러나 그가 채 무슨 말을 꺼내기도 전에 무연이 재게 다가와 소리를 높였다.

"무슨 소리예요? 이 사람이 어딜 가요. 날 감시하러 온 사람이에요! 아줌마가 내쫓을 권리는 없……!"

홍주는 저에게 항변하는 무연의 뺨을 내려쳤다. 차진 살 부딪치는 소리와 함께 하얀 볼에 붉은 손자국이 남았다.

"이게 무슨 짓입니까!"

우진은 무연과 홍주의 사이에 끼어들었다. 그러자 무연을 얼어 죽일 것처럼 차게 보던 홍주가 그에게로 눈을 돌렸다.

"다시 한 번 말하죠. 그 아이한테서 떨어지세요."

"싫습니다."

어디다가 함부로 손을 올리나. 그가 여기 왔던 날도 그랬다. 이 철가면 아줌마가 툭하면 손찌검이다. 무연이 맞은 게 왜 이렇게 화가 나는지 모르겠다.

"천우진 씨는 선을 넘었습니다."

"선? 그 선은 누가 정했습니까?"

"마지막으로 경고하죠. 나가세요."

무연이 뒤에서 그의 옷자락을 꽉 움켜쥐었다. 기절했다가 일어난 이후로 눈 한번 마주치지 않았으면서, 오히려 그를 피해서 짜증만 왈칵 불러일으켰으면서 절대 가면 안 된다는 듯 손끝으로 간절하게 호소한다.

"소란스럽게 굴고 싶지 않습니다. 나가세요."

홍주가 다시금 강경하게 말했다. 그러자 무연이 마치 그를 보호하듯 앞으로 나섰다.

"내가 나가자고 했어요! 그게 문제면 내가 잘못한 거니까 그만해요."

"네가 내게 권리가 있냐고 물었지. 대답해주마. 내겐 권리가 있다. 네가 규칙을 깬 순간부터."

홍주가 남자 둘을 향해 눈짓했다. 우진은 무연을 자신의 뒤로 세우곤 그를 끌어내기 위해 움직이는 남자들과 대치했다. 폭풍전야였다.

"이거, 제가 늦은 겁니까. 아니면 일찍 온 겁니까?"

곧이라도 서로에게 달려들 것처럼 팽팽해졌던 공기가 순식간에 느슨해졌다.

우진은 낯익은 목소리에 고개를 돌렸다. 역시나 성훈이다. 그는 예의 여우 같은 빙글빙글한 미소를 머금고 뜰로 들어서고 있었다.

"이야, 치사하게 저 인간을 불렀어요?"

우진은 어이없는 얼굴로 홍주를 보았다.

"여기는 여전히 조용하군요."

느긋하게 걸어온 성훈이 주위를 둘러보며 감회에 젖어 말했다.

"그리고 아가씨가…… 만신……이군요."

지척까지 다가온 성훈이 무연을 빤히 보았다. 그러다 문득 씩 웃고는 바로 우진을 향해 몸을 돌렸다.

"천 팀장은 이 시간부로 임무에서 제외입니다. 아주 큰 사고를 쳤더군요."

"사고요?"

성훈은 재킷 안주머니에서 휴대전화를 꺼내 그에게 내밀었다. 우진은 액정을 내려다보다 망할, 하고 낮게 중얼거렸다.

"사진이 잘 나왔지요?"

'청와대 앞에서 애정행각? 개념상실ㅋㅋ'라는 문장과 함께 그가 무연을 끌어안고 있는 SNS 사진이다. 세상 참 좋아졌다. 이런 별 볼일 없는 게 실시간으로 인터넷에 뜨고.

"문제가 뭔지 압니까? 임무연 양을 알아보는 사람이 있을 수도 있다는 거죠. 사망신고까지 된 사람이 살아서 돌아다닌다니, 이상하지 않나요? 애초에 천 팀장 임무가 뭐였습니까? 임무연 씨의 모든 기록을 지우고 존재를 없애라, 아니었습니까?"

우진은 뜨끔해 저도 모르게 무연을 돌아보았다. 자신은 아마 죽은 사람이 된 것 같다며 술병을 끌어안고 허탈해했던 어느 밤의 무연이 떠올랐다. 울 만큼 많이 서러워했다는 것도 기억났다.

"……당신이었어요?"

그는 임무를 수행했을 뿐이다. 그런데 상처받은 것 같은 무연의 시선에 왜 이렇게 초조해지는지 모르겠다.

"임무연."

무연이 실이 끊긴 인형처럼 그를 멍하니 보았다.

"천 팀장은 이 시간부로 철수합니다. 움직이세요."

그가 움직일 생각을 않자 성훈이 재차 말했다.

"철수하라고 했습니다!"

우진은 이를 사리물었다. 이대로는 아니다. 해명을 해야 했다. 미움받고 싶지 않다는 생각이 뇌리를 장악했다. 저 반쯤 미친 여자가 그를 좋아해주는 게 즐거웠다. 반쯤 나사 풀린 얼굴로 그 때문에 얼굴을 붉히는 게, 티가 나는 게 좋았다.

"천우진! 명령불복종은 군법상 사형이다! 죽고 싶어!"

그는 늘 군인이었다. 군법에 얽매이는 건 싫었지만 그 사람의 아들로 사는 것보다는 백배 나아서 군인이 되었다. 군법까지 운운되는 바에야 돌아서면 된다. 복잡해지는 건 질색이다. 명령을 따르면 간단하다. 답은 정해져 있다.

우진은 겨우 무연에게서 눈을 떼고 몸을 돌렸다. 뒤에 무연의 시선이 따갑게 달라붙었다. 주먹을 꽉 틀어쥐었다. 자꾸만 돌아가려는 모가지를 잡아두기 위해 힘을 주는데 뒷골이 다 뻣뻣해질 지경이다.

"아, 썅."

이번 건은 어차피 그의 적성에 맞지 않는 임무였다. 임무가 끝났으니 홀가분해야 했다. 그런데 욕이 나왔다. 얼굴이 일그러졌다. 이런 식으로 그만두고 싶지는 않았다.

"천우진 팀장."

칠궁 밖까지 나오자 성훈이 멈춰 섰다. 우진은 거칠게 성훈을 쏘아보았다. 감정이 절제가 안 됐다. 이렇게 컨트롤이 안 되기는 처음이었다. 심장 부근이 지끈지끈 조여들었다. 두통처럼.

"짜증나니까 말 시키지 마십시오."

그가 잇새로 씹어뱉었다. 그리고 속으로도 되뇌었다.

미안해 죽겠습니다. 그 여자한테. 그리고 토할 것 같습니다. 속이 에어서.

무연은 신당의 문을 활짝 열어젖혔다. 발갛게 핏발 선 눈으로 신당 안에 있는 것들을 모조리 쓸어 마구잡이로 팽개쳐버렸다. 치우천왕 족자도 냅다 뜯어내버렸다.

"뭐 하는 짓이냐!"

홍주가 실색하며 그녀를 거칠게 잡아당겼다. 하지만 이미 눈에 뵈는 게 없다. 무연은 멈추지 않았다. 사방을 장식한 오색기와 휘장들을 모두 엉망으로 구겨 던져버렸다.

"그만해! 멈추지 못해! 막아! 막으라고!"

홍주가 발작적으로 소리를 지르자 사내 둘이 안으로 들어와 곧바로 무연을 붙들었다. 무연은 속박당한 몸을 거칠게 뒤챘다. 저 망할 것들을 모조리 불태워버릴 것이다.

"너 정말 미쳤어!"

사내들에게 붙들려 거친 숨만 씩씩대던 무연은 홍주를 죽일 듯이 쏘아보았다.

"네가 정녕 미친 게야! 이 정신 나간 계집애야!"

홍주가 하얗게 질린 얼굴로 파르르 떨었다.

정성을 들여 모신 신당을 망쳐버리기는 이다지도 쉬웠다. 무연은 손짓 발짓 몇 번 만에 처참해진 방을 까맣게 가라앉은 눈으로 응시하며 중얼거렸다.

"미쳤으면 이거 다 집어치우게 해줄 거야?"

참담함에 서럽게 고여 있던 눈물이 툭 떨어졌다.

"뭐……!"

"내가 미쳤으면! 이 미친 짓 안 해도 돼?"

감당하지 못하겠다. 스스로를 포기하면서 남을 위해 살라는 이 인생을 자신은 감당하지 못하겠다. 스스로를 죽이고, 죽이고, 또 지우면서 그렇게는 못 살겠다. 복장이 터져서, 억울해서.

"당신은 미쳤어! 다 미친 거야! 이게 말이 돼? 신? 공수? 예언?

그런 게 어디 있어! 무속? 운명? 말이 되냐고! 헛것들한테 시달리다 빼빼 말라 죽는 한이 있대도 돌아오지 말았어야 했어! 이게 다 뭐라고! 이게 다 뭔데……!"

짜악!

고개가 팩 꺾였다. 무연은 입술을 짓씹었다.

"……막말로 버렸잖아. 어렸던 날, 그 추운 겨울에 집도 절도 없이 쫓아낸 게 당신이고 엄마라는 사람이었잖아. 그럼 그걸로 끝냈어야지. 왜 이제 와서 내 인생을 이렇게……!"

뺨 따위는 아프지도 않았다. 억울함과 분노가 폭풍처럼 일어 그녀의 안을 잠식했다.

우진이 갔다. 그가 그녀를 사회적으로 죽여버린 사람이었다는 믿지 못할 소리를 던져놓고 등을 돌렸다. 이 푸른 기와 아래에서 유일하게 믿고 따르고 원했던 사람인데, 가버리고 말았다. 모든 게 홍주의 탓 같았다.

애초에 이 모든 것에 휘말리지 않았다면 그녀는 평범하게 살고 있었을 것이다. 그러니 누구라도 원망해야 했다. 이다지도 끔찍하고 참담하며 비참한 처지는 그녀의 탓이 아니었으니까.

"왜 남의 인생을 당신 마음대로 결정해! 엄마가 죽었으니까 내가 그 자리를 대신해야 한다고? 억지 부리지 마! 그 여잔 날 단 한 번도 안아준 적 없었어! 엄마라고 부르는 것도 싫어했어! 내가 부르면 무시했다고! 그런데 이제 와서 나더러 찍소리 말고 죽은 사람으로 살아가라고? 엄마 대신 여길 지키라고? 웃기지 마! 난 누구의 대신도 아니야! 난 임경아가 아니라 임무……!"

"네 인생이라는 것!"

미친 것처럼 소리 지르는 그녀의 턱을 홍주가 꽉 붙들어 고정시켰다.

"네가 그렇게 권리를 외치는 그 인생이라는 것! 그게 경아가 바라 마지않았다면 애초에 가능했을 것 같아?"

홍주의 얼굴이 아프게 일그러졌지만 무연은 냉랭했다. 자신이 불쌍해 죽겠는 판에 남에게 보일 동정심 따위는 없었다.

"경아가 제 목숨의 반을 내주지 않았다면 신들이 널 놓아줬을 것 같아! 그러고도 남은 목숨마저 신들의 노여움과 시달림에 하루하루 퍼석하게 말라갔던 게 네 엄마다! 넌 그렇게 말할 자격 없어!"

"……그게 나랑 무슨 상관인데?"

자신이 더 이상 자신이 아니게 되는 것, 신들의 노리개가 되어 자아 없이 움직이게 되는 것, 그 공포를 홍주가 알 리 없었다.

"경아가 살가운 사람은 못 됐어도! 네 엄마였다! 마지막 눈감는 순간에까지도 너를!"

"그런 말 들어봤자 하나도 안 와 닿아."

무연은 공허하게 대꾸했다. 홍주는 눈을 가늘게 내리뜬 채 그녀를 보다, 밀치듯이 턱을 놓고는 신당을 나가버렸다. 그녀를 붙들고 있던 남자 둘도 홍주를 따라 나갔다.

무연은 어지럽혀진 신당 가운데 멍하니 서 있었다. 활짝 열린 방문을 통해 산바람이 불어와 살갗을 할퀴었다. 어깨를 오소소 떨며 눈을 감았다 뜨자, 천구가 하얗디하얀 꼬리를 축 늘어뜨린 채 치우천왕 족자 앞에 서 있었다.

『신께서 노할 것이다. 말하지 않았어. 신의 노여움을 사지 말라고!』

무연은 헛헛하게 웃었다. 노여움을 부리든 말든 상관없었다.

『왜 이런 짓을 한 것이냐?』

"……희망이 없어. 그래서 어떻게 살아? 나를 죽이는 일을 한 사람이 그 사람이었어. 그 사람이 날 죽였어. 화도 안 나. 그저, 그 사람에게는 내가 단지 일이었구나 싶어서, 그 누구에게도 어떤 의미가 되지 못하는 내가 끔찍하게 불쌍해서 화가 났어. 난 내 평생, 단한 번도 사랑받아본 적이 없는데 그 당연한 기회가 앞으로도 쭉 없을 테니까 난……!"

제가 뭐라 지껄이는지도 모르겠다. 무연은 홀린 듯 앞으로 가 천구와 나란히 서서 치우천왕 족자를 내려다보았다. 눈물이 후드득 흘러내렸다. 머리가 끓었다. 가슴도 타올랐다. 무엇에 대한 열인지는 모르겠다. 그냥 모든 게 다 원망스럽고 화나고 억울하고 분했다.

『……만신이라는 건, 고독한 존재다. 경아는 그 길을 걸었다. 사랑하는 사람도, 사랑받을 기회도 모두 놓은 채, 너라는 아이를 위해서 기꺼이 그 고독을 반겼다.』

무연은 멍한 눈으로 천구를 보았다.

『경아는 널 아주 많이 사랑했다. 널 여기서 내보내고 그 아이가 홀로 보냈던 17년의 고통을 넌 짐작할 수 없을 거다.』

치우천왕 족자 앞에 마치 예를 갖추듯 납작 엎드린 천구는 앞발 사이에 고개를 묻었다.

『궁금하다고 했지. 경아가 널 어떻게 벗어나게 했는지. 경아는 신과 거래를 했다.』

"신?"

『경아가 거래한 신은 악이다. 삼신이나 치우천왕과는 근본이 달라. 재앙을 몰고 다니는 존재. 아는 것조차 금해야 한다.』

묻고 싶은 게 많은데 머릿속이 뒤죽박죽이다. 아까부터 몸 안에서 소용돌이치는 열은 더욱 홧홧하게 달아오를 뿐, 가라앉을 기미가 없었다. 무연은 숨을 할딱이다 옆으로 쓰러지듯 누웠다.

『삼신의 진노를 풀려면 팥죽 하나 맛있게 쑤어서 올려라. 워낙 변덕이 죽 끓듯 하니 그리만 해도 당분간은 괜찮을 거다.』

"……치사하게…… 그걸 지금에나 말해주냐. 죽고 싶게 아팠다고, 이 개놈아…….'

욱하는 마음에 중얼거렸다. 천구 옆으로 하얀 치맛자락이 바람처럼 너울거렸다. 예쁘다.

눈꺼풀이 무겁다. 졸음이 밀려왔다. 감기는 눈꺼풀 사이로 떠오른 것은 그 남자, 우진이었다.

"……나쁜 놈. 가란다고, 진짜 가냐…….'

눈꼬리 끝에 물이 맺혔다. 화가 나는 한편, 다시는 못 볼 거라는 생각에 가슴 끝이 뜯겨져 내렸다. 어쩌면 그는 그녀가 부담스러웠을지도 모르겠다. 그저 임무니까 여기 있던 것뿐인데.

"지키지 못할 약속이라고 생각은 했었습니다."

성훈은 그저 조용히 미소를 머금었다.

"부하직원이 그리 일을 망쳤으니 수습은 해야지 않았습니까. 어쩔 수 없이 왔습니다."

"그 아일 보고 싶었던 건 아니고요?"

성훈은 대답 대신, 아무리 반갑지 않은 손님이라지만 차 한 잔 내주지 않을 거냐고 너스레를 떨었다. 홍주로부터 무안할 정도의 무반응이 돌아왔다. 성훈은 씁쓸하게 웃었다. 아마 그와 홍주의 사이는 절대 좋아질 수 없을 거다. 앞으로도 평생 말이다.

"그 아일 보았으니, 앞으로 이쪽으로는 발걸음 하지 마십시오. 오늘이 마지막이어야 할 것입니다."

냉랭한 홍주의 말에 성훈은 고개를 끄덕였다.

그것은 약속이었다. 18년이라는 시간을 이어온 뿌리 깊은 약속. 다시는 이곳, 무영궁으로 걸음하지 않겠다는 처절한 약속.

하지만 미련을 다는 버리지 못해서 국정원장 자리를 있는 힘껏 지켜왔다. 이 자리에 있어야 언제고 만신이라는 아이를 볼 수 있을 테니까. 소식이라도 들을 수 있을 테니까.

"지금 뭐 하고 있습니까, 그 아이는? 정말 마지막입니다. 약속은 지키겠습니다."

"……잠들었습니다."

"잠버릇은 어떻습니까? 그 사람처럼 예민하기가 이를 데 없습니까, 아니면…….."

인상을 굳힌 홍주는 성훈을 물끄러미 보다 이내 체념 섞인 목소리를 냈다.

"……죽은 그 애 아버지를 닮은 모양인지 잠이 들면 업어 가도 모릅니다."

"그렇습니까……."

성훈은 입꼬리를 희미하게 늘어뜨렸다. 죽은 그 애 아버지.

말로 설명할 수 없는 감정들이 그의 속을 휘저었다. 자그마치 17년 전이었다, 그가 무연을 서울역사에 내다 버린 것이.

무연이 집에 데려다 달라며 그의 바짓가랑이를 잡고 늘어졌을 때, 그대로 데려가고 싶었다. 하지만 경아가 신신당부를 했었다. 그렇게 되면 무연이의 운명이 꼬여서 더 힘들어질 것이라고.

이제 경아의 예지대로 무연이는 다시 푸른 기와로 돌아왔다. 앞으로가 중요했다.

"……저 애를 가둘 겁니까?"

"약속은 받아야겠죠. 다시는 이런 일이 없으리라는."

"함부로 다루지 말아주십시오."

"그런 말을 하실 권리가 있습니까, 남 원장께?"

성훈은 늘 얼굴에 띠고 있던 웃음을 거뒀다.

"죽은 그 애 아버지로서 부탁하는 겁니다."

"그 말은 입 밖으로……!"

"지금껏 충분히 모른 척해왔습니다. 앞으로도 그럴 겁니다. 그러니까 말하는 겁니다."

홍주가 입을 꾹 다물었다. 성훈은 자리에서 일어났다.

"마지막으로 얼굴이나 한번 보고 가겠습니다."

"남 원장님!"

"잔다고 했으니 얼굴만 보겠다는 겁니다. 잊으셨습니까. 이곳에 저 아이가 다시 돌아오도록 하는 데 저도 일조했습니다. 그러지 않으면 그 아이, 저 밖에서 얼마 살지 못했을 테니까요. 그 애가 살아 있게 하기 위해서라면 나는 더한 짓도 합니다."

"당연히 있어야 할 곳으로 돌아온 것뿐입니다. 꼭 원장님이 아니었더라도……!"

"경아의 마지막도 보지 못했습니다. 그러니까 경아를 꼭 닮은 그 애를 위해서라면, 저는 죽는 그 순간까지 제 정체에 대해선 입도 뻥긋 안 할 겁니다."

성훈과 홍주의 시선이 날카롭게 부딪쳤다. 하지만 성훈은 곧 등을 돌렸다.

"그 애를 감시할 사람은 다시 보내죠."

"허가할 수 없습니다."

이곳에 다시 돌아오기까지 17년이 걸렸다. 경아가 죽고 난 다음 날, 그의 앞으로 택배가 하나 도착했다. 그는 그걸 무연에게 보여줄 것이었다.

"허가하셔야 할 겁니다. 국정원장 자리에서 볼 것, 안 볼 것 다 내 손으로 주워 담으며 버틴 이유는 지금을 위해서니까요."

"사람을 붙여서 뭘 어쩌자는 겁니까!"

"내 아이의 일을 남의 입을 통해 전해라도 듣고자 하는 아버지의 심정이랄까요."

성훈은 예전에는 경아가 살았고 지금은 무연이 쓰고 있는 방으

로 향했다. ·

경아를 처음 만났던 날이 떠오른다. 경아는 회랑에 앉아 커다란 대접에 밥을 비벼 먹다가 수풀 사이에서 불쑥 나타난 그를 휘둥그 레진 눈으로 보았었다. 그리고 그는 그때, 그녀에게 반했다. 정말 이지 운명처럼 한순간에.

옛일을 회상하는 성훈의 입가에 아련한 미소가 떠올랐다.

"비켜드리세요."

무연의 방문 앞을 지키는 남자들에 어떻게 해야 하나 망설이는 사이, 홍주가 뒤에서 나타나 턱짓했다.

"홍주가 쌀쌀맞아 보여서 그렇지, 날 많이 아껴줘요. 좋은 애예 요. 그러지 마요."

경아는 홍주에 대해 그렇게 말했었다. 원리원칙에 지나치게 집 착해서 그렇지 나쁜 사람은 아니라고 했었다. 정말 네가 맞았을까.

성훈은 생각을 한쪽으로 밀어내며 방으로 들어갔다. 가운데 하 얀 이불 속에 폭 파묻히듯 누워 있는 사람이 보였다. 심장이 쿵쿵 울리고 혈관은 제멋대로 뛰놀았다.

성훈은 숨을 크게 들이마시고 천천히 다가가서 머리맡에 앉았 다. 무연의 얼굴이 눈에 들어왔다.

하얀 얼굴, 균형 잡힌 코, 경아를 꼭 닮은 입술과 고집스런 눈썹 이 온전히 그의 눈에 박혔다. 어린것이 버림받았던 상처가 컸는지, 저를 갖다 버렸던 그의 얼굴은 새카맣게 잊었나 보다. 울컥이는 심장이 그동안 끌어안고 있던 멍에를 토해낸다.

손끝이 부들부들 떨렸다. 입 밖으로 내어보지 못할 말을 소리 없이 속삭였다.

내 딸, 무연이.

성훈은 깊게 잠든 무연을 보다 이내 두 손에 얼굴을 묻었다. 눈앞에 있는데 손을 뻗어 만져볼 수도, 소리 내 부를 수도 없다.

이 아이를 온전하게 보호하기 위해 그렇게 하기로 약속했었다. 경아와 홍주와 그리고 석제와.

심장이 저몄다. 감정이 왈칵 치받쳐서 두 눈이 뿌옇게 흐려졌다. 목 놓아 울고 싶었다. 하지만 그럴 수가 없다. 성훈은 입을 틀어막은 채 소리 없는 눈물을 흘렸다. 오늘 이후로 언제 이 얼굴을 다시 볼 수 있을까.

국정원장이라는 이름을 10년 간 지탱해온 커다란 어깨가 소리 없는 오열을 터트렸다.

경아야, 우리 딸이 이렇게 자랐어. 고집은 날 닮은 것 같고 얼굴은 널 꼭 빼닮아서 너무 예뻐. 그런데 우리 딸이 너무 힘들어하는 것 같아. 많이 아파 보여. 그런데 난 여전히 아무것도 해줄 수가 없다, 무기력해…….

성훈은 한참을 그렇게 소리 없이 울었다. 이 설움은 또 얼마나 더 오랜 시간 동안 그를 갉아먹을 것인지 짐작도 되지 않았다.

우진은 어두운 회의실에 앉아 있었다. 무연의 얼굴이 뇌리에 달라붙어서 떨어지지를 않는다. 잠이라도 청해보려 수면실 침대에 몸을 구겨넣어봤지만 곧 성질이 나서 나와버렸다. 눈을 감든 뜨든 서럽게 들러붙는 무연의 얼굴에 가슴 밑이 따끔거렸다.

게다가 거기서 그를 데려온 성훈은 여태까지 감감무소식이다. 어두운 허공을 살벌하게 노려보던 우진은 이내 자리를 박차고 일어났다. 바람을 좀 쐬어야겠다.

그는 곧장 사무실로 가 그나마 익숙한 얼굴인 호윤에게 갔다.

"야, 너 차 있지. 차 내놔."

"……선배님도 차 있지 않으십니까?"

"압수당했다."

휴대전화고 차고 다 성훈이 압수해버렸다. 그는 말 그대로 월급이 차곡차곡 쌓인 통장 말고는 빈털터리였다. 그런데 차를 달랬더니 저를 주려는지 호윤이 차 키를 들고 일어났다.

"차가 왜 필요하신지는 모르겠지만 같이 가겠습니다. 원장님께서 선배님과 함께 움직이라고 했습니다. 바늘 가는 데 실 가는 것처럼요."

"뭐? 그게 무슨 소리……?"

말을 잇던 우진은 인상을 와락 구겼다. 그제야 호윤이 보고 있던 모니터 화면을 봤기 때문이다. 그가 조금 전까지 앉아 있던 회의실이 CCTV로 생중계 되고 있었다.

"너 나 감시했냐?"

"차! 필요하다고 하지 않으셨습니까?"

호윤이 당황하며 인질처럼 차 키를 내보였다. 어이가 없었다. 이런 혹덩이로 그를 제재할 수나 있겠냐 말이다.

"하, 됐다. 마음대로 해라. 운전은 잘하냐?"

임무가 끝났으니 무연과도 끝난 거다. 관계에 연연해서 피 본다는 건 상식이다. 일례로 이쪽 분야에서 자신이 연기한 신분에 지나치게 몰입해 일을 그르치는 경우는 종종 발생하곤 한다. 하지만 그는 멍청하지 않다. 이쪽에서 10년을 버텼다는 건 그런 의미다. 그러니까 바람 좀 쐬면 나아질 것이다.

우진은 호윤을 필두로 주차장으로 가 차에 올랐다.

"그럼 어디로 모십니까?"

운전석에 앉은 호윤이 시동을 걸며 물었다. 우진은 눈을 굴렸다. 딱히 생각나는 곳도 없었다. 잠시 고민하던 우진은 나직하게 말했다.

"⋯⋯쌍문동."

무연과 처음 만난 동네다. 그러고 보면 무연은 그의 앞에서 갑자기 쓰러져 사람을 참 황당하게 했었다. 그다음엔 몽유병으로 식겁하게 하더니 종교 투어를 하지 않나, 한강에 뛰어든 걸 살려줬더니 도망을 갔다. 사람 뒷목 잡게 하는 짓 참 많이 했었는데.

"야. 저 앞에서 좌회전해."

우진은 낡은 다세대 주택이 있는 골목길을 가리켰다. 우진은 창문을 내리고 주택을 올려다보았다. 누가 새로 이사 왔는지 옥상에서 어슴푸레하게 빛이 새어나왔다.

"여긴 뭡니까?"

"여자가 있어."

"네?"

"미친 여자다."

바람을 쐬러 나와도 무연의 생각이 가시지 않는다. 그 여자는 그의 감정과 판단을 헤집었다. 아마 평소의 그였다면 감시대상을 데리고 의장행사 같은 곳에는 가지 않았을 것이다. 애초에 귀찮은 일이 생길 만한 곳은 피했겠지.

"얼굴은 예쁜데 하는 짓이 영 또라이야. 내가 딱 싫어하는 스타일이기도 해. 스케일이 엄청 성가시고 귀찮거든. 그런데 자꾸 눈에 밟히는 거야. 신경 쓰이고 귀찮은데도 뭔가 해주고 싶고."

"……그 여자 좋아하십니까?"

호윤의 되물음에 인상을 팍 찌푸렸다.

"성가시고 귀찮은 거 딱 질색이라니까 딴소릴 하고 있어."

"하지만 자꾸 눈에 밟히고 뭔가 해주고 싶다면서요."

"그래서 짜증나. 얽히면 진짜 인생 복잡해질 스케일이거든. 아무튼 본의 아니게 배신을 제대로 때려주고 왔는데 자꾸 여기가 뜨끔거린다. 왜 이럴까?"

"선배님이 그 미친 여자 좋아하는 게 맞지 싶습니다만."

"망할, 아니면 어쩔래? 이 정돈 컨트롤할 수 있어."

너무나 명쾌한 대답에 속이 답답해진 우진은 얼굴을 찌푸렸다. 그 얼굴이 꽤나 위협적이었는지 호윤이 고개를 돌리며 다음 행선지를 물었다. 우진은 의자를 젖히고는 눈을 감아버렸다.

"……한강."

호윤이 곧 차를 출발시켰다. 우진은 슬쩍 눈을 떠 뒤로 사라지는 낡은 주택을 힐끔 보았다. 실소가 흘러나왔다. 짧은 시간이었지만 무연과 참 많은 기억이 쌓여 있었다.

"그런데요 선배님! 시도 때도 없이 보고 싶고, 가슴이 아프면, 시간이 지나면 지날수록 잊히는 게 아니라 열통이 터지고 어떻게든 봐야겠다는 집착이 마구 솟구치면 말입니다. 그건 사랑이니까 절대 놓치면 안 됩니다. 잘 모르겠다 싶으면 간단하게 확인할 수 있는 방법도 있습니다."

밤 아래, 대낮처럼 불을 밝힌 야경이 휘황찬란하다. 무연이 첨단 문명이 만들어낸 이런 야경을 다시 볼 수 있는 날은 아마 없지 않을까 생각하자 기분이 축축해졌다. 더불어 그와 볼 일은 이제 평생 없겠지 생각하니 뭔가 허무해졌다. 무기력해졌다.

"생각만 해도 아픕니다. 좋은 것을 보면 그 여자부터 생각납니다. 그 여자가 죽는다면, 그 생각만으로도 숨이 졸립니다. 그러면 게임 끝난 겁니다."

우진은 고개를 돌려 운전하고 있는 호윤을 보았다.

"……너 소설 쓰냐?"

"여성중앙, 우먼센스 잡지에서 봤습니다. 선배님도 보십시오."

호윤이 상체를 슬며시 기울이며 비밀을 누설하듯 말한다.

앓느니 죽지.

"휴대전화나 줘봐."

휴대전화를 넘겨받은 우진은 '청와대의 개념상실 커플'을 찾아봤다. 작업 들어간다고 들었는데 워낙에 SNS가 빠르다 보니 국정원이라도 아직 모두 다 잡아내지는 못했지 싶다.

우진은 사진 속의 그와 무연을 물끄러미 바라보았다.

"내가 이런 얼굴이었네."

모르겠다. 그가 어디쯤 서 있는 건지.

하루가 지나면 조금씩 잊히는 지점인지, 하루가 지날수록 반쯤 미칠 지경인지.

그런데 지금은 조금 보고 싶고 걱정된다. 망할.

가슴 한켠이 서걱였다. 감정이 너무 소리 소문 없이 성큼 다가와서 경계를 못 했다. 통제를 못 했다.

"후우……."

우진은 저도 모르게 액정 속 무연의 얼굴을 손끝으로 쓸었다. 언제 이렇게 다가와 있던 건지 모르겠다. 어느새 그의 심장을 쥐락펴락할 정도로 가까이 있다.

이건 어떻게 떨쳐내야 하나. 아니, 떨쳐지기는 하려나.

그는 자신에게 이런 게 가능할 거라고 생각해본 적이 단 한 번도 없었다. 망할. 좆 됐다.

하지만 잊힐 거다. 그래야 된다. 그저 지워질 거라고 믿는 수밖에 이 감정에 대처하는 방법을 모르겠다.

무연은 멍하니 누워 천장을 바라봤다. 시계는 새벽 5시를 가리키고 있었다. 새벽 기도를 드릴 시간이다. 문득 웃음을 흘렸다. 어제,

그렇게 패악을 떨었다. 신당은 엉망일 거고 정리하려면 하루 나절은 꼬박 잡아먹을 거다. 하지만 속은 후련했다.

"……팥죽."

멍하니 중얼거렸다. 친구가 삼신에게 올리라고 했던 그 망할 팥죽.

"팥죽이나 쒀야지."

이 집에 팥이 있었나. 팥죽은 어떻게 하는 거지?

몸이 축 늘어졌다. 아무것도 하고 싶지 않았다. 그래도 자리에서 일어나는데 손에 낯선 감촉이 닿았다. 내려다보니, 노란색의 두터운 봉투가 가지런히 놓여 있었다. 그녀의 것은 아니었다.

입구를 열어보았다. 안에는 정돈되지 않은 종이들이 수십 장 있었다. 그림들이었다. 색깔 하나 없는 검정색 연필로 그려진 수십 장의 초상화였다. 무연은 그것을 한 장 한 장 넘겼다.

그림은 모두 여자아이였다. 웃는 얼굴, 우는 얼굴, 화난 표정, 우울한 표정, 찡그린 얼굴, 삐친 얼굴, 우스꽝스런 얼굴 등 수많은 종류의 표정이 거기 있었다.

하지만 볼수록 무연의 얼굴은 점점 하얗게 질려갔다. 여자아이는 낯이 익었다. 어릴 적 자신이다.

이게 대체 뭘까. 누가 그린 건지도 모르겠다. 정신없이 종이들을 넘겼다. 그리고 어느 순간 손이 멎었다.

"……보고 싶다?"

낯선 필체였다. 어떤 종이에는 물기가 마른 자국이 남아 있었고 또 어떤 종이는 잔뜩 구겨졌다. 세월에 바래 종이는 누렇게 변색해 있었다.

"일어났으면⋯⋯."

문을 벌컥 열고 들어오던 홍주가 문 앞에 멈춰 섰다. 방 잔뜩 어질러진 그림들 때문이다. 그 속에 앉아 있는 무연을 보고 홍주가 미간을 찌푸렸다.

"이건 어디서 난 거냐?"

"이거, 누가 그린 거죠?"

"어디서 났냐고 물었다."

"누가 그린 거냐고 물었어요!"

설마, 아닐 거다. 그럴 리가 없다.

홍주의 건조한 눈이 어지러운 방을 훑었다.

"네 그 시절을 아는 자가 나 말고 또 누가 있어."

"⋯⋯엄마가, 그린 거라고요?"

종이 곳곳에는 보고 싶다는 서글픈 글자가 가득 써져 있었다.

그런데 어떻게 이럴 수 있나. 기억 속의 엄마는 말 한마디 붙일라치면 조용히 하라고 소리부터 빽 지르던 사람이었다. 자고 있던 그녀를 이불 밖으로 끌어내 추운 겨울에도 맨발로 몰아낼 만큼 차갑고 정이 없던 사람이었다.

그런데 이런 걸 이렇게 그려놓으면 그녀의 기억이 이상하게 되지 않은가.

"말도 안 돼요."

"경아가 그린 거다. 하루에 한 장씩. 다른 건 모두 태워버렸다. 이게 남아 있는 줄은 몰랐구나."

엄마의 기억에는 아홉 살에 멈춰져 있는 무연이 하루에 한 장씩 경아의 손으로 그려졌다.

보고 싶다, 내 딸.

입술이 파르르 떨렸다. 가슴이 먹먹해졌다. 엄마는 그녈 매몰차게 버렸다. 그런데 다른 사람들 말처럼 그녀를 위해 그랬던 거라면 그 오랜 세월 엄마를 미워하고 경멸하고 증오했던 자신은 뭐가 되나.

"웃기지 마……."

눈물이 후드득 떨어졌다. 엄마의 부고를 들었을 때도 덤덤했던 가슴이다.

"웃기지 마!"

무연은 손에 쥔 종이를 왈칵 구겼다. 그립고 보고 싶어서 이렇게 매일, 더 이상 자라지 않는 기억 속의 딸을 그렸다고.

"신당은 치워두마."

그녀를 지켜보던 홍주가 한숨을 쉬며 돌아섰다.

"웃기지 말라고……!"

무연은 손에 쥔 종이들을 꽉 거머쥐었다. 엄마가 죽었다고 슬퍼한 적 없었다. 헛것들이 다시 보였을 땐, 왜 자신을 다시 그 이상한 세계로 몰아넣나 원망만 했다. 그녀 때문에 제 수명 반을 내주었다 했을 때도 그저 말뿐인 거라고 생각했었다. 어제까지는.

『경아가 그린 거구나.』

무연은 고개를 들었다. 아이의 모습을 한 천구가 그림을 들여다보았다.

가슴이 답답했다. 위가 꽉 막힌 것 같다. 목이 꽉 졸려 숨이 쉬어지지 않았다. 그 오랜 시간을 미워하는 데 온 감정을 쏟아부었는데 사실은 당신도 다른 엄마들처럼 자식이라면 죽고 못 사는 사람이었다면 어쩌나. 이제 와서 그러면…….

안타깝고 슬픈 마음들이 응어리져 한이 된다. 표현을 했어야지. 사람을 왜 이렇게 우습게 만드나.

혹시라도 딸의 얼굴을 잊어버릴까 한 장씩 그리던 그림이, 딸을 그리워하는 마음을 내어 한 장씩 그리던 게 이렇게 쌓이고 쌓였다.

"으윽…… 윽……!"

욕지기가 울음과 함께 터져나왔다. 다 떠났다. 엄마도 죽었고, 우진도 갔고 사랑을 꿈꿨던 그녀의 마음도 흩어져 내렸다. 그리고 그 자리가 서러움으로 채워져간다.

『그렇게 한이 쌓이고 애달픔이 쌓여서 만신의 그릇이 되는 것이다. 그러니 너무 슬퍼하지 마라. 네 어미도…… 아프다는구나.』

천구가 흘깃 옆을 돌아보았다. 무연의 눈에는 보이지 않을 것이다. 망자의 혼은 사십구 일 동안만 이승에 머무를 수 있다. 그 시일을 이미 훨씬 넘긴 경아의 혼은…… 그저 미련이 남긴 넋이 되어 떠돌 뿐이다. 잔상을 맺을 힘조차 없는 영혼의 부스러기.

하얀 치맛자락을 하늘거리며 무연에게 다가간 경아의 넋은 무연의 앞에 쪼그리고 앉아 작은 머리를 쓰다듬어주었다.

천구는 우울한 얼굴로 경아만 들을 수 있도록 말했다.

이제 됐지 않았냐. 너 역시 망자들이 가는 길을 떠나야 한다. 그러지 않는다면 넌 정말 형체 없이 흩어지게 될 것이니.

chapter 10

빌어먹게도 보고 싶더라

우진은 왜 자신이 여기에 왔을까 고민했다. 앞에는 끝없는 담장으로 둘러진 칠궁 부지가 펼쳐져 있었다. 그는 분명 새벽 조깅을 하고 있었는데 말이다.

"알면 얼마나 알았다고 이 지랄이냐, 천우진."

우진은 한동안 그곳에 서 있다가 시간을 확인했다. 새벽 6시 반이다. 무연이 새벽 치성을 드리고 칠궁을 청소하러 내려올 시간이다.

우진은 잠깐 고민하다 담벼락으로 다가갔다. 그리곤 발뒤꿈치를 들고서 담 너머를 들여다보았다. 그런데 임무연이 보이지 않는다. 경우궁, 냉천궁, 육상궁 어디에도.

또 아프기라도 한 건가. 우진은 고개를 더 쭉 뺐다.

"실례합니다. 무슨 일이십니까?"

우진은 옆을 돌아보았다. 조금 떨어진 거리에서 검은 양복을 입은 중년 남자가 그를 경계하고 있었다. 낭패다. 양복 깃에 달린 배지 로고를 보니 청와대 소속 경호원이다.

"신분증 좀 볼 수 있겠습니까?"

우진은 담벼락에서 떨어졌다. 이게 무슨 꼴인가.

우진은 NIS 요원 신분증을 상대에게 보여주었다. 쪽팔려서 귀까지 다 화끈해질 지경이었다. 뭐하러 여길 와서는 수상한 사람 취급이나 받고. 단단히 맛이 가는 중이다.

신분증을 돌려받은 그는 바로 NIS 본부로 향했다.

"쪽팔려 죽겠네."

사람 꼴이 아주 우스워졌다. 잊혀야 하는데, 시간이 지날수록 선명해졌다. 그가 누군가를 다치게 하는 사람이 아닌, 지켜주는 사람이라 했던 따뜻한 말이 가슴께에 눌어붙어버렸다.

그건 그로서는 난생처음 받아보는 위로였다. 태어나서는 안 되는 존재였고 그래서 없는 사람처럼 살기 위해 군인이 되었다. 임무라는 이름하에 손에 많은 피를 묻혔다.

그는 늘 누군가에게 해가 되는 존재였다. 하지만 그 여자에게만은 지켜주는 사람이었다. 그 위로가 자꾸만 그 여자를 걱정하게끔했다. 신경 쓰게끔 만들었다.

"하아……!"

빨리 새로운 임무를 맡아야 한다. 그러면 더 이상 이런 생각은 안하지 않을까. 하지만 그 새로운 임무 역시 감감무소식이다.

막 본부로 들어서던 우진은 주차장으로 들어가는 낯익은 차를 보고 자리에 섰다. 차 유리 너머 보인 것은 성훈이었다.

우진은 9층 본부로 가지 않고 곧 올라올 성훈을 기다렸다. 얼마 지나지 않아 엘리베이터에서 성훈이 내렸다. 그를 본 성훈이 눈썹을 치켜올렸다.

"시간 되실 때 낮술 한잔하시죠, 원장님."

우진은 스산하게 웃었다. 이런 이도 저도 아닌 상태는 질색이다. 그게 뭐든 결론을 내야 했다.

❧

"대통령께선 바쁘신 분입니다. 그러니 만신이 지금은 아프더라도 그날은 아프지 않아야겠죠, 당연히. 그 얘길 하러 여민관까지 오신 거라면 보는 눈도 많은데 실수를 하셨군요. 그 정도는 알아서 조절하고 관리하셨어야 하는 것 아닌가요."

홍주는 칠궁을 가로질러 무영궁으로 향했다. 비서실에서 대통령 접견 통보가 왔고 시일이 너무 촉박했기에 저어하러 갔다가 거절당하고 돌아오는 길이다.

지원의 말대로 평소라면 이런 일은 있어서는 안 됐다. 만신은 자신의 위치를 스스로 정할 수 있는 존재가 아니었다. 판단력이 흐려졌는지 그걸 잠깐 잊어 괜스레 헛걸음을 했다.

그녀가 무영궁 뜰에 들어서자, 회랑 기둥에 기대어 실 끊어진 인형처럼 무기력하게 앉아 있는 무연이 보였다.

"게 앉아 뭘 하고 있는 거냐?"

"생각이요. 지금 당장 뭘 해야 하나, 그런 생각이요."

뜬구름을 잡는 무연의 대꾸에 홍주는 눈을 좁혀 떴다.

"여기 들어오기로 했을 때. 사실 신이든 뭐든 담판을 지을 생각이었어요. 나는 이 짓 죽어도 하기 싫다, 어떻게 하면 내 인생에서 꺼져줄래. 난 여기서 꼭 나갈 거예요. 그러니까 아줌마랑은 잘 지낼 순 없겠어요. 아줌마는 내가 여기서 만신의 이름을 지켜주길 바라니까."

"너랑 잘 지내길 바란 적 없다."

무연은 그녀의 대답에 피식 웃더니, 자리에서 일어나 뜰로 내려섰다.

"여기서 버티고, 견디고, 길을 찾기 위해서 당장 뭘 해야 할지 생각해봤는데요. 팥죽 만들 줄 아세요? 삼신할머니 찾아서 뇌물로 바쳐야 해요."

개구지게 웃은 무연이 부엌으로 걸어갔다. 홍주는 그 뒷모습을 멀거니 보다가 식기들 부딪치는 소리가 들려오자 입가를 조금 휘었다. 강한 건지, 입만 산 건지 모를 노릇이지만 저 아이가 생각보다 강하다는 생각에 까닭 없이 안도가 되었다.

『아주 산송장이 되어 있을 줄 알았다.』

하루 나절 불린 팥을 냄비에 끓인 지 한 시간이 조금 지났을 때였다. 무릎 사이에 턱을 괴고 앉아 팥을 지키고 있던 무연은 눈을 돌렸다. 뿌연 안개가 바람에 실려 밀려들었고 그것은 친구가 되었다.

"괜찮아 보여? 다행이네."

무연은 씁쓸하게 웃었다. 사실은 괜찮지 않았다. 마음이 온통 헐어서 너덜너덜해졌다. 그건 괜찮은 게 아니지 않은가. 그저, 포기하지 않으려 안간힘을 쓰는 것뿐이다. 신이라는 친구조차 눈치채지 못할 만큼 최선을 다해서.

"……하나 묻고 싶은 게 있어, 친구야. 만신은 사랑 같은 거 못해? 하면 안 돼?"

그 사람을 다시 볼 수 있을 거라고 장담할 수 없었다. 어쩌면 다시는 이어지지 않을 인연인지도 몰랐다. 하지만 그럼에도 불구하고 그 사람에 대한 생각을 멈출 수 없었다.

『무슨 소리냐.』

"……전에 홍주 아줌마가 그랬어. 무당이 외로운 건 사랑을 갖지 못해서라고. 아무리 원하는 사람이 있어도 신들이 그리 두지 않는다고. 평생 고독과 외로움을 자식처럼 껴안고 가야 한다고."

우진의 얼굴이 흐려진다. 눈이 어땠는지 코는 어땠는지 입술은 또 어떻게 생겼는지 날이 갈수록 자꾸만 희미해져 속상했다.

"내가 좋아한다는 티를 참 많이 냈어. 그래야 언제고 그 사람이 여기를 떠나도 후회하지 않을 것 같았어. 원래 떠나는 사람보다 남겨지는 사람이 더 오래 기억하는 법이잖아."

마지막에, 그는 그녀의 이름을 불렀었다. 미안하다는 말을 하려 했던 걸까. 아니면 이별의 말을 하려 했던 걸까.

"지금도 틈만 나면 그 사람 생각이 나. 보고 싶어. 이런 마음을 내가 꽤 오래 갖고 있을 것 같은데, 어쩌면 바래지지 않을지도 모르는데 내게 오려는 신들이 이 마음을 질투해서 혹시 그 사람한테 해가 될지 궁금해."

무연은 옆에 주저앉아 있는 친구를 물끄러미 보았다.

"대답해봐. 이런 마음도 안 되는지."

『인간을 질투하는 건 신마다 다르다. 질투하는 신이 있고 지켜보는 신이 있지. 나는 신경 쓰지 않는다. 다만 상대가 네게 해를 입히려 하는 경우에는 얘기가 다르다.』

"날 걱정한다는 거야?"

『네 멋대로 해석하지 마라.』

무연은 나직하게 웃었다. 볼멘 얼굴의 천구가 전에 없이 귀엽게 느껴졌다.

『괜찮아야 한다, 무연아. 네게 오려는 신들은 잡귀와는 다르다. 그래서 경아도, 네 아비를 버렸다. 경아 또한 심장이 뜯기고, 재가 되고, 조각조각 부서졌지만 그래도 살았다.』

무연은 어린아이의 얼굴을 하고, 영겁을 살아온 천구의 깊은 눈을 홀린 듯 보았다. 그러다 갑자기 그 언젠가처럼 천구의 세 번째 눈이 스산하게 번뜩였다.

『귀인이 오겠구나! 네 심장을, 인생을, 삶을 통째로 도려낼 귀인이. 이것 또한 안배된 운명인가.』

무슨 뜻이냐고 묻기도 전에 천구는 다시 바람에 실려 흩어져버렸다. 무연은 마른 입술을 축였다. 가슴이 두근거렸다. 어째서인지 모르겠다. 막연한 확신이 들었다.

귀인이 온다. 그 사람이.

그곳은 삼청동에 위치한 한 바(Bar)였다. 낮술을 하자고 했지만 성훈이 무척이나 바쁜 탓에 밤늦게나 자리를 마련할 수 있었다.

"발령대기는 언제까지입니까?"

"빨리 일하고 싶은가 보죠?"

"놀고먹는 것보다야 낫지 않겠습니까."

"그렇기야 하죠. 안 그래도 일을 조정하고 있었습니다. 천 팀장은 인재 중의 인재이니 선택권을 드리죠. 러시아로 가겠습니까, 중국으로 가겠습니까?"

"지금 대답하라는 겁니까? 임무 내용은."

"복불복이에요. 뚜껑을 열어봐야 더 재미있지 않겠어요?"

우진은 인상을 찌푸렸다. 어제만 해도 뭐든 임무를 하달 받아 여길 뜨면 다 괜찮아질 거라 생각했다. 애초에 성훈에게 술 한잔하자 한 것도 발령을 독촉하자는 마음이었고. 그런데 막상 말이 나오니 말문이 막혔다.

"그, 임무연은…… 더 이상 국정원과는 관계없습니까?"

"아, 그 건이라면 다른 사람을 차출해서 보낼 겁니다."

"다른 사람이요? 다른 사람이라면 누구 말씀입니까?"

다른 사람이라니, 썩 내키지 않았다.

"이런. 인사에까지 관여하려고요? 그건 월권인데."

"한 번이라도 그냥 순순히 대답해주시면 안 됩니까? 그 애는 이제 어떻게 됩니까? 만신은 대체……!"

성훈이 실실 웃었다.

"……만신은 아주 많이 불행합니다. 사람이 사람으로서 당연히 누려야 할 대부분의 것들을 포기하고 살아야 하죠. 아이도 낳아야 합니다. 다음 대 만신을 위해서."

아이?

우진은 저도 모르게 어깨를 움찔했다.

"머지않았겠네요. 그 아가씨, 스물여섯이라고 했었죠?"

우진은 성훈을 불만스레 쏘아보았다. 무연은 연애 한번 못 해본 숙맥이다. 그런데 그런 여자한테 아이라니.

속이 부글부글 끓었다. 이건 비인간적이다. 게다가 다른 남자라니. 생각만으로도 기분이 뭐 같아졌다. 말도 안 됐다. 우진은 저도 모르게 잔을 들어 입가로 가져갔다. 오랜만에 마신 술이 목구멍으로 넘어가자 폐부부터 홧홧해졌다.

"이번엔 내가 묻죠. 왜 그렇게 궁금해합니까? 이미 천 팀장 손을 떠난 일입니다. 이런 귀찮은 일, 사실 무지 싫어하잖아요?"

알고 있다. 게다가 그의 성향상 이런 어마어마하게 귀찮을 것 같은 케이스는 피해야 정상이었다. 그런데도 못 견디게 궁금했다. 그 여자의 안부가.

"확실한 건 하나죠. 선대 만신이 그러했듯 그 아가씨도 거기에 계속 있으면 언젠가 망가질 겁니다. 아주 처참하게."

"……망가지다뇨?"

"어떤 식으로든. 그게 만신이라는 겁니다. 누군가에게 이용되어지기 위해 존재하는 것. 만신을 아는 많은 권력자들이 만신을 필요로 하지요. 천 팀장의 아버지인 천 어른조차 말입니다."

일전에 지원이 무영궁으로 찾아왔던 게 떠올랐다. 석제가 전하기를, 무연과 잘 지내라고 했다고 했다.

"……원장님은, 뭡니까?"

"뭐가 말입니까?"

"처음에는 그 여자를 청와대로 몰아내더니, 이제는 그 여자를 걱정하는 것처럼 말씀을 하시잖습니까."

"제 물음에 답하면 저도 답하죠. 천 팀장은 대체 어쩌고 싶은 겁니까?"

성훈은 웃지 않았다. 날카로운 눈으로 그를 매섭게 응시했다. 우진도 시선을 피하지 않았다. 한 가지 생각이 강하게 들었다.

그렇게 너도나도 뜯어먹으려 혈안이 되어서 그 여자를 에워싸고 있는 거라면 그 여자는 지켜줄 사람 하나 없이 오롯이 혼자인 거다. 그러니까 그 불쌍한 여자를 지켜줄 사람 하나쯤은 있어야 말이 되질 않나.

"차출할 요원은 저보다 더 잘 싸우는 놈으로 해주십시오."

우진은 바텐더가 한 잔 더 따라준 술을 단번에 비웠다.

"그럼 문답은 끝난 것 같으니 결정만 하면 되겠군요. 러시아로 갈지, 중국으로 갈지 잘 생각해보세요."

성훈이 자리에서 일어나 벗어두었던 재킷을 챙긴 후 돌아섰다. 우진은 호박색 액체가 일렁이는 글라스 테두리를 손으로 만지작거렸다.

"망가진다……고."

어떻게? 어떤 방식으로?

무엇보다 석제가 무연을 필요로 한다는 말이 걸렸다. 그는 천석제를 잘 알았다. 권력에 사로잡힌 사람의 탈을 쓴 괴물.

우진은 나머지 술을 한입에 털고는 자리에서 일어났다. 취기가 확 올라왔지만 금방 깰 걸 안다. 우진은 비틀거리며 정처 없이 걸었다. 반짝이는 간판과 거리를 질주하는 자동차들, 만남과 헤어짐을 떠들썩하게 장식하는 사람들 사이를 발길 닿는 대로 걸었다.

"이야, 진짜 지랄한다, 천우진."

미치겠다. 또다시 칠궁 앞의 담벼락이었다. 이건 대체 무슨 꼬라지인가.

밤이 깊었다. 곧 새벽이 다가올 터다. 우진은 손으로 제 얼굴을 쓸었다.

"왜 이러냐, 진짜."

그가 한숨을 쉬며 다시 걸음을 옮기려던 참이다. 그가 잘 아는 목소리가 멀리서 환청처럼 들려왔다. 우진은 다시 칠궁 안을 돌아보았다.

안쪽에서 분주하게 움직이는 형체가 보였다. 100미터는 됨직한 거리였지만 우습게도 한눈에 알아보겠다. 무연이다.

"……할머니, 삼신…… 어디……, 있……, ……머니!"

가만히 보니 삼신할머니라 거듭 불러대고 있었다.

"임무연, 너 나한테 무슨 짓을 한 거야?"

우진은 담벼락을 타고 스르륵 내려앉았다. 길바닥에 주저앉아 고개를 숙인 채 웃음을 삼켰다.

"맙소사. 빌어먹을."

보고 싶었다. 밥은 잘 먹고 있는 건지, 아프진 않은지, 괜찮은지 궁금했다. 그래서 여길 자꾸 온 거였다.

"세상에. 이래서야…… 빼도 박도 못하겠네."

우진이 웅얼거렸다. 이쯤 되면 인정해야 했다.

"미친……."

혼자서 복분자주를 몇 리터씩 마셔대는 저 여자를, 쓸데없는 질투로 그의 신변을 꼬치꼬치 캐묻는 성가신 저 여자를, 이 새벽에 삼신할머니를 찾아 칠궁을 귀신처럼 돌아다니는 저 미친 여자를 그는 좋아한다.

스케일이 성가시다거나, 복잡하다거나 그건 이미 제멋대로 흘러간 마음과는 상관없는 일이다. 얼굴을 본 순간, 맥이 풀리면서 가슴이 발광했다. 아드레날린이 분수처럼 샘솟았다. 우진은 손에 얼굴을 묻고서 한참을 웃었다.

누군가 저 여자 옆을 지켜야 한다면 그건 그여야 했다. 다른 놈이 서 있는 그림은 생각만 해도 주먹이 불끈 쥐어졌다. 이러니 러시아든 중국이든 다 개코같은 소리로 들렸지.

"하아…… 임무연. 빌어먹게 보고 싶다."

다음 날, 업무를 보던 성훈은 우진이 하는 말에 황당한 표정을 지었다.

"다음 근무지, 청와대로 가겠습니다."

"예?"

"정확히는 칠궁이죠. 임무연 지키러 가겠습니다."

인정했다. 이건 어쩌면 연민인지도 모른다. 하지만 중요한 건 그 여자를 지키고 싶다는 것이고 옆에 있고 싶다는 것 그뿐이다.

"……이유를 물어도 되겠습니까?"

그를 지그시 보던 성훈이 미간을 굳히며 물었다.

"제가 그 여자 좋아합니다."

어서 그 여자를 만나고 싶다. 그를 보고선 휘둥그레질 얼굴이 보고 싶었다. 손끝이 근질거렸다. 상상만으로도. 우진은 입꼬리를 끌어올렸다.

"지킨다는 건, 말 그대로의 의미입니까?"

"무슨 말씀이십니까?"

"대통령으로부터, 천석제로부터, 나로부터 그 아이를 지키겠다는 겁니까?"

무슨 뜻인지는 모르겠지만 그 모든 것들이 임무연을 뜯어먹으려 아가리를 딱 벌리고 있는 건 알고 있다.

우진은 스산하게 웃었다.

"……필요하다면요."

무연은 냉천정 툇마루 아래 쪼그리고 앉은 삼신을 물끄러미 보았다.

"원래 귀신은 팥죽 싫어하지 않아요? 동지 팥죽이라는 것도 있잖아요. 나쁜 귀신 물리친다는."

『내가 그런 잡것들과 같을 성싶으냐?』

새치름한 대구에 무연은 어깨를 으쓱였다. 그녀가 팥죽을 끓여 대기 시작한 이후 나흘이나 지나서야 나타난 삼신이지만 이제라도 나타나준 게 다행이었다.

『굿을 할 마음은 서서 이리 불러댄 거냐?』

"꼭 굿을 해야 오실 거예요?"

그릇에 얼굴을 박고 있던 삼신이 눈썹을 치켜세웠다. 그 서슬 퍼런 살기에 무연은 숨을 죽였다. 버릇없이 굴면 안 된다는 친구의 지침을 주문처럼 되뇌었다.

"……신내림 말고 심심할 때 놀러 오시면 되잖아요."

삼신은 말없이 그녀를 뾰족한 시선으로 보았다.

"생각해보세요. 할머니를 받으면 제가 부를 때마다 어디서든지 불려와야 하는 거잖아요? 막 자존심 상하지 않으세요? 신인데, 한낱 인간이 부른다고 볼일 보다가도 튀어 와야 한다는 게?"

『쯧쯧쯧, 고얀 것. 그걸 말이라고 하는 거냐?』

삼신이 몸을 홱 틀어 앉았다. 어차피 한 번쯤 튕길 줄은 알았다.

"꼭 하시고 싶은 말씀이 있으면 제가 전달해주면 되잖아요. 꼭 굿을 통해서 할머니를 받아야 해요?"

『이것 보게나? 너, 지금 이게 무슨 장난질인 줄 아는 게냐?』

삼신이 팥죽 그릇에서 고개를 들고는 그녀를 쏘아보았다. 그 위압감에 목구멍이 턱 막히는 기분이다.

『너는 마땅히 나를 받아들여 망자들을 달래고 산 자들의 복을 기

235

원해야 하는 소임을 갖고 태어났다. 그걸 가지고 감히 거래를 하려 들어? 맹랑한 것! 아직도 정신을 차리지 못했어!』

고막을 찌르는 우레 같은 호통이 머리 위로 쏟아졌다. 그녀를 노려보는 삼신의 눈에서 푸른 화마가 일었다. 천구의 경고에도 불구하고 또다시 노하게 하고 말았다.

"제가 그렇게 마음에 안 들면 가르쳐주시든가요. 어떻게 해야 여기서 벗어날 수 있는지!"

무연은 지지 않고 삼신을 마주 보았다. 그러자 삼신이 두 눈을 감으며 낮게 한숨을 내쉬었다.

『어리석은 것. 네 어미조차 끝이 그리 참담했거늘…….』

삼신이 고개를 돌려 먼 곳을 아스라이 바라보았다. 무연도 그 방향을 따라 바라보다 이내 눈을 부릅떴다.

"혼자서 허공에 대고 무슨 소리를 그렇게 하냐, 넌?"

신기루 같은 그것이 천천히 걸어오고 있었다.

"이번엔 안 찔러봐? 진짠지 아닌지."

거침없이 다가온 그가 삐딱한 웃음을 물곤 말한다. 무연은 저도 모르게 한 걸음 물러섰다.

"저 사람들은 아직 옆에 붙어 있네."

그의 시선이 근처에 있던 두 명의 남자에게 향했다.

"아, 혹시 그때 일로 화가 나 있는 건가?"

그녀가 굳어서는 이렇다 할 반응을 보이지 않자 우진은 눈을 내리떴다. 그러더니 한 손을 뻗어 그녀의 어깨를 가볍게 잡아당겼다. 어느새 그의 품에 우뚝 서게 됐다. 무연은 얼른 물러서려고 했으나 그가 그녀의 뒤로 팔을 둘러 가볍게 끌어안았다.

"왜……."

목이 메어 껄끄러운 소리가 흘러나왔다. 갑작스런 접촉에 타이밍을 놓쳤다. 무슨 말부터 해야 하지. 왜 그녀에게 아무 말도 안 했었냐고? 어째서 여기 있냐고?

이렇게 막상 눈앞에 나타나버리니까 머릿속이 하얘졌다. 안도와 불안, 미움, 야속함, 설렘 수많은 감정들이 가슴속을 그득히 채워 나갔다.

"이제 나 안 반갑냐?"

머리 위에서 그토록 그리워했던 목소리가 울렸다.

"난 반가운데, 임무연."

친구의 말이 맞았다. 귀인이 왔다. 그가 왔다. 그녀의 심장을 통째로 도려낼 귀인이.

"그래서 언제 가요?"

"어디를?"

"……잠깐 온 거 아니에요? 그때 차출된 거 아니었어요? 뒤 한번 돌아보지도 않고 갔잖아요, 거기."

우진은 그로부터 등을 돌린 채 마루에 걸터앉아 있는 무연을 즐거운 마음으로 바라보았다.

"뒤 한번 돌아보지 않고 가긴 했었지."

무연의 어깨가 움찔했다. 고집스레 다른 곳을 바라보는 얼굴은 어째서인지 그를 보지 않는다.

"야."

우진은 긴 다리로 무연의 다리를 툭 쳤다. 그제야 무연이 그를 보았다.

"사람 보고 말해."

"이게 무슨, 지금 발로……."

기가 막혔는지 무연이 눈을 부릅뜬 채 그를 위아래로 흘겼다. 그래봤자 별로 무섭지도 않았다.

"내가 뒤도 안 돌아보고 가서 화가 난 거야, 네 기록을 말소시킨 장본인이라서 화가 난 거야, 세상에서 널 지운 게 나였다고 말을 안 해서 화가 난 거야? 아님, 셋 다야?"

"그건……."

우진은 입을 붕어처럼 뻐끔거리는 무연을 물끄러미 보았다. 아까 냉천정의 툇마루에서 무연을 발견했을 때, 스스로가 황당할 정도로 그녀가 반가웠다. 멍 때리고 서 있는 여자에게 다가가 스스럼없이 당겨 안을 정도로.

"임무연. 난 너 지키러 다시 온 거야. 다시는 뒤도 안 돌아보고 떠나는 일 없어. 이젠 정말 아무 데도 안 가."

무연이 평생을 여기에 갇혀 살아야 하는 사람이든, 무당이든, 뭐든 앞일 따윈 모른다. 지금은 그저 이 여자를 지켜주고 싶을 뿐이다.

"그걸로 안 되냐?"

무연이 고개를 돌려 그를 보았다. 조금 일그러진 얼굴은 마치 진심이냐 추궁하는 것 같았다.

아마 임무연은 모를 거다. 그가 다시는 떠나지 않겠다는 건, 또 다시 성훈이 와서 군법을 들먹여도 개의치 않겠다는 소리다.

"우와, 진짜 못됐다, 당신. 결국 사과는 안 한다는 거잖아요. 내가 아무 말 못 할 거 알고 이러는 거죠, 지금."

무연이 갑자기 짜증스레 말했다. 얼굴뿐 아니라 귀까지 빨갛게 달아올라선 억울하다는 모양으로 발을 동동 굴렀다.

"내가 거기를 좋……. 아으……!"

좋아한단다, 지금도.

우진은 도망치듯이 걸어가버리는 무연을 보며 슬며시 입매를 늘어뜨렸다. 저 혼자 그를 좋아하는 줄 알고 억울해하는 모양이 그로 하여금 이상한 기분을 느끼게 했다. 손바닥 안쪽이 간질거린다. 자꾸 웃음이 배어나왔다.

"진짜 사람이 뻔뻔해."

뒤를 쫓아가자 그녀가 그를 힐끔거리곤 중얼거렸다.

"그래서 안 반갑냐고. 다시 가?"

"……가는 건 싫으니까 지금 따지지도 못하고 이러고 있는 거 안 보여요?"

우진은 웃었다. 그 때문에 방방거리는 무연을 보는 게 좋았다. 그를 얼마나 좋아하는지 확인하는 게 즐겁다. 이건 또 무슨 심리인지. 정말 자신은 심보가 고약하긴 한 것 같다.

예상대로 홍주는 그를 반기지는 않았다.

"납득하셨습니까?"

잠시 후 성훈과 긴 통화를 마치고 나온 홍주는 그를 싸늘하게 응시했다.

"임무연 옆에 얼씬대는 저 두 명은 오늘 당장 치워주십시오. 저 사람들 열 명 둔 것보다 제가 낫습니다. 장담하죠."

"무슨 생각인가요, 당신은? 어째서 다시 왔죠?"

"임무연을 지키러 왔습니다. 만신이라는 비밀을 아는 사람 머릿수가 늘어봤자 좋을 건 없잖습니까."

우진은 입꼬리를 늘여 삐딱하게 웃었다.

"명심해두세요. 절대로 이전과 같은 일은 없어야 할 겁니다. 혹여 또 같은 일이 생긴다면 그쪽 목이 온전치 못할 줄 아세요."

홍주가 으름장을 놓았다. 난감하게도 겁이 나지 않았다. 그는 잃을 게 없는 놈이다. 그러니까 그런 걸로는 협박이 안 된다.

"다시 말씀드리지만 전 임무연 지키기 위해 왔습니다. 그러니까 그 일 이외에는 당신에게 협조할 생각 없습니다."

"다시…… 다시 저 애를 데리고 나가겠다는 건가요?"

"글쎄요."

우진은 으쓱이며 덧붙이곤 돌아섰다. 홍주의 시선이 제게 쏠아지는 걸 알았지만 개의치 않았다. 이젠 정말 찰떡처럼 붙어 있을 생각이다.

그런데 회랑을 돌아 무연의 방으로 간 우진의 앞에는 생각지도 못한 광경이 펼쳐져 있었다. 뭘 찾는지 몰라도 방에 있는 물품들이 도둑이라도 들었나 싶게 어질러져 있었다.

"뭐 하는 거야, 지금?"

"뭐 좀 찾아요."

"뭘 찾는데?"

"나도 잘은 몰라요."

뭘 찾는지도 모르고 찾는다고? 이상한 말이었다. 한동안 문가에 서서 무연을 바라보던 우진은 낡은 책을 펄럭이는 무연의 뒤로 다가갔다. 어깨 너머로 보니 한자가 가득 쓰여 있었다.

"읽을 줄은 알아?"

움찔하며 돌아본 무연이 가까이 있던 그 때문에 놀랐는지 옆으로 몸을 무르려다 머리부터 뒤로 넘어갔다. 우진은 반사적으로 손을 뻗어 무연의 뒤통수를 감쌌다.

"으어……."

우진은 제 아래 깔린 무연을 내려다봤다. 질끈 감았던 눈을 뜬 무연이 그를 보곤 도로 눈을 꽉 감아버렸다. 우진은 피식 웃었다.

모든 게 단단하고 딱딱한 그와는 달리 제 아래 깔린 무연은 가늘고 말랑말랑했다. 그 새삼스런 사실이 이상하게 콱 와 닿는다.

"……안 비켜요?"

얼마나 그러고 있었을까. 무연이 실눈을 뜨곤 입을 열었다. 한 손으로는 자신의 몸을, 또 다른 한 손으로는 무연의 뒤통수를 감싸고 있던 우진은 눈썹을 치켜올렸다.

"언제까지 이러고 있을 거예요? 아니면 내가 비켜요?"

무연이 난감한 듯 말했지만 그는 지금의 상황이 꽤 마음에 들어 별로 움직이고 싶지 않았다.

"……머리카락이 걸렸어."

살다 살다 이런 거짓말을 다 해본다. 이 작은 여자 때문에.

우진은 무연의 뒤통수를 잡고 있던 손을 빼 머리카락을 몇 가닥 집어 쭉 잡아당겼다.

"머리카락이 내 소매에 걸렸어. 있어봐, 풀게."

무연이 다시 옆으로 가만히 돌아누웠다. 우진은 그대로 머리카락을 손에 감아쥔 채 그녀를 내려다보았다. 예쁘다. 원래 예뻤지만 새삼스레 예뻤다.

"……다 됐어요?"

"아니."

그는 다시 무연의 머리카락을 잡아당겼다. 무연이 얼굴을 찡그리며 그를 흘깃 째려보았다.

"얼굴이 빨간데, 너."

"그래서 어쩌라고요. 내 얼굴색이 내 맘대로 되는 줄 알아요?"

우진은 무연을 보며 웃다가 불쑥 얼굴을 가까이 내렸다. 무연이 두 눈을 휘둥그레 뜨곤 뻣뻣하게 굳었다. 코가 스칠 만큼 가까운 거리였다.

"이러면 더 빨개지려나?"

"자, 장난치지 마요."

기어들어가는 목소리가 겨우 흘러나왔다. 이런 유의 장난으로 재미를 느끼는 유치한 놈은 아니라고 스스로 생각했는데. 어쩌나. 즐겁다.

하지만 장난도 도가 지나치면 오히려 독이 되기에 우진은 바로 무연의 손을 잡아 일으켰다.

"얼른 정리해. 누가 보면 도둑 든 줄 알겠다."

손부채질을 연신 해대는 무연을 두고 그는 방 밖으로 나왔다. 나무 사이로 부는 바람이 시원해 산책하기 좋은 날씨였다. 그런데 그는 더웠다. 안쪽에서부터 뜨거운 열이 여기저기로 번진다.

"사춘기도 아니고. 참 나."

사춘기 때도 혼자 달아오른 적은 없었는데 말이다. 제 꼴이 웃기고 어이도 없었다.

『이 난장판은 모두 뭐냐?』

심장이 난동을 부리는 통에 내내 멍해 있던 무연은 친구가 나타나자 그제야 정신을 차렸다.

『비방서는 찾은 거냐? 왜 그래? 잡귀에게 홀리기라도 한 것이야?』

"어, 아니. 그런 거 아니야. 이게 비방서 같은데."

무연은 바닥에 흩어진 책들 중에서 군데군데 얼룩이 지고 곰팡내가 시큼하게 나는 남색 책 하나를 들어 보였다.

『읽을 수는 있겠냐?』

친구는 또 어디서 가져왔는지 모를 노란 사탕을 입에 물고 콧잔등을 찡그렸다.

『그것은 선대 만신들이 써온 것이다. 거기에도 네 운명을 벗어날 수 있는 방법 따윈 없다. 경아에게도 최선이란 제 수명의 반을 대가로 넘기는 것이었다.』

"어쨌든 고마워. 비방서가 있다는 걸 알려줘서."

무연은 손에 든 낡은 책을 꽉 움켜쥐었다. 날이 새는 한이 있더라도 한자사전을 보고 이 책을 해석해야겠다.

"엄마는 무슨 낙으로 살았을까? 이 고독하고 지겨운 곳에서."

『자기가 살아 있는 동안에는 네게 아무 일이 없을 거란 걸 아니까, 뼈를 깎는 고통 속에서도 하루라도 더 살고 싶어 했었다.』

무연은 눈썹을 축 내렸다. 그녀가 아는 경아는 그런 엄마가 아니었는데, 이미 세상에 없는 경아는 자식에게 제 살 하나를 더 내어주지 못해 안달이 난 사람이었다. 살아 있는 동안 한 번이라도 내색을 했다면 이렇게 죄스럽지는 않았을 텐데.

역시 살아서나 죽어서나 경아는 나쁜 엄마였다.

"……부탁이 있어. 내일 대통령을 접견하기로 했는데 네 도움이 필요해. 많이는 아니고 지금처럼 조금만 들여다봐주면 돼."

무연은 또다시 한없이 짓쳐드는 마음을 흐트러트리며 화제를 돌렸다.

"다신 나 찾을 생각 안 들게 정나미가 뚝 떨어지게 해줘야지. 옛날부터 비리가 없는 정치인은 없는 법이거든."

『네 마음 줄이나 단단히 붙들어! 엉망으로 헤지면 잡귀들이 들러붙을 테니!』

천구의 시선이 장지문 밖으로 향했다. 비치는 그림자는 우진이었다. 그림자를 시야에 두는 것만으로도 가슴이 빠듯해진다. 이미 이 지경이다. 이걸 멈추는 법을 알았다면 아마, 진즉에 그랬을 거다. 저 사람이 떠났던 날.

"마음이, 내 뜻대로 되나. 네가 말한 귀인이 저 사람이지?"

천구는 대답하지 않았다.

"……혼자 좋아하고 마는 걸로 끝나지 않는다면 저 사람을 욕심 부리고 싶어."

『저자가 죽는다 해도?』

"……그건 그때 가서 생각하면 안 될까?"

지금은 옆에 있으니까 그저 좋다. 콩깍지가 씌었다. 그러니까 저 사람이 그녀의 기록을 말소했다고 해도 그것에 대해 탓하는 건 뒷 전인 거다. 콩깍지가 제대로 씌었으니까.

chapter 11

좋아하니까

우진은 기분이 좋지 않았다. 뜰 안에 모습을 드러낸 지원 때문이었다. 역시나 그녀는 그를 없는 사람 취급하곤, 마중 나온 홍주에게로 눈을 돌렸다.

"준비는 다 되셨나요?"

"예, 다 됐습니다."

홍주가 무연의 방문을 두드리자 방문이 열렸다. 무릎까지 오는 검정색 원피스를 입고 머리카락을 가지런히 늘어뜨린 무연은 옅은 화장까지 했다.

선보러 가는 것도 아니고 뭘 저렇게 차려입은 건지. 우진은 인상을 구겼다.

"존재를 증명할 준비는 됐나요?"

검정색 단화를 신는 무연에게 지원이 상냥하게 물었다.

"저도 잘 모르겠어요."

"모르겠다니요?"

무연은 한동안 지원을 뚫어져라 바라보다 입을 열었다.

"도도하고 오만하고 자존심이 하늘을 찌르니 대장부의 맥을 타고났지만 굽힐 줄을 모르니 제풀에 제가 지쳐버려. 길게 가고 싶으면 때론 굽히고 때론 피할 줄도 알아야 사람답게 살겠어."

"지금 뭐라고……."

무연은 그저 싱긋 웃고는 걸음을 내디뎠다. 우진은 그의 앞을 스쳐 지나가려는 무연의 팔을 잡아챘다.

"너…… 맞아?"

"에? 뭐가요?"

무연이 뭐냐는 얼굴을 했다. 의장행사를 했던 그날이 떠올랐다. 순간 임무연이 아닌 줄 알았다.

"……아무것도 아니야."

"얼른 가야겠어요. 뒤쳐졌네."

이미 한참 앞선 홍주와 지원을 보고 무연이 서두르려 했다. 하지만 우진은 다시 무연을 잡았다.

"전에 물어보려고 했었는데 의장행사 날, 그건 뭐였어?"

그의 물음에 무연의 얼굴이 딱딱하게 경직됐다. 머뭇거리던 무연은 이내 조그맣게 말했다.

"……신이요. 신이었을 거라고, 생각해요."

잠깐 힘을 늦춘 사이에 무연이 얼른 그에게 잡힌 손을 빼고는 어색하게 웃었다.

"그날, 나 좀 소름 끼쳤겠다. 그렇죠. 이래서는 여자로 보이기는 틀렸네. 안 그래요? 아, 빨리 가야겠어요. 놓치겠어."

랩 하듯 빠르게 말을 쏟아낸 무연은 급하게 걸음을 옮겼다. 겁을 내고 있다. 다른 데서는 뻔뻔하게 굴면서 이런 얘기만 나오면 작아지고 위축되어 도망가기 급급하다. 우진은 눈살을 찌푸렸다.

소름 끼치지 않았다. 여자로 안 보이는 것도 아니다. 그렇다면 그는 지금 여기에 없었을 거다. 우진은 성큼성큼 걸어가 무연의 팔을 낚아채 꽉 잡았다.

"소름 안 끼쳤고 여자로 안 보이는 것도 아니야. 그러니까 지레 겁먹지 말고 피하지도 마. 짜증나."

"네?"

"서둘러. 너 다리 찢어지게 걸어도 저 사람들 못 따라잡겠다."

이 여자한테 뿌리쳐지는 게, 거부당한다는 게 이렇게까지 기분 나쁠지 몰랐다.

"타세요."

칠궁을 나오자 지원은 그들을 주차해둔 검은 세단으로 안내했다.

"상춘재로 가는 게 아니었나?"

우진이 묻자, 지원이 그가 아닌 무연을 향해 설명했다.

"조금 더 먼 곳에서 뵐 겁니다. 하루 자고 올 테니까 그렇게 아세요."

"무슨 소리야?"

"이미 다 말씀드렸던 사안이에요."

차갑게 대답한 지원이 운전석에 올랐고 홍주도 뒤이어 조수석에 탔다. 이상하다. 감이 좋지 않다.

그가 움직이지 않자 무연이 먼저 움직였다.

"어차피 부딪쳐야 해요. 천우진 씨 안 갈 거면 팔 놔줘요."

무연이 힘을 주었지만 우진은 놓지 않았다. 그리곤 뒷좌석 문을 열고 무연을 향해 말했다.

"분명히 난 너 지키려고 왔다고 했어. 혼자 보내겠냐."

등을 슬쩍 밀자 무연이 웃었다. 차에 오른 우진은 운전석에 앉은 지원을 향해 빈정거리듯 말했다.

"어딜 가는 건지는 좀 압시다."

그러나 돌아오는 대답은 없었다. 아, 이 인간들이 사람을 아주 먼지 취급을 하네.

차는 어둠을 뚫고 한적한 시골길을 달렸다. 양옆으로 논두렁과 밭이 드넓게 펼쳐졌고 멀리 드문드문 비닐하우스가 늘어서 있다.

"왜 그래요?"

우진은 살벌하게 굳은 얼굴로 바깥을 응시했다.

"……지금 어디로 가는지 알 것 같아서."

우진은 운전을 하고 있는 지원을 쏘아보았다. 굽이치는 비포장 도로 끝에 저택이 한 채 있었다. 우진은 이를 사리물었다.

"여기가 어딘데요?"

무연이 그의 손가락을 건드렸다. 닿은 손가락이 얼음장처럼 차가웠다. 얼굴을 보니 다소 경직된 표정의 무연이 보였다.

"자꾸 사람 말 무시하죠?"

대통령이라는 거물을 만난다는 사실에서 오는 원인 불명의 공포 때문일까. 그녀는 무척이나 불안해 보였다.

"말하기 싫으면 됐……."

"……천석제야. 저 집 주인."

우진은 손을 뒤집어 새끼손가락을 당겨서 무연의 손 전체를 꽉 잡았다. 손아귀에 갇힌 무연의 손이 꼼지락거린다. 조금 지나자 하얗게 질린 손에 조금씩 체온이 돌아오는 것 같았다.

힐끔 보니 무연이 고개를 숙이고 그가 잡은 손을 물끄러미 보고 있었다. 무슨 생각을 하고 있을까. 우진은 입매를 심술궂게 비틀었다.

"놓을까?"

"네?"

무연이 고개를 들고 짓궂게 웃고 있는 그를 보았다.

"싫으면 놓고."

그가 놓으려 하자 무연이 다른 손으로 그의 손을 덥석 잡았다.

"아뇨! 그냥 이렇게 있어요."

이상하다. 무연의 입가에 배어나는 웃음에 불쾌해졌던 기분이 말끔히 씻겨나갔다.

"웃지 마. 티 나."

그가 피식 웃으며 말하자 무연이 어깨를 으쓱이며 그의 손을 더욱 꽉 마주 잡았다. 그리고 곧 차가 멈췄다. 무연의 얼굴에 어렸던 웃음기가 사라졌다.

호랑이 굴에 들어가도 정신만 차리면 산다고 했다. 하지만 여기는 호랑이 굴이라고 하기엔 어폐가 있었다. 반질거리는 대리석 바닥, 고가의 앤티크 가구들이 눈에 들어왔다. 정갈하면서도 고급스러운 느낌을 주는 집이었다.

"이쪽으로 오세요. 기다리면 대통령께서 오실 겁니다. 천우진 씨는 나가시죠."

그들을 응접실로 안내한 지원은 우진의 출입을 막았다.

"대통령을 뵙는 자리입니다. 새어나가는 얘기가 많아서 좋을 건 없어서요."

무연은 저도 모르게 우진을 돌아보았다. 홍주는 이미 2층 손님방으로 안내된 후였다. 혼자 이곳에 남을 걸 생각하니 갑자기 가슴이 마구 펌프질을 해댔다.

"전 여기 남겠습니다, 천지원 비서관님."

"제 말 못 들었습니까? 대통령을 뵙는 자리입니다. 어중이떠중이가 동석할 자리가 아니니 자리를 피해달라고 했습니다만."

"어중이떠중이라뇨. 이 나라 국민입니다. 대통령은 얼굴에 금칠이라도 했답디까? 저 같은 서민은 쳐다도 보면 안 됩니까?"

그가 살살 약 올리듯 말하자 지원의 눈이 더욱 냉막하게 가라앉았다.

"지금 장난하자는 건 줄 압니까?"

"임무연 지키라고 국정원에서 파견됐습니다. 경호임무 중 자신의 경호대상을 눈 밖에 두는 일은 멍청이도 안 합니다. 명령을 어기는 건, 군법상 사형으로는 다스려집니다. 여기서 나가라는 건, 저더러 죽으란 소리입니다. 살인방조라고요."

한동안 침묵이 흘렀다. 무연은 숨을 죽이고 대치하는 지원과 우진을 보았다. 분명 남매라고 했었다. 태어난 배는 다르지만 아버지는 같은.

그에 대해 아는 게 없다. 그가 어떤 성장 배경을 가졌는지, 이복남매의 사연은 무엇인지. 하기야, 물어도 제대로 대답해준다는 보장도 없었다.

"대통령 앞에서도 그 소리가 나오나 보죠."

지원이 차갑게 조소하고는 응접실을 나갔다. 무연은 멍하니 우진을 보다 눈이 마주치자 화들짝 놀라 몸을 틀었다.

응접실에는 거대한 테이블과 테이블을 둘러싼 도합 여덟 개의 의자가 있었고 전면으로는 유리창 너머 잘 가꾸어진 정원이 한눈에 내려다보였다.

"딴청 피워봤자 나 보고 있던 거 다 알거든."

찔끔해서 돌아보자 벽에 등을 기대고 삐딱하게 선 우진이 그녀를 무심하게 보고 있었다.

"눈이 뒤통수에도 달렸대요?"

"눈이 뒤통수에 달렸다기보다 네가 날 항상 보고 있잖아, 틈만 나면."

"허! 내가요? 언제요? 허! 기가 막혀서!"

스스로를 손가락질하며 어이없다는 듯 굴었지만 정작 속내는 쥐구멍이 있으면 숨고 싶은 기분이었다. 그걸 일일이 지적하는 심보는 어떤 심보인지 사람 무안하게 하는 데는 일가견이 있다.

"흠흠, 근데 여기가 천석제 의원 집이라는 건 어떻게 알았어요?

일 때문에?"

"천석제, 알아?"

창 앞에서 정원을 내다보던 무연은 고개를 끄덕였다.

모를 수가 없었다. 천석제는 당대 네 명의 대통령을 보좌한 킹 메이커로 유명한 정치가였다. 텔레비전에도 자주 나왔다. 사회단체 기부, 봉사활동은 물론 국민들에게 지탄받아야 할 일에는 언제나 제일 앞에 나서서 고개 숙여 사과했던 사람이다.

의문점은 그렇게 정치력이 뛰어난 사람이 왜 스스로가 대통령이 되어 이 나라를 바꾸어볼 생각은 못 했냐는 거다.

"하긴 이 나라에서 천석제 모르면 외계인이지."

비아냥거리는 우진의 어조에 무연은 의아해졌다.

"그러고 보니 또 어물쩍 넘어가네요? 여기가 천석제 의원 집인 건 어떻게 알았냐니까요?"

"그냥."

그냥이 어디 있나. 무연은 대거리를 하려다가 말았다. 직업상 기밀일 수도 있었다. 대신 그녀는 다시 정원으로 눈을 돌렸다. 고요한 풍경에 빳빳하게 곤두섰던 신경이 조금씩 누그러지려는 참이었다. 무연은 문득 눈을 부릅떴다. 수풀 사이로 검은 뭔가가 보였다. 뒤통수가 끈끈해지면서 이유 모를 불안이 엄습했다. 정원에 나풀거리는 검은 천이 그녀의 시야에 잡혔다.

"왜 그래?"

무연이 경기하듯 몸을 바르르 떨자 그녀를 지켜보고 있던 우진이 바로 다가왔다.

"추워? 뭐야?"

나풀거리는 천은 소매였다. 검은 저고리와 검은 바지, 그 위에는 언젠가 보았던 하회탈을 쓴 '무엇'이 있었다. 의장행사 날 보았던 '그것'이었다.

『우리 같이 신명나게 놀아보자꾸나⋯⋯! 얼쑤!』

무연은 저도 모르게 뒷걸음질 쳤다.

『이 판이 내 판이고, 네 판이 내 판이지. 머리 굵은 짐승들이 왁자지껄 모여 있으니 내 흥이 넘쳐나 주체를 할 수가 없는 판이로구나, 얼쑤!』

둥둥둥.

북소리가 귀를 찢을 듯 울렸다. 가슴이 턱 막혔다. 하회탈이 둥실 떠서는 그녀에게 달려들 듯 정원 안을 휘돈다. 마치 사로잡힌 것처럼 눈을 뗄 수가 없다.

"⋯⋯뭐가 보여?"

갑작스런 힘에 몸이 홱 돌려졌다. 겁에 질린 그녀의 시야에 우진이 들어왔다. 턱 막힌 숨이 목구멍 아래에서 끅끅댔다. 주먹으로 가슴을 탕탕 두드려도 갑갑함이 해소되지 않았다.

"말을 해봐."

"귀가⋯⋯, 귀가 아프⋯⋯."

우진의 손이 그녀의 양 귀를 꽉 눌렀다. 그래도 여전히 머릿속엔 북소리가 울렸다. 하회탈이 그녀를 해치려 한 걸음씩 다가오는 것 같다.

"이러면 돼?"

"……뭐, 잘못, 먹었어요?"

무연은 가까스로 말했다. 그에게 집중하니까 북소리가 조금 잦아드는 것 같았다. 우진이 눈썹을 치켜올렸다.

"무슨 소리야?"

"다시 오고 나서 요 며칠, 이상했잖아요."

"뭐가 이상한데?"

요 며칠 그와 눈이 마주치는 횟수가 잦았다. 그녀를 보고 웃는 일도 많았고 행동도 스스럼이 없었다. 벽이 허물어진 느낌이었다.

"천우진 씨는 아무런 의도 없이 이러는 걸지 몰라도, 이런 식으로 대해주면 나는 자꾸 기대하게 돼요."

"기대?"

더 많이 설렐 거고, 더 많이 좋아지게 될 거다. 바라는 게 많아질 거고 그만큼 돌아오지 않는 마음에 상처도 늘겠지. 그러다 숫제 재가 되어버린 가슴에 아무것도 남지 않으면 어쩌나.

"이런 거 말이에요."

무연은 우진의 손을 덥석 잡았다. 차 안에서도 그가 손을 잡아줬었다. 불안으로 차갑게 언 손가락 끝을 그가 덥혀주었다. 아주 많이, 설렜었다.

"나는 아니라면서 왜 자꾸 여자처럼 대해요?"

그때였다. 노크 소리가 나고 문이 열렸다.

"만신이란 게, 아가씨인가?"

쿵쿵, 가슴이 또 다른 의미로 뛰어대기 시작했다. TV로 많이 봐 익숙한 중년 남자가 그녀를 흥미롭게 바라보고 있었다.

『머리 굵은 놈 하나.』

무연은 눈을 찢어질 듯 부릅떴다. 잠시 방심한 사이 눈앞에 하회탈이 뛰어들었다. 바닥이 쑥 꺼졌다. 천장이 돌았다.

또 쓰러졌다고 생각했다. 언젠가처럼.

"이놈 보세? 한낱 머리 검은 짐승 주제에 나를 어찌 그런 꼬라지로 보는 것이냐? 눈 깔거라, 이놈!"

우진은 흠칫해 무연을 돌아보았다. 그녀가 쓸 법한 말투가 아니었다. 그를 지나가는 무연의 허리가 구부정했다. 다리도 팔자걸음이었다. 오싹한 기시감에 그는 눈을 가늘게 떴다.

"허! 이거 아주 당황스럽구먼."

저건 임무연이 아니다. 의장행사를 했던 그날처럼 뭔지 모를 것이 똬리를 틀고 앉은 게 분명했다. 우진은 바로 무연을 말리려다 멈췄다. 대통령, 금명환의 뒤에 서 있는 인물 때문이다. 그자의 시선은 오로지 무연에게 꽂혀 있었다.

"목이 마르니 냉큼 가서 냉수나 한 대접 떠 오거라!"

"허허, 어르신, 이게 그 만신이라는 겁니까?"

명환이 황당해하며 돌아보자 석제가 고개를 끄덕였다.

"신이라도 들린 모양이네."

"신이요?"

"듣기로는 아직 제대로 강신을 받지 않는 무당이라더군. 그런 이

들은 저렇게 뭔가 들리는 일이 잦다지."

"어르신께서는 이쪽에 빠삭하신가 봅니다."

"일선에서 물러나니 그런 재미라도 있어야 하지 않겠나."

역대 가장 젊은 대통령인 명환과 석제를 지켜보던 무연이 대뜸 말했다.

"네가 이 나라의 왕이로구나?"

"왕? 허허!"

조선시대에나 썼을 언어를 구사하는 무연에 명환이 재미있다는 듯 턱을 매만졌다. 그리고 우진은 지금 이 상황이 불쾌했다. 이곳에서 무연은 동물원의 원숭이나 다름없었다. 일단 어떻게든 무연을 제대로 돌려놓아야 했다.

"가만히 있어라."

그가 움직이려 하자 석제가 그를 제지했다. 5년 만에 마주하는 아버지였다.

"저 아이가 지금 자신의 존재를 증명해 보이지 못한다면 어떻게 될 것 같으냐?"

무시하고 움직이려 했는데, 다음 말이 그의 발을 붙들었다.

"만신은 사람이라고 믿을 수 없는 통찰력과 예지력을 보여주었기에 그 명맥을 이어왔다. 하지만 쓸모가 없다면 있었다는 흔적조차 말끔히 지워버려야겠지."

우진은 석제를 매섭게 보았다. 명백한 협박이었다. 그가 함부로 움직이지 못하자 석제가 흥미로운 듯 입꼬리를 휘었다.

"나이가 드니 천지 분간 못 하고 들이받던 너도 사람이 되긴 되는구나."

사람은 무슨 개뿔. 우진은 상대해봤자 손해라는 생각에 고개를
돌려 무연을 보았다. 그런데 잠깐 신경을 못 쓴 사이 분위기가 이상
해져 있었다.

무연은 섬뜩한 웃음을 문 채 대통령에게 뭔가를 속닥이고 있었
고 대통령의 얼굴은 파리하게 질려 있었다. 종내 그는 테이블을 박
차고 자리에서 벌떡 일어섰다.

"내일 일정 때문에 이만 가보겠습니다, 어르신. 전 애초에 그냥
들른 것뿐이니까요. 그럼 이만."

그는 허겁지겁 방을 나가버렸다. 그런 명환의 뒷모습을 킬킬거
리며 바라보던 무연은 이번엔 석제에게 다가갔다.

"어라라라? 이놈, 이놈, 이놈! 이놈 보게?"

"임무연."

"천제(天帝)의 상을 가졌구나. 머리가 굵다 했더니 그래서 굵은 거
였어. 그런데 쯧쯧쯧. 무슨 썩을 업보가 이리 많아 고약한 냄새가
철철 나누? 아주 곪을 대로 곪아 더 곪을 데도 없겠구나."

"더 말씀해보십시오."

우진은 차분하게 대응하는 석제를 놀란 눈으로 보았다. 석제는
정중한 태도로 무연을 대하고 있었다. 헌데 무연은 뭐가 마음에 안
들었는지 석제를 위아래로 훑다가 혀를 찼다.

"천제의 상을 가졌다고 천제는 아니니, 욕심이 과하다. 쯧쯧쯧,
어쩌자고 그리 많은 악을 불러들여 백성들의 목을 자르누? 앞으로
네가 하려는 그 짓, 그 짓거리 때문에 네놈 말년이 아주 지랄 같겠

다.”

“……어떻게 지랄 같겠습니까?”

“그만해, 임무연! 돌아와!”

무연의 눈에서 푸른빛이 일렁였다. 우진은 무연의 팔을 거칠게 끌어당겼다. 마주친 무연의 검은 눈 깊은 곳이 그저 텅 비었다. 등줄기로 소름이 돋았다.

“오호, 이놈, 그때 그놈이지 않느냐?”

“너는 그때 그놈이냐?”

우진은 무연이되 무연이 아닌 그것을 데리고 그 집을 나왔다. 어디로 가는지도 모르고 얼마나 걸었을까. 그가 이끄는 대로 따라오던 무연이 그의 손을 거칠게 쳐냈다.

“꺼져라. 좋은 말로 할 때.”

아직 그것이 들러붙어 있다. 헝클어진 머리칼 사이로 보이는 것은 무연이 아니었다.

“너, 아까 그놈과 한 핏줄이구나?”

그가 말한 적이 없던 사실을 곧장 가리켜 잠깐 움찔하긴 했지만 무연의 세계가 특별한 것을 알기에 평정심을 유지할 수 있었다.

“넌 대체 뭔데 자꾸 나타나서는 이 여자한테 엉겨붙는 거냐?”

“살아 있되 산 자가 아닌 자지. 네가 산 자이되 산 자가 아닌 것처럼 사는 것과 같은 이유가 아니겠느냐?”

뭐라고 씨불이는지 알아듣게 말을 해야지.

우진은 짜증이 나 인상을 험악하게 구겼다.

“임무연 데려다 놔. 셋 센다.”

"아아아. 이 아이가 역시 좋은 게지?"

"하나."

"이 아이는 평생을 이렇게 뭔지도 모를 것에 몸을 뺏기고 인생을 뺏기고 저만의 삶 따위는 살지 못할 것인데도 좋으냐?"

"둘."

"클클, 이전처럼 깨물기라도 하려고? 어디 해보려무나?"

"셋."

왜 자꾸 이런 일이 벌어지는 건지 모르겠다. 그가 할 수 있는 일이 뭔지도 모르겠다. 스스로를 놓고 어디론가 가버린 여자를 찾아오는 방법이 무엇인지도 모른다.

"안 꺼지냐, 너?"

우진은 무연의 뒷목을 움켜잡아 바짝 끌어당겼다. 얼굴이 바짝 끌려온 무연이 귀기 서린 웃음을 입가에 늘어뜨렸다.

"어린것이 지독하게도 살(殺)한 기운을 풍기는구나."

툭하면 벌게지는 서투른 여자는 여기 없다. 아예 돌아오지 않을지도 모른다는 생각이 들어 더 불안해졌다.

"이 아이가 돌아오고 싶어 하지 않을 거라는 생각은 안 해봤느냐? 혈혈단신에 이 아이를 기억하는 자라곤 아무도 없지. 아무도 기억해주지 않고 아무도 바라지 않는다는 걸 아는데 뭐하러 돌아오고 싶어 하겠느냐."

그럴 리 없다. 무연은 그렇게 비관적이고 나약한 정신의 소유자가 아니다. 무엇보다도 돌아와야 할 결정적인 이유가 있다.

"나 때문에 올 거야."

무연은 그 때문에라도 돌아와야 한다. 그를 엄청 많이 좋아하니까 반드시 돌아올 것이다. 그렇게 생각해야 했다.

"네가 뭐라고? 네가 내게 뭐라고?"

내가 뭐냐고? 그 말이 그의 다음 행동을 결정지었다.

"무슨 짓 한다. 마지막 경고다."

"무슨 짓을 한다……!"

우진은 무연에게로 얼굴을 내렸다. 무연에게서 나던 아카시아 향이 콧속으로 살며시 밀려들었다. 입술이 부딪쳤다. 무연의 눈이 크게 뜨였다. 푸른빛이 꺼질 듯 일렁인다.

우진은 입술을 살짝 뗐다가 여전히 '무엇'인 무연을 확인하고 다시 입술을 내렸다. 푸른빛이 꺼지질 않는다. 젠장할.

"빨리 안 오고 뭐 하냐, 임무연."

입을 벌려 말캉한 입술을 더 깊게 빨아들였다. 말도 안 되는 말들을 시끄럽게 떠드는 입을 진즉에 막아버리고 싶었다. 뭐라도 충격을 주면 저번처럼 돌아올까 싶었고, 아카시아 향이 물씬 나는 입술이 늘 궁금했다. 무엇보다 그가 무연에게 무슨 의미나 되냐고 비아냥거렸던 말에 화가 났다.

구태여 입을 맞춘 이유를 대라면 그렇게 셀 수도 없었다.

무연은 생각했던 것보다 더 달콤했다. 처들린 고개 덕에 힘없이 벌어진 입술을 아프지 않게 깨물고 빨았다. 곧 그의 팔을 꽉 잡고 있던 무연의 손에서 힘이 점차 빠지기 시작했다.

『죽고 싶지 않으면 그만두어라.』

우진은 흠칫해 입술을 살짝 뗐다. 머릿속에서 낭랑한 음성이 메아리처럼 울렸다. 반쯤 감긴 무연의 눈에선 푸른빛이 사그라들고 있었다.

『네 목숨 아까우면 신의 인형과의 사랑놀음은 그만두어라.』

"시끄럽다고 했다. 왜 자꾸 남의 인생에 감 놔라, 배 놔라 난리야?"

무연이 하는 말이 아니었다. 우진은 출처를 알 수 없는 소리를 무시하기로 했다. 그리곤 아직도 푸른빛이 꺼지지 않은 무연의 입술새를 침범했다.

『이 아이를 탐하면 네 앞에 죽음만 있을 것이다.』

엿이나 먹어라.

우진은 여전히 몽롱한 눈을 하고 있는 무연을 간절하게 안았다. 돌아왔으면 좋겠다. 다시 그를 보고 웃었으면 좋겠다.

"돌아와라, 이제 좀."

우진은 뜨거운 숨을 내어놓는 무연의 입술을 부드럽게 핥았다. 남자로서의 욕심이 슬그머니 고개를 들려 했다. 입술 사이로 조심스레 혀를 들이밀었다. 해갈되지 않는 갈증에 목이 말랐다.

우진은 마치 잡아먹기라도 할 것처럼 작은 입술을 빨아들였다. 힘없이 젖혀진 고개를 받친 채 입술을 머금고 어루만졌다. 알알한 감각이 머릿속부터 등줄기로 뻗쳐나갔다. 조금만 더, 조금만 더. 어느새 욕망이 더 짙어졌다. 그의 키스는.

"……음!"

내내 반응 없던 무연에게서 소리가 흘러나와 우진은 눈을 떴다. 동그란 무연의 눈동자엔 더 이상 이질감이 없었다. 그의 팔을 꽉 거머쥔 무연의 손이 잔뜩 경직되어 있다. 그는 그제야 힘을 빼고 무연으로부터 천천히 떨어졌다.

"너, 임무연이냐?"

"지금 무슨…… 아니, 그보다 지금 나한테 이거……!"

얼굴이 붉어진 무연이 입술을 가리고 정신없이 눈꺼풀을 끔뻑였다. 무척이나 혼란스러워 보였다. 맥이 탁 풀린다.

"하, 미치겠다, 진짜."

우진은 무연을 당겨 안고는 그대로 어깨에 얼굴을 묻었다. 이 여자의 세계는 정말이지 감당하기 벅차게 별났다.

"저기…… 이건 또 무슨 시추에이션이에요?"

무연의 목소리가 조금 떨렸다. 그 목소리에 안도가 된다.

"뭐가."

"나 안고 있잖아요."

"안고 싶어서 안았다. 왜."

"그, 그럼 좀 전의 그, 키스는……."

"하고 싶어서 했다. 왜."

무연이 그에게서 떨어지려 하자 우진은 무연을 더욱 꽉 끌어안았다. 가슴이 빠듯했다. 어찌나 긴장을 했었는지 뒷목이 아렸다. 돌아오지 않을까 봐, 영영 잃을까 봐.

"그……런 게 왜 하고 싶었는데요?"

"하고 싶으니까."

그는 또다시 무연이 속 터질 말을 중얼거렸다. 맞닿은 무연의 가슴이 무섭도록 쿵쾅거리는 게 느껴졌다. 아마 그도 얘랑 비슷하지

싶었다. 속에서 뭔가가 뜨겁게 달아올랐다. 귀까지 다 먹먹해질 정
도로 엄청난 진동이었다.

"꼭 말로 해야 아냐?"

"사람이 입 달린 게 괜히 달린 줄 알아요?"

우진은 안고 있던 무연을 천천히 놓아주었다. 한동안 말간 얼굴
을 내려다보다 머쓱해서 다른 곳을 보며 툭 뱉었다. 낯간지러워 죽
겠다.

"한 번만 말한다. 두 번은 없어."

우진은 걸음을 옮겨 무연을 지나치며 말했다.

"좋으니까."

"지……금 뭐라고 했어요?"

"너, 한 번만 더 이상한 거에 씌어봐라. 그땐 나무에 거꾸로 매달
아버린다."

우진은 못 들은 척 화제를 돌렸다. 타박이는 발소리가 그의 옆으
로 바짝 붙었다. 그를 올려다보는 무연의 눈이 반짝거렸다.

"다시 말해봐요."

무연이 가볍게 뛰어 그의 앞을 가로막았다. 세상의 모든 행복을
다 가진 사람처럼 해사한 얼굴로 말한다.

"나도 하고 싶으면 해도 돼요?"

어쩔 새도 없이 무연이 그의 귀를 잡고 아래로 끌어내렸다. 그리
곤 입술 앞에서 망설이다 결국 그의 볼에 입술을 꾹 내리눌렀다.

"이런 거요. 나 잘못 들은 거 아니죠?"

"너 청력에 문제없는 거 아니면."

아, 진짜 낯간지러워 죽겠다. 그가 귀를 문지르며 퉁명스레 대꾸했고 무연은 바보처럼 웃어댔다.

– 어르신, 그 만신이라는 아이는 대체 무엇입니까?

석제는 전화 너머 초조한 기색이 다분한 명환에 속으로 한숨을 쉬었다. 명환은 금수저로 태어나 당연한 수순을 밟고 약간의 정도가 아닌 방법도 쓰며 정치의 길을 걸어왔다.

때문에 자신이 누리고 있는 것들의 중요성을 몰랐고 대통령으로서의 기질도 모자랐다. 그럼에도 불구하고 명환이 그 자리에 오를 수 있었던 건 바로 자신 때문이었다.

천석제. 그가 뒷배가 되어주었기에.

"조금 불편해 보이던데…… 만신이 무슨 얘기를 하던가?"

애초에 자신이 만신을 보고 싶었기에 부른 것이었고 명환은 명분일 뿐이었다. 그래도 궁금은 했다. 대체 무슨 이야기를 하였기에 그렇게 도망치듯이 저택을 떠났는지.

– 어르신, 지금이 어느 시대입니까. 사실 전 회의적입니다. 그 무당이라는 게 굳이 필요합니까? 그것도 청와대에?

"만신에게서 무슨 이야기를 들었는지는 몰라도 그렇게 몸 사릴 필요 없네. 자네가 해외에 세 개의 계좌를 개설한 직후 사라진 막대한 정찰기 도입 자금 때문이라면 말이야. 그 정도는 귀만 조금 열어들으면 알 수 있는 사실이니까."

전화 너머가 고요해졌다. 언급한 사실들은 사실 석제가 알려야 알 수 없는 일일 것이다. 하지만 그가 명환을 대통령으로 밀었다. 손바닥의 장기 말이 어디로 튈지 모르는 기사는 없다.

ㅡ어르신, 그건 제가……!

"그걸로 나무랄 생각은 없네. 나는 3대의 만신을 보아왔고 그들과 긴밀한 연을 맺어왔지. 그들은 조금만 귀를 기울이고 들여다보면 이 모든 것을 나처럼 알 수 있는 사람들이야. 그래서 그들이 필요해. 이게 내 대답이네. 더 궁금한 게 있으신가?"

ㅡ……저는 가능하면 별로 관여하고 싶지 않습니다.

"뜻대로 하시게. 자네 임기가 1년 남았었나. 이렇게 임기기간 동안 어떤 일도 이루지 못한 치는 자네가 처음이야. 큰일을 하게. 자네 배나 불리자고 그 자리에 밀어넣은 게 아니야. 불릴 만큼 불렸으면 일을 해야지. 이렇게 끝나서야, 내 체면이 뭐가 되겠나."

석제는 아이를 혼내듯 나무라곤 전화를 끊었다. 눈을 감고 고요히 앉아 있던 그의 입가에 슬그머니 웃음이 비어져 나왔다.

흡족했다. 이번 만신도 진짜다. 경아의 아이는 진짜였다.

"벌써 3대째군."

석제는 무연을 떠올렸다. 뭐가 들렸는지 사람이 아닌 것 같은 귀기 서린 안광을 마주했을 때, 천하의 그도 간담이 다 서늘해졌다.

"네놈 말년이 아주 지랄 같겠다!"

266

"흐흐흣······!"

웃음이 흘러나왔다. 누가 그 핏줄 아니랄까 봐 제 조모가 그에게 내렸던 공수를 똑같이 주절거렸다.

"지랄 같겠다, 라······."

어떻게 지랄 같을까. 그는 이 나라 안의 누구도 함부로 할 수 없는 존재였다. 그가 곧 법이고, 신이었다.

"어르신, 그 아이는 못 합니다. 그 아이는 안 됩니다. 제가 하겠습니다. 그러니 제발······!"

고개를 숙이며 절박하게 매달렸던 경아의 모습이 머릿속을 스쳤다. 제 아이를 지키기 위해 기꺼이 손을 더럽힌 그 아름다운 모정은 절대 잊을 수 없을 거다. 하지만 결국 무연의 생도 그의 손아귀에 쥐여졌다. 인생이란 참 가혹하지 않은가.

똑똑똑.

"어르신, 손님들이 돌아오셨습니다."

안양댁의 말에 석제는 자리에서 일어나 거실로 나갔다. 만신과 우진이 막 현관으로 들어서고 있었다.

"어, 안녕······하세요."

신이 나갔는지 만신이 어색하게 인사를 건넸다. 석제는 빙그레 웃었다.

"우리 집에 온 걸 환영하네. 내가 천석제요."

만신의 뒤에 서 있던 우진의 얼굴이 형편없이 일그러졌다.

"자네는 엄마를 똑 닮았구려."

"……엄마를 아세요?"

"잘 알지. 경아 그 친구와는 막역한 사이였으니까."

만신의 눈이 요동쳤다. 그는 그것을 놓치지 않았다.

"그럼 아직 식사도 못 했을 테니 간단히 찬이라도 들며 천천히 얘기하지."

"말씀은 감사하지만 시간이 늦었으니 그냥 쉬겠습니다."

석제는 우진을 보았다. 그의 핏줄이지만 그와는 전혀 닮지 않은 아들이 만신의 팔목을 꽉 쥐고 있었다.

"방은 2층을 쓰면 됩니까?"

우진은 만신을 데리고 움직였다. 가운데 껴 있던 안양댁이 눈치를 보아서 석제는 손짓했다. 안내하라는 얘기였다.

모두 올라가고 홀로 거실에 남은 석제는 주름진 얼굴로 우진이 올라간 계단 부근을 서늘하게 바라보았다.

chapter 12

그녀를 위하여

무연을 2층으로 데리고 올라온 우진은 네 개의 방 중 하나로 다가가 문을 벌컥 열고 무연의 등을 밀었다. 그곳엔 더블 킹사이즈의 커다란 침대와 하얀 농, 화장대만 간단히 배치되어 있었다.

"여기서 자자."

얼떨결에 방에 들어가게 된 무연이 눈썹을 치켜세웠다.

"자자고요?"

"그럼 밤인데 자지, 뭐 해?"

"아니, 내 말은요 천우진 씨랑 나랑 자자고요?"

물론 잘 생각이었다. 한방에서. 그는 임무연의 경호가 목적이고 이 집은 천석제의 집이다. 그러니 당연히 옆에 찰싹 붙어서 지켜야지. 눈 뜨고도 코 베어 가는 게 이 집 사람들인데.

그런데 자꾸 침대를 힐끔거리는 모양이 영 수상쩍었다. 저 작은 머리통으로 무슨 몹쓸 생각을 하는지 알 것 같다. 나 참.

"……임무연, 처음도 아니면서 왜 그래. 모텔 잊었어?"

그는 무연을 청와대로 데리고 오기 전날 밤을 언급했다.

"어, 그래도 그게…… 지금은 상황이 다르잖아요."

"달라? 뭐가?"

무연이 꽈배기라도 된 것처럼 몸을 비비 꼬며 히죽거렸다. 얼씨구?

"그게 지금은 상황이 다르잖아요. 진도가 너무 빠른 게 아닐까…… 싶은데."

"그게 자는 거랑 무슨 상관이야?"

"다 큰 성인 남녀 사이에 그런 걸 꼭 말로 해야 해요?"

"무슨 생각을 하고 있는 거야, 넌?"

"진도가 너무 빠르다고요. 내가 준비가 될 때까지 기다려줄 인내심도 없어요?"

두고 보자니까 아주 가관이다. 아, 정말이지 임무연, 이 정도 웃겨줬으면 됐다. 우진은 무연의 이마를 손가락으로 뒤로 쭉 밀며 웃었다.

"무슨 불건전한 생각을 하는 거야? 떡 줄 사람은 생각도 않는데 혼자 김칫국 들이켜는 건 어디서 배운 버릇이야, 어?"

"나 좋다면서요. 남자잖아! 그런데 그런 생각을 안 한다고요?"

어이가 없었다. 이건 뭐가 몇 번 몸속에 들락날락하더니 이상한 스위치가 켜졌나 보다.

"야, 임무연."

무연은 그에게서 몸을 돌리곤 제 목깃을 들어 옷 속을 내려다보고 있었다. 그 모양까지 보니 더는 가만 못 참겠다. 웃음이 터졌다. 그가 소리 내서 웃기 시작하자 무연이 눈을 동그랗게 떴다.

"왜 웃어요?"

"너 지금 속옷 확인한 거야?"

직구로 묻자 더더욱 새빨개진 얼굴로 멋쩍어하며 고개를 돌렸다. 나 참, 어느 장단에 맞춰야 하는지.

"내가 무슨 색마냐? 장소도 구분 못 하고 달려들게? 그리고 한 번에 스킨십이 어떻게 거기까지 가냐? 뭐가 그렇게 급해?"

그의 가감 없는 화법에 무연이 입술을 안으로 꾹 말아넣으며 뾰족한 눈으로 쏘아보았다.

"나 좋다며 말 그따위로 하기예요?"

"짝 맞출 속옷이나 있어?"

"씨, 사람 무안하게. 진짜 이러기냐고요."

"생겨먹은 게 이런데 어떡해. 그리고 정작 그때가 되면 네가 속옷을 짝짝이를 입었거나 너덜너덜한 천 쪼가리를 입었거나 상관없어. 그런 게 눈에 들어올 것 같아?"

"으, 그, 웃, 그런……!"

아주 붉다 못해 타들어가겠다. 그는 웃음을 삼키곤 무연의 머리통을 가볍게 쓸었다.

"난 바닥에서 잘 거야."

"바닥요? 왜요, 침대에서 자지."

"머릿속이 이렇게 야시시한 사람이 옆에 있는데 안심이 되겠어, 내가?"

"뭐예요? 내가 무슨 음란 마귀라도 썬 줄 알아요?"

"그거야 내가 알 수가 있나."

어깨를 으쓱인 우진은 농에서 이불을 꺼내 바닥에 펼쳤다. 그 위로 베개를 던지고 막 누우려는 찰나였다. 누군가 방문을 두드린 후 문을 열었다.

간단한 식사를 쟁반에 챙겨든 홍주였다. 그녀는 화장대 위에 쟁반을 올려두곤 그를 돌아보았다.

"여기에는 저와 무연이가 묵죠. 무연이 때문이라면 옆방을 쓰시죠."

"……옆방에 있으면 여기서 무슨 일이 있는지 알 수가 있나요. 잊으셨습니까? 제 일은 임무연을 지키는 겁니다."

"그랬나요. 그렇다면 저 애를 곤란하게 할 행동은 더 이상 안 해주셨으면 좋겠습니다만."

"곤란하다뇨?"

"다 큰 성인 남녀가 혼숙이라니요. 눈이 많은 곳입니다. 좋게 보이겠습니까? 게다가 천 어른의 식사 제안을 거절한 것으로 곤란한 상황이 됐습니다."

우진은 낮게 한숨을 쉬었다. 그 상황을 타인이 봤다면 틀림없이 무례로 비쳤으리라. 천석제였다. 미쳤다는 소리를 듣지 않은 게 다행이었다.

"그리고 천 의원님께서 잠시 보셨으면 하시더군요."

그가 마뜩잖은 얼굴로 자리에서 일어나는데 홍주가 덧붙였다.

"내가 안 가면, 임무연이 곤란합니까?"

홍주는 대답하지 않았지만 대답이야 빤했다. 할 수만 있다면 석제와는 평생을 보지 않고 살고 싶었다. 그럼에도 불구하고 그가 여기 있는 건 임무연 때문이다.

방을 나오자, 홍주가 따라 나왔다.

"할 말이 더 있으세요?"

"약속하지 않았던가요, 저 아이에게 연정을 품지 않겠다고."

우진은 닫힌 방문을 보았다. 문 너머에 무연이 있다. 마음만 먹으면 손 닿을 거리에 그녀가 있다. 기분이 좋아지고 긴장이 이완된다. 이건 그가 컨트롤할 수 있는 게 아니었다. 이미 이렇게 되어버렸는데 뭘 어쩌나.

"전 원래 한 입 갖고 두말 잘합니다."

그가 잇새에 얄궂은 웃음을 물었다.

우진은 언제든 나갈 태세로 문 바로 앞에 서서 책상 앞에 앉은 석제를 바라보았다.

"게 앉지 그러니."

"엉덩이에 종기가 나서 앉으면 아픕니다."

그가 심드렁하게 대꾸하자 석제가 낮게 웃음을 흘렸다. 웃으라고 한 얘긴 아니었는데 말이다.

"일은 어떠냐."

"아직까지 하고 있으니까 할 만한가 보죠."

그가 삐딱한 태도를 고수하자, 석제가 자리에서 일어났다.

"부자간의 이야기는 별로 나누고 싶지 않은 모양이구나."

"전 땅에서 불쑥 솟은 놈이라 부모 같은 건 없습니다."

석제가 책상을 돌아 나와 그를 마주 보고 섰다. 압도적인 존재감에 짓눌리는 기분이 드는 걸 애써 떨쳐냈다.

"더 할 말 없으시면 가보겠습니다."

무연의 체면을 생각한 의무라고는 해도 더이상 말을 섞고 싶지 않아 우진은 서재를 나가려 했다. 그러나 그럴 수 없었다.

"만신 말이다."

우진은 문고리를 놓고 다시 석제를 돌아보았다.

"그 아이를 꽤 신경 쓰더구나. 대상에게 집중하는 것은 좋지. 하지만 간과하지 말아라. 만신은 소모품이다."

인정 없는 서늘한 목소리에 우진은 저도 모르게 웃을 뻔했다. 저 사람에게는 소모품이 아닌 것은 없을 것이다. 엄마도 그랬다.

"소모품. 그건 저 역시 마찬가지 아닙니까?"

석제가 얼굴을 찌푸렸다. 마치 상처라도 받았다는 듯이.

"그렇게 생각하고 있었다니 마음이 아프구나."

그는 더 이상 석제를 증오하고 경멸하지 않았다. 그런 식으로 스스로를 허비해서는 안 된다고 돌아가신 어머니가 그랬다. 그럴 가치조차 없는 인간이었다. 똥은 더러워서 피하는 거니까.

"의원님께 마음이라는 게 있었는지 몰랐네요."

"나에 대해서 잘 아는 듯 말하는구나."

"어느 정도는 알죠. 어머니가 임상실험약에 대한 부작용으로 죽어갔을 때 그 일을 덮느라 정신없으셨잖습니까. 자신의 명예에 금이 갈까 당신이 후원한 신약개발 건을 폐기하는 데 몰두하셨죠. 당신이라는 사람에 대해 그 정도는 압니다."

"……무슨 소리인지 도통 모르겠구나."

"당연히 모르셔야죠. 한번 물꼬가 터지기 시작하면 뭐 그것뿐이 겠습니까."

"정말 넌 날 모르는구나, 우진아."

우진아.

그 세 음절에 기분이 시궁창 같아졌다. 정말이지 더 이상은 참고 있을 인내심이 없다. 우진은 돌아서기 전, 석제에게 경고했다.

"그건 알아두십시오. 소모품이라는 그 여자. 당신이 무슨 짓을 하건 죽을 각오로 지킬 겁니다. 너무 순탄해도 재미가 없잖습니까. 기꺼이 즐거움을 드리죠."

서재를 나온 우진은 잠시 서서 숨을 몰아쉬었다.

쓸데없이 감정소모하지 말자. 그것조차 아까운 쓰레기니까.

무연은 어둠에 묻혀 있었다. 침대는 푹신했고 이불에서는 좋은 향기가 났다. 우진이 나가고 나서 홍주는 바로 잠이 들었다. 하지만 그녀는 잠이 오지 않았다. 왜 천석제가 우진을 따로 불렀는지 궁금했다.

그가 국정원 요원이기 때문일까. 둘 다 흔치 않은 천씨인데, 무슨 관계라도 있는 걸까.

게다가 석제는 엄마와 막역한 사이라고 했다. 그렇다면 경아는 어째서 석제에게 도움을 구할 생각은 못 했을까. 신을 어쩌지는 못 하더라도 적어도 청와대에서 벗어날 수 있지는 않았을까.

여러 가지 생각이 얽혀 눈이 감기지 않았다.

달칵.

방 문고리가 돌아가는 소리가 났다. 무연은 자리에서 벌떡 일어나 문가를 바라보았다. 홍주가 잠갔기에 문은 열리지 않았고 문을 열려는 시도도 한 번뿐이었다.

　무연은 침대에서 살며시 내려와 바닥에 누운 홍주를 피해 살금살금 문가로 다가갔다. 그리고는 소리가 나지 않도록 조심해서 문을 열고 밖으로 나왔다.

　"……안 잤냐?"

　무연은 문 옆을 내려다보았다. 우진이 바닥에 주저앉은 채 그녀를 올려다보고 있었다.

　"……거기서 뭐 해요?"

　무연은 우진의 옆에 쪼그리고 앉아 낮게 속삭였다.

　"보면 몰라?"

　무연은 우진을 물끄러미 보았다. 마치 집 지키는 개처럼 방문 앞에 자리 깔고 앉아 있다. 누군가 방으로 접근하려면 반드시 그의 앞을 지나쳐야 했다. 맙소사.

　"설마 여기서 밤 새우려고요? 여기 천석제 집이잖아요. 무슨 일이 있을 리가 없잖아. 여기서 이러지 말고 어디 빈방 들어가서 자요. 방도 많은데."

　"됐어. 너나 가서 자. 어린이는 일찍 자야지."

　피곤한 듯 목뒤를 주무른 우진이 성의 없이 대꾸했다.

　"혹시 나 도망갈까 봐 이러고 있는 거예요? 걱정 마요. 안 도망가. 그냥 들어가서 자요."

　그러고 보면 우진은 할 말은 다 하면서도 뭔가를 표현하는 데는 참 인색했다. 매번 들었던 게 미친 거냐는 둥, 정신과나 가보라는 둥, 제정신이냐는 둥.

떠올리자니 울컥한다. 뱁새눈을 뜨고 우진을 흘겨본 무연은 이내 그 옆에 털썩 엉덩이를 깔고 앉았다.

"천석제 의원이랑은 무슨 얘기 했는데요? 설마 아까 밥 먹자고 한 거 거절한 것 때문에 혼났어요?"

"글쎄."

"부른 이유가 있을 거 아니야. 말 안 해줄 거예요?"

"글쎄."

귀찮다. 귀찮은 게 분명했다.

"얘기하기 싫어요?"

"글쎄."

아니, 아예 듣지를 않고 있는 거다. 확신했다. 무연은 허리를 굽혀 밑에서 우진의 얼굴을 올려다봤다.

"……나 미스코리아 나가면 미(美)는 되겠죠? 제일 예쁜 게 미(美) 잖아."

"글쎄."

"사실 난 미스코리아 미(美) 출신이에요."

"글쎄."

이 남자가 대체 정신을 어디다 두고 온 건지. 무슨 말을 해도 글쎄 타령이나 할 모양이다. 무슨 생각이 저렇게 깊은 건지 모르겠다.

무연은 우진에게 더 말 붙이는 걸 그만두고 다리를 쭉 펴고 등을 벽에 기댔다. 그렇게 얼마나 지났을까. 하릴없이 맞은편 벽을 바라보던 무연은 문득 입을 열었다.

"……도깨비불 본 적 있어요?"

그가 듣건 듣지 않건 상관없었다.

"어두운 밤에 시골길을 가다 보면 종종 본다잖아요. 그런데 그 도깨비불이란 거요, 사실은 썩은 고목 속에서 자라는 버섯 뿌리에서 생기는 발광현상이거든요. 이건 몰랐죠?"

"……무슨 얘기를 하고 싶은 거야?"

무연은 입가를 둥글게 말았다.

"그래서 과학이 좋았어요. 모든 현상에는 이유가 있거든요. 별이 왜 반짝거리는지, 공기의 무게가 얼마나 되는지, 물고기들은 바다의 압력 속에서 어떻게 헤엄칠 수 있는지. 내 어린 시절의 괴이한 기억들도 과학이 설명해줄 수 있을 줄 알았어요."

우진은 대꾸가 없었지만 무연은 조곤조곤 자신의 이야기를 하나씩 꺼내놓았다.

"아홉 살까지 청와대에 살았었어요. 그러다 서울역사에 버려졌죠. 사회복지사라는 사람이 날 시설로 데려갔고 거기서 컸어요. 꽤 괜찮은 곳이었어요. 선생님들도 좋았고 밥도 맛있었고 다들 사이도 좋았고."

그녀는 덤덤한 어조로 말을 이었다. 지금 떠올리니 모두 다 그리운 추억이 되어버렸다.

"고등학생이 되어서는 독립자금을 마련하려고 아르바이트에 정신없이 치여 살았어요. 공부도 소홀히 할 수 없었고요."

많이 힘들었었지만 그걸 입 밖으로 내면 더 힘들 것 같아 별거 아니라 웃어넘기며 살았었다. 절망적인 사람이 되지 않기 위해 웃어야 했다.

"정말 정신없이 앞만 보고 살았어요. 날 위해서만 살아서 나도 관계가 참 서투르거든요. 그런데 이런 내가 좋아하는 사람이 생겼어요."

"너 지금 나한테 고백하는 거야? 갑자기?"

귀가 홧홧하게 달아올랐다. 아무리 그래도 이런 말을 당사자 앞에서 한다는 건 꽤 많은 용기가 필요한 일이었다. 더욱이나 상대가 이런 남자일 경우에는.

"끝까지 들어봐요."

지금 그녀의 심장이 갈빗대 아래에서 얼마나 펌프질을 해대는지 알기나 할까, 이 낭만 없는 남자는.

"어쨌든 난 이렇게 살아왔어요. 알려주고 싶고 알고 싶어서 얘기 꺼낸 거예요. 난 천우진 씨에 대해서는 아는 게 없으니까. 가족은 있는지, 어떻게 자랐고 왜 국정원 요원이 됐는지. 죽고 못 사는 첫사랑 같은 건 없었는지. 아! 나는 없어요. 지금 생겼죠."

"아, 그러니까 네가 깠으니까 나도 까라?"

"무슨 말을 그렇게 일목요연하게 네 가지 없게 정리해요?"

"그게 그거잖아."

그게 그거는 맞긴 하지만 뭔가 힘 빠지는 대꾸였다.

"못 할 것도 없지. 어머니는 12년 전에 돌아가셨고 형제는 얘기 했었고 어렸을 땐…… 첩 자식이라서 인간 취급 못 받고 개털처럼 자랐어. 원래 군인이었다가 국정원에 스카우트된 거고. 그리고 나도 먹고사느라고 바빠서 죽고 못 사는 첫사랑 같은 건 못 키워봤다. 그래서 어이가 없지. 내가 뭐에 홀려서 너를."

"어어? 내가 뭐가 어때서요. 풍당 빠지고도 남을 매력덩어리잖아요."

"뻔뻔하기도 하지."

그녀의 농담에 우진이 눈가를 접어 웃었다. 가슴이 콩닥거린다. 밤은 깊었고 복도에는 아스라한 조명이 비추고 있었다. 어깨를 맞대고 나란히 앉아 있어 서로의 숨결이나 체온이 보다 더 가깝게 느껴졌다.

"더 말해봐요. 천우진이라는 사람이 살아온 인생을 설명할 말이 그게 다는 아닐 거 아니에요."

어째서인지 그의 눈이 아련하게 느껴졌다. 하지만 그는 대답 대신 어깨를 으쓱였다.

"그러고 보니까 진짜 심심한 인생이었네. 아무리 생각해봐도 할 말이 그것뿐인데?"

"장난해요, 지금? 사람이 좀 진지해지라고요. 그렇게 얼렁뚱땅 넘어가지 말고."

"충분히 진지한데? 그러니까 네 얘기들 다 듣고 앉아 있지."

마치 너만 아니었으면 안 들었을 말들이다, 라는 투였다. 하지만 어디를 뜯어봐도 '진지'를 그녀는 찾아볼 수가 없었다.

은근히 말발이 세서 말꼬리 잡고 늘어졌다가는 또 그녀만 합죽이가 될 것 같았다. 무연은 불만스럽게 인상을 구겼다.

"하, 좋아요. 그럼…… 왜 내가 좋아요? 어디에 홀렸어요?"

대범하게 물었지만 속을 졸였다. 바로 대답이 돌아오지 않기에 괜스레 초조해졌다. 누군가는 유치하다며 웃을지도 모르겠지만 그녀에겐 중요했다.

언제인가 스스로를 또다시 잃었을 때, 그때도 이 사람이 끝까지 옆에 있어주겠다는 확신이 필요했다. 삶을 갈구할 의지가 필요했다.

"허우대는 멀쩡한데 정신이 나간 것 같아서 좀 불쌍했거든. 그래서 신경이 쓰였었어."

"에? 그게 다예요? 불쌍해서요?"

로맨틱한 대답을 바란 건 아니었지만 정작 들려온 대답에 그녀는 뒤통수를 후려 맞은 기분이었다.

"아니."

다행히 그건 또 아니란다. 이걸 기뻐해야 해? 머리가 복잡하게 엉긴다. 그녀가 인상을 찡그리는데 우진이 웃으며 덧붙였다.

"눈에 밟혔어. 원장님 철수 명령에 여길 나갔을 때. 그리고 안 보는 내내 네가 무지 보고 싶었고. 그게 다야. 이유 같은 건 나도 몰라."

손가락이 비비 꼬이고, 입가가 씰룩였다. 멋없는 말이었지만 오히려 저렇게 툭 뱉으니까 가슴이 철썩, 따귀를 맞은 기분이다. 무연은 우진의 얼굴을 보며 실실 쪼갰다.

"얼굴 뚫리겠다."

한참을 그러고 있자 우진이 무안을 줬다. 하지만 그 정도에 굴할 그녀가 아니었다. 더욱 싱글싱글 웃었다.

우진은 자신의 어깨에 묵직하게 내려앉는 무게에 고개를 돌렸
다. 들어가래도 끝끝내 앉아서 졸더니 결국 앉아서 잠들었다.

"도깨비불은 무슨."

산발한 처녀귀신이라면 바로 그의 옆에 있다. 그는 잠시 무연의
불편해 보이는 머리통을 보다 그녀의 머리를 살짝 받쳐 자신의 다
리에 눕도록 자세를 고쳤다.

"음......."

본능적으로 편한 자리를 찾아 꼼지락거리는 무연을 우진은 물끄
러미 내려다봤다. 어두운 조명 아래에서도 이 여자의 얼굴은 박꽃
처럼 희었다.

"멍청한 게 제가 지금 어디에 머리를 들이밀고 있는지도 모르고
사랑 타령이나 하고."

말은 타박이었지만 무연을 내려다보는 표정은 풀어져 있었다.
입가에 옅게 서린 웃음기나 부드러운 눈빛은 천우진답지 않은 것
이었다.

"넌 속 편해서 좋겠다."

우진은 무연의 머리칼을 쓸어넘겼다. 감촉이 생각보다 좋아서
작은 머리통을 꽤 여러 번, 손 안에 담아내었다.

여자란 게 이런 거였나. 허벅지에 얹혀진 머리통은 거의 무게가

느껴지지 않았고 그에게 의지해 잠에 취한 모습은 애틋했다.

"……앞으로 어떻게 하냐, 널."

다시 생각해봐도 깊이를 알 수 없는 수렁에 미쳤다고 발을 담근 꼴이다.

우진은 손을 작지만 균형 있게 솟은 콧대로 가져갔다. 그러자 무연이 코를 찡긋거린다. 이어 입술로 손을 가져갔다. 연하고 보드라운 살갗이 스치듯 닿았다.

"나는 또 어떻게 하고."

복부 쪽에 움찔하고 힘이 들어가는 기분에 우진은 손을 거두고 고개를 돌렸다.

"하아."

한숨을 짙게 내쉬었다. 무작정 달려들기엔 인생이 너무 복잡하게 꼬여 있는 여자라서 엄두는 안 나는데 자꾸만 감정이 내달리니 대책이 없었다.

하지만 난감해하는 머리와는 달리 우진의 손끝은 계속해서 무연의 머리칼을 쓸었다. 이따금씩 그녀가 뒤척이면 깨지 말고 자라는 듯 머리통을 토닥여주면서.

"얘기 한번 변변찮게 못 해 섭섭하네."

"잘 묵고 가겠습니다."

무연은 허리를 숙여 배웅 나온 석제에게 인사했다.

그들은 새벽부터 회궁을 서둘렀다. 남의 눈에 띄어서 좋을 게 없기 때문이다.

"부탁 하나 해도 되겠나?"

막 돌아서려는 그녀를 석제가 붙들었다.

"나를 한번 들여다봐주겠나."

"예?"

무연은 당황스러웠다. 석제의 사람 좋은 미소에 괜스레 위압감이 들어 마른 입술을 축였다.

"저, 의원님, 죄송하지만 그건 제 뜻대로 되는 게 아닙니다."

"아직 제대로 자리를 못 잡았다고 하더니, 그 때문인가?"

석제는 그녀 대신 홍주를 보았다. 홍주가 송구하다는 듯이 고개를 숙였다. 그리고 그때였다. 서늘하지만 맑은 바람이 그녀의 발밑을 스쳐 지나갔다.

무연은 발밑을 바라봤다. 하얀 안개뭉치가 넘실거리며 맺혔다. 천구였다.

『이이를 들여다봐주랴?』

무연은 저도 모르게 석제를 보았다. 괜스레 가슴이 철렁 내려앉았다.

『호오. 수많은 죄악이 실처럼 얽혀 몸에 친친 감겨 있는 자로구나. 속에 찬 것은 온통 검은 잿더미요, 내다보이는 껍데기는 빛 좋은 개살구니 오호, 통재라. 저 업을 다 어찌 감당하려누.』

천구가 눈을 가늘게 뜨곤 혀를 쯧쯧 찼다. 석제의 주위를 맴맴 돌며 아래위로 훑다가 경멸스러운 듯 검은자를 괴이하게 빛내며 석제를 쏘아보기도 했다.

『금수만도 못하니. 열두 해 전의 잘못으로는 사람이 수백 죽어나갔고 그것을 남의 탓으로 뒤집어씌워 수천을 거리로 내몰았구나. 비정하기 그지없어 제 속으로 난 자식조차 쓰레기처럼 구겨버린 놈이다. 게다가. 허어……!』

천구가 몸을 부르르 떨었다.

『다리가 보이는구나. 부서져 내린 다리가. 물고기가 떼죽음을 당해 천지가 개벽하였다.』

무연은 등줄기가 싸늘해졌다. 갑자기 그녀의 머릿속에 몇 가지 영상이 필름처럼 감겼다. 어쩔 새도 없이 그녀의 머릿속에 쏟아져 들어왔다.

12년 전, 대학살이니 뭐니 해서 국내의 한 유명 제약회사가 임상실험도 거치지 않은 신약을 국내에 유통시켜 수많은 사망자가 발생했던 사건.

한강 대교의 붕괴에 백 명에 다다르는 사상자를 낸 사고.

국내의 생태계를 위협하는 해외 공장단지가 들어와 한동안 경찰까지 배치해야 할 정도로 거칠게 이루어졌던 환경단체의 집회.

『네 조모, 네 어미. 모두 저자의 손에 목숨 줄이 덜렁거렸다.』

천구가 그녀를 돌아보았다. 분에 찬 이전의 것과는 달리 조금은 서글픈 목소리였다.

『이이가, 경아의 손에 피눈물을 묻혔구나. 그래서 경아가 그리 많이 고통스러워했구나. 저승에도 가지 못하고 이리 떠돌아다니다 원귀들에게 뜯어먹혔으니 내 너를 가련해서 어찌 보낼꼬.』

"무슨 말이야?"

어딘가 먼 곳을 응시하던 천구는 곧 나타났을 때처럼 바람 속에 흩어져버렸다.

"뭔가를 보았는가?"

천구를 찾아 두리번거리던 무연은 그녀에게 다가서는 석제에 순간 얼어붙었다. 밑도 끝도 없이 본능적인 거부감이 들었다. 그의 존재가 공포스럽게 다가왔다.

"뭔가를 보았는지 혹은 들었는지 물었네."

정말 천구의 말이 사실이라면. 그녀가 본 일들에 이 사람이 어떻게든 연관이 되어 있는 거라면.

"이보게."

"그만하시죠."

석제가 한 걸음 더 내딛는데, 우진이 그녀를 뒤로 끌어당겼다. 그의 뒤로 숨자 그제야 숨통이 트이는 기분이었다.

"만신이 몸이 좋지 않은 모양입니다. 이만 가보겠습니다."

무연은 석제가 또 그녀를 부를까 봐 우진을 따라 발을 빠르게 놀렸다. 어서 이 집에서 나가고 싶었다.

"곧 다시 보세."

뒤를 힐끔 보자 석제가 여전히 인자한 웃음을 머금은 채 그녀를 보고 있었다. 그 뒤로 피처럼 검붉은 너울이 불길하게 어른댔다. 얼어붙을 것 같은 한기가 그녀의 심장을 바짝 에워쌌다.

"어디 아파? 왜 그래."

묵직한 힘이 그녀의 어깨를 잡아 흔들었다.

"얼음장 같잖아."

무연은 숨을 할딱였다. 사이하게 너울지는 검붉은 그림자를 본 순간 심장마비로 돌연사 하는 줄 알았다. 심장이 공포로 미친 듯이 두근거렸다.

"……아무것도, 아니에요."

걱정스럽게 그녀를 바라보는 우진에게 겨우 대답했다.

무연은 차에 오르면서 다시 한 번 석제의 집을 겁에 질린 눈으로 바라보았다. 천구가 보여준 기억은 사실이 아니어야 했다.

"그래. 무얼 본 거니?"

파주를 떠나 서울로 돌아가는 차 안, 그녀와 나란히 앉은 홍주가 나직하게 물었다.

"……엄마는 병에라도 걸렸던 거였어요? 엄마는 왜 죽었죠?"

천석제의 손아귀에 목숨 줄이 덜렁거렸다는 말.

천구의 말이 걸려서 무연은 되물었다. 생각만으로도 머리털이 쭈뼛 일어섰지만 타살일 가능성도 있었다.

"새삼스럽게 그게 왜 궁금해진 거니?"

"알면, 안 되나요?"

"……시름시름 앓았었다. 그게 다다."

홍주가 나직하게 뇌까렸다.

『하루하루 조금씩, 살점이 도려내지듯 영혼을 뜯어먹혔다. 신들에게 미움을 샀다. 끔찍하게 아팠다. 경아는 그랬다.』

뭔가 미진한 설명에 의구심을 품으려는데 머릿속에서 친구의 음성이 묵직하게 울렸다. 무연은 창밖을 내다보았다.

이상했다. 푸른 기와의 만신. 이 이름, 이 자리, 이 세월. 모두 다 이상했다.

갑자기 그런 사실들이 손에 잡힐 듯이 선명하게 다가왔다.

홍주는 방으로 들어가는 무연을 지켜보다가 걸음을 옮겼다.

"임무연에게는 말씀하지 말아주십시오."

홍주는 멈칫 섰다. 우진이 그녀의 등에 대고 말했다.

"천석제에 대해서 말입니다. 다 알고 계시는 거 아닙니까?"

그래. 알고 있다. 그녀가 우진에게 함부로 못 하는 이유가 바로 석제 때문이었다. 천우진이 천석제의 하나뿐인 아들이었으니까.

"그 사람하고 같은 피가 흐른다는 건 꽤 부끄러운 일이라서요."

"천우진 씨가 먼저 그만두실 생각은 없습니까?"

마음 같아선 이미 백번이고 더 우진을 쫓아냈다. 무연이 그에게 품은 마음을 알기에 더 그랬다. 무당에게 사랑 같은 건 필요 없다. 그건 경아가 증명해주었다. 사랑에 매여 스스로를 갉아먹고 내던지고 그리움에 목말라 퍼석하게 말라갔던, 강하지만 한없이 여렸던 가련한 친구.

"천우진 씨는 언젠가 이곳을 떠나겠죠. 하지만 그 애는 아닙니다. 죽어서도 이 집 귀신이 되어야 할 아이죠. 그러니……."

"손해 보시는 성격이시네요."

그녀의 말을 잘라먹은 것도 모자라 뜬금없는 말에 홍주는 눈썹을 찌푸렸다.

"임무연을 걱정하는 사람이 한 명은 있어서 다행이네요. 그런데 쓸데없는 걱정은 마십시오. 끝까지 옆에 있을 겁니다."

"끝까지?"

우진의 눈이 무연의 방으로 향했다.

"이건 아니라고 무던히도 발악했습니다만, 저는 결국 여기로 돌아왔습니다. 저 여자 생각을 멈출 수가 없었거든요. 그러니까 끝까지 가봐야죠. 거기 뭐가 있는지는 몰라도."

"거긴 아마 아무것도 없을 겁니다."

홍주는 냉랭하게 대답했다. 우진이 눈살을 좁혔다.

"그 애의 엄마도 그랬습니다. 아무것도 없었죠. 결국 혼자 남았고 혼자 감내하다 혼자 죽어갔습니다. 아마 무연이의 끝도 그렇겠죠."

"무슨 소립니까?"

"무당에게 남자를 품는다는 것은 그런 의미란 겁니다. 경고하지 않았었나요."

경아에게도 어느 날 갑자기 봄이 왔다. 새순이 돋고 싹이 트고 어린잎이 돋더니 눈 깜짝할 사이에 머리가 아득해질 만큼 진한 향을 품은 꽃을 개화시켰다. 보기에도 찬란하고 현란했던 그 순간들은 옆에서 지켜만 보았던 그녀조차도 아득해질 만큼 빛났다.

하지만 그 빛은 경아에게 재앙을 불러왔다. 여자이기를 꿈꿨던 경아가 그 남자와 도망갔던 석 달의 시간은 그 후에 평생을 감내해야 했던 인고의 시간들과 맞바꾼 극락이었다.

"저는 저 애가 저 애 엄마처럼 죽어가는 모습을 또다시 지켜보고 싶진 않습니다."

석 달 후, 초췌해진 모습으로 돌아온 경아는 신당이 보이는 뜰 앞에 엎드려 실신할 때까지 목 놓아 울었다. 제 가슴을 쥐어뜯고 애꿎은 잔디를 잡아 뜯었다. 온갖 잡소리로 신을 욕하다 종내에는 위액을 쏟아낼 정도로 슬픔을 토해냈다.

"지킬 겁니다."

과거를 회상하던 홍주는 눈을 들었다.

"그녀를 위해서 여기 있을 겁니다. 남자가 한 입 갖고 두말하면 안 되죠."

"말은 쉽겠죠."

홍주는 등을 돌렸다. 이번엔 망가지게 두지 않을 것이다.

확실히 언제부터인가 만신은 그 존재의 의의가 불분명해졌다. 문명은 발달하고 토속신앙은 배척받는다. 이런 상황에서 이 자리를 지켜줄 사람은 저치의 아버지인 석제뿐이었다. 우습게도 이 자리 역시 정치인 것이다.

"홍주입니다. 어르신을 바꿔주세요."

방으로 돌아온 홍주는 전화기를 들었다. 석제의 손을 잡을 수밖에 없다. 살아남기 위해서. 잊히지 않기 위해서.

chapter 13

드러나는 이면

『네가 원하는 것은 금기다. 알려고도 하지 말아라.』

석제의 집에서 돌아온 후, 천구는 그 말만 던지곤 사라졌다. 때문에 무연은 온 집을 뒤지고 다녔다. 신당, 대청마루 아래, 처마 밑, 뒤뜰의 장독대까지 틈새란 틈새, 구멍이란 구멍 모두 들추었다. 무영궁에는 보이지 않자 칠궁까지 내려가는 중이다.

정신없이 움직이는 그녀를 옆에서 보다 못한 우진이 물었다.

"대체 종일 뭘 찾는 건데?"

"나도 몰라요. 그냥 찾는 거예요. 뭐든 건질까 싶어서. 엄마도 내 기운을 누르고 날 여기서 내보냈었어요. 방법은 있을 거예요. 그런데 알려달라니까 이게 비밀이라고 안 알려주잖아요."

"비밀? 누가?"

무연은 입을 우물거렸다. 이런 얘기까지 그에게 해도 되는 걸까. 하고 나면 정말 미친년이 될 텐데.

"……내가 귀신을 본다면 믿을래요?"

우진은 한동안 말없이 그녀를 물끄러미 내려다보았다.

괜히 말했나 싶어 후회가 물밀듯이 쏟아지려는 찰나였다.

"너 가끔 허공에다 대고 떠들 때부터 알아봤어. 한두 번도 아니고 뭘 새삼스럽게 그래."

무연은 눈을 끔뻑이며 우진의 뒷모습을 보다 얼른 따라갔다. 하기야 돌이켜보면 그는 별꼴을 다 보고도 그녀가 좋다는 사람이었다.

무연은 함빡 미소를 문 채 그의 손을 덥석 잡아 깍지를 꼈다.

"넘어질까 봐요. 나는 혼자 걷다가도 엄청 잘 넘어지거든요."

되도 않는 너스레를 떨었다. 손끝으로부터 두근거리는 울림에 절로 콧바람이라도 나올 태세였다.

그런데 도착한 칠궁은 조용하기만 한 평소와는 달리 꽤 어수선했다.

"뭐야, 왜 이렇게 사람들이 많아?"

칠궁에는 십 수 명의 사람들이 북적이고 있었다. 무연의 머릿속에 홍주가 며칠 전 했던 말이 스쳐갔다.

"아, 오늘부터였구나."

"뭐가?"

"일정 시즌이 되면 청와대랑 칠궁에 관광 신청할 수 있어서 일부 사람들 들어와서 투어 돈대요. 그건가 봐요. 홍주 아줌마가 그 기간에는 칠궁 다니는 걸 주의하라고 했었거든요."

이전에도 몰래 나갔다가 신이 들려 혼쭐이 났었다. 이번에도 혹시 같은 일이 생길까 봐 무연은 발을 슬쩍 뺐다.

"나중에 와야겠어요. 사람들이 너무 많아요. 의장행사 때처럼 또 사고 치면 이번엔 정말 무영궁에 감금당할지도 몰라요."

무연은 해가 진 뒤를 기약하며 몸을 돌리려 했다.

"죄졌어? 네가 지명수배범이라도 돼? 사람들을 왜 피해."

영문을 모를 소리에 의아해하는데 우진이 그녀의 이마에 아프게 딱밤을 먹였다.

"앗! 아우……."

눈물 나게 아팠다. 무연은 찌릿찌릿한 이마 거죽을 부여잡고 문질렀다.

"지난번 같은 사달 걱정할 필요 없어. 이번엔 나, 어디 안 갈 거니까. 지켜볼게. 그러니까 찾아. 뭔지는 몰라도."

아픔을 삭이며 얼굴을 찡그렸던 무연은 놀라 얼굴을 들었다.

어디 안 갈 거란다. 입이 씰룩거렸다. 나는 또 광대가 승천하고 있겠지.

"앗! 미친 누나다! 맞죠! 옥탑방 사는!"

우진을 보며 히죽대던 무연은 낭랑한 목소리에 돌아보았다. 초등학생은 됐을까 싶은 남자아이가 그녀에게 삿대질을 하고 있었다. 동네에서 유명한 악동인 현수였다.

"우리 엄마가 누나 용하다고 엄청 찾았었는데! 미진이 엄마 아빠요 진짜 이혼했어요! 엄마한테 알려줘야지!"

현수가 갑자기 뛰어갔다. 황당함에 멍하니 서 있던 무연은 현수를 얼른 쫓아갔다. 그녀는 사회에서 이미 죽은 사람이었다. 눈에 띄면 곤란했다.

"야……! 거기 서봐!"

아이를 쫓아가던 무연은 우뚝 멈췄다. 냉천정 옆 허공에 하회탈이 불쑥 솟았다. 눈이 마주치자 모골이 송연해졌다.

『숨바꼭질을 하는 것이니?』

머릿속에 하회탈의 목소리가 심술궂게 울렸고 모습이 사라지더니 현수 앞에 불쑥 나타났다.

『내가 잡았다?』

풍덩!

하회탈은 현수를 냉천정 안쪽으로 밀쳐버렸다.

"어머! 현수야! 현수가 빠졌어요! 현수야!"

"어머! 애가 빠졌어!"

주변이 소란스러워졌다. 무연은 망설이지 않고 냉천정으로 뛰어들었다. 못은 깊었다. 그녀가 서도 발이 바닥에 닿지 않을 정도다. 하물며 현수 같은 어린아이야.

"살려줘, 살려주세…… 어푸, 요!"

무연은 바로 현수를 낚아챘지만 그녀의 완력으로는 떠 있는 게 고작이었다. 그때 뒤이어 풍덩 소리가 묵직하게 들렸다.

"애 나한테 줘!"

목소리만 들어도 알았다. 우진이었다. 무연은 현수를 그에게 넘겼고 그는 아이를 못 바깥으로 데리고 나갔다. 무연은 놀란 심장을 겨우 추슬렀다.

『에이, 재미없게.』

또다시 심술궂은 목소리가 울렸다. 하지만 어디를 둘러보아도 하회탈은 보이지 않았다.

"임무연, 뭐 해? 어서 나와!"

못가에서 우진이 그녀에게 손을 내밀었다. 무연은 일단 그의 손을 잡고 위로 올라와 숨을 몰아쉬었다.

『네게 역한 것이 묻어났구나.』

천구다. 무연은 퍼뜩 고개를 들었다. 모습은 보이지 않았지만 분명 천구의 목소리였다.

"어떻게 된 거야? 네 말이랑 달라! 네가 분명히 말했잖아? 너희들은 영향력을 행사할 수 없다고. 하지만 그 하회탈은……!"

『……하회탈? 정말이냐? 그것이 왔다고, 네게?』

천구의 목소리가 석연치 않았다.

"이전에도 그게 나한테 뭔가를 했었어. 난 정신을 잃었고. 혹시 그것도 신이야? 내게 오려 하는 신들 중 하나인 거야?"

『……신이다.』

그 말을 끝으로 더 이상 천구의 존재가 느껴지지 않았다. 설명이 더 필요했지만 사라져버렸다.

"임무연! 너 대체 무슨 생각이야! 무슨 생각으로 그렇게……!"

얼굴 위로 흐르는 물기를 다시 한 번 닦아내고 일어서던 무연은 강한 힘에 의해 몸이 돌려세워졌다. 단단히 화가 난 것 같은 얼굴의 우진이 그녀를 쏘아보고 있었다.

"어…… 화……났어요?"

우진은 대답하지 않았다.

"나 수영해요. 할 줄 알아요. 그러니까 뛰어들었지. 설마 아무런 준비도 없이 몸 던졌을까 봐. 그래서 그래요?"

그의 기분을 풀어보려 애써 웃어봤지만 먹힐 리 없었다.

이걸 어쩌나. 난감하다. 눈을 떼굴떼굴 굴리던 무연은 갑자기 옆으로 휘청였다. 우진이 얼른 손을 뻗어 그녀를 잡아주었다.

"아, 다리에 쥐났나 봐……! 아파파파파……라……."

얼굴을 찡그리며 혼신의 연기를 했다. 그가 별 반응이 없어 이걸 더 해야 하나 말아야 하나 고민하는데, 그녀를 내려다보던 우진이 몸을 굽혀 앉았다. 그리곤 그녀도 앉게 한 뒤 다리를 주무르기 시작했다.

"여기야? 좀 나아?"

멀쩡한 다리를 있는 힘을 다해 꽉꽉 주물러대니 아프기 그지없었지만 이를 악물고 참았다.

"아야야야, 좀 살살 해요……!"

어째 힘이 점점 더 세진다. 이 남자가 남의 다리를 아예 부러뜨리려고 이러나! 더 참지 못하고 그녀가 발딱 일어나자 우진이 사납게 입꼬리를 비틀었다.

"쥐가 벌써 다 풀렸어? 아님, 연기 다 했어?"

"예?"

"발연기 잘 봤어."

역시 안 하던 짓은 하면 안 되나. 무연은 고개를 푹 숙였다. 우진이 어이가 없다는 듯 한숨을 짙게 내쉬었다.

"왜 겁도 없이 뛰어들어?"

"……그냥 애가 빠지니까."

"물 보면 뛰어드는 게 취미야? 한강에서도 그렇고."

옛날 일을 끄집어내니까 더 할 말이 없어진다.

"에이, 그걸 아직도 기억하고 있었어요? 나이 들어도 치매 걸릴 일은 없겠다…… 하하하……."

그녀가 어색하게 웃자 우진이 얼굴을 구겼다.

씨. 그게 좋아하는 여자 보는 눈빛이냐고.

"무연이? 무연이 맞지?"

욱해서 뱁새눈을 떴던 무연은 돌아보았다가 뻣뻣하게 굳었다. 저도 모르게 우진의 손을 꽉 잡았다. 옥탑방 주인아줌마가 거기 서 있었다.

"무연아. 너 죽었다고 들었는……."

"……아닌데요. 사람을 잘못 보셨어요."

뻔한 거짓말이지만 우겼다. 그래야 했다. 한동안 그녀를 물끄러미 보던 아줌마가 옅게 웃으며 고개를 숙였다. 마지막으로 보았을 때보다 살이 오르고 건강한 모습이었다.

"……그때는 고마웠다고, 꼭 말하고 싶었다. 사니까 살아지더라. 내가 거기 있는 걸 어떻게 알았는지는 모르겠지만 다시 만나면 고맙다고 말하고 싶었어."

아줌마가 그렁그렁한 눈으로 그녀를 보고 웃었다.

"사정이 있겠지. 그러니까 그냥 갈게. 현수 구해줘서 고마워."

나직하게 덧붙인 아줌마가 돌아섰다. 무연은 눈을 내리깔았다.

"……끝났으면 가자. 이 상태로 있다간 감기 걸리겠어."

내내 그녀를 지켜보던 우진이 조용히 말했고 무연은 고개를 끄덕였다. 하지만 무영궁으로 가는 계단을 채 밟기도 전에 내려오는 홍주와 마주쳤다.

흠뻑 젖은 그녀와 우진을 보고 홍주는 미간을 찌푸렸다.

"발을 헛디뎌서 냉천정에 빠졌습니다."

홍주가 채 입을 떼기도 전에 우진이 먼저 말했다. 잠시 우진을 바라보던 홍주의 시선이 아래로 향했다. 서로 맞잡은 그들의 손을 향해서였다.

"수일 내로 천 어르신이 오실 거다. 알고 있어라. 그리고 보기 좋지 않으니 그 손은 놓는 게 좋겠구나."

냉랭하게 말한 홍주는 곧바로 시선을 우진에게 향했다.

"천우진 팀장님. 무연이가 당신에게 가당할 것 같습니까? 그분이 알게 되면 누가 다칠까요. 이쯤에서 그만두시지요."

우진은 차게 가라앉은 눈으로 다시 돌아서서 가버리는 홍주를 바라보았다. 가당하겠냐는 말은 아마 석제를 두고 한 말일 것이다. 석제가 무연을 그의 여자로 반기지 않을 거라는 소리겠지.

하지만 그건 그가 알 바는 아니었다.

"그분? 그분이 누구예요? 대단한 사람이에요?"

무연이 물었다. 그의 뿌리를 알리고 싶지 않았다. 쪽팔리니까. 그래도 영영 안 할 수는 없다. 임무연이니까.

"……아버지라는 사람이 있긴 해. 그런데 안 봐. 아버지라고 생각도 안 해. 그래도 궁금해?"

속일 생각은 없다. 그는 조용히 기다렸다. 무연이 알고 싶어 한다면 말할 것이고 아니라면 말 것이다. 하지만 의외의 반응이 흘러나왔다.

"그 대단하시다는 분 때문에 제 손 놓을 거예요?"

"뭐?"

"놓을 거면 꼬치꼬치 캐물을 거고 안 놓을 거면 관심 없어요. 볼일 없을 것 같으니까."

말을 맺은 무연은 장난스럽게 웃었다. 그를 편하게 해주려는 말인지 진심인지 모르겠다. 분명한 건 그의 속이 한결 가벼워졌다는 거다. 갑자기 걷잡을 수 없이 기분이 유쾌해졌다.

"……안 놔. 안 놓을 거야, 네 손."

"……그래요? 그럼 그분 정체는 몰라도 되겠네요."

그는 무연의 턱을 손으로 받쳐 올렸다. 그리고는 예고 없이 작고 촉촉한 입술을 그대로 덮었다. 깔끔하지만 진한 입맞춤이었다.

"읍……!"

놀라 항의하려는 무연의 입속을 한차례 휘젓고는 그대로 문지르듯 입술을 떼어냈다.

"뭐…… 지금 뭐……! 지금 나한테……?"

무연이 그가 잡은 대로 굳어서는 두 눈을 끔뻑였다.

"아아. 방금 그럴 기분이 들었거든."

"나, 남의 기분은 고려도 안 하고요?"

얼굴이 빨갛게 달아오른 무연이 더듬거리며 대꾸했다. 그가 빨아들여 빨개진 입술이 무척이나 맛있어 보였다. 우진은 저도 모르게 입맛을 다셨다.

하지만 저걸 다시 먹자니, 두 번째에는 깔끔하게 멈추고 싶지 않을 것 같다. 끝을 보지 못할 거면 시작을 말겠다. 우진은 몸을 돌려 걸었다. 손을 잡고 있던 무연도 제 뒤에 딸려왔다.

"또 물에 자진해서 뛰어들어라. 그때 내가 어떻게 하는지."

"어떻게 하려고요?"

우진은 눈을 가늘게 떴다. 무연의 머리를 끌어, 하얗게 드러난 이마를 콱 깨물었다.

"악!"

"이런 식?"

뭘 봤는지 몰라도 갑자기 돌진해 못에 몸을 던지는 여자 때문에 머리가 얼어붙었다. 잠깐이었지만 움직이지도 못할 정도로 놀랐었다. 한 번만 더 그런다면 가만두지 않을 것이다.

우진은 계단을 성큼성큼 올라갔다. 뜰에 들어서서도 무연이 그만 빤히 보고 있자, 반쯤은 장난으로 앞에서 셔츠 단추를 풀어 내렸다. 그런데 무연이 피할 생각을 않고 보고 있어 되레 당황스러워진 건 그였다.

"……그런데 여긴 왜 흉터가 있어요? 뭐에 다쳤는데요?"

무연이 갑자기 그의 손을 놓으며 바짝 다가섰다. 가슴 아래, 배꼽 옆에, 갈빗대 즈음에, 날개뼈 아래…….

국정원에서 일하며 무수하게 넘나들었던 사선(死線)의 흔적이었다.

"야, 야!"

무연이 얼굴을 너무 들이대서 숨까지 닿을 정도라 우진은 물러났다. 이게 알고 이러는지 모르고 이러는지. 여기서 일 낼 마음은 없었다.

"그 상처는 다 뭐냐니까요……."

물러날 생각이 없어 보인다. 우진은 무연을 잠시 보다 이번엔 자신이 바짝 다가섰다. 무연은 물러나면 들이대고, 들이대면 물러난다. 여태까지 그래왔다.

"궁금해?"

구릿빛 상체가 시야를 가득 채우고 더불어 짙은 색의 유두가 이마에 콩, 닿자 무연이 얼른 물러섰다. 빨개진 얼굴로 고양이처럼 뛰어 대청마루로 올라가버렸다.

"그 얘기는 나중에 해요! 춥네, 추워. 감기 걸리겠어."

제 호기심이 충만할 땐 곤란할 정도로 달려들지만, 아닐 땐 손잡는 것 하나만으로도 어찌할 바를 몰라 하는 여자다.

"저런데 뭘 건드리래, 쟤는."

우진은 대청마루에 걸터앉았다. 문득 낮게 웃음을 흘렸다. 그리고는 자신이 너무 실없게 느껴져 얼굴을 쓱쓱 문질렀다.

무연은 짜증 어린 얼굴로 앉아 눅눅하고 퀴퀴한 냄새가 나는 오래된 책을 뒤적였다. 일전에 찾았던 오래된 고서(古書)였다. 선대 만신들이 오랜 시간 공들여 써왔다던 비방서.

'경아의 방법'이라는 걸 찾을 수 없으니, 혹시 비방서에서 뭐라도 나오지 않을까 싶어 펼쳐보기 시작한 것이었다. 하지만 문제가 있었다.

"책은 두껍고, 글자는 옥편에도 없는 한자고. 하아."

무연은 짜증스럽게 책상 한편에 놓인 옥편을 째려보다가 다시 허리를 곧추세우고 비방서를 읽어 내려갔다.

"……방어주술은 액이 오기 전에 미리 막는 주술인데 나는 전염병이 창궐했을 때 이 주술을 썼다. 혈통이 귀한 진돗개를 잡아 목을 쳐 따뜻한 피를 벽에 뿌려 병마를 막았다. 그리고 나는 살아남았다……? 뭐야, 전설의 고향도 아니고."

뒤쪽은 한글로 쓰여 있는 게 많아 그쪽부터 읽기로 했다.

"음…… 나는 방자(方子 : 저주) 무당이다. 다른 말로 무고(巫蠱)라고 하겠다. 무고는 선대로부터 유래되었다. 1613년. 인목대비가 광해군을 저주한 것도 무고 중 하나였다. 여우 뼈와 나무로 만든 인형을 궁궐 안 각처에다 묻었으며 소경 점술가를 은밀히 들여 요사스런 경문을……."

생각 없이 글귀를 읽어가던 무연은 저도 모르게 어깨를 움츠렸다. 비방서라는 게 생각보다 어둡고 음험한 책이었다.

인목대비의 일은 역사적으로도 유명한 얘기였으나 여우 뼈 등이 구체적으로 묘사되니까 모골이 송연해졌다.

무연은 다음을 읽었다. 이 무당은 자신이 저주에 능했기 때문에 비난을 많이 받았다고 적었다. 저주라는 것이 대개 '희생'을 도구로 삼기 때문이다.

"……아이를 유괴하여 굶겨 죽이고 그 넋을 이용해 사람들을 해하는 염매(魘魅)에 물든 자도 있었는데……?"

뭐에 홀린 듯 읽어가던 무연은 마른입술을 축였다. 읽을수록 기분이 불쾌해졌다. 책을 훌렁훌렁 넘기던 무연은 이내 손을 멈췄다. 책의 가장 뒷부분 중 몇 쪽이 찢어져 없어졌기 때문이다.

"아무도 안 계십니까!"

무연은 밖에서 들려온 소리에 경기하듯 고개를 들었다. 꼭 나쁜 짓을 하다 들킨 것 같은 심정이었다. 서둘러 책을 덮어 상 밑으로 넣었다. 봐서는 안 될 것을 본 것 같았다.

"후우."

무연은 잠시 숨을 고르고는 자리에서 일어나 회랑으로 나왔다. 우진이 이미 나와서 손님을 보고 있었다.

"정말 빠른 시일 안에 보게 됐구만, 그래."

뜰에는 며칠 전, 보았던 석제가 서 있었다. 그리고 그 옆에는 지난번에 군법 운운하며 우진을 데리고 갔던 사람이 함께였다.

"홍주 아줌마는…… 지금 안 계신데요."

무연은 미동 없이 서 있는 우진을 힐끔 보곤 자신이 나섰다. 그의 표정이 매우 좋지 않았기 때문이다.

"그 사람을 보러 온 것이 아니야. 자네, 만신을 보러 왔네."

"……저요?"

"그래, 자네."

석제가 지팡이를 짚고 조금 불편한 모양으로 걸음을 옮겼다. 며칠 전에는 몰랐는데 몸이 좋지를 않았었나.

석제가 다가오자 무연은 저도 모르게 물러났다. 그날, 친구가 보여주었던 끔찍한 것들이 머릿속을 훑고 지나갔다.

잘 웃는 사람일수록 그 속에 품은 칼을 조심하라고 했다. 선할수록 그 이면에 숨은 다른 마음을 보아야 한다고 했다. 관대한 사람은 그만큼 비정할 수도 있다는 사실을 염두에 두라고 했다.

"아, 그렇지. 이 친구를 가만히 세워뒀구먼."

석제가 웃으며 자신의 뒤에 서 있는 남자를 가리켰다.

"국가정보원장 남성훈이라는 사람이야. 이런 몸으로 여기까지 혼자 오르는 것도 고달프고 짐도 있고 해서."

늙어 고생이라는 얼굴로 안쓰럽게 웃은 석제가 고개를 돌려 우진을 향해 말했다.

"그러니 그렇게 제 상사 죽일 듯 볼 이유는 없다."

성훈이라고 소개된 남자는 그녀와 눈이 마주치자 싱긋 웃었는데 어쩐지 친근한 느낌이 들었다. 이전에 군법 운운하며 우진을 끌고 갔을 때는 몰랐는데.

"어, 혹시…… 저 사람 데려가려고 오신 건 아니죠?"

이상하게 공기가 팽팽했다. 혹시나 싶어 무연은 어렵사리 입을 떼었다.

"그건 아닙니다. 걱정 마세요."

되돌아온 대답은 산뜻했다. 그녀를 보는 성훈의 시선이 어쩐지 집요하다고 느낄 때였다. 칠궁 방향에서 홍주가 나타났다.

"어르신, 오셨습니까. 어서 오르시죠."

석제가 홍주의 안내를 따라 절뚝이며 대청마루로 올랐다.

"……원장님도 오셨군요."

석제의 뒤를 따르는 성훈을 보며 홍주가 나직하게 말했다.

원래 이 집이 이렇게 사람이 많이 드나드는 곳이었던가. 무연으로서는 어리둥절할 따름이었다.

"무연이는 따라와라."

성훈이 대청마루 한쪽에 자리를 잡고 앉는 걸 확인한 후 홍주가 그녀의 앞을 지나가며 말했다.

"천 팀장은 거기 계세요. 어르신과 무연이만 독대할 겁니다."

홍주는 석제를 모시고 자신의 방으로 향했다. 무연은 잠시 그 뒷모습을 못마땅히 쏘아보다 이내 한숨을 푹 쉬며 따라가려 했다.

집주인이 구르라면 굴러야 했다. 그런데 우진이 그녀의 손목을 다급하게 잡았다.

"……조심해."

"뭘 조심해요?"

의아해서 되묻자 우진이 그녀를 잡은 손목을 아플 정도로 꽉 쥐었다.

"……그냥 다. 혼자 사고를 좀 잘 쳐야지."

"내가 언제 사고를 쳤다고 이러실까?"

"어제도 물에 뛰어들었잖아. 눈만 돌리면 일을 치니까, 너는."

뭐가 불안한 걸까, 이 남자는. 그답지 않다. 손목을 잡은 힘이 말해주고 있다. 아주 많이 걱정 된다고.

우진은 기어코 홍주의 방 앞까지 따라왔고 문 앞에 장승처럼 서서 그녀를 내려다보았다.

걱. 정. 마. 요.

문을 닫으며 입술만 벙긋거렸다. 돌아보자 윗목에 앉은 석제가 그녀에게 앉으라는 듯 손짓했다. 그의 뒤로 불길한 검붉은 기운이 너울거렸다. 좋지 않은 예감이 등줄기를 스쳐갔다.

"천 팀장은 단 한 차례도 업무 보고를 안 하더군요."

"감시는 안 한다고 했잖습니까."

"이렇게 막 나올 줄은 나도 예상 못 했죠."

"저는 근무지 이탈로 제 모가지가 진즉에 잘리지는 않았을까 했습니다만."

"설마요. 천 팀장이 우리 정보원에 얼마나 큰 자산인데요."

"저는 자산이 아니라 꼴통 아니었습니까."

상사와 부하의 대화치고는 지나치게 허물없었다. 하지만 그 누구도 대화에 불편함을 느끼지 못했다. 성훈만큼 그를 오랜 시간 봐왔고 잘 아는 사람은 없었다.

"지낼 만한가 봅니다. 내가 천 팀장을 봐온 게 10년이 훌쩍 넘어가는데 그런 모습은 처음 봅니다."

"무슨 말을 하고 싶으신 겁니까?"

"그건 내가 물어보고 싶습니다. 천 팀장, 연애해요?"

마치 만담을 주고받듯 이어지던 대화에 균열이 일었다. 처음으로 말문이 막혔다.

"만신이 예쁘긴 하더군요, 하지만 천 팀장이 얼굴에 약한 타입인지는 미처 몰랐습니다."

먹이를 제대로 문 듯 성훈이 눈웃음을 샐샐 쳤다.

"물가에 내놓은 어린애를 다루듯 굴더군요. 그렇게 걱정이 되더

랍니까?"

"……하. 천석제니까요."

"아버지 이름을 막 부르는 건 하극상인 것 같은데."

"전 아버지 같은 거 없습니다."

그의 단호한 말에 나직하게 웃은 성훈이 어깨를 과장되게 으쓱였다.

"아무튼 천 팀장이 연애를 한다, 라……. 전대미문의 사건이네요. 평생 독수공방하다 나이 여든 즈음에는 골방에서 독거노인으로 썩지나 않을까 했는데 말이에요."

독설 한번 어마무시하다. 하지만 성훈이 뭐라고 떠들든 상관없이 우진은 무연이 들어간 방에서 눈을 떼지 않았다.

"가벼운 거라면 그냥 접어두세요. 천 팀장을 오래 봐온 친구로서 하는 말입니다. 저 만신에게 가진 감정이 어느 정도입니까?"

우진은 미간을 찌푸렸다. 무슨 얘기를 하고 싶은지 모를 성훈의 화법에 슬슬 짜증이 나던 참이다.

"천 팀장은 저 아이를 위해 어디까지 가능합니까?"

"얘기하고 싶으신 게 뭡니까?"

"어르신께서는 천 팀장을 슬슬 불러들여야겠다고 하시더군요. 그동안 저 하고 싶은 대로 하게 놔뒀으니 나머지 인생은 아버지가 원하는 대로 살아줘야 수지맞는 장사 아니겠냐고요."

우진은 기가 막혔다. 자식을 장사로 표현하다니. 개소리하고 있다. 그리고 너무나도 천석제답다.

"이건 극비사항이지만 어르신 건강이 좋지 않으세요. 천 팀장 혼

처를 보고 계신 것 같던데. 아무래도 무당은 며느릿감으로는 아니
겠죠.”

　“……그게 무슨 좆같은 소리십니까?”

　성훈은 그저 웃었다. 그는 지금 어이를 상실해 죽을 지경인데 말
이다. 이 아저씨가 장난하나, 지금.

　“그게 뭐 같은가?”

　무연은 석제가 그녀의 앞으로 들이민 것을 내려다보았다.

　독이다. 거무튀튀한 그것은 김치나 장을 담글 때 쓰는 독처럼 생
겼고 약탕기만큼 작았다. 독 여기저기에는 하얀 부적이 마구잡이
로 붙어 있었고 그 위를 금색 끈이 친친 감고 있었다.

　“열어보는 게 더 확실하겠지.”

　석제의 재촉에 무연은 조심히 손을 뻗었다. 께름칙한 기분으로
독의 뚜껑을 열려고 했다. 그런데 순간 손끝에 눅눅하고 불쾌한 기
운이 끈끈하게 타고 올랐다.

　“앗!”

　한순간 아득히 집어삼켜지는 것 같은 공포스러운 감각에 무연은
불에 덴 듯 손을 얼른 떼었다.

　『찾았구나!』

　누군가의 메아리가 저 멀리서 들려왔다. 방울이 딸랑, 울렸다.
무연은 주변을 두리번거렸다. 하지만 목소리의 주인은 보이지 않
았다.

　“그건 경아가 남긴 것이야.”

석제가 나직하게 이야기를 시작했다.

"작년 이맘때쯤이었지. 투병 중인데도 그것을 참 열심히 담갔어."

"이게, 뭔데요?"

"열어보면 알 테지."

무연은 마른 입술을 축였다. 열어봐서는 안 될 것 같은 예감이 강하게 들었다. 하지만 안 열 수도 없다. 무연은 머뭇거리다가 헐거워진 금줄을 옆으로 밀어내고 뚜껑을 잡았다. 주변의 공기가 차게 모여드는 것 같은 기분이 들었다.

무연은 호흡을 깊게 고르며 뚜껑을 천천히 들어올렸다. 독 안에서부터 끔찍한 악취가 밀려나왔다. 안에는 정체를 알 수 없는 검고 질어 보이는 것이 굳어 있다.

"우욱! 이게 무슨 냄새……! 하아!"

다시 뚜껑을 닫은 무연은 독으로부터 떨어져 물러났다. 석제는 그런 무연을 보며 입꼬리를 길게 늘여 미소 지었다. 어쩐지 어깨가 굳으며 소름이 돋았다.

"그건 무고(巫蠱)라고 하지. 나를 지키는 무고(巫蠱)."

경아가 아프고 헤진 몸으로 제 고혈을 짜내어가며 그를 위해 담갔던 독.

자연의 섭리를 배반하고 금기를 침범해가며 담가야 했던 끔찍한 저주.

"……무고?"

낯설지만은 않은 단어에 무연이 두 눈을 끔뻑거렸다.

chapter 14

당신이 나를 사랑했던 방식

무고(巫蠱). 무술(巫術)로써 남을 저주한다.

그녀가 비방서에서 본 말이다. 무연은 낱장의 종이를 손에 틀어 쥐곤 멍하니 앉아 있었다. 종이는 귀퉁이가 뜯어져 있었고 얼룩덜룩했는데 석제가 주고 간 것이었다.

"5년 전부터 몸이 좋지 않았었어. 심장이 문제라 뚜렷한 방법이 없었지. 내 나이가 예순여덟이네. 살 만큼 살았으니 삶에 미련이 있겠냐마는 사람 욕심이라는 게 그렇지를 않거든."

그는 정계 은퇴를 선언했던 5년 전의 이유를 담담히 말했다.

"내게는 경아가 지푸라기였어. 솔직히 그 전까지만 해도 나라 만신이라는 건 내게 별 의미가 없었지. 나 같은 사람은 미래를 보고 다가올 불행을 염려하는 것보다 내가 할 수 있는 일을 믿는 쪽이라서 말이야. 내게는 할 수 있는 일보다 할 수 없는 일을 찾는 게 더 어

려웠거든.”

종이는 비방서와 같은 재질이었다. 찢어져 있던 뒷장의 나머지 부분 같았다.

갓 짜낸 따뜻한 피, 산 심장…….

글씨들이 눈을 어지럽힌다.

“가망이 없다던 내가 5년이 넘은 지금까지도 살고 있네. 반신반 의했던 경아의 비방이 통했던 거야. 하지만 근래 몸에 다시 신호가 오기 시작했네. 그런데 이젠 경아가 없어. 그러니 내 목숨을 지켜주 기 위한 무고(巫蠱)를 이번엔 자네가 써줘야겠어. 지푸라기라도 잡 아야겠거든.”

‘신의 사랑을 받은 만신의 간’.

종이 끝자락에 적힌 내용이다. 구미호냐. 현실감 없었다.

“준비가 되면 말씀하시게. 빠를수록 좋네.”

목숨을 지키기 위한 저주 따위는 없다. 이것 역시 다른 생명의 목 숨을 담보로 하는 또 다른 저주일 뿐이다.

“몸이 아프면 병원을 가시죠. 이런 말도 안 되는 일을 제가 할 거 라고 생각하세요? 정말로 이런 걸 믿으세요, 이 시대에?”

"믿든 믿지 않든 나는 그 독으로 인해 지금 이렇게 살아 있어. 자네는 해야 할 걸세. 경아 역시 자네를 위해 했으니까."

무연은 손에 쥔 종이를 와락 구겨버렸다.

"늙은이의 숨을 지켜줄 수 없다면 자넬 찾겠다고 했거든."

아랫입술을 짓씹었다. 머릿속이 부글부글 끓었다.

이게 뭐야? 푸른 기와의 만신이라는 게 뭐 이래?

이건 그저 천석제를 위한 저주 재료에 지나지 않은가. 이런 꼴로 살아내려고 이 젠장맞을 운명을 마주한 게 아니었다.

분노로 어깨가 파르르 떨렸다. 그저 검게만 보이는 종이의 글자를 찢어발길 듯이 쏘아보았다.

『미안하다…….』

무연은 고개를 들었다. 바람이 속삭이듯 귓가에 무언가 닿았다. 하얀 천이 아른거렸다. 하지만 그게 뭔지는 너무 희미해서 제대로 알아볼 수 없었다.

『미안해…….』

그것의 손이 이마를 스쳐 정수리를 훑더니 사라져버렸다. 이상하다. 그게 뭔지 모르겠는데 미안하다는 그 한마디에 눈물이 핑 돌았다. 막막했다. 다들 그녀더러 큰 힘을 가진 만신이라는데 스스로가 무슨 힘을 가졌는지, 뭘 할 수 있는지 알 수 없었다.

"나가서 저녁 먹고 오렴. 어르신께서 답답해 보이니 바람이나 쐬게 해주라고 배려해주셨다.”

　문이 갑자기 벌컥 열려 무연은 고개를 들었다. 문밖으로 우진과
국정원장이 보였다. 밥 먹을 기분이 아니었지만 자리에서 일어났
다. 그녀를 걱정스레 보고 있는 우진 때문이다.

　그에게 약한 모습을 보이고 싶지는 않았다. 그녀가 감당해야 할
것들이었다. 이 푸른 기와에 들어와서 싸우기로 한 순간부터.

　한편, 사라진 줄 알았던 하얀 치맛자락의 주인은 여전히 방에 남
아 있었다. 천구 역시 함께였다.

　『인생사 새옹지마라. 저 아이의 앞날에 먹구름이 자욱하여 한 치
앞이 보이지 않으니. 네가 마고와 계약하지 않았어도 어차피 이리
되었을 것을. 어리석구나. 뭐하러 명을 재촉을 해.』

　경아의 눈이 아프게 일그러졌다. 시간이 갈수록 경아는 약해지
고 있었다. 아마 머지않아 존재 자체가 먼지처럼 사라지고 말 것이
다.

　살아서 금기를 범한 경아는 몸주신들로부터 버림받았다. 하루가
다르게 기가 약해지고 쇠약해지더니, 종내에는 잡귀들도 감당하지
못해 혼이 너덜너덜해졌다. 그 남루한 넋을 가지고 구천을 떠도니
그 꼴이 가여워 그가 이리 옆구리에 꿰차고 다닐 수밖에. 그래야 조
금이라도 오래 버티지.

　천구는 우울한 얼굴로 눈을 내리떴다. 아득히 오랜 세월을 살아
왔지만 인간들이 가지는 저 절박한 마음을 이해할 수 없다.

　『하늘의 이치를 거스르는 일은 용서받을 수 없다. 저 아이를 평

범하게 살게 하기 위해 네가 저지른 업보는 결국엔 저 아이가 지어야겠지. 이제 와서 네가 할 수 있는 건 없어. 이리 옆에서 목을 매고 있어도.』

나무라는 그의 말에도 경아는 그저 제 딸아이만 넋 놓고 보았다. 아까 회랑에서 무연의 아비를 보면서도 그랬듯이.

경아가 문득 입을 뻐끔거렸다. 조금 전, 무연의 귀에 닿도록 한 '미안해.'라는 말 때문에 넋 귀퉁이가 찢겨나갔다. 경아의 입을 가만히 바라보던 천구는 고개를 돌리고 말았다.

네가 지켜줘. 내 딸을 지켜줘. 이 아이가 나처럼 되지 않게, 금기를 어기지 못하게. 제발.

당장 제 넋이 바람 앞의 등불인데, 온통 딸 걱정뿐이다. 그 마음을 인간이 아닌 그는 이해할 수 없었지만 어째서인지 코끝이 시큰거렸다. 머릿속이 이상해졌다.

『청승은 그만 떨고 마고나 찾아라. 그 잔망스러운 것이 자꾸 무연이 곁을 얼쩡대니.』

인간은 덧없다. 한순간 피고 지는 짧은 생을 미친 듯이 치열하게 살아낸다. 죽은 후에도 저리 바보처럼 미련을 놓지 못한다.

단지 멍청해 보일 뿐인데 코가 시렸다. 이상하다. 인간들이나 걸리는 감기라도 걸릴 모양이다.

"많이 들어요. 거기는 지낼 만해요? 한참 더울 때라 에어컨도 없이 여름 나려면 꽤 힘들죠?"

성훈이 그녀 앞으로 너비아니 접시를 밀어주며 웃었다.

"선풍기가 있으니까요. 바람도 선선한 편이어서 괜찮아요."

그녀와 우진, 그리고 성훈은 서울 외곽의 한식집에서 식사 중이다.

"불편한 점 있으면 말해요. 개선해줄 테니."

"네, 말씀만 감사히 받겠습니다."

무연은 다시 밥을 먹는 데 집중했다. 그런데 고개 숙인 정수리가 따갑기 그지없다.

"무슨…… 하실 말씀 있으세요?"

성훈의 눈초리가 하도 집요해 무연은 의아하게 물었다.

"내가 첫사랑에 성공했으면 아가씨 같은 딸이 하나 있거든요."

"에? 딸……이요?"

뜬금없는 말에 무연이 눈을 동그랗게 떴지만 성훈은 의뭉스럽게 웃고는 화제를 돌렸다.

"어때요, 천 팀장은 잘해줍니까?"

무연은 우진을 힐끔 보았다. 밥을 먹다가 제게 튄 불똥에 상사를 바라보는 우진의 눈빛이 불손해졌다. 그 모습이 마치 아이 같아 무연은 속으로 웃음을 삼켰다.

"원장님께서는 이 사람 오랫동안 봐온 상사시니까 아시지 않나요? 이 사람 무심하고 무뚝뚝하잖아요. 무안도 엄청 잘 주고 면박 주고. 그런 사람이 잘해주긴요."

"역시 그랬군요."

성훈이 고개를 끄덕였다. 하지만 그녀의 말은 아직 끝나지 않았다.

"그럼에도 불구하고 우진 씨는 처음 만났을 때부터 날 구해주고 지켜줬어요. 행동으로 보여줬죠. 그러니까 잘해주고 말고는 상관없어요. 제가 필요할 때는 늘 거기 있어줬으니까."

무연은 담담하게 말하는 자신에게 꽤 놀랐다. 그에 대한 감정이 이렇게나 확고하게 자리 잡았다. 우진이 손으로 얼굴을 덮으며 앓는 소리를 흘렸다.

"묻는 사람도 이상하고, 곧이곧대로 대답하는 너도 이상해."

우진이 구박을 했지만 무연은 마냥 웃었다.

"표현이 인색해서 가끔 속 뒤집어지긴 하지만 정말 중요한 때는 행동으로 보여줘요. 그 정도면 충분해요."

"야."

그녀가 그를 놀리듯 계속해서 말하자 우진이 그만하라고 눈짓했다. 빈말로라도 다정하다고 할 수 없는 표정인데 보는 것만으로도 가슴 한편이 죄어든다. 감정이 터진다. 단단히 미쳤다.

무연은 웃음을 삼키며 자리에서 일어났다.

"그럼 저는 잠시 화장실에 다녀올게요."

방을 나오며 돌아보니 우진과 성훈이 이야기를 나누고 있다. 상하관계라기엔 허물없고 친해 보였다. 우진이 저렇게 경계를 허물고 편하게 대하는 사람은 처음이었다. 그것만으로도 성훈에 대한 평가는 충분했다.

우진은 눈을 가늘게 뜬 채 성훈을 바라보았다.

"수상합니다? 지금까지 결혼도 안 하고 독수공방했으면서 갑자기 웬 딸 타령입니까?"

"무연 양같이 예쁜 사람을 보면 그런 생각이 들기 마련 아닌가요?"

성훈은 샐샐 웃었다. 하지만 정작 속으로는 강한 충동을 억누르고 있었다. 한 번 보니 두 번 보고 싶고 두 번 보니 밥을 같이 먹고 싶고 밥을 같이 먹으니 말을 섞고 싶었다. 지난 세월 애써 밀어두고 살았던 부정(父情)이 미친 듯이 날뛰려 했다.

"그걸로 답이 될 거라고 생각하십니까? 진짜 수상하거든요? 그 눈빛, 변태 같았습니다."

"변태라뇨. 이거 참……. 임무연 씨의 어머니를 압니다. 그래서 그랬나 봐요. 옛날 생각이 나서."

그 사람을 언급하는 건 예나 지금이나 절대로 아물지 않을 쓰라린 아픔을 선사했다.

그는 줄곧 무연과 함께 밥을 먹고 싶었다. 그가 누구인지 소리 내어 말할 수 없어도 눈을 맞춰보고 싶었다. 드러내고 아껴주지는 못해도 말을 나누고 싶었다. 작은 욕심이었다. 그래서 그랬다.

경아의 일에 천석제가 개입되어 있다는 사실을 뒤늦게 알았다. 때문에 성훈은 무연을 찾는 일에 나서서 총대를 메기로 했다. 그 아이를 자신의 손이 닿는 선에서 지키고 싶었다.

그리고 우진에게 무연의 곁을 지키게 했다. 그의 능력이 뛰어난 것도 있었지만 가장 큰 이유는 우진이 석제의 핏줄이었기 때문이다. 미우나 고우나 자식이므로 함부로 하지 못할 테니까.

우진을 선택한 것은 그에게도 도박이었다.

"무연 양에게 잘해주세요."

"알아서 합니다. 저건 제 거니까요."

성훈은 눈썹을 치켜올렸다. 곧 우진의 말뜻을 알아들었다. 우진이 다시 청와대로 간다고 했을 때 예상은 했지만 그래도 직접 들으니 마음이 복잡했다.

동시에 잘됐다는 생각도 들었다. 우진이 어떤 놈인지 안다. 석제와 맞서야 한다면 누구보다 더 과감하게 일을 칠 놈이다. 지금은 딸을 데려갈 놈의 면면을 따지기 보다는 상황상 무연을 지켜줄 수 있는 놈이면 감사해야 했다.

"……사람한테 저거가 뭡니까, 물건도 아니고."

"신경 끄십시오."

성훈은 피식 웃었다. 우진이라면 그 어떤 순간에도 무연을 포기하지 않을 것이다.

"들어갈게요."

무연이 돌아왔다. 성훈의 맞은편에 앉은 무연이 눈이 마주치자 의례적으로 생긋 미소 지었다. 예뻤다.

"안 더워요? 왜 이렇게 덥지?"

"그렇게 먹는 양 마는 양 하니까 덥지. 팍팍 먹어."

우진이 그녀의 입으로 너비아니를 쑥 욱여넣었다. 볼이 빵빵해진 무연이 그를 황당하게 보자 우진이 씨익 웃었다.

"잘해주는 거야. 보면 몰라?"

318

"이게 무슨 잘해주는……!"

"친절하게 먹여주기. 뭘 더 바라?"

무연이 어이가 없다는 듯 우진을 흘겨보았다. 성훈은 투닥거리는 둘을 보며 흐릿한 미소를 지었다.

이 아이를 계속 옆에 두고 보았으면 좋겠다. 살아 있는 동안에는 그럴 일은 없겠지만 '아빠'라고 부르는 걸 한 번이라도 들어봤으면 좋겠다.

수면 위로 떠오르려는 감정의 파고를 성훈은 애써 내리눌렀다. 아무도 몰라야 했다. 오늘 이 저녁식사 자리를 얻어내기 위해 석제에게 고개를 조아렸다.

"누룽지, 좋아하세요?"

따뜻한 뚝배기에 누룽지가 나오자 무연이 물었다. 눈을 맞추고 물어주는 게 예의라도 좋았다. 성훈은 고개를 끄덕였다.

"많이 드세요. 맛있을 것 같아요."

성훈은 조용히 미소 지었다. 이게 그가 누릴 수 있는 이 생의 가장 큰 행복이었다.

"감사합니다. 덕분에 바람도 쐬고 맛있는 음식도 먹었습니다."

무연은 차에서 내리며 다시 한 번 성훈에게 인사했다.

"혹시 힘든 일이 생기거나 천 팀장이 속 썩이면 연락해요. 도울 수 있는 일이 있으면 돕고 싶어요."

무연은 성훈이 내미는 명함을 얼결에 받아 들었다.

"만나서 반가웠고 오늘 식사도 즐거웠어요. 또 보면 좋겠네요."

인사를 끝으로 성훈이 탄 차가 떠났다.

"……이상한 분이네요."

"원래 이상한 사람이야."

무연은 차 뒤꽁무니를 멍하니 보았다. 잘 모르는 타인이었지만 왜인지 뇌리에 남는 사람이었다. 주름 깊은 눈에서 느껴지는 까닭 모를 온기 때문이었을까.

"좀 걸을까?"

"……들어가봐야죠. 누가 알아보면 어떡해요."

무연은 속에도 없는 말을 했다. 사실은 들어가고 싶지 않다. 그 닭장 같은 곳으로는. 하지만 안 갈 수도 없다. 갈 곳이라곤 거기뿐이다. 게다가 청와대 앞이다. 이렇게 사람이 오가는 데 있다가 혹시라도 그녀를 알아보는 사람이라도 있으면 그 여파는 고스란히 이 남자가 맞아야 한다.

"쯧, 참 요령 없다."

우진이 그녀의 손목을 덥석 잡고 어디론가 향하기 시작했다.

"지금 어디 가는……."

갑자기 우진이 우뚝 섰고 길가의 좌판에서 검정 모자를 집어 그녀의 머리 위에 푹 눌러씌웠다.

"하나 주세요. 얼맙니까?"

우진은 곧바로 좌판 주인에게 돈을 내밀었다.

"지금 뭐 하는 거예요?"

"누가 알아볼까 봐 신경 쓰인대서 얼굴 가리잖아. 이럼 되지?"

우진이 다시 그녀의 손을 잡고 앞서 걸어가기 시작했다. 그 등을 보고 있자니 기분이 간질거렸다. 투박하기 짝이 없는 배려가 특별하게 느껴져서 설렜다.

"난요."

우진이 돌아보았다. 적지 않은 사람이 오가는 삼청동 거리였다.

"나는 내가 평범했으면 좋겠어요. 평범하게 서로의 친구를 소개해주고 이런 대로를 걷는 데 망설이지 않아도 되고 내킬 때 마음대로 거리 쏘다니고. 운명이니 어쩌니 그런 거 말고, 내 인생에 가장 복잡한 문제가 천우진 씨였으면, 그렇게 평범했으면 좋겠어요. 남들처럼."

누군가와 손을 맞잡고 이렇게 거리를 걷는 날을 기대한 적이 있었다. 인연이 닿는 사람과 언젠가 가정이라는 걸 꾸리고 엄마가 되고 아내가 돼서 그렇게 살아가는 걸 말이다.

한동안 그녀를 빤히 보던 우진이 입을 열었다.

"……난 친구 같은 거 없어. 누구 소개받는 것도 예의 차려야 해서 귀찮아. 싫어."

우진은 그녀의 손을 잡은 채, 발을 뗐다. 길가에 좌판이 깔려 있고 환하게 불이 켜진 건물들로부터는 가슴을 들썩이게 하는 노래나 맛있는 냄새가 흘러나왔다.

"지금 내 인생에서 가장 복잡한 문제는 너야."

"내가, 문제예요?"

"어. 문제더라. 처음엔 귀찮았는데 지금은 네가 없는 게 더 귀찮

아. 말 다 했지. 어쨌든 내 말은 그 말이야."

그래서 좋다는 얘기인지 아닌지 헷갈려서 기분이 뾰족해지려 했다. 그런데 우진이 덧붙였다.

"나한텐 너 평범해."

무연은 우진의 옆얼굴을 올려다보았다.

"평범하고 싶다며. 네가 말하는 평범한 게 내 인생의 가장 복잡한 문제는 상대방 하나라는 거면, 너 그렇다고. 나한테."

그의 말에 가슴 한쪽이 알싸해졌다. 한쪽 입매를 비튼 그는 무척이나 얄미웠다. 그리고 멋지기도 했다.

"……우리 이거 첫 데이트로 칠래요?"

"낯간지럽게."

무연은 씨익 웃으며 우진의 팔을 가까이 당겨 안았다.

"다들 연애는 그렇게 해요. 낯간지럽게."

무연은 그를 인파 속으로 이끌었다. 저쪽에 팔짱 끼고 두런두런 걷는 커플처럼 그와 그녀도 그렇게 걸었다.

그들은 벽화 거리를 꼼꼼히 둘러보고 나서야 삼청동의 어느 골목 계단에 앉아 쉬었다.

"저 그림은 모델이 있었을까요?"

무연은 하얀 콘 아이스크림을 먹으며 정면의 하얀 벽에 펼쳐진 그림을 가리켰다.

"내가 저 나이쯤 되면 그때도 내 옆에는 천우진 씨가 있을까요?"

안경을 쓴 반백의 할아버지와 할머니가 마주 본 채 입을 맞추고 있는 흑백의 벽화는 묘한 여운을 준다.

"여든 정도는 돼 보이는데? 글쎄. 사람 명줄은 장담할 수 없는 거라서."

그의 무뚝뚝한 대꾸에 무연은 옆에 앉은 우진을 흘겨보다 다시 벽화에 시선을 두었다.

"장담은 못 해도 꿈을 꿀 순 있잖아요."

볼멘 소리로 대꾸하곤 한참을 벽화를 바라보았다. 괜스레 가슴이 뭉클해졌다.

"가능하면 그럴게. 가능하면 여든까지."

갑작스런 말에 무연은 우진을 돌아보았다.

"여든까지?"

"더 늘려?"

그가 입꼬리를 말아 올리며 장난스레 대꾸했다. 무연은 말없이 우진을 빤히 보았다.

"왜 사람을 그렇게 봐?"

"큰일이에요. 여기서 더 좋아지면 정말 나중에 못 놓아줄 건데. 못 잊을 텐데. 그런 생각."

"놓아줘? 잊어?"

그와 삼청동 거리를 걸어서 좋았다. 행복했다. 상상이나마 그와 같이 늙어가는 꿈을 꿔본다. 무연은 험상궂어지려는 우진의 얼굴을 보며 미소 지었다.

"만약에요. 그럴 일은 있어선 안 되지만 만약에. 원래 사람 일이라는 건 한 치 앞을 모르는 거니까."

어찌 됐건 그녀는 죽은 사람이고 그는 산 사람이었다. 그는 나라가 부르면 가야 하는 사람이고 그녀 역시 앞을 가늠할 수 없는 상태였다. 서로 가슴에 담기는 했지만 계속 함께일 거라는 보장은 없다.

"말이라고 아무 말이나 막 한다?"

그녀를 향해 인상을 퍽퍽 쓰고 있는 우진이 못 견디게 좋았다. 무연은 몸을 살짝 일으켜 눈 깜짝할 사이에 그의 입술 위로 벽화처럼 입을 맞췄다.

이 남자와 이렇게 함께 늙게 해주세요.

누구에게 비는지도 모를 말을 속으로 중얼거렸다.

"뭐야. 감질나잖아. 할 거면 제대로 해."

우진이 그녀의 뒷머리를 잡아 앞으로 당겼다. 바로 직전에 멈춘 탓에 숨결이 입술에 닿았다. 그가 눈을 가늘게 뜬 채 지척에서 내려다보았다. 아 씨, 심장 터지겠다.

"하, 하려고요?"

"어. 하려고."

우진의 입술이 그녀의 입술을 물었다. 짐승이 덮치듯 입술을 빨아올리는 강한 힘에 눈이 꽉 감겼다. 손 둘 데를 못 찾아 당황스러웠다.

"그, 잠, 읏……!"

무연은 그녀의 뒤통수를 받친 그의 팔을 꽉 거머쥐었다. 뜨거운 입술이 노골적으로 비벼지고 빨렸다. 저돌적인 키스에 잔뜩 경직된 목이 빳빳하게 굳으려 했다.

"힘 빼."

문득 입술을 뗀 그가 중얼거렸다. 무연은 슬쩍 눈을 뜨고 숨을 거칠게 몰아쉬었다. 자신이 숨을 참고 있었다는 것도 지금 알았다. 맙소사.

"감당도 못 할 거면서 도발은 왜 해?"

언제 그녀가 도발을 했냐고 따져 묻고 싶은데 그의 박력에 온몸이 떨려 나 죽었소, 가만히 숨만 쉬었다.

"하아. 겁도 없이."

그녀의 뒷덜미를 잡고 있던 손이 그녀의 목덜미를 가볍게 매만졌다. 뭔가를 고민하듯 손가락으로 피부를 문지르는 감각에 솜털이 다 곤두섰다. 원인 모를 긴장감에 괜스레 입술이 말라 혀로 입술을 축였다. 가슴이 쿵쾅거렸다. 어떤 기대감에 머릿속이 간질거린다.

"감당할 수 있어, 없어?"

우진이 물었다. 무연은 눈을 끔뻑거리다 목구멍으로 침을 꿀꺽 삼켰다.

"가, 감당 못 할 게 어디 있어요. 하면 하는 거지."

"하면 한다? 즉, 감당할 수 있다?"

그가 재차 중얼거렸다. 뭔가 신호를 보내듯 쓸어대는 야릇한 손놀림에 정신을 빼앗긴 사이였다. 그가 다가왔고 곧바로 입술을 부드럽게 덮어왔다. 그리고 그의 손에 의해 벌어진 입으로 말캉한 게 순식간에 들어찼다.

"이 정도도 소화돼?"

입술을 맞댄 채로 그가 물었다. 하지만 대답 같은 걸 할 수 있을 리가 없었다. 그가 말하는 와중에도 그녀의 입술을 핥아댔으니까.

얼굴이 타버릴 지경이었다. 낮게 갈라진 그의 목소리가 미치게 섹시해 기분이 이상했다. 좋으면서도 불편했고 조금 더 다가와줬으면 좋겠다는 모순적인 생각들이 머릿속을 어지럽게 했다.

"감당이 안 되는 것 같은데?"

그가 조금 더 입술을 떨어뜨리고 놀리듯 말했다.

"익숙해지면 아마 될 거예요."

약이 올라 대차게 대꾸하자 우진이 그녀를 빤히 보다 갑자기 웃음을 터트렸다.

"생각을 바꿔야겠네, 내가."

"무슨 생각을요?"

"감당도 못 할 애 건드리면 뭐해, 그랬는데 익숙해지게 하면 되겠네."

"……아."

무연은 빨개진 얼굴에 손부채질을 하며 고개를 숙였다. 아직도 입술에 그의 감각이 진하게 남아 있었다. 꽤 야하게 들리는 말에 가슴이 마구 널을 뛰었다. 우진의 성격을 똑 닮은 키스가 설레면서도 노골적이라 어찌할 바를 모르겠다. 무연은 붉은 그의 입술만 보여 고개를 돌렸다.

"……여든에."

고개를 들자 우진이 벽화를 보며 희미하게 미소 짓고 있었다.

"여든 즈음에도 같이 있을 거야. 안 떠나, 너."

그의 음성이 심장에 아리게 박혀들었다.

"내가 네 옆에 있겠다는 건 그런 의미야. 그런 각오로 시작한 거야. 그러니까 혼자 삽질 좀 하지 마."

삽질이란다. 무연은 킥 웃었다.

여든 즈음에도 그와 함께 이렇게 나란히 앉아 저 벽화를 볼 수 있다면 참 좋겠다. 웃을 수 있다면 참 좋겠다. 정말이지 그러고 싶었다.

『너처럼 팔자 편했던 만신은 어디에도 없었다.』

연신 방싯거리는 입가를 주체하지 못하며 방으로 돌아오니 그녀를 반기는 것은 천구였다. 나무라는 게 분명한 투였지만 상관없었다.

"잘 왔다. 물어볼 게 있었거든."

무연은 입술을 잠시 비죽이다 장 밑의 서랍을 열어 비방서를 꺼내 앉았다.

『할 말 따윈 없다.』

말도 꺼내기 전에 천구는 고개를 모로 꼬며 눈을 감아버렸다.

『그곳에 적힌 것들은 추악하고 또 추악한 것들뿐. 내가 알려줄 수 있는 건 없다. 네가 이 길을 너무 쉽게 생각해서 현실을 깨닫게 해주려고 알려준 책일 뿐이다.』

"내가 묻고 싶은 건 그런 게 아니야."

'경아의 방법' 때문이 아니었다. 무연은 친구에게 찢어진 낱장의 종이를 내밀었다. 석제가 그녀에게 준 것이었다. 앞발 사이로 힐끔 눈을 돌린 천구가 미간을 찌푸렸다.

"……말이 안 되잖아, 이런 건. 그냥 옛날 얘기지. 안 그래?"

『이런 술(術)은 정당한 대가만 치른다면 효력을 가진다.』

"말도 안 돼! 그럼 엄마가 정말 간이라도 떼어줬다는 거야?"

천구는 입을 다물었다. 정적이 흘렀다. 공기가 무겁게 가라앉고 섬뜩한 기운이 등줄기에 내려앉았다.

"야, 말을 해봐. 간을 떼준 거냐고!"

무연은 몸을 앞으로 당겨 앉으며 대답을 재촉했다. 천구는 몸을 일으켜 서서는 안광을 발하며 그녀를 내려다보았다.

『우리가 할 수 있는 건 그저 들여다보고, 지켜보는 것뿐이다. 결국 선택은 경아의 몫이었다. 경아는 너를 지키는 길을 택했고 병들었다. 그리고 지금은…… 마지막 한숨까지 모두 태워내며 네 옆을 지키려 하지.』

심장이 멎은 듯 숨을 죽였다. 손끝이 파르르 떨렸다. 발끝부터 싸한 기운이 번져 으슬으슬하기 시작했다.

『저 술(術). 저것 역시 너를 병들게 할 테고 경아는 그것을 막고 싶어 했다.』

천구의 검은 눈이 깊이를 알 수 없게 아득히 침잠했다.

『나는 인간사에 관여하고 싶지 않다. 하지만 경아 그 어리석은 것이 원하니 전한다. 도망쳐라. 그리고 버려라. 인간의 탈을 쓴 그것이 너를 잡아먹게 두지 마라. 스스로를 지켜라.』

천구가 몸을 돌렸다. 하얗게 늘어진 털이 유독 무겁게 보였다. 무연은 비방서 사이에 끼어둔 종이를 눈앞으로 들어올렸다. 힘겹게 꾹꾹 눌러쓴 티가 나는 글씨는 엄마의 흔적이리라.

"……내 옆에 있다고? 도망치라고?"

말도 안 된다. 죽은 지가 대체 언젠데 아직까지 구천을 떠돌 리 없다.

무연은 장을 열어 보자기에 싸인 단지와 그녀가 그려진 종이뭉치를 꺼냈다. 그녀를 위해 온 인생을 저버렸다는 엄마를 마주할 용기가 없어 방치했었다.

"이게 뭐야. 어쩌라고, 진짜. 이런 짓을…… 왜 했냐고…….”

허탈하게 중얼거렸다. 아랫입술을 꾹 깨물었다.

만신의 간, 산 개의 심장, 새끼 고양이의 눈알, 여우의 뇌, 닭의 생피…….

석제가 그녀를 찾는 것을 막기 위해 엄마는 산 개에게서 심장을 꺼내고 고양이의 눈을 도려내고 닭의 목을 비틀어 피를 짰을지도 모른다. 정말 그렇게 했다면 자신은 어떻게 해야 하나.

"왜 그렇게까지…….”

경아가 그렸다는 그녀의 어린 시절 그림들이 손 안에서 이지러졌다. 무연은 헛웃음을 흘렸다. 가슴은 고요했다. 그런데 눈에서 물이 후드득 떨어졌다.

"나는 이런 짓 하고 싶지 않아. 안 해. 정말 도망이라도 가요? 싸워? 내가 어떻게 했으면 좋겠어요? 거기 있으면 대답이라도 해보라고!"

돌아오는 대답 따위는 없다. 친구는 경아가 있다고 했는데, 방 어디에도 보이지 않았다. 무연은 주먹을 꽉 움켜쥐었다. 정확히 자신의 어디가 어떻게 특별한지를 모르겠다. 그저 조금 헛것을 보고 신들이라는 것이 귀에 와서 속살대는 것뿐인데. 그거 말곤 그냥 평범한 사람인데.

『오랜 세월, 정도를 걸은 만신이 있었고 음지를 걸은 만신이 있었지. 네 어미도 그랬다. 너 역시 음지를 걷겠다면, 우리는 더 이상 자비를 베풀지 않을 것이다.』

왕왕거리는 음성이 고막을 아프게 울렸다. 방 귀퉁이에서 야차 같은 얼굴을 한 삼신이 그녀를 엄하게 내려다보았다.

『무연아. 우리는 지켜보고 있다. 네가 할 선택을.』

그렇다면 재고할 것도 없다. 그녀는 사람이었고 사람다운 선택을 할 것이다.

"내가 옳은 길로 간다 해도 할머니는 안 떨어질 거잖아요?"

눈썹을 찌푸린 삼신이 이내 그녀에게 다가와서는 손으로 눈 위를 덮었다. 삼신의 손이 떨어질 때까지도 이게 뭔지 몰랐다.

그러나 돌린 시야 안으로 온몸에 구멍이 뻥뻥 뚫린 걸레쪽 같은 그림자가 들어왔다. 창백한 얼굴에 검은 머리, 검은 멍이 곰팡이처럼 곳곳으로 번져나간 흉측한 몸뚱이.

『음지를 택하여 망가져버린 넋의 말로가 네 선택에 도움을 줄 것이다. 우린 더 이상 만신을 잃고 싶지 않다.』

삼신이 중얼거렸으나 무연의 신경은 그 넋에 박혀 있었다. 낯설었지만 낯익은 그 얼굴은 신기하게도 그냥 알아졌다.

"······엄마?"

넋은 슬픈 미소를 짓고 있었다. 어렸을 때 딱 한 번 굿을 본 적 있다. 하얀 소복에 파란 띠, 붉은 띠를 두르고 하얀 갓을 쓴 엄마는 방울과 부채를 들고 산중턱을 제 안방처럼 뛰어다녔었다.

『옳은 길을 걷거라, 아이야.』

삼신의 모습이 흩어지며 엄마의 모습 역시 같이 흐드러졌다. 무연은 저도 모르게 흐드러진 공간을 향해 몸을 일으켰다.

아랫입술을 꽉 깨물었다. 찢어진 입술에서 피가 흘렀다. 저렇게 비참한 모습으로, 너덜거리는 모양으로 늘 옆에 있었단다. 그녀를 위해서.

무연은 방 가운데 한참을 앉아 있었다. 머릿속이 하얗다. 가슴도 하얗다.

"당신이 나를 사랑했던 방식······은 왜 이 모양이야······."

무연은 자리에서 일어나 방문을 열고 나왔다. 어느새 새벽 동이 터오고 있었다.

"게서 뭐 하는 거냐."

그녀를 깨우러 오던 홍주와 마주쳤다. 무연은 고요히 홍주를 보았다.

"엄마가 병이 들었다고 했죠. 무슨 병이었어요?"

홍주가 눈썹을 치켜세웠으나 그녀의 눈에 서린 의지를 읽었는지 순순히 대답해주었다.

"간이 좋지 않았다. 일부를 잘라내야 했지. 수술 후 몸이 많이 약해졌었다."

무연은 이를 악물었다. 주먹을 틀어쥔 채 파르르 떨리는 몸을 애써 진정시켰다.

　"……정말이에요?"

　"뭐가 말이냐. 네가 아픈 이유를 물었고 나는 대답을 했다."

　"간이 좋지 않아서 일부를 잘라내야 했다. 그걸, 믿으라고요?"

　"무슨 말을 하고 싶은 거냐?"

　"천석제. 그 사람이 엄마에게 요구한 걸 아느냐고 묻는 거예요."

　"무슨 소리를 하는지 도통 모르겠구나."

　홍주의 인간미 없는 저 얼굴이 지금만큼은 너무나도 끔찍했다. 저 사람이 모를 리 없다. 이곳에는 엄마와 홍주 둘뿐이었으니까. 게다가 홍주는 석제에게 과하게 깍듯하게 굴었다.

　"엄마가 왜 그렇게 늘 병약해야 했는지 몰랐다고요?"

　"그건 널 여기서 벗어나게 하기 위해 경아가 신과 거래를 했기 때문이었다. 새벽부터 시끄럽게 이게 무슨 일인지 모르겠구나. 어서 씻고 신당에 치성이나 올리거라."

　공허했다. 심장이 송곳으로 쿡쿡 찔리는 것처럼 고통스러웠다. 온몸이 너덜너덜했던 엄마의 넋이 머릿속을 가득 메웠다.

　"알고도 그냥 있었다면 아줌마는 여기 있을 자격 없어요. 나한테 이래라저래라 할 자격 역시. 정말, 몰라야 할 거예요."

　"무슨 일인데 이렇게 시끄러워?"

　무연은 어깨를 움칫했다. 이 목소리는 우진의 것이었다. 등 뒤로 다가오는 기척이 느껴졌다.

　"천석제를 봐야겠어요. 그 사람이 내게 요구한 일에 대해 대답을 해줘야 해요.”

“천석제가 너한테 뭘 요구했는데?”

우진이 그녀의 어깨를 잡았다. 무연은 미어터지려는 감정을 애써 누르고 호흡을 크게 고르며 고요한 뜰에 시선을 두었다. 이상하다. 어젯밤에는 세상을 다 가진 것처럼 행복했는데 지금은 세상에서 가장 불행한 사람이 된 것 같았다.

“그 사람이 부탁한 일이 있어요. 거절할 거예요.”

“무슨 부탁을 했냐니까?”

무연은 눈 끝으로 홍주를 차갑게 바라보았다.

“……날 죽이는 일이요.”

홍주는 방 안에 홀로 앉아 있었다. 무연이 그 아이는 석제가 부탁한 일이 스스로를 죽이는 일이라는 얼토당토않은 말을 뱉은 후 입을 꾹 다물었다.

홍주의 미간에 깊은 주름이 패었다. 경아가 살아생전에도 석제의 은퇴시기에 독대를 자주 했었다. 경아가 아픈 것도 그 즈음이었다. 석제가 다녀간 이후로는 며칠간 신당에 틀어박히더니 이르기를, 간에 병이 왔다며 수술을 해야겠다고 했다. 때마침 이것도 인연이라며 석제가 의료진을 제공해주었고 경아는 성공적으로 수술을 마쳤다.

홍주는 두 눈을 꾹 감았다. 잘못된 게 있을 리 없다. 석제는 현실을 믿는 사람이었다. 만신은 석제에게 있어 그저 아무에게도 못 할 속앓이를 나누는 사람일 뿐이다.

게다가 미신이니 사이비니 하며 이곳을 적대하고 철폐하자고 주장하는 대통령도 있었지만 지금까지 명맥을 이어올 수 있었던 것은 모두 석제 덕분이었다. 무연이 그 아이가 헛소리를 하는 거다.

홍주는 손을 뻗어 전화기를 들었다.

"어르신, 홍주입니다. 오늘, 무연이 그 아이가 갈 것입니다."

사실이 아니어야 했다.

"홍주야, 고마웠어. 무연이 보낼 때 모른 척해줬던 것, 늘 옆에 있어줬던 것, 이따금씩 아닌 척하면서 성훈 씨, 그 사람 소식 전해줬던 것 모두. 넌 정말 좋은 친구였어."

죽기 전, 경아가 보였던 희미한 웃음을 기억한다. 이건 다 무연의 탓이었다. 경아의 생이 반토막 난 것도, 아팠던 것도 모두. 자신도 일생에 하나뿐인 친구를 잃어야 했다.

"난 네가 걱정돼. 너무 고지식해서. 그러다 네가 믿었던 것들이 사실과 다르면 무너질 거야. 회복할 수 없을 정도로. 그리고 스스로를 용납하지 못하겠지."

홍주의 주름진 입술에 고집이 고였다. 그 무렵에는 모두가 잊은 만신을 자주 찾아주는 석제가 마냥 고마웠다. 잊히지 않으려고 석제를 위해 경아를 몰아붙였다. 그때, 그녀가 믿은 것은 경아가 아니라 석제였다.

어르신은 경아에게, 그 아이에게 무슨 부탁을 하신 겁니까?

홍주는 의문을 삼켰다. 자신이 틀렸을 리 없다.

"무슨 일인데?"

우진은 운전을 하면서도 유난히 고요하고 적막한 무연이 신경 쓰였다.

"천석제라는 사람에 대해서 잘 알아요?"

"……천석제? 왜? 말이 나왔으니 말인데 천석제가 너한테 무슨 부탁을 한 건데?"

"……음, 비밀이에요."

"장난하냐?"

"너무 무겁고 이상한 이야기라서 안 할래요."

"그럴수록 더 궁금해지는 게 사람 심리거든."

그는 대답을 기다렸지만 무연은 여전히 창밖만 보고 있었다. 많이 힘든가 싶었다. 내색하지 않아도, 바보처럼 웃어도 속은 곪아가고 있는 건가 싶어 걱정이 됐다.

"임무연. 청와대 나가고 싶으면 말해."

곧 파주다. 우진은 끝 차선으로 차로를 변경하며 말했다.

"데리고 나가줄게."

"……천우진 씨는 그러면 안 되지 않아요? 그래도 명색이 나 도망 못 가게 지키고 있는 사람인데."

무연이 피식 웃었다. 우진 역시 입술을 비틀었다. 맞는 말이기는 했지만 상하체계가 분명한 조직에 있었다고 해도 원래 성향이 어딜 가는 건 아니었다. 자신의 마음이 가는 대로가 먼저다.

"자꾸 딴소리한다. 너 지키러 돌아온 거라니까."

"누가 보면 누가 나 죽이려고 킬러라도 고용한 줄 알겠어요. 대체 누구한테서 지킨다는 거예요?"

"그게 뭐든."

"……진짜 이상한 타이밍에 불쑥불쑥 그런 소릴 하더라. 가슴 왕창 떨리게."

"원래 진심이 사람을 울리는 법이란 거 몰라?"

평소 같지 않게 말이 많아졌다. 위태로워 보이는 무연을 조금이라도 긴장을 풀게 해주고 싶었다.

"천우진 씨, 나 진짜 많이 좋아하나 봐요?"

"뭘 자꾸 확인을 하려고 해, 너는?"

"사람이란 게 원래 그래요. 변하지 않았는지, 지금도 내가 좋은지 어떻게 생각하는지."

"그렇게 자신감이 없어서 뭐에 써?"

"아무리 자존감이 높더라도 좋아하는 사람 앞에선 작아지고 불안해져요. 상대의 마음을 들여다볼 수 있는 게 아니니까."

그럴까. 그는 단순해서 잘 모르겠다. 우진은 마른 웃음을 삼키며 차를 세웠다. 석제의 집 앞이었다.

"이제 뱀 머리는 아니더라도 꼬리 정도는 붙어. 뭔지 알아야 내가 저 안에서 널 가드를 하지. 뭐야?"

무연의 입이 다시 본드처럼 붙어버렸다. 하지만 그 역시 물러날 생각은 없었다. 천석제가 어떤 인간인지 안다. 자그마치 부탁이라는 걸 했단다. 가진 건 몸뚱어리밖에 없는 이 여자에게.

"말해. 나 지금 진지해."

들어야 했다. 이건 내 거니까, 내 것의 사정은 알아야 했다.

"……싫어요. 나 진짜 당신한테 미친년 될 것 같아서. 그냥 이것만 알아줘요. 나 내 인생 선택하러 가는 거예요."

"선택?"

"네, 선택! 그러니까 걱정은 넣어둬요."

무연이 비장하게 웃으며 눈을 반짝였다. 그리곤 몸을 움직여 그를 꽉 껴안았다가 담백하게 떨어지곤 차에서 내렸다. 우진은 눈살을 찌푸렸다. 무연이 하는 짓이 영 수상쩍었기 때문이다.

"아자!"

저 알 수 없는 구호까지 말이다. 우진은 무연을 따라가 그녀의 이마를 손으로 짚었다.

"멀쩡하네."

무연이 뭐냐는 듯 보기에, 심드렁한 얼굴로 대꾸했다.

"영 알 수 없는 짓을 해대니까 어디 아픈가 했지."

"멀쩡하거든요?"

장난기는 금세 사라졌다. 정원을 가로지르는 무연의 표정이 딱딱하게 굳어졌다. 고집스럽게 다물린 입술, 불안이 서린 눈동자.

우진은 그런 무연의 변화를 놓치지 않았다.

"어서 오시게."

문이 열리자 석제가 웃는 낯으로 그들을 맞았다. 불안한 예감이
그를 엄습했다.

chapter 15

낭만도주

"본론에 앞서 부탁을 먼저 드리겠습니다."

무연은 그녀를 지그시 바라보는 석제의 시선에 담긴 중압감을 버텨내며 겨우 입을 떼었다.

"부탁이라. 아가씨. 부탁이라는 걸 할 때에는 말이야. 응당 그에 맞는 대가를 치러야 하는 법이야. 알고 있겠지."

"알고 있습니다. 제 부탁은 하납니다. 청와대에서 나가게 해주세요. 어르신껜 가능한 일이라고 생각합니다."

무연은 차분하게 자신이 해야 할 말을 뱉었다.

"……청와대에서 나가게 해달라는 말인가? 거기에 달린 발이 있으니 언제든 나갈 수 있지 않은가."

"그런 의미가 아닌 것, 아시지 않습니까. 이 지긋지긋한 푸른 기와의 만신이라는 자리를 없애달라는 겁니다."

한동안 그녀를 빤히 보던 석제가 눈을 내리깔며 입가를 둥글게 휘었다. 길어지는 정적에 손바닥이 긴장으로 축축해졌다.

임무연, 쫄지 말자. 눈앞의 이건 사람이다. 똑같이 심장이 뛰고 피가 돌고 지방으로 살이 뭉친 사람. 그러니까 무서워하지 마.

"……역시 요즘 젊은 사람들은 우리 세대와는 달리 당돌하네 그래. 그럼 자네는 무고를 치를 준비가 된 건가? 가는 게 있으면 오는 게 있어야지."

때가 왔다. 무연은 주먹을 꽉 움켜쥐며 강직하게 말했다.

"아뇨. 그건 안 합니다."

도박을 해야 할 때다. 그녀가 던지려는 패가 맞는지는 모르지만 먹히길 바랄 뿐이었다.

"어르신께서 한 일들을 알고 있습니다."

"내가 한 일?"

재미있다는 듯 석제가 몸을 젖혔다.

"잘못 만든 약으로 수백이 죽어나갔던 사건을 알고 있습니다. 12년 전, 한 유명 제약회사가 임상실험도 거치지 않은 신약을 국내에 유통시켜 수많은 사망자가 발생했었죠."

"아아, 그 일. 비통했지."

"신약을 유통시킬 수 있었던 배경에는 어르신의 입김이 있었던 것을 알고 있습니다. 또한 한강을 가로지르는 대교의 붕괴로 백 명에 다다르는 사상자를 낸 사고 역시 자금 문제와 관련해서 의원님과 연관된 사건이라는 걸 알고 있습니다."

"호오. 그런가?"

"전 정치 같은 건 잘 모릅니다. 하지만 어르신께서 현재의 위치를 지키기 위해 해왔던 더러운 일들은 잘 알고 있습니다."

석제는 말이 없었다. 여전히 흥미 본위의 얼굴로 그녀를 지켜보고 있을 뿐이었다.

"입 다물겠습니다. 잠자코 입 다물고 살 테니 청와대에서 나가게 해주십시오."

"……이거 참, 패기가 없는 아이구나."

태연한 석제의 반응에 무연은 당황했다. 약간이라도 흔들어놓을 수 있을 줄 알았는데 아니었다.

"네 신기가 생각보다 용하구나. 경아는 굿을 잘했었는데 말이야. 예지를 잘했던 건 경아의 어미였지. 넌 경아보다 네 조모를 더 닮은 것 같구나. 제 주제도 모르고 사람 갖고 장난치려는 괴팍함도 꼭 빼 닮았고 말이다. 할 말은 다 한 거냐?"

무연은 눈썹을 파르르 떨었다. 쉽게 생각한 건 아니었지만 웃음까지 머금은 석제가 소름 끼치게 오싹했다.

"네가 말한 사건, 사고들은 애석하지만 나는 정말 모르는 일이란다. 혹여 그 일들과 내가 정말 관련이 있고 네가 그 사실을 안다면 이렇게 거래를 할 게 아니라, 당연히 사회에 고발을 해야 하는 것이 맞지 않겠니? 헌데 눈을 감겠다니……."

무연은 입술 안쪽 살을 꾹 깨물었다. 저도 모르게 질겅질겅 씹어 댄 탓에 볼 안쪽에서 피가 터졌다. 입안 가득 비릿한 피 맛이 돌았다.

"안타깝구나. 젊은 것이 패기라도 있어야 할 텐데 말이야. 이 나라가 장차 어찌 되려고. 쯧쯧."

천석제에게 그녀의 도덕성을 지탄받고 있다. 어이가 없어 헛웃음이 다 나올 지경이다. 이따위 말에 흔들릴 거면 애초에 이 자리에 앉아 있지도 못했다.

"……네. 저는 그것밖에 안 됩니다. 제게 중요한 건 청와대를 나가서 자유로워지는 겁니다. 무당 팔자로 산대도 상관없습니다. 신들이 떼로 덤벼들어 달달 볶아대도 그건 제가 감당해요. 그러니 절 놓아주십시오. 그러면 저는 평생 입을 다물죠. 어르신께서 완전무결한 전설적인 인물로 남을 수 있도록요."

"이거 말의 초점이 벗어났네. 내가 한 제안은 무고였네. 내가 하지도 않은 일을 갖다가 입을 다물고 말고 할 게 아니라."

"안 한다고 말씀드렸습니다."

"간이야 조금 떼어낸다고 죽지 않아. 혈통만 근근이 이어오는 만신을 설마 내가 죽을 만큼 몰아세우기라도 하겠나."

"전 사람입니다. 그리고 그건 사람으로서 할 일이 아닙니다."

"나는 무고가 담긴 그 독이 필요해."

"사람 인생이야 공수래공수거(空手來空手去)라는데 너무 미련 두지 마세요."

비정한 잿빛 눈초리가 그녀를 서늘하게 쏘아보았다. 무연은 살떨리는 속내를 숨기고 그 눈을 대차게 맞받아쳤다.

"무연아."

석제가 문득 웃음을 흘리며 그녀의 이름을 친근하게 불렀다.

"세상을 다 가진 진시황조차 불멸을 꿈꿨다. 사람이 삶에 가지는 집착은 생각보다 무시무시한 것이란다. 나는 이미 무고로 효력을 보았어. 내가 그 무고를 다시 얻기 위해 어디까지 할 수 있을지 네 혜안으로 볼 수 있겠니?"

몸을 반듯하게 편 석제가 서늘하게 웃었다.

"내가 30년이 넘도록 아무런 잡음도 없이 여기에 머물러 있을 수 있는 건, 그만큼 일을 잘한다는 거다. 지금 네가 한 얘기들. 입을 다문다, 독을 만들지 않겠다……. 그 말이 무슨 뜻인지 알고 하는 거냐?"

석제가 내뿜는 검붉은 사이한 기운에 입술이 파르르 떨렸다.

"나 같은 사람한테 도전을 한다는 건, 목숨을 담보로 하지 않는 이상 불가능하단다."

석제의 얼굴에 덧씌워졌던 가면이 떨어졌다.

"난 내가 사용할 수 없는 말이라면, 그 말이 내게 위협이 될 어떤 가능성이라도 가졌다면, 그 경우의 수를 없애기 위해 꽤 많은 노력을 해왔단다."

손끝이 차가워졌다. 피가 통하지 않는 것 같았다.

"자, 이제 다시 묻겠다. 나를 위한 비방을……."

똑똑.

석제의 존재감에 짓눌려 숨조차 쉬지 못하던 무연은 마치 가위에서 풀려난 듯 흠칫하며 문가를 보았다.

"들어가도 됩니까?"

우진의 목소리였다. 저도 모르게 눈가가 시큰거렸다. 문밖에 우진이 있다. 그녀를 지켜주는 남자가 저기 있다. 그러니까 괜찮다. 스스로 되뇌었다.

무연은 피 맛이 비릿하게 도는 입안을 훑어 정신을 가다듬고 다시 석제를 보았다.

"그 담보가 목숨이라도 저는 안 합니다. 엄마가 목숨으로 내어준 인생입니다. 그러니까 안 해요. 다시 말씀드리죠. 어르신이 해왔던 더러운 비리들, 입 다물게요. 그러니까 만신같이 웃기지도 않는 건 없애주세요."

무연은 자리에서 일어났다. 잔뜩 쫄았던 탓에 무릎이 후들거렸지만 티 내지 않으려 발가락 끝까지 힘을 빠짝 주었다. 막 돌아서려는데 갑자기 서재 문이 열렸다. 우진이었다. 머리부터 발끝까지 훑는 눈초리가 마치 그녀가 어떤 변이라도 당하지 않았는지 관찰하는 것 같았다.

"얘기 끝났어요."

무연은 애써 웃으며 말했다.

"다음번엔 어르신이 저를 찾아오세요. 제 제안에 대한 답을 하러요."

무연은 석제를 향해 말하고 서재를 나왔다. 그래도 저 늙은 호랑이를 상대로 제법 잘해냈다. 이제부터가 전쟁이다.

돌아가면 할 일이 많았다. 삼신이든 삽살이든 달달 볶아서 천석제라는 사람에 대해 최대한 많이 들여다보고 대책을 세워야 했다. 그녀의 평범한 미래를 위해서.

"거기 서라."

무연은 등 뒤에서 들리는 목소리에 멈췄다.

"할 얘기는 더 이상 없습니다."

"자네 말고."

그녀가 의아해하는 사이, 석제의 시선에 우진을 향했다.

"우진이, 너 말이다. 조만간 부르려고 했는데 마침 잘되었다."

이상하다. 석제를 바라보는 우진에게서 무서운 살기가 폴폴 풍겼다. 그녀로서는 이 상황이 이해가 가지 않았다.

"들어와 앉아."

"됐습니다. 공무 중입니다."

우진이 한쪽 입꼬리를 비틀며 서늘하게 대꾸하곤 그녀의 어깨를 잡아 밖으로 나가려 했다.

"청와대에서 철수해. 네가 더 이상 거기 있을 필요가 없겠어."

"어르신과 제 사이의 일은 이 사람과는 상관없습니다. 왜 엄한 사람을 끌어들이시죠?"

무연은 우진의 팔을 꽉 붙잡으며 날카롭게 대꾸했다.

"엄한 사람이라니?"

석제가 눈을 가늘게 좁혀 떴다.

"애초에 내가 허락하지 않았다면 우진이가 자네 옆에 어떻게 있을 수 있었겠나."

"그게 무슨······?"

말을 채 맺기도 전에 우진이 그녀의 앞을 막아섰다.

"좋게 말할 때 그만두십시오."

"아비에게 하는 말버릇하고는."

"······아비?"

무연은 미간을 구겼다. 가는귀가 먹었나. 헛소리가 다 들렸다.

"그 애가 내 아들이니까 내 마음대로 치운다는 것뿐인데 문제라도 있는가."

무연은 등을 보이고 서 있는 우진을 멍하니 보았다.

아들. 아비. 부자(父子).

천석제와 천우진 그리고 천지원. 이복형제.

"……아, 나 정말 바보 아니야?"

정말 쉽게 짜 맞춰질 퍼즐이었다. 어째서 그걸 여직 생각을 못 했었나.

"밖에서 잠깐 기다려."

할 말이 많았지만 사람 하나는 죽일 것 같은 살벌한 표정의 우진을 보고 무연은 순순히 물러났다. 현관 밖으로 나와서 멍하니 눈을 끔뻑였다.

"……아들? 뭐 이런……."

머리가 까무룩하다. 아무 생각도 안 들었다. 그저 닫힌 문만 하염없이 바라보았다. 왠지 저 문이 다시는 열릴 것 같지 않았다. 그의 아버지라는 사람이 그더러 더 이상 그녀의 옆에 있을 필요가 없다고 했으니까.

버림받는다. 어쩌면 또.

"뭐 하자는 겁니까? 누구 마음대로 물러나요?"

우진은 석제를 쏘아보았다. 완전 쪽팔렸다. 저 사람이 그의 아버지라는 걸 무연이 알아버려서.

"제가 왜 당신 말을 듣습니까?"

"널 저 아이 옆에 있게 한 게 내 뜻이었으니까. 남 원장과 이해관계에서 상충되는 부분이 없지 않아 있긴 했지만 결국 결론은 같았지. 천우진을 옆에 둔다."

"……어쩐지 뒤가 구리더라니."

우진은 조소했다. 애초에 성훈이 그를 고집할 때부터 수상쩍긴 했었다. 블랙요원인 그를 불러들여 위험요소 하나 없는 여자를 감시하게 한 것부터가.

"됐습니다. 당신 말 들을 이유도 없고, 설령 애초에 당신이 무슨 꿍꿍이가 있어서 날 저 여자 껌딱지로 만든 거라도 지금 와서는 상관없습니다."

"상관없다?"

"죽을 때까지도 다시는 보고 싶지 않았던 당신하고 필연적으로 얽힐 수밖에 없는 일이라는 걸 알고서도 저 여자 옆에 있기로 선택한 건 접니다. 제가 당신 말을 왜 듣겠습니까?"

"무슨 뜻이냐?"

"다 큰 성인 남자가 여자 옆에 딱 붙어 있을 이유가 뭐겠냐는 말입니다."

우진은 석제의 안면에 대고 히쭉 웃었다.

"저 그 여자랑 연애합니다. 저 같은 놈이 연애를 한다는 건 게임 끝난 거거든요. 눈이 뒤집혀서 지금 뵈는 게 없습니다."

"……허, 정말 머리가 어떻게 된 거 아니냐. 내가 널 저 아이 옆에 둔 건 네가 어떤 놈인지 알았기 때문이다. 그런데."

"그런데 당신의 계획과는 달리 제가 저 여자를 좋아하게 되어버렸죠. 그것도 아주 많이."

우진은 돌아서 나가려 했다. 그러나 석제의 음성이 이어졌다.

"……안 될 거다."

"어떤 방해를 해도 발아래 꽉꽉 짓밟아 형편없이 구겨드리죠."

석제가 그를 빤히 보다 입매를 둥글게 휘었다.

"난 내 아들이 한낱 무당한테 넋 나간 꼴은 보고 싶지 않아."

"아들 타령, 그거 소름 끼치네요."

"그래서 그런지 문득 내 밑바닥을 네게 보여주고 싶은 기분이 드는구나."

"당신의 밑바닥은, 애초에 당신이 내 어머니를 죽였을 때 봤습니다."

현장에서 다진 그의 육감이 위험을 경고했다. 하지만 거리낄 것 따윈 없었다.

"그 사람의 병을 내가 자초한 것은 아니었는데 말이다."

"그 병을 치료하는 데, 안전성도 보장받지 않은 신약을 쓰게 했었죠. 당신은 내 어머니를 마루타로 썼던 겁니다."

"그거참, 듣기에도 소름 끼치는 무서운 얘기구나."

석제가 유감이라는 듯 고개를 가로저었다.

"……그 입 다무는 게 좋으실 겁니다."

우진은 몸을 돌려 문고리를 잡았다.

"내가 무연이라는 이름을 가진 만신의 엄마와 조모를 죽음으로 몰았다. 이 사실을 그 아이가 막 알아챈 눈치이던데, 네가 내 아들인 걸 알면 그 애가 먼저 도망가지 않겠냐."

소파에서 일어난 석제가 뒷짐을 지고 선 채 그를 보았다.

"……그 여자한테 뭘 부탁한 겁니까?"

우진은 주먹을 꽉 움켜쥐곤 입술을 달싹였다. 피가 머리끝까지 뻗쳤다. 순식간에 솟은 아드레날린에 관자놀이에 핏줄이 불뚝거리며 섰다.

"아아. 그거. 내가 요 몇 년, 몸이 영 좋지 않아서 말이야. 비과학적인 힘에 조금 기대봤는데 썩 잘 들더란 말이야."

오늘 새벽, 무연이 홍주에게 석제가 제 엄마에게 부탁한 것이 뭔지 알고 있었냐고 몰아세우고 있었다.

"무당들에겐 무고라는 게 있다. 항간에서는 저주라고도 하지."

석제가 잠시 말을 끊고 자신의 왼쪽 가슴을 손으로 꾹 눌렀다.

"그 저주에는 꼭 필요한 재료가 있는데 그 아이가 없으면 무고를 완성시킬 수가 없어. 그래서 달라고 했다."

"……그게 뭡니까?"

"간이다. 신의 사랑을 받은 자의 간."

대답을 듣는 순간 우진은 더 이상 눈앞의 인간이 사람으로도 보이지 않았다.

"당신, 정말…… 갈 데까지 갔네."

우진은 석제를 빤히 바라보다가 고개를 돌렸다. 문 옆에 있는 작은 장식 탁자에 펜 하나가 놓여 있다. 우진은 그 펜을 집어 들었다. 그리곤 석제와 눈을 맞추고 펜의 뾰족한 촉을 자신의 왼쪽 손바닥에 강하게 찔러넣었다.

"윽!"

끔찍한 통증이 손바닥을 관통했고 손에서 흐른 피가 바닥으로 뚝뚝 떨어져 내렸다. 우진은 스산하게 웃었다.

"할 수만 있다면 이 더러운 피, 내 몸에서 다 빼고 싶어. 당신 같은 사람이 아버지라니. 피가 이어졌다고 해서 아무나 부모가 되는 게 아니야. 당신은 자격 없어."

"뭐 하는 짓이냐. 감히!"

석제가 뭐라건 우진은 돌아서 서재를 나왔다. 무연이 있을 현관 밖을 향해 곧장 걸었다.

"……젠장."

정원에 무연의 모습은 보이지 않았다. 무연을 찾는데 관자놀이에서 식은땀이 흘러내렸다. 축 늘어뜨린 손에서는 계속해서 피가 뚝뚝 떨어져 내렸다.

"임무연!"

대문 밖 도로로 나온 우진은 소리를 버럭 질렀다. 우진은 왼쪽, 오른쪽을 번갈아 보다 오른쪽으로 몸을 틀었다.

"임무연! 어디 있어!"

뱃속 저 깊은 곳부터 소리를 뽑아냈다. 그의 목소리가 사방을 왕왕 울렸다. 머리가 어질어질하다. 피를 많이 흘린 탓이다. 초조함으로 가슴이 타들어갔다.

"내가 그 아이 엄마와 그 아이 조모를 죽음으로 몰았다. 네가 내 아들인 걸 알면 그 애가 먼저 도망가지 않겠냐."

석제의 말이 뇌리에 들러붙었다.

"임무……!"

우진은 다시 무연의 이름을 부르려다 자리에 섰다. 무연이 눈앞에 있었다.

"……찾았잖아. 도망간 줄 알았잖아."

안도감에 발밑이 휘청였다. 그가 숨을 뱉는 사이, 무연이 두 눈을 휘둥그레 뜨곤 그에게 달려왔다.

"손이 왜 이래요? 괜찮아요?"

무연이 그의 왼손을 조심스레 잡고는 어찌할 바를 몰랐다.

"손이 왜 이러냐니까요?"

우진은 턱 아래서 허둥대는 무연의 머리통을 보며 희미하게 웃었다.

"……좆 된 줄 알았잖아."

오른손을 들어 무연의 어깨를 잡아 품으로 꽉 당겨 안았다.

"야, 내가 너 진짜 좋아하나 보다."

마주 닿은 가슴의 공명이 확장된다. 무연이 숨을 죽였다.

"그 인간이 너한테 원하는 게 뭔지…… 알아."

눈앞이 노랗다. 이젠 그가 무연을 안고 있는 게 아니라 무연이 무너지려는 그의 몸을 받쳐주고 있는 형국이었다. 피는 여전히 뚝뚝 흘러내렸다. 몸 안의 피를 모두 갈아버리기라도 할 듯.

"말은 그만하고 병원 가요. 병원 가자고. 어?"

무연이 울먹이며 몸을 움직이려 했다. 하지만 그걸 다시 강하게 끌어안았다. 작은 몸이 품 안에서 꼬물거린다.

미치게 소중했다. 어느새 이렇게 좋아져버렸지 싶게 감정이 애틋하게 흘러넘쳤다.

"그것 때문에 나한테서 도망가지…… 마."

"말하지 말고 좀 앉아봐요! 휴대전화 있어요? 119 부를게!"

눈앞이 깜깜해졌다. 무연의 새된 비명이 들린 것도 같았다.

"환자 기본 인적사항을 알려주셔야 해요."

무연은 접수처 앞에서 환자 인적사항을 적어달라며 직원이 내놓은 카드를 난감한 얼굴로 내려다보았다. 공란을 채워야 하는데 그의 이름 석 자, 나이 말고는 적을 수 있는 게 없었다. 늘 옆에 있다 보니까 전화를 할 일도, 찾아갈 일도 없었다.

"우선……은 치료부터 해주세요. 이 사람 보호자 부를게요. 저는…… 우린 사실 잘 모르는…… 사이라서요. 이 카드는 제가 적을 수가 없어요. 저는…… 저는 그냥 아는 사람이라……."

무연은 우진의 휴대전화를 꽉 거머쥐곤 말했다.

"그럼 이 옆 칸이라도 적어주세요."

직원이 카드를 뒤집어 또 다른 빈 란을 가리켰다. 무연은 그것을 멍하니 보다 고개를 들었다. 저기에 그녀의 이름을 적을 순 없다. 자신은 존재해서는 안 되는 사람이니까.

"……보호자를 부를게요. 치료부터 해주세요."

무연은 심호흡을 하고 떨리는 손으로 우진의 휴대전화를 열었다. 거기에는 단 한 개의 번호만 저장이 되어 있었다.

남성훈.

"안녕하세요, 원장님."

전화를 걸었고 몇 번의 신호음 끝에 성훈이 전화를 받았다. 잠시 정적이 흘렀다. 하지만 곧 다정하게 화답했다.

"여기…… 파주에 있는 A병원인데요, 와주실 수 있으세요? 그 사람이. 천우진 씨가 손에 구멍이 났어요. 여기 뭘 적어야 하는데 제가 그 사람에 대해서…… 하나도 몰라요."

다행히 성훈이 바로 온다고 했다. 무연은 휴대전화를 든 손을 축 늘어뜨렸다. 고개를 숙여 얼굴을 감싸 쥐었다. 온다. 온단다.

응급실 입구 근처 침대에 누운 우진이 보였다. 의사들이 응급처치를 하고 있었다. 죽지는 않겠지만 그래도 두려웠다. 늘 여유가 만만했던 강철 같은 사람이 저기 누워 있다.

"보호자 되십니까?"

"네. 이 사람 괜찮은 거죠?"

"피를 많이 흘렸어요. 다행히 뼈 쪽은 문제가 없고……."

그녀가 침대 곁으로 가자 의사가 몇 가지를 말했지만 귀에 들어오지 않았다. 의사가 간 후 무연은 옆에 있는 의자를 끌어 앉았다. 그리곤 멀쩡한 그의 오른손을 꽉 잡았다.

"환자보다 본인이 죽을 것 같은 얼굴이네요."

무연은 갑자기 들려온 목소리에 고개를 돌렸다. 성훈이 말쑥한 정장 차림으로 거기에 서 있었다.

"천 팀장은 좀 괜찮나요?"

"예. 괜찮을 거라고 의사가……."

"접수는 내가 했으니 걱정 말아요. 밥은 먹었어요?"

이 상황에 밥이 문제겠는가. 무연은 그냥 애매하게 웃었다. 그러자 성훈이 손에 들고 있던 봉지를 내밀었다. 비타민 음료였다.

"입술도…… 다 부르텄네. 여기 의사가 무연 양 치료는 하자고 안 했어요?"

"아, 이건……."

어찌나 하루 종일 입술을 짓씹어댔는지 성훈이 지적하고 나서야 통증이 느껴졌다.

"……무슨 일이 있었는지 말해줄 수 있어요?"

성훈이 우진을 바라보며 나직하게 물었다. 무연은 눈을 지그시 감았다. 많은 것이 머릿속을 훑고 지나갔다.

천석제라는 괴물과 그 괴물의 아들.

우진은 그 괴물이 그녀에게 무엇을 요구했는지 알면서도 도망가지 말라고, 자신도 그녀를 버리지 않겠다고 했다. 많이 좋아한다면서.

살면서 '운명'을 믿어본 적은 없다. 하지만 신들이 좋아하는 운명이란 것은 어찌나 짓궂은지 이따위로 사람을 농락한다.

"제가, 이 사람이 천석제 아들이란 걸 알았어요. 이 사람이 천석제 아들이라서 내 사랑이, 말도 못 하게 꼬여버렸어요."

허탈한 웃음이 흘러나왔다. 이제 어째야 할지 모르겠다.

적어도 당신이 그냥 천우진이었다면.

놓지 않겠다는 듯 부여잡았던 손이 헐거워졌다.

"……천 팀장이 걱정돼요?"

"……그러니까 여기 있죠. 안 도망가고."

"그거면 됐지 않아요?"

354

무연은 고개를 들어 성훈을 돌아보았다. 다정한 눈이 그녀를 향해 미소 짓고 있었다. 무척이나 친근하고 또 아련하게.

"우진이를 믿어주세요. 이놈은 원래 귀찮아서 사람도 옆에 안 두는 놈이에요. 그런데 무연 양더러 자기 거라고 합디다. 그건, 이놈이 자기가 죽는 한이 있어도 무연 양을 안 놓는다는 뜻이에요. 워낙에 서툴러서 그렇지 그렇게 열렬합니다."

성훈이 손을 뻗어 그녀의 어깨를 스치듯 다독였다. 그 손끝이 눈에 띄게 떨렸으나 무연은 미처 알지 못했다.

"출생이 중요한가요? 그 사람이 살아서 걸어온 길, 그 사람을 지금의 사람으로 만든 길, 그 과정들이 중요하지. 안 그래요?"

생뚱맞은 아저씨로부터 전해 듣는 간접적인 고백이었다. 그런데 왜 이렇게 눈물이 핑 도나.

손에 피를 뚝뚝 흘리면서도 그녀가 도망간 줄 알았다며 꽉 끌어안았던 절박함이 선명하게 살아났다. 무연은 거칠게 눈물을 훔치고 성훈을 향해 웃어 보였다.

"웃는 거 보니까 무연 양도 내가 마음에 들었나 봐요."

"우진 씨가 유일하게 휴대전화에 저장해둔 분이니까요. 믿으려고요."

그 뒤로도 성훈은 그녀를 안심시키듯이 아무 말도 하지 않고 자리를 지켜주었다. 나란히 앉아서 우진의 침대 위로 쏟아지는 여름 햇살을 말없이 바라보았다.

석제가 서재를 나선 것은 오후가 다 지나 해가 질 즈음이었다.

"……언제 왔냐."

지원을 보고 걸음을 옮기던 그는 채 몇 걸음 걷지 못해 허리를 굽히고 눈을 질끈 감았다. 지병이 도진 탓이다. 지원이 얼른 그를 부축하려 했지만 석제는 손을 저었다.

다른 곳들은 멀쩡한데 하필이면 심장이 고장 나서 천하의 천석제를 쓸모없고 병든 인간으로 만든다.

"일단 앉으세요. 약을 가져올게요."

석제는 힘겹게 거실 소파에 앉았다. 그사이 지원이 약을 챙겨왔다. 석제는 약을 먹고 숨을 골랐다. 곧이라도 멎을 듯 무섭게 일렁이던 심장이 차츰 안정을 찾아갔다.

"……서재에 피가 있던데요."

"우진이 것이다. 네가 내 아들이다 했더니 제 손을 찔러버리더구나. 몸 안의 피를 다 빼내면 되지 않겠냐면서. 미친놈."

석제는 다시 생각해도 기가 차고 어이없어 웃음을 흘렸다.

"……심장 이식을 알아보는 건 어떠세요?"

석제가 해온 일들을 지원만큼 잘 알고 있는 사람은 없다. 그리고 석제를 이해하기에 그가 걸어온 길을 지지해왔다. 최고의 자리, 재산, 명예, 그것들이 가져다줄 최고의 인생. 그렇게 되물림되어 내 자식들이 살 최고의 길. 그 모든 것이 거저 주어지는 것은 아니다.

"내 몸이 수술을 버틸 수 있을 거라고 생각하냐."

"하지만 이대로 손 놓고 있을 수는 없어요."

"나는 살 거다."

석제가 차갑게 가라앉은 눈으로 그녀를 직시했다.

"나는 살 거야. 넌 네 일이나 열심히 해라. 대통령 임기가 끝날 때가 되니 자꾸 잡음이 들려오는구나. 제대로 처리해. 그것도 수완이고 능력이야."

지원은 눈을 내리깔았다. 옛날 기억이 머릿속을 스치고 지나갔다. 엄마의 친정이 부도날 조짐이 보였을 때, 아버지는 엄마에게 이혼을 요구했다. 한데 묶여 들어가 같이 바닥을 칠 수는 없다는 게 이유였다. 우진의 엄마가 신약의 부작용으로 이른 죽음을 맞았을 때도 입 다물고 죽어달라고 했다. 네가 입을 열면 우진이 인생이 어떻게 될 거 같냐고.

아버지도 처음부터 괴물은 아니었다. 그가 걸어온 길이 그를 괴물이 되도록 만들었다. 스스로의 정체성이 희미해질 만큼 오래도록. 그녀와 아버지가 서 있는 자리가 그런 자리였다. 괴물이 되지 않고서는 배겨나지 못할.

"홍주를 불러들여."

잠시 숨을 돌린 석제가 소파에 몸을 파묻으며 낮게 말했다.

"그리고 남 원장, 그 사람을 끌어내려야겠어. 준비해. 10년이면 오래 해먹었지 않아. 더 이상 인내할 이유가 없다."

석제는 이를 꽉 물었다. 무고를 반드시 완성시켜야 했다. 5년 내리 짙은 혈향을 뿜었던 독이 경아가 죽고 난 후부터 서서히 굳더니 지금은 아예 고체가 되어버렸다.

일단 그 아이의 숨통을 조여야겠다. 한다고밖에 말할 수 없게. 손 내밀 곳 하나 없게. 그 아이의 아버지, 성훈의 팔다리를 자르고 우진을 떼어내고 홍주를 얼러 그 애를 고립시킬 것이다. 그렇게 원하는 자유로부터 처절하게 멀어지게 해주겠다.

"그 무당의 말이 맞았구나."

석제는 희끗하게 웃으며 먼 곳을 응시했다.

"어허, 어허, 어허야. 네가 나를 죽이고, 내 딸을 죽이고, 내 손녀를 죽이고, 그 손녀의 딸을 죽이고. 생명의 윤회가 굴레를 지고 또 지고. 어허, 어허, 어허야. 크게 될 사람아, 바른길을 걸어라. 그 끝에 극락이 있나니, 바른길을 걸어라. 옳은 길을 디뎌라. ……어허, 어허, 어허야, 내 아이들, 불쌍한 아이들, 억겁 같은 그 아이들 씨를 네놈이 모조리 말리겠구나!"

예지라는 것, 참 신통방통하지 않은가.

옳은 길을 걷기는 애초에 글러먹었다. 그는 늘 옳지 않은 길을 택해왔다. 그게 더 커다란 세상을 그에게 안겨주었으니까.

"죽이고, 죽이고, 또 죽인다……라."

낮게 뇌까렸다. 무연이 죽는다면 무고 역시 경아가 죽었을 때처럼 쓸모가 다할지도 몰랐다. 하지만 상관없다. 무연을 살려두는 동안 차선책을 찾으면 된다. 방법은 어디에나 있었다. 그게 정도든 악도든.

그는 자신을 위해서라면 얼마든지 잔인해질 수 있었다. 그렇게 살아왔고 앞으로도 달라질 건 없었다. 그의 가슴은 사람다운 온기를 잃은 지 오래였다.

"신이란 게 있다면, 이 병이 내가 잘못 산 벌이라면 말이오, 도로 거둬가는 게 좋을 거요. 나는 당신들이 사랑하는 축복받은 만신의 씨를 말려버릴 수도 있다오. 그런데도 해보시겠소?"

조소하는 석제의 뒤에서 하회탈이 허깨비처럼 둥실 떠올랐다. 하지만 석제에게는 보이지 않았다. 바로 옆에서 그를 물끄러미 바라보는 섬뜩한 탈이 기괴한 웃음을 흘렸다.

무연은 신당의 문을 활짝 열어젖혔다. 정면, 치우천왕의 무신도를 뚫어질 듯 바라보았다.

"할아버지, 그 할아버지 맞죠. 엄마 머리맡에 있던 거인 할아버지. 내가 기억하는 게 맞죠."

돌아오는 대답은 없었다.

"……엄마를 왜 지켜주지 않았어요? 엄마가 그런 선택을 할 때도, 왜 그냥 지켜보기만 했어요?"

신들은 인간사에 간섭할 수 없다. 그것은 불문율이다. 하지만 천구는 그들을 알아보고 그들의 말을 듣고 그들의 뜻을 품을 수 있는 만신에겐 관여할 수 있다고도 했다.

"거기 서서 뭐 하는 거냐."

옆을 보자, 홍주가 외출을 하려는지 옷을 갖춰 입고 서 있었다. 무연은 바로 방으로 돌아가려 했다.

"천 팀장은 정신이 들었다는구나."

무연은 다시 홍주를 돌아보았다.

"한 시간 전 즈음에. 남 원장에게서 연락이 왔었다. 네가 많이 걱정할 거라고."

무연은 침을 꼴깍 삼켰다. 우진에게는 쪽지를 남겨놓고 왔다. 홍주가 그녀가 도망간 줄 알면 곤란하기에 제 발로 돌아왔다. 성훈이 전화를 해준다고 했지만 거절했다. 자신이 할 일은 제대로 하고 싶었다.

그 남자 때문에 나쁜 버릇이 생겼다. 무릎이 풀썩 꺾일 때마다 옆에 있어주니까 조금만 힘들어도 그 남자를 떠올린다.

"네게 묻고 싶은 게 있다."

홍주는 언제나 그랬듯 정나미 떨어질 정도로 반듯하게, 메마르고 건조한 얼굴로 그녀를 보고 있었다.

"내게 했던 얘기. 어르신께서 경아에게 부탁했다던 일. 네게도 부탁한 일. 너를 죽인다는 그 일. 그게 뭐냐?"

"그럼 저도 묻죠. 정말 몰라서 물으시는 거예요?"

"……됐다."

홍주는 한동안 그녀를 응시하다 밖으로 향했다. 무연은 그 뒷모습을 집요하게 바라보았다.

까닭 모를 원망과 미움이 홍주에게로 쏟아졌다. 죽어서도 온전치 못한 엄마의 넋을 당신도 보았어야 했다. 만신지기로서 이곳에 있는 거라면 그 일은 무조건 알아야 했다. 경아를 생각하자 왈칵 심장이 조여들었다.

홍주의 뒷모습을 쏘아보던 무연은 문득 눈을 크게 떴다. 회랑에서 내려와 뜰에 섰다. 무언가 본 것 같았기 때문이다.

뜰을 에워싼 수풀 사이가 웅성거렸다. 무연은 그쪽으로 달려갔다. 낯익은 하회탈이 수풀 저 너머로 스쳐갔다. 마치 귀신놀음을 하듯 수풀 위를 이리저리 날아다닌다.

『킥킥킥. 여기야.』

아이의 그것처럼 천진난만한 웃음이 귓등을 울렸다. 무연은 두근거리는 심장을 억누르며 탈을 찾아 주위를 두리번거렸다.

『킥킥킥. 그리 둔해서야 어느 세월에 잡을까. 네 어미도 그리 굼뜨지는 않았다.』

등 뒤다. 무연은 소리를 따라 반대편 숲으로 달려가려 했다. 누가 보면 맨발의 광년이 하나가 숲 사이를 미친 듯이 뛰어다니는 모양새였다. 땀이 비 오듯 나기 시작하고 머리카락이 목이며 얼굴에 달라붙었다.

"……으아악!"

정신없이 수풀을 헤집으며 탈을 쫓던 무연은 난데없는 괴성을 지르며 자리에 우뚝 섰다. 바로 앞은 낭떠러지였다. 몇 걸음만 잘못 디뎠다면 죽을 뻔했다.

『아이야, 나를 찾았느냐, 쫓았느냐?』

바로 앞에 하회탈이 불쑥 솟았다. 무연은 침을 꼴깍 삼켰다. 숨이 얼어붙었다. 몸통 없이 탈만 둥실, 코앞에 떠 있었다.

『얼쑤, 좋구나. 네가 풍기는 그 어둔 기운이 얼쑤, 좋구나. 좋다. 너도 바라는 게 있느냐, 네 어미처럼?』

제 할 말만 신나게 한 하회탈은 이내 땅으로 꺼지듯 사라져버렸다. 황망해진 무연은 얼른 고개를 돌려 탈을 찾았다. 그런데 멀리서 사라지는 킥킥거리는 웃음소리뿐, 보이지 않았다.

『너는 내게 무엇을 줄 수 있니?』

무연은 무작정 소리가 나는 방향으로 뛰었다. 발바닥이 까지고 피가 나도 개의치 않은 채 수풀을 헤쳤다. 그렇게 정신없이 달리던 와중이다. 뭔가에 묶이듯 몸이 섰다. 팔을 휘어잡는 강한 힘에 무연은 자신을 낚아챈 상대를 올려다보았다.

"뭐 해, 맨발로. 진짜 미쳤어?"

우진이다. 수척했다. 너무 놀라 입을 뻐끔거렸다.

"저기, 잠깐……!"

시선 끝에 그것이 스쳐갔다. 무연은 팔을 비틀어 그것을 쫓으려 했지만 우진이 놓아주지 않았다.

"너 뭐야? 손에 구멍이 나서 정신 잃은 사람 놔두고 그냥 가버려?"

다소 화가 난 것 같은 음성에 무연은 눈을 끔뻑거렸다.

"내가 분명히 말했지. 도망가지 말라고."

우진이 이를 사리물었다. 그가 왜 이렇게까지 화가 난 건지 까닭을 알 수 없었다. 우진이 발산하는 열기에 숨이 턱턱 막혔다.

"나는 너 안 놓쳐. 내가 그 사람이랑 피가 섞여서 더 이상 넌 내가 아닌 거라면 나는 용납 못 해. 내가 붙잡았잖아. 구멍 난 손으로 피 뚝뚝 흘리면서 너 잡았잖아. 찾았잖아. 그런데 사람 병원에 버리고 그냥 가냐? 가? 가져? 너 그거밖에 안 돼?"

붉게 핏발 선 동공이 파르르 떨렸다. 그의 분노가 여실히 느껴졌다. 몰아세우는 말끝에서 간절함이 읽혔다. 그가 화를 내는데도 불구하고 무연은 기뻤다.

늘 그의 마음을 확인받고 싶었다. 표현에 인색한 사람이라 기회만 되면 물었다. 하지만 그럴 필요가 없었다. 그는 늘 행동으로 보여줬으니까.

"너 대체 뭔데!"

화가 잔뜩 난 그를 물끄러미 올려다보던 무연은 갑자기 입꼬리를 끌어올려 빙글 웃었다.

"쪽지, 못 봤어요?"

벌게져서는 열을 뿜던 우진이 눈썹을 치켜올렸다.

"죽을 만큼의 중상은 아니었고 의사도 괜찮대서 남 원장님께 말씀드리고 당신 머리맡에 쪽지 써놨어요, 그 쪽지 못 봤냐고."

팔을 잡은 그의 손힘이 느슨해졌다. 여전히 상황이 파악되지 않는지 그녀를 벙찐 얼굴로 보고 있었다. 처음 보는 멍청한 얼굴을 마음껏 구경한 무연은 시선을 내려 붕대를 친친 감고 있는 그의 왼손을 보았다.

"처치는 제대로 하고 온 거예요?"

"그러니까…… 도망간 게 아니라고?"

머리가 복잡한지 미간을 찌푸린 우진은 제 얼굴을 쓱쓱 쓸어댔다.

"그러니까…… 쪽지를 썼다고?"

"가지 말라고 징징 짠 게 누군데."

"짜긴 누가 짜. 없는 말 지어내지 마라."

그녀가 다소 과장 섞어 말하자 우진이 바로 부정했다. 그러더니 이내 짙은 한숨을 쉬곤 자신의 머리를 신경질적으로 비볐다.

"이 망할 여우 영감!"

아마 성훈이 중간에서 뭔가 장난을 친 모양이다. 그가 그녀의 쪽지를 봤다면 이럴 리는 없었으니까.

"쪽지, 못 봤구나."

"뭐라고 썼는데?"

"……눈뜨면 우리 집으로 와요. 기다릴게."

"그게 다야?"

조금 쑥스러워서 어물거리며 말하자 우진이 깊은 한숨을 뱉었다. 사실 몇 마디 빠지긴 했다. 쪽지를 썼을 땐 그녀가 꽤나 감상적이었기 때문에 꽤 낯 뜨거운 말들을 줄줄이 쓴 것 같은데 기억이 잘 안 났다.

"뭐…… 대충 그런 맥락이요. 내가 기계도 아니고 무슨 글 썼는지 어떻게 토씨 하나 안 틀리고 다 기억해요? 아무튼 도망갈 생각도 없었고 당신 병원에 버려두고 온 것도 아니에요. 그건 그렇고, 손은 좀 어떠냐고요. 아파요?"

무연은 우진에게 손을 뻗었다. 하얗게 감긴 붕대는 피가 비쳐 붉었다.

"아파요?"

"아니. 어이가 없다."

우진이 알 수 없는 말을 중얼거리며 바짝 다가왔다. 반사적으로 그녀도 한 걸음 물러났다. 그러면 우진이 또 그만큼 다가왔다.

"왜, 왜 이래요?"

기어코 무연의 등이 나무에 부딪치고 나서야 우진도 멈췄다. 거리는 여전히 지나치게 가까웠다. 무연은 붕어처럼 눈만 끔뻑거렸다.

"남 원장이 그랬어. 네가 말도 없이 갔다고. 화가 났어. 네가 어떻게 나한테 이러나 싶어서. 내가 손에 구멍까지 내가면서 너한테 그렇게 매달렸는데 그래도 갔나, 나쁜 계집애, 하고 화가 났어."

"아…… 그랬어요?"

자신이 무슨 말을 하는지도 모르겠다. 신경이 온통 그와 바짝 붙은 몸에 쏠렸다. 등은 막혔고 앞도 막혔다. 가슴, 배, 아랫배, 다리 그와 얽히지 않은 곳이 없었다. 무지막지하게 당황스러웠다. 아랫배에 딱딱하게 눌리는 이물감에 손으로 그의 허리춤을 잡고 슬쩍 밀었지만 도통 움직일 기미가 보이지 않았다.

"왜 자꾸 밀어?"

"아니, 그……."

그녀가 아무리 난색을 표해도 그의 표정은 별반 변화가 없었다. 그 와중에도 아랫배를 누르는 그게 점점 더 단단해지는 게 느껴져서 심장이 몸 밖으로 튀어나올 지경이었다.

"난 지금 내가 너무 웃겨. 내가 생쇼한 게 헛짓이라 다행이다 싶어서."

화가 풀렸으면 좀 떨어지든가. 그의 중심은 점점 존재를 키워가는데 그녀는 도망갈 구석이 없었다. 얼굴에 열이 달아오르고 목구멍이 바싹바싹 탔다.

"진짜 어이가 없지, 내가."

나도 어이가 없거든요. 벌건 대낮에 이게 뭔 짓입니까.

차마 입 밖으로 내지를 못하겠다. 부끄러워 죽어버리겠다. 그를 쳐다보지 못하고 고개를 푹 숙이고 있던 무연은 정적이 길어지자 슬며시 고개를 들었다. 가까스로 핑계를 떠올렸다.

"저기, 좀 비켜봐요. 등이…… 나무 때문에 배기는데."

"싫은데."

"왜요?"

"내가 고자가 아니니까."

그게 무슨 소리냐 따지려 했지만 그럴 수 없었다. 그녀의 목을 감싼 우진이 곧바로 얼굴을 틀어 그녀의 입술을 삼켰기 때문이다.

마치 벌을 주듯 입술을 이로 깨문 그가 곧바로 강하게 빨아들이더니 이내 그녀의 입술 사이를 헤집었다.

"……읍!"

무연은 눈을 동그랗게 떴다. 마치 커다란 짐승에게 잡아먹히는 것 같은 저돌적인 입맞춤에 심장이 벌렁댔다. 순식간에 입안을 메운 혀가 그녀를 뜨겁게 자극했다.

"저기…… 으응!"

대화를 시도해보려 했지만 실패했다. 볼 안쪽을 훑고 납작 엎드린 그녀의 혀를 문지른다. 입술이 아릴 정도로 빠는 감각에 목덜미가 찌릿찌릿 했다. 떠올랐던 말도 모두 사라져버렸다. 온 감각이 신경세포로 몰렸다. 어느 순간 그녀의 등이 나무에서 떨어졌다.

"……히익!"

무연은 저도 모르게 숨을 들이켰다. 목을 감싸고 있던 손이 등을 타고 내려가 엉덩이를 잡아 바짝 당겼기 때문이다. 연신 아랫배에 쓸려 제 위용을 뽐내던 그것이 더욱 노골적으로 다가들었다.

무연은 그의 어깨를 꽉 틀어쥐었다. 놀란 그녀를 진정시키듯 입술 주변을 가볍게 쪼고 할짝이던 우진이 그녀의 눈가를 핥고는 색욕이 짙은 얼굴로 나른하게 물었다.

"……울 정도로 싫었어?"

"……으. 묻지 말아요. 쥐구멍에 들어가고 싶은 심정이니까. 부끄러워 죽겠네."

무연은 우진의 어깨에 얼굴을 묻었다. 눈을 꽉 감으니까 눈물이 흘러내렸다. 이유는 모르겠다. 배 안쪽이 움찔움찔 조였다. 해갈되지 않는 미지의 감각에 몸이 달아서 그냥 눈물이 났다. 이 와중에도 그는 그녀를 달래듯 귀 밑에 입술을 묻고 할짝댄다.

"확실히 이만큼 좋으니까 그럴 기분이 많이 드네."

"뭐, 뭐가요?"

얼굴이 빨갛게 달아오른 무연이 당황해서 물었다.

"알면서 뭘 물어? 네가 미성년자야?"

아직도 다리 사이에, 그가 강하게 스치고 간 감각이 선연했다. 무연은 발을 동동 굴렀다. 우진은 그녀를 내려다보며 히죽 웃다가 한옥이 있는 뜰 쪽으로 성큼성큼 걷기 시작했다.

"어디 가요?"

"찬물로 샤워하려고. 진정시켜야 할 거 아니야. 이러고 다닐 순 없잖아."

할 말 없게 만드는 데 참 재주 있다. 그가 샤워를 해야 한다면 그녀는 속옷을 갈아입어야 했다. 속옷이 축축했다.

그런데 앞서가던 우진이 갑자기 그녀를 돌아보았다. 괜스레 죄지은 것마냥 깜짝 놀라 무연도 펄쩍 뛰며 자리에 섰다.

"여기 랩 좀 감아줘. 물 들어가면 골치 아파져."

무연은 곧바로 주방으로 랩을 찾으러 갔고 남은 우진의 입가에는 섬뜩한 미소가 걸렸다.

"망할 여우 영감. 이 웬수는 꼭 갚아주지."

무연이 떠난 줄 알았다. 도망간 줄 알았다. 사실 쪽지니 뭐니 확인할 정신도 없이 병원을 뛰쳐나왔다. 성훈이 무연은 갔다고 이상한 침묵을 배경으로 고개를 떨구어서 장난질을 하는 건지도 파악할 겨를이 없었다.

"하아."

뜨겁고 말랑거리는 체향이 단 여자의 몸이 아직도 그의 손 안에서 이지러지는 것 같다. 제대로 맛본 여자는 그의 욕구를 미친 듯이 불러일으켰다. 뻣뻣하게 서서 신호를 보내는 하반신에 어이가 없어졌다. 바야흐로 발정이 났나 보다.

"팔 줘요. 상처 다 나을 때까지는 그냥 병원에 있지."

랩을 가지고 돌아온 무연이 꿍얼거리며 붕대 위에다 조심히 랩을 감았다. 제가 아픈 것처럼 인상을 찌푸린 무연을 보던 우진은 경고했다.

"도망가면 지구 끝까지라도 쫓아간다."

"하하, 아이고, 바라는 바네요."

무연이 이죽거렸지만 그는 진지했다. 앞으로 천우진의 인생에 있어서 임무연이 없는 날들은 상상이 안 된다.

하얗게 드러난 귀며 그 아래 목이 유독 가늘어 얼굴을 묻고 싶은 충동을 들게 한다. 우진은 그런 무연을 멀거니 바라보다 재차 중얼거렸다.

"아아, 눕히고 싶네."

"……뭐라고요?"

무연이 두 눈을 동그랗게 뜨곤 그를 봐서 우진은 대답 대신 그저 입매를 히죽였다. 너를 내 아래 눕히고 싶다고. 그저 눕히는 것뿐이겠어? 연애하는 사이에 할 법한 이런 짓, 저런 짓 다 하고 싶지. 그런데 네가 날 감당할 수 있을까?

그의 안에서 짐승이 벌떡거린다. 그동안 꽤 쿨한 척했는데 이젠 자제가 잘되려나 모르겠다.

홍주가 집으로 돌아온 건 늦은 밤이었다. 어딘가 위태로운 얼굴로 방에 들어선 그녀는 그대로 무너져 내렸다. 두 눈을 질끈 감았다. 미간에 깊은 고랑이 패었다.

"경아에게 부탁을 했었지. 내 목숨을 구명할 방법이 있겠냐고. 처음엔 그것이 천명을 어기는 일이라 안 된다더니 딸 얘기를 꺼내니까 기꺼이 들어주더군."

경아는 무연이를 떠나보낸 뒤 늘 아팠었다. 그래서 자신은 언제나 후회하곤 했다. 무연이를 보내는 걸 말려야 했다고.

"내가 자네 집안에 기여한 게 있잖은가. 사람을 보낼 테니 그 아이를 내게 보내. 경아가 그랬듯이 독을 담그게 해야겠어. 미리 말해두지만 간 조금 잘라낸다고 사람이 죽지는 않는다네."

홍주는 가슴께로 손을 가져가 꾹 눌렀다. 얼굴이 고통스럽게 일그러졌다. 쉰이 채 안 되는 시간을 사는 동안 30년 이상을 경아와 함께 보냈다. 경아는 그녀의 가족이었다.

"그 애를 찾는다고? 홍주야, 모르겠어? 이건, 이 푸른 기와의 만신이라는 건 더 이상 아무런 의미가 없어. 우린 그냥 허깨비일 뿐이야. 내가 죽으면 그 애를 찾아서 데려오겠다고? 그러지 마. 나처럼 산송장으로 죽게 하지 마. 제발 그러지 마."

"이대로 둬도 그 아인 평범하게 살지 못해. 손가락질 받겠지. 멸시 받겠지. 고독하겠지. 신들도 가만두지 않을 거야. 너를 그릇으로 뒀던 그 거대한 신들도 그 앨 찾아가겠지. 그럼 그 앤 반은 미칠 거야. 인도해줄 누군가가 없다면."

"……내가 그 앨 그렇게 만들지 않기 위해 어떻게 했는지 알잖아. 여기서 허깨비처럼 살게 하지 않게 하려고……."

"멍청해, 넌."

"……그래도 행복했어. 짧은 시간이었지만 그 사람을 만나서 내 아이를 낳고 그렇게 산 적이 있어서. 허깨비가 아니었던 적이 한 달이라도, 한 해라도 있어서."

"넌 정말 어쩔 수가 없구나."

"그 아일 지켜봐줘. 네가 날 위해 늘 여기 있어줬듯이 그 애한테도 든든한 버팀목이 되어줘."

홍주는 바닥을 짚고 고개를 숙였다. 심장이 지끈거렸다. 속이 뭉그러졌다. 자신이 믿었던 모든 것들이 무너져 내렸다.

"……하!"

평생 흘릴 일 없을 것 같던 눈물이 눈가에 흥건하게 고였다. 냉막하기만 했던 얼굴에 죄책감과 미안함, 회한과 통한이 짙게 떠올랐다.

"……흐윽!"

믿었다. 그녀의 믿음이 옳다고 믿었었다. 하지만 아니었다. 그저 스스로를 정당화하기 위한 구실이었을 뿐이다.

"으으……!"

석제 덕분에 그녀의 집안은 나라에서 진행하는 큰 행사에서 굿을 주관하게 되었다. TV에도 종종 출연했고 할머니는 무당으로서 인간문화재로 지정되었다. 굿은 귀신을 믿는 미친것들의 신들린 놀음이 아니라 하나의 문화로 인정되었다. 석제 덕분에.

"그 애를 내게 보내. 홍주, 자네와 나는 그간 쌓아온 세월이 있지 않나. 내가 자네 가족을 얼마나 살뜰히 챙겼는지도 알 테고. 그러니

자네는 아마 그리해주겠지?"

홍주는 입술을 바르르 떨며 울었다. 차가운 가면 뒤로 세월에, 시간에 켜켜이 쌓아뒀던 감정이 허탈하게 흘러내렸다. 자신은 대체 뭘 위해서 이렇게 아득바득 버텼나. 덧없고 허망하기만 했다.

그렇게 뜬눈으로 밤을 지새웠나 보다. 창 너머로 새벽 동이 터왔다. 넋을 놓고 문에 기대앉아 있던 홍주는 자리에서 천천히 일어나 무연의 방으로 향했다.

처음 이곳에 왔을 때 무연이 가장 힘들어했던 게 새벽에 일어나 신당에 치성을 드리는 일이었다. 몸과 마음을 깨끗이 하고 신이 오시기를 비는 치성은 늘 불발에 그쳤지만 그 애는 나름대로 열심이었다.

무가도 열심히 외웠고 신에 대한 지식도 익혔다. 돌이켜보면 그 애는 만신 따위는 되지 않겠다고 선언했지만, 그래도 허투루 하지는 않았다. 그녀가 말한 일은 틀림없이 해내주겠다는 각오로 늘 여기에 있었다.

홍주는 무연의 방문 앞에서 한참을 가만히 서 있다가 움직였다. 장지문을 조용히 열자 방 안 풍경이 눈에 들어왔다. 무연은 요 위에 새우처럼 몸을 말고 웅크려 자고 있었다.

홍주는 자고 있는 무연의 머리맡을 지나 수납장을 열어 그 안의 물건들을 모조리 꺼내기 시작했다. 얼마 지나지 않아 무연이 눈을 빠끔히 떠선 그녀를 올려다보았다.

"……지금 뭐 하는 거예요?"

홍주는 묵묵하게 경아가 그렸던 무연의 얼굴, 과학서적, 케케묵은 비서, 무서(巫書), 경아의 유골함 등을 커다란 가방에 마구잡이로 쑤셔넣었다.

"뭐 하는 거냐니까요!"

그녀를 황당하게 바라보던 무연이 이내 그녀를 와락 밀치고 가방에 엉망으로 굴러 들어간 유골함을 잡았다. 무연에게 떠밀려난 홍주는 공허하게 말했다.

"……나가."

무연이 무슨 소리냐는 듯 그녀를 돌아보았다.

"내 마음 변하기 전에 여기서 나가. 떠나."

보내야 했다. 보내기로 마음먹었다.

"지금 뭐라고…… 했어요?"

"내가 널 이 집 귀신으로 만들기 전에, 떠나라고 했다."

홍주는 주먹을 으스러뜨리듯 쥐었다.

"어르신이 경아, 그리고 네게 부탁한 일을 알게 됐다."

어질러진 방, 그녀와 무연의 사이로 숨을 죄는 적막이 내려앉았다.

"사과는 않아. 네게 미안한 건 없다. 나는 아직도 그때 널 내보내지 말았어야 했다고 생각해. 경아가 네게 평범한 인생을 주고 싶었든 어땠든 너 때문에 경아가 죽은 사실은 달라지지 않아."

그녀를 쏘아보는 무연의 눈가에 붉은 핏발이 번졌다.

"널 그렇게 보내지 않았다면 경아는 지금도 잘 살아 있을 거다. 건강하게."

"할 말, 다 했어요?"

무연이 아랫입술을 이로 짓씹으며 말했다.

"아니. 지금 당장 떠나. 돌아보지 말고, 여기에서 있었던 일 같은 건 모두 잊고 나가. 네 엄마가 바랐듯이."

"뭐 하자는 거예요, 지금?"

홍주는 떠밀렸던 몸을 추슬러 다시 가방에 무연의 물건들을 담아 방에서 나왔다. 따라 나온 무연이 그녀가 든 가방을 끌어당기고 버렸다. 졸지에 힘 싸움이 되어버렸다. 홍주가 다시 힘을 주어 가방을 잡아당기는데, 그때였다.

"임무연 씨?"

홍주와 힘겨루기를 하던 무연은 소리 난 곳을 돌아보았다. 뜰에는 언제부터 있었는지 검은 정장을 입은 남자들이 서 있었다.

"……누구세요?"

무연은 저도 모르게 뒷걸음질을 쳤다. 그런데 홍주가 그녀의 품으로 가방을 던지다시피 밀어넣고 그녀의 앞으로 나섰다.

"어르신께서 보내신 분들입니까?"

"그렇습니다."

"……안 그래도 짐을 챙기고 있었어요. 잠시 기다려주세요."

무연은 홍주와 남자들을 번갈아 바라보았다. 나가라는 소리가 이거였나 싶어 화가 치밀었다. 홍주가 말한 어르신이 누구인지 알기에 더욱 그랬다. 그녀는 아직 아무것도 준비된 게 없었다.

"따라와라."

홍주가 그녀의 손목을 잡고 끌었다. 남자들에게 온통 신경이 쏠려 있는 탓에 미처 몰랐다. 홍주의 손 역시 차디차게, 하얗게 질려 있다는 것을.

"날, 팔아먹는 거예요? 그 사람이 한 짓을 알고서도 날 그 사람한 테……!"

"뒷마당에서 천 팀장이 기다리고 있다. 미리 언질 두었으니까 저 문으로 나가."

구석진 창고 방까지 무연을 데리고 온 홍주는 늘 그랬듯 건조하게 말하곤 돌아섰다.

"……내 마음이 바뀌기 전에 도망가."

축복받은 만신의 간. 저주받은 무고. 생을 연장하기 위한 다시없을 끔찍한 주술.

개미 한 마리도 생명이 있는 거라며 죽이지 못했던 경아가 제 딸을 보호하기 위해 해낸 주술이다. 그 여린 것이 얼마나……!

홍주는 눈을 질끈 감았다.

"저 사람들과 같이 가면, 넌 온전치 못할 거다. 경아와 약속했다. 그러니까 가. 도망가다 잡히든, 멀리 도망가 네 맘대로 살든 그 이후는 나와 상관없다. 내가 해줄 수 있는 건 이뿐이다."

등 뒤는 고요했다. 그런데 움직이는 기척이 없었다. 홍주는 미간을 찌푸리며 돌아봤다. 무연이 가방을 꼭 쥔 채 그녀를 빤히 보고 있었다. 경아를 닮은 깊고도 맑은 검은 동공이 그녀를 꿰뚫을 듯 직시했다.

"……어렸을 땐, 아줌마가 참 무서웠어요. 웃는 법이 없었으니까. 그런데 그런 기억도 있더라고요. 내가 넘어졌을 때 잡아 일으켜 세워주곤 내 발에 걸린 돌멩이를 혼내줬었죠. 국어책 읽는 투로요."

홍주는 눈썹을 치켜세웠다. 무연이 하는 말의 의미를 종잡을 수 없었기 때문이었다.

"엄마 임종, 지켜줘서 고마워요. 내가 엄마 욕할 때 나를 나무라줘서 고마워요. 나는 엄마를 몰랐고 아줌마는 엄마를 이해한 유일한 사람이었겠죠. 내가 할 말도 그것뿐이에요."

홍주는 입꼬리를 희미하게 끌어올렸다. 이 방종한 계집애는 엄마 말고는 그녀에게 어떤 빚도 지지 않겠다고 말하는 것이다.

"푸른 기와의 만신이라는 자리요, 내가 없으면 정말 끝일 텐데 괜찮겠어요?"

무연이 뒷마당으로 통하는 문으로 방을 가로지르며 말했다. 끝까지 버르장머리가 없다.

"경아는……."

홍주는 눈을 감았다. 경아는 무연을 품고 이곳으로 돌아온 이후로 웃음을 잃었다. 낮에는 무연을 밀쳐내고 사납고 앙칼지게 굴다가도 밤이 되면 무연의 머리맡에 앉아 내 딸, 내 예쁜 딸, 하며 눈물지었었다.

무연이 그녀를 잠시 바라보다 뒷문을 열고 나갔다. 홀로 남은 홍주는 그 자리에 멍청하게 서 있었다.

"……경아는 이 모든 게 허깨비라 했었지."

주름진 삭막한 눈가에 눈물이 흘렀다. 경아조차도 한 번도 본 적이 없었을 희미한 미소를 지었다.

"나는 꿈을 꿨었어. 내가 살아온 시절이 비참해서, 보잘것없어서 보답을 받고 싶었어. 너는 반짝반짝 빛이 났었다. 네가 내 만신이었고 내 사명이었는데…… 그것들은 결국 다 허깨비였구나."

이곳에 더 이상 만신은 없다. 자부심, 사명, 가치…… 모든 것을 잃었다. 쓰러져버릴 것 같다. 하지만 애써 버티었다.

아직 할 일이 있기에.

chapter 16

인디언 서머

무연은 우진을 따라 숲길을 정신없이 내려갔다.

"아앗!"

우진은 길이 없는 곳으로 그녀를 이끌었다. 가방을 든 것도, 그녀의 손을 잡아당기는 것도 그인데 헐떡이는 건 그녀였다. 뒤에서 따라오는 것 같지는 않았지만 우진은 거리를 벌려둬야 한다며 거침없이 움직였다.

"하아! 하아!"

이른 새벽, 사람들이 없는 거리는 차도 많지 않았다. 무연은 뒤를 돌아보았다. 청와대를 둘러싸고 있는 긴 담장, 그 너머로 듬성 듬성 보이는 고풍스런 전각들.

저곳을 정말 나왔다. 어쩌면 다시는 돌아오지 않을지도 몰랐다.

시원했다. 그리고…… 조금 그리운 것도 같은 모순적인 감정이 들었다.

"일단 먼저 들를 데가 있어."

무연은 이내 그곳에서 시선을 뗐다. 우진은 그사이 택시를 잡고 뒷좌석 문을 열어 그녀가 타도록 했다.

"현금 먼저 조달해야지. 카드는 추적당할 테니까."

"추적이요? 그렇게까지……."

"해, 천석제라면."

그의 관자놀이에서 땀이 흐르고 있었다. 그녀를 데리고 달리느라 호흡이 거칠었고 피곤해 보였다.

"다행히도 내 인간관계가 애석할 만큼 좋아서 갈 데가 한 군데밖에 없어. 멀지 않아."

그에게 돌아가라고 말해야 했다. 이건 그녀의 일이었고 그녀가 한 선택이었다. 그에게 그녀와 같은 짐을 지라고 강요할 순 없었다. 하지만 입이 좀처럼 떨어지지 않는다. 나는 두고 그냥 가도 된다고. 아무리 그래도 천석제는 당신 아버지니까 자신 때문에 등질 필요는 없다고. 그렇게 말하면서 등을 떠미는 게 맞았다.

어차피 청와대에 있을 때도 그와의 미래를 꿈꾼 적은 없었다. 그냥 지금이 좋으니까, 행복하니까 '지금'을 살았던 거였다. 아무리 부정하고 탈피해보려 해도 그녀는 헛것을 보는 미친 허깨비였고 그는 살아 있는 사람이었다.

"……어디 가는 거예요?"

돌아가라 해야 하는데, 마음과는 다른 말이 나갔다.

"있어봐."

우진이 손으로 그녀의 머리카락을 흩트렸다. 그녀가 인상을 찡그리니까 찌그러진 미간 사이를 손으로 톡 치고는 또 웃는다.

왜 자꾸 웃는데. 욕심나게.

무연은 마음을 다잡고 그의 손을 꼭 잡았다.

나는 당신을 지금 놓아야 했어요. 그런데 그러고 싶지 않아요. 나 좋다는 당신의 마음이 너무 행복해서 놓고 싶지 않아요. 그러니까 이 손, 조금만 더 잡을게요. 그리고 정말 꼭 언젠가는 놓아줄게요. 내가 무당 팔자를 벗어나지 못하고, 모든 걸 포기할 만큼 지쳐버리면 그땐 놓아줄게. 당신은 살아야지. 허깨비인 내가 아니라 사람하고 살아야지.

"······갑자기 왜 우울 모드야?"

고개를 숙이고 있던 그녀의 턱을 우진이 잡아 올렸다. 그의 손가락이 볼을 위로하듯 가볍게 쓸어내렸다. 가슴이 울컥했지만 애써 내리눌렀다.

"······태어난 순간부터 파란만장해서요, 내 인생이."

"뭐?"

"어이가 없잖아. 무슨 팔자가 이래. 한 번도 아니고 두 번이나 야반도주 해보네요. 돈 떼어먹은 적도 없는데."

그녀의 횡설수설에 우진이 미간을 찌푸렸다가 곧 창밖으로 고개를 돌렸다. 차창 밖으로 본 적 없는 풍경이 빠르게 지나갔다.

차가 약 삼십 분간을 달려 도착한 곳은 NIS 건물 앞이다.

"돈 갖고 내려와. 현금으로 있는 대로 다."

택시에서 내리자, 우진은 어딘가로 전화를 걸었고 얼마 안 있어 우람한 덩치의 남자가 헐레벌떡 달려왔다.

"선배님!"

"돈."

양아치처럼 손을 까닥인 우진에게 남자는 두둑한 하얀 봉투를 넙죽 건넸다.

"이게 다야?"

우람한 덩치의 남자가 건넨 봉투에서 돈을 꺼내 세어본 우진은 인상을 썼다. 금액이 얼마 되지 않았기 때문이다.

"지금 있는 현금은 그게 답니다. 임무 때문에 그러십니까?"

못마땅한 얼굴로 봉투를 가방 안에 챙긴 우진은 대답 대신 무연에게 남자를 소개시켰다.

"얘는 구호윤. 지금 사무실에 남아 있는 애가 얘밖에 없나 봐."

"안녕하십니까? 선배님 애인이십니까? 아름다우십니다!"

애인이라는 말이 쑥스러웠지만 무연은 웃으며 고개를 꾸벅 숙였다.

"구호윤, 왜 원장님은 전화를 안 받냐?"

"무슨 말씀입니까? TV도 안 보셨습니까?"

"뭐가?"

"지금 난리 났습니다! 원장님, 비자금 문제에 휘말려서 정직당하고 자택에 계십니다."

"……뭐?"

호윤의 비통한 목소리에 우진의 얼굴빛이 변했다.

"어젯밤에 갑자기 검찰 측에서 들이닥쳐서는 원장님 사무실 다 쓸어갔습니다. 그래서 지금 원도 비상 걸렸습니다. 휴."

우진은 이를 악물었다. 냄새가 났다. 성훈은 뛰어난 처세술로 10

년이나 원장질을 해먹은 사람이다. 그런데 이제 와서 갑자기 비자금이라니.

"……차 좀 쓰자. 회사에서 쓰는 차 있을 거 아니야. 추적 안 되는 걸로."

"그런 거면 올라가셔서 절차를……."

자꾸 토를 다는 호윤에 우진이 사납게 쏘아보았다.

"정말 안 됩니다. 마음대로 내드렸다가 책임은 누가 집니까."

보기보다 강단이 있었다. 우진은 입꼬리를 비틀며 재촉하듯 호윤의 등을 밀었다.

"책임은 내가 져. 다 내 앞으로 달아. 아니면 내가 강탈해갔다고 하든가! 급해! 빨리 안 움직여?"

우물쭈물하던 호윤은 이내 머리를 벅벅 긁고는 걸음을 옮겼다. 우진이 주먹을 움켜쥐는 걸 보았기 때문이리라. 결국은 물리적인 협박 때문이었다. 무연은 웃을 상황이 아님에도 불구하고 피식 웃고 말았다.

차 키를 들고 돌아온 호윤은 혼자가 아니었다. 그의 등에 웬 나이든 할머니가 한 분 업혀 있었다. 눈이 마주쳤다.

『아가씨, 내가 보이오? 내 말 들리오? 우리 손주한테 내 말 좀 전해줘. 내가 이 말을 못 하고 죽어서 떠나지를 못해. 응?』

바로 날 듯 다가온 할머니가 그녀의 두 손을 꼭 쥐며 말했다.

"임무연, 뭐 해?"

이미 차 키를 건네받은 우진이 굳어 있는 그녀를 보고 물었다.

"어, 그게……."

모른 척하고 싶었다. 일전에 천구는 함부로 죽은 자들의 소리에 귀를 기울이지 말라고 했다. 한번 집착하면 무섭게 따라붙을 테니까 말이다. 그런데 할머니의 자글자글한 눈가에서 눈물이 후드득 떨어진다.

"아으…… 알겠어요!"

무연은 할머니를 향해 고개를 끄덕였다. 슬프게 너울졌던 얼굴에 웃음이 피었다. 하지만 돌아서서도 역시 주저되었다. 할머니가 말하는 손주란 업혀 있던 호윤일 텐데 그는 우진의 후배였다.

아무리 그녀가 미친년이라도 정상적으로 보이고 싶은 상대가 있는 것이다. 적어도 우진의 주변 사람에게만은 그랬다.

『어서!』

"알았어요, 좀!"

할머니가 그녀의 고막에 대고 호통을 쳐서 무연은 아무도 없는 데다가 버럭 성질을 내곤 호윤을 보았다. 호윤이 흠칫하며 슬쩍 물러났다.

"……저기, 아버지가 많이 아프시대요. 집에 연락 좀 드리세요. 걱정하고 계시대요."

갑자기 이런 말을 하는 그녀가 참 이상하게도 보일 거다. 하지만 이왕 운을 뗀 거 할 말은 해야겠다.

"아버지가 술 마시고 행패를 부린 건 다…… 다쳐서 가장 구실 못하게 된 자기에 대한 환멸 때문이라네요. 옆에 있어주고 위로해주래요. 머지않아 할머님 곁으로 가기 전에요."

"······지금 뭐라고 하시는 건지······?"

호윤이 딱딱하게 굳은 얼굴로 그녀와 우진을 번갈아 보았다. 무연은 우진을 향해 미안한 표정을 지어 보였다.

『부자 사이가 나쁘니, 내가 죽어서도 편할 수가 없어. 아가씨가 좀 도와줘. 내 아들, 내 옆으로 올 때는 제 아들 배웅 받게 좀 해줘.』

노파는 유독 검게 물든 가슴 부위를 쥐어뜯으며 눈물지었다. 무연은 고개를 숙였다. 그녀를 미친년 보듯 보고 있을 호윤의 눈빛이 무서웠기 때문이다.

"······선배님은 역시 스케일이 다르십니다. 평범한 분은 안 만나시는 겁니까? 이분은 뭡니까?"

화살은 우진에게로 돌아갔다. 이걸 염려했다. 무연은 앞으로 나서서 변명하듯 말했다.

"어, 저기 제가 사실······ 굳이 분류하자면 무당 같은 거거든요. 할머니 한 달 전에 돌아가셨지요?"

무연은 애써 표정을 풀어보려 했으나 잘되지는 않았다. 호윤이 그녀를 보는 눈빛은 찼고 적대적이었다. 가슴이 스산해졌다.

"아니야."

그녀가 어찌할 바를 몰라 하는데 우진이 그녀의 팔을 당겨 뒤로 세우곤 앞으로 나섰다.

"이 여자, 무당 아니라고. 거짓말도 안 해. 그리고 원장님한테 들었다, 네 가정 사정. 한 번쯤 전화는 드려봐. 안 본 지 4년 됐다며. 마지막으로 하나 더. 한 번만 더 그런 눈으로 이 여자 보면 죽는다."

"선배님!"

호윤이 억울한 듯 우진을 불렀지만 우진은 그녀를 떠밀어 차에 오르게 했다.

"그리고 이 임무는 특급이니까 차 기록도 시스템에서 지워. 너 원장님 믿는다며. 그 원장님이 지시한 일이다."

운전석에 오른 우진은 그대로 차를 출발시켰다. 호윤이 차 뒤꽁무니를 쫓아 달려 나왔지만 우진은 개의치 않았다.

"……뭘 봤길래 쟤한테 그런 얘기를 했냐?"

무연은 애꿎은 안전벨트만 만지작거렸다.

"저 사람 할머님을 봤어요. 모른 척하려고 했는데 딱해서……. 나 때문에 쪽팔리죠."

"뭐가?"

"미친년 같았잖아요, 나."

"알긴 아네."

무연은 입술을 비죽이며 창밖으로 고개를 돌렸다. 정말로 삐진 건 아니었다. 이젠 이 남자를 아니까 상처받진 않았다. 다만 아까 상황을 떠올리니 가슴 한켠이 찡해져서 목울대가 일렁였다.

"아까 편들어줘서 고마워요."

"뭘?"

"나 거짓말은 안 한다고 해준 거요. 혼자 미친년 될 뻔했잖아."

"미친년이 내 거인데 어떡하냐. 정상인 사람이 편들어줘야지."

"……나 어쩌면 평생 미친년으로 살 수도 있어요. 나 감당할 수 있겠어요?"

"내가 널 감당을 왜 해?"

우진이 여전히 웃음기 어린 소리로 말한다.

"네가 날 감당해야 할 텐데."

"에?"

"나 국정원에서도 최악의 요원으로 꼽혔었거든. 어디로 튈지를 몰라서. 열받으면 그냥 들이받고 보는 성격이라. 아마 사는 동안 사고 꽤 칠지도 몰라."

어이가 없었다. 그는 여전히 어디 야유회라도 가는 사람처럼 팔자 좋게 웃고 있다.

"……웃음이 나와요? 우리 지금 도망치는 중이에요."

"그럼 우냐?"

무연은 고개를 도리도리 저었다. 어쩜 저렇게 태평할 수가 있나. 당장 한 치 앞이 보이지가 않는데 여유가 흘러넘친다.

무연은 웃으며 차창을 열었다. 머리 깨지게 고민해봐야 나올 답도 없었다. 새벽바람이 마치 정신 차리라는 듯 얼굴을 얄궂게 할퀴고 지나간다.

"그래도 좋아하는 사람이랑 같이 도망가니까 낭만적이다."

"낭만이 다 죽었다."

무연은 우진을 흘겼다. 꼭 찬물을 끼얹는다.

무연은 차가 곧게 달리는 도로를 물끄러미 보았다. 그녀가 걸어가야 할 길에도 이정표가 있었으면 좋겠다. 삶에는 왜 지표가 없을까.

그들은 경상도의 한 휴게소에 들렀다. 화장실을 다녀오니 우진은 식당 TV를 보고 있었는데 현 국정원장의 비자금 스캔들에 관련한 뉴스속보였다.

"비자금…… 정말일까요?"

새벽에 호윤이 했던 말보다 상황이 더 심각한 모양이었다. 남성훈 원장과는 몇 번 본 적이 있었기에 무연은 기분이 조금 이상했다.

"저 아저씨, 그럴 사람 아니야. 성질이 괴상하고 박쥐 같은 성향이 있기는 하지만, 그럴 사람은 아니야. 군대에 있던 날 갖다가 국정원에 메다꽂은 것도 그 인간이라고."

"……그분 좋아하나 봐요?"

평소의 그답지 않게 말이 많았다. 알고는 있었다. 그가 성훈을 많이 믿고 따른다는 걸.

"설마. 말끝마다 존대 붙여가면서 사람 굴려먹는 게 얼마나 재수 없는데."

"이렇게 말버릇 고약한 당신을 계속 옆에 둔 거 보면 그분도 당신 좋아하는 모양이고요."

무연은 입가에서 웃음을 지우지 않았다. 우진이 못마땅하단 듯 그녀를 흘겨봤지만 개의치 않았다.

"괜찮을까요?"

"아니. 안 괜찮을 거야. 내 예상이 맞다면, 절대 괜찮을 수가 없지……."

우진이 착잡한 얼굴로 제 미간을 긁적이고는 재킷 안쪽에서 휴대전화를 꺼냈다.

"아. 저 영감을 위해서 마지막 통화를 쓰고 싶지는 않았는데."

우진은 휴대전화의 잠금화면을 열어 어디론가 전화를 걸었다. 얼마 지나지 않아 그의 입매가 심술궂게 비틀어졌다.

"우리에 갇힌 개 신세가 되셨습니까?"

성훈에게 하는 전화였다.

"……도망 중입니다. 국정원은 상관없습니다. 애초에 거기 미련이 많았던 것도 아니고, 저는 그저 이 한국만 아니면 어디든 상관없는 놈이었으니까."

우진은 잠시 말이 없었다. 남 원장의 말을 듣는 모양이었다.

"옆에 있습니다. 이건 전쟁을 하자는 소리죠. 감히 누구 거에 손을 댑니까. 임무연은 제 거고, 제 거를 그런 더러운 손 안 타게 해요. 그러니까 잡설은 관두고 현금 좀 던져주십시오."

정신 차리자, 임무연아.

이런 상황 속에서도 그가 퉁명스레 뱉는 '제 거'라는 말에 가슴이 요란하게 덜그럭거렸다.

"천석제한테 왜 찍혔는지는 모르겠지만 부디 목은 잘 간수하십시오. 전 한창때라지만 원장님은 노쇠한 나귀 아닙니까. 날아다니던 것도 옛말이지."

전화를 끊는 그의 표정이 복잡했다. 당연할지도 모른다. 어쩌면 그에게 남 원장은 아버지 같은 사람이었을 거다.

"가자."

자리에서 일어난 그는 휴게소 쓰레기통에 휴대전화를 버렸다.

"……휴대전화는 왜 버려요?"

"한 번 썼으면 그걸로 끝이야. 자기 몸은 자기가 알아서 간수해야지."

"……괜찮아요?"

우진의 손에 끌려 주차장으로 나가던 무연은 물었다. 관자놀이의 힘줄이 다 튀어나와 있었다. 분한 모양이다.

"눈 뜨고 당하는 게 성미에 안 맞으니까 화가 다 나네."

허탈한 듯 웃었다. 그 후로 우진은 감정을 삭이듯 운전만 할 뿐이다. 그 옆모습을 보던 무연은 문득 입을 열었다.

"우리 갈 데 정해져 있지 않으면 바다로 가요."

"바다?"

"엄마 보내주려고요. 믿을진 모르겠지만 얼마 전에 죽은 엄마를 봤어요. 사람의 넋은 죽고 나서 사십구 일만 온전한 형태로 이승에 머무를 수 있는데, 그 사십구 일이 훨씬 지나버린 데다가 너무 약해서 옆에 있는지도 몰랐었어요. 내가 걱정이 돼서 못 떠난대요. 살아서 그렇게 고생했으면 편해질 것이지 바보처럼."

"믿어. 네 말이라면 다."

우진의 시선이 느껴졌다. 그녀를 이상한 눈으로 본다거나 웃지 않았다. 그래서 다행이었다. 무연은 걱정하는 우진을 향해 싱긋 웃어주고는 화제를 돌렸다.

"꼭 놀러 가는 것 같아서 기분이 이상한데요."

몸 편하게 살던 청와대보다 그와 함께 어딘지 모를 곳을 향해 달려가는 지금이 더 행복했다. 도망치는 와중인데도.

이건 마치 인디언 서머 같았다. 싸늘하고 비가 자주 오는 가을 중에서도 유독 따스한 어느 때.

그와 그녀는 궂은 날을 피해 터널을 지나고 있었다. 이 터널이 부
디 아주 많이 길었으면 좋겠다고 무연은 간절히 바랐다.

&

"혼자 힘으로는 도망치는 둘을 붙잡을 수가 없었습니다. 죄송합
니다."

홍주는 그녀를 쏘아보는 석제의 살기를 온전히 감당했다.

"자네는 이제 내가 어찌할 것 같은가?"

"제가 어떻게 어르신의 깊은 생각을 알겠습니까."

"해남으로 사람을 보내겠네."

해남이란 말에 홍주의 얼굴이 굳었다. 해남은 그녀의 본가였다.
석제는 지금 그녀의 집에 뭔가를 하겠다고 선포한 것이다.

"도망을 쳤는데 붙잡을 수가 없었다. 그 소릴 나에게 믿으라는
건가."

"……못 믿으셔도 어쩔 수 없지요."

집안 이야기에도 불구하고 홍주는 꼼짝하지 않았다.

"그 애들이 가봐야 이 좁은 땅덩어리 안이겠지. 그리고 자네 손
으로 보냈으니 그 애들이 어디로 갔을지는 자네가 알아야 할 거야.
찾아. 찾아서 데려와."

"……무연이가 그리 중하십니까?"

"중요하지. 그뿐이던가. 벌써 잊은 겐가?"

"······예?"

"살아생전 경아가 남 원장과 도망쳤던 한 달 말이야. 남 원장이 어찌 되었었나. 원인 모를 괴이한 사고에 하루 넘어 하루가 죽을 고비였어. 경아가 남 원장 곁을 떠났을 때에야 그에게 일어났던 불가사의한 일들이 그쳤지. 이보게, 우진이는 내 아들이야. 내 아들의 죽음을 바라는 아비가 어디 있겠나."

홍주는 눈썹을 파르르 떨었다. 잠시 말을 끊고 벽시계로 시간을 확인한 석제가 약을 챙겨 먹었다.

"이것 봐, 나는 망가질 대로 망가졌어. 경아가 죽고 그 무고는 무용지물이 되었지. 나는 그 애를 데려다 독을 담가야 해. 내가 살아야 이 나라도 산다네."

홍주는 손끝을 바르르 떨었다. 입꼬리가 늘어진 석제의 얼굴은 마치 귀신같이 섬뜩했다.

"살면서 이 손에 묻은 피가 얼마나 될 것 같나. 내가 못 할 게 뭐가 있겠나."

"······어르신."

그녀답지 않게 목소리가 파르르 떨려 나왔다.

"좋게 해보려고 했는데, 안 되면 다른 수를 쓸 수밖에."

홍주는 차가워지는 손끝을 꽉 움켜쥐었다. 석제가 온정 하나 느껴지지 않는 차가운 눈으로 그녀를 바라보았다.

"그 애를 죽이게."

"······그게, 사람으로서 하실 말씀이십니까? 어찌!"

"그 애를 죽여. 아님, 자네 집안의 씨가 말라버릴 것이니."

홍주는 부릅뜬 눈으로 석제를 쏘아보았다.

"그렇게 볼 것 없어. 내가 언제부터 사람이 아니었었는지는 까마득하니까. 그러니 그 애를 찾아 선택권을 주게. 무고를 만들고 어디든 평생 숨어 살든지, 그 자리에서 죽든지."

석제가 나가고 홀로 남은 홍주는 멍하니 눈을 깜빡였다.

예전에 경아가 성훈을 떠난 것도 그가 죽을 정도의 사고를 당했기 때문이었다. 사경을 헤매는 성훈을 보며 경아는 버티지 못했다. 돌아올 테니 성훈을 살려달라고 신당에서 밤낮없이 빌었다. 그리고 성훈의 의식이 돌아왔다는 말을 들은 이후 단 한 번도 청와대를 벗어난 적이 없었다. 그녀를 만나러 온 그를 만나주지 않았다.

그러다 둘이 다시 만난 건, 무연을 그 집에서 쫓아낼 때였다. 무연을 성훈의 손에 떠넘기며 "버리세요." 했다. 그리곤 제 방으로 들어와 소리 없이 끅끅대며 며칠을 울었다. 재액의 신 마고와 거래를 한 여파로 빈껍데기만 남은 몸뚱이를 갖고 죽지 못해 그렇게 산송장처럼 살았다.

그런데 그 딸도 사랑을 한다. 하필이면 천석제의 아들과.

"……이게 당신들의 뜻입니까."

홍주는 망연히 중얼거렸다. 딸은 엄마 팔자를 닮는다더니 결국 그 끝도 같을 것인가.

"만신은…… 그렇게 만들어지는 것입니까? 가슴을 산산조각 내고, 영혼을 부서뜨리고, 오로지 당신들의 꼭두각시가 되어 춤을 추고 경배하고……."

홍주는 듣는 이 없는 허공에 대고 중얼거렸다.

"저는 그런 삶을 맹목적으로 좇은 것입니까……."

홍주는 후들거리는 다리로 겨우 서재를 나왔다. 소파에 앉아 차를 홀짝이는 석제가 보였다.

"……해남에 전화하십시오."

목구멍이 서걱거렸다.

"제가 원했던 푸른 기와의 만신은…… 이런 게 아니었습니다."

홍주는 석제의 집을 나섰다. 망연히 걸어 정원 끝에 다다랐을 때에, 그녀의 앞을 낯선 사내들이 가로막았다.

"같이 가주셔야겠습니다."

남자들이 그녀의 팔을 잡았다. 홍주는 찢겨진 종이인형처럼 끌려갔다.

『마고 할멈이 여기 있는 이유를 알겠다.』

천구는 탁한 기류가 넘실대는 집을 바라보았다.

『마고가 널 보면 한입에 삼켜버릴지도 몰라.』

천구는 자신의 옆에 서 있는 경아에게 말했다. 마고는 재신(災神)이었다. 신은 인간사에 관여할 수 없다는 불문율에도 불구하고 그 잔망스러운 성질을 어쩌지 못해 늘 사달을 내고야 마는 뒤틀린 신.

슬픔과 고통, 불행과 절망으로 점철된 경아의 넋은 마고에게 있어 산해진미, 그 이상도 이하도 아닐 것이다.

『호오, 그럼 내가 먹어도 되는 것이냐? 킥킥.』

천구는 제 뒤로 불쑥 다가온 검은 기운에 송곳니를 드러내 으르 렁거렸다. 허공에 하회탈이 불쑥 떠올랐다.

『마고! 단도직입적으로 묻지. 왜 무연이를 쫓아다니는 거냐?』

천구가 경계를 풀지 않고 내쳐 물었지만 하회탈은 옆에 실낱처럼 위태롭게 선 경아만 빤히 보았다.

『아이야, 너는 참 엉망이 되었구나. 보니, 소멸도 머지않은 바.』

『……그 애는 안 됩니다.』

『아이야, 내게는 내게만 적용되는 법칙이 있고 그것은 세상이 처음 생겨났을 때 정해진 일이다. 넌 내게 네 씨앗의 무사를 바라지 않았었느냐. 나는 그 대가를 받았고 바로 그게 인과율이다.』

『……그럼 무연이가 당신에게 원하는 것이 있다면…….』

『그 아이가 내게 바라는 것이 있다면 대가를 받을 것이고 없다면 그뿐이다.』

이어 변덕스러운 신은 천구에게 관심을 돌렸다.

『망자의 길잡이야, 네가 내게 한 가지 약속을 하면 그 아이를 유혹하지 않으마.』

뜬금없는 말에 천구는 이마를 찌푸렸다.

『너는 망자를 삼도천으로 안내하는 사자가 아니더냐. 저 집에 사는 어둠과 좌절과 비탄과 공포와 절망, 그 모든 것을 한데 품은 인간의 넋을 내게 넘겨라.』

『그것은 내 법칙에 어긋나는 행위다.』

『안 된다?』

『아뇨, 그렇게 하십시오! 천구야, 그렇게 해! 천석제를……!』

경아가 나서서 소리를 높이자, 천구의 눈이 순식간에 지옥의 화마가 타오르듯 붉게 달아올랐다.

『정신을 못 차린 거냐! 그것은 금기다!』

『난 이미 늦었어! 마고 님! 그럼 제 목숨으로 안 되겠습니까? 아니, 이미 죽었으니 제 넋이라도.』

분노가 피어올랐다. 소멸을 앞두고 있는 경아가 안타까워 그의 힘으로 겨우 형태를 유지해주고 있었다. 그런데 이 순간 경아는 또 스스로를 내던지려 하고 있었다.

그와 경아를 히쭉이며 지켜보던 마고가 하회탈을 벗었다. 거무죽죽하고 말라비틀어진 피부를 가진 노파가 깊고 파란 동공을 빛내며 기괴한 웃음소리를 흘렸다.

『어차피 소멸할 넋, 그것은 내게 하잘것없다. 내가 응하고자 하는 조건은 하나다.』

마고의 고개가 돌아갔다. 응접실 한편에 지팡이에 몸을 지탱한 채 서 있는 석제가 그들의 시야에 들어왔다. 마고가 길고 빨간 혀를 내밀어 얇고 강파른 입술을 훑었다. 입술 사이로 보이는 검은 이빨이 맹수의 그것같이 날카로웠다.

『저 인간의 넋을 내놓아라.』

하회탈로 다시 얼굴을 가린 마고가 낄낄낄 웃으며 흩어졌다.

『망할 할망구!』

천구가 와락 성질을 냈다. 경아가 그에게 뭔가를 호소하듯 손을 내밀었다. 천구는 손짓 한 번으로 경아의 넋을 흩트렸다. 그가 다시 힘을 불어넣지 않는 이상 한동안은 보이지 않을 것이었다.

『금기를 어기면, 내 신격이…… 떨어진단 말이다.』

언제부터 살아왔는지 기억할 수 없을 만큼 오랜 시간을 존재해 왔다. 어디서 그가 생겨났는지, 어디로부터 왔는지도 알 수 없다. 그저 그는 어느 순간부터 존재했다.

아이로 변한 천구는 골이 난 얼굴로 집을 쏘아보았다. 인간이란 것들은 언제나 이기적이었다.

『어리석은 것!』

경아에 대한 힐책이었다. 제 딸을 위해서라며 제 숨을 내어주고, 간을 내어주고, 시름시름 앓다 죽고 나서도 정신을 못 차리고 마고와 냉큼 거래를 하려 든다. 바보 같게도 애처로운 것.

착잡하게 집을 바라보던 그의 곁으로 바람이 불자 천구는 돌연 자취를 감추었다.

남쪽 끝, 가장 먼 땅에 닿았다.

"우와! 바다다!"

무연은 끝을 알 수 없이 넘실대는 수평선을 보며 손에 든 보자기를 꽉 끌어안았다.

"바다 처음 보는 것도 아닐 텐데 그 소녀 같은 감상은 뭐야?"

우진이 그녀의 머리통에 손을 턱하니 얹었다.

"남해는 처음이에요."

다섯 시간을 넘게 달려 땅끝까지 왔다. 무연은 바다 내음을 한껏

들이켠 후 보자기를 풀기 시작했다.

"그게 뭐야?"

"……유골단지요."

보자기를 열자 검은 먹빛의 작은 단지가 드러났다.

"아, 지금 정말 나 미친년처럼 봤어."

우진의 눈길에 무연이 장난처럼 중얼거렸다.

"유골단지 들고 다니는 게 그렇게 이상하게 봬요?"

"정상은 아니지."

"애석하네요. 그쪽이 정상이 아닌 여자를 좋아해서."

장난스럽게 대꾸한 무연은 단지의 뚜껑을 열었다. 그러자 단지 안의 뼛가루가 바닷바람에 먼지처럼 날려갔다.

"이게 역사가 꽤 있는 유골이에요."

무연은 단지를 들고 해변으로 천천히 걸어갔다.

"처음엔 우리 집 평상 위에, 또 그다음엔 내 방 옷장 안에, 또 그다음엔 평상 밑 먼지 구덩이 속에, 그다음엔 무영궁까지. 내 덕분에 참 많이 돌아다녔죠, 찬밥 취급받으면서."

무연은 바다 앞 모래사장에 단지를 비스듬히 기울여 내려놓고 그 옆에 앉았다. 우진도 그녀 곁에 앉았다.

"그게 엄마냐?"

무연은 고개를 끄덕였다.

"평생을 무영궁에 갇혀 살았으니까 이렇게 뿌려주고 싶었어요. 바닷바람에 실려서 어디로든 가라고."

바람에 실려 뼛가루가 조금씩 허공으로 날았다. 세상 어디든 갔으면 좋겠다. 멀리, 아주 멀리.

"임무연."

한참을 멍하니 단지를 내려다보다 고개를 들었다. 우진이 그녀를 내려다보며 어딘가 짓궂은 얼굴로 씩 웃었다. 그 후는 순식간이었다. 그녀의 팔을 잡고 마치 자루를 메듯 그녀를 어깨에 둘러멘 우진은 바다를 향해 성큼성큼 걸어갔다.

"설마! 아니죠! 아니지! 어? 이러지 마요, 내려줘어!"

"말이 짧다?"

"잘못했어요! 내려줘요!"

"뭐라고?"

"잘못했다고오오! 저기 물귀신이라도 있으면 어쩌려고 그래……악!"

물에 빠진 무연은 중심을 잡기 위해 허우적거렸다. 물이 짓누르는 압력과 밀어내는 부력에 휩쓸리는 사이였다. 갑자기 몸이 수면 위로 쑥 딸려 올라갔다. 우진이 웃으며 그녀의 손을 힘주어 잡았다.

"물귀신한테 끌려가면 이렇게 잡으면 되지. 설마 너 잃어버릴까 봐 그래? 내가 너 때문에 여기, 땅끝까지 와놓고?"

어이가 없다. 잃어버릴까 봐, 어쩌고 하면서 이렇게 물에다가 사람을 메다꽂나.

무연은 그가 잡지 않은 반대쪽 손으로 물을 크게 튀겼다.

"어쭈?"

무연은 물러나는 와중에도 계속해서 그에게 물을 튀겼다. 그런데 우진은 물을 튀기는 대신 무섭게 직진했다. 무연은 해변가로 도망가려 했다. 그러나 순식간에 그녀를 따라잡은 우진이 뒤에서 안아 옆으로 던져 패대기를 쳤다.

"어푸! 진짜 너무한 거 아니에요!"

겨우 중심을 잡고 일어나 정신없이 얼굴을 훔쳐냈다. 바로 웃고 있는 우진을 향해 황소처럼 달려들었다. 그런데 이상하다. 자꾸 웃음이 새어나왔다. 그의 힘에 휘둘릴 뿐인데 즐거웠다.

"당하고만 있을 줄 알아!"

그대로 몸으로 밀어붙여 넘어뜨릴 생각이었다. 그런데 우진은 어렵지 않게 그녀의 허리를 잡아 옆으로 던져버렸다.

"어푸! 진짜……! 이 사람이……! 어푸……!"

정신을 못 차리겠다. 발을 헛디뎌 옆으로 기우뚱해 혼자 빠지려던 것을 그의 단단한 손이 지탱해준다.

"지금 병 주고 약 주고……!"

얼굴을 훔치는데 우진이 그녀의 고개를 젖혔다. 웃고 있는 그의 얼굴이 눈부시게 들어찼다. 내리뜬 눈으로 그녀를 지그시 보던 우진이 문득 그녀의 뒷목을 받쳤다. 이어 바로 입술을 덮어왔다.

이 남자는 늘 예고가 없다. 입꼬리가 둥글게 말려 올라간 게 맞닿은 입술로 느껴졌다. 마치 도장을 찍듯이 꾹 누르고 떨어지는 입술은 여전히 부드럽게 휘어 있었다.

"……뭐예요, 진짜. 이러면 풀어질 줄 아나. 나 그렇게 쉬운 여자 아니거든요?"

얼굴이 홧홧해졌다. 젖은 그의 하얀 셔츠 안쪽으로 탄탄하게 균형 잡힌 상체의 윤곽이 노골적으로 드러났다. 한번 만져보고 싶어서 손끝이 근질근질했지만 그 호기심 한 번에 그녀가 어떻게 코너로 몰릴지 몰라 애써 꾹 참았다.

"그냥 하고 싶어서 한 건데."

하고 싶어서 했다는 그 말이 더 설렌다는 걸 이 남자는 알고나 있을지.

무연은 웃음이 실실 삐져나오는 것을 어쩌지 못하고 그를 눈 끝으로 올려다보며 그의 팔을 툭 쳤다.

"사람이 그냥, 응큼해!"

그녀가 샐샐 웃으며 나무라듯 타박하니까 우진이 실소를 흘렸다. 몸이 배배 꼬였다. 그와 함께 있는 시간이 좋다. 이렇게 또 하나, 함께 있었다는 기억이 생겨서 좋다.

"그럼 이제 가자."

"어, 어디 가요?"

우진이 그녀의 손을 잡고 해변가로 걸었다. 흠딱 젖어 들러붙은 옷이, 그 안의 등판이 무지하게 섹시했다.

눈을 가늘게 뜨고 그 뒷모습을 응큼하게 바라보던 무연은 이내 손을 놓은 후, 뒤에서 달려 그의 등에 성큼 매달렸다. 낑낑거리며 어부바를 하듯 올라타서는 배시시 웃었다.

"나 가볍죠?"

"아니. 엄청 무거워."

"뭐예요?"

우진은 그녀를 매단 채 모래사장으로 올라갔다. 그러는 동안 그가 다리 밑을 손으로 받쳐서 안정적으로 업히게 되었다.

꼭 행동으로 하지, 당신이라는 사람.

"너무너무 좋아해요."

그의 온기, 목소리, 표정, 천우진이라는 남자.

이 남자 자체가 너무너무 좋아서 말로 뱉어내지 않으면 가슴이
터질 것 같았다. 그의 목을 꽉 끌어안으며 고백하자 우진이 우뚝 서
더니, 그녀를 내려놨다. 이어 한쪽 입꼬리를 비죽이 끌어올리고는
한다는 말이.

"알아."

그리곤 사람 가슴 내려앉게 끝내주게 예쁜 모양으로 웃는다. 이
남자, 밀당에 천부적인 소질이 있다. 확실히.

우진은 그녀가 일어나는 동안 모래사장 위에 두었던 유골함을
집어 들어 그녀에게 건넸다.

"나머지 반은 절벽에서 뿌려. 더 멀리 날아갈 거야."

단지를 껴안고 있는 그녀의 곁을 스쳐가며 우진이 중얼거렸다.

"좋아해."

그다운 고백이었다. 무연은 피식 웃었다.

카키색의 짧은 반바지와 품이 큰 하얀 셔츠로 옷을 갈아입은 무
연은 머리카락을 수건으로 탁탁 쳐 말렸다.

바다에서 나온 그들은 근처 편의점에서 컵라면으로 배를 채웠고
따뜻한 햇볕에 옷을 말리며 나무 그늘에 앉아 잠깐 졸기도 했다. 그
가 잘 땐 그녀가 무릎을 대주었고 그녀가 잘 때는 그가 무릎을 대주

었다.

하루를 돌이켜보던 무연은 거울에 비친 자신을 바라보았다.

"……이 박복한 팔자에 무슨 복이니, 이게."

거울 속의 그녀가 행복한 듯이 웃었다. 목숨 건 도주가 마치 평범한 데이트 같아서, 여행이라도 온 것처럼 느껴져서 아이러니했다.

"일단 나흘치 방세 냈어."

문이 열리며 우진이 불쑥 들어왔다.

"……씻……었네요."

조금 젖어 있는 그의 머리칼에 괜스레 가슴이 싱숭생숭해졌다.

"……피곤하겠다, 그럼 어서 가서 자요."

"어딜 가?"

"우진 씨 방이요."

"돈이 남아돌아? 각방 잡을 정도로 여유 없어."

"……여기 하룻밤에 만 원이라면서요."

"만 원이 땅 파면 나와? 허투루 쓸 게 어디 있어?"

족족 맞는 말이라 딴지를 걸 수 없다. 돈을 아낀다는 이유로 바닷가 근처 민박은 다 돌고 나서 겨우 잡은 게 이곳이었다. 어쨌든 여기서 같이 자겠다는 얘기인 것 같은데. 이불은 한 채고 베개는 두 개다.

"아, 피곤하다."

그렇다면 혹시 오늘이 역사적인 밤이 되는 걸까?

심란해진 그녀가 정신없이 속눈썹을 파닥거리는 사이, 우진은 이불을 끌어다 훌훌 펴더니 그 위에 길게 누웠다. 그녀의 자리를 남겨주듯이 한쪽 공간을 비워둔 채.

"……그럼 같이 자자고요?"

"그럼 마루에서 잘래? 벌레 많던데. 난 싫다."

대체 이 남자는 속이 어떻게 생겨먹은 거지?

눈을 감고서는 귀찮은 듯 대꾸하는데 할 말이 없어졌다.

나 좋아한다면서. 나만 설레는 거야? 한 번은 숲에서 거기를 막 들이대면서 이상한 키스도 했으면서.

어떤 기대에 요란하게 술렁였던 마음은 모두 쓸데없는 거였나 보다. 무연은 잠이 든 듯 고르게 숨을 쉬고 있는 우진을 믿을 수 없 다는 얼굴로 빤히 바라보았다.

한동안 태평한 우진을 바라보던 무연은 이내 인상을 와락 찌푸 렸다. 정작 상대는 아무런 생각도 없는데 그녀 혼자 너무 설레발쳤 다. 절로 한숨이 나왔다.

"웬 한숨이야. 안 자? 앉아서 밤새우려고?"

"잠이 와요?"

"어. 난 무지 피곤해."

정말 피곤이 짙게 녹아든 목소리였다. 그래, 피곤할 것이다. 청 와대부터 해남까지 쉬지 않고 주변을 경계하며 달려왔다. 대체 내 가 무슨 생각을 한 건지 낯부끄러워 죽겠다. 음란 신이 강림한 건지 그가 여기서 잘 거라고 한 순간 든 오만 생각 때문에 심란했던 마음 이 허탈하게 식었다.

"……그래요, 자요."

분명한 건 그와 그녀가 한 이불을 덮고 자도 오늘은 아무 일도 없을 거란 사실이다. 무연은 방에 불을 끄고 우진의 옆에 누워 잠을 청했다. 그런데 졸음이 오기는커녕 점점 정신이 또렷해졌다.

무연은 슬쩍 오른편을 보았다. 어둠 속에서도 우진의 실루엣이 잡힐 듯 보였다. 뒤척이다가 우진의 팔이 손끝에 스쳤다. 그 작은 접촉만으로도 심장이 쿵 떨어지는 건 그녀뿐이겠지.

"……고자 아니라면서."

저도 모르게 본심이 튀어나갔다. 동시에 그녀의 위로 검은 실루엣이 드리워졌다.

"……안, 잤어요?"

"고자? 지금 고자라고 했어?"

그런 막말이 왜 튀어나갔나.

무연은 입술을 안으로 꾹 말며 눈을 돌렸다. 몸을 돌리고 싶었지만 우진이 그녀 위에 있어 여의치가 않았다.

"분명히 고자라고 했는데. 다 들었는데."

우진이 놀리듯 말했다. 무연은 점점 짜증이 나려 했다.

연인과 함께 누운 첫 밤인데. 바로 옆에 그녀가 이렇게 향긋한 냄새를 풍기며 누워 있는데도 잠만 잔다니까 서운했다.

내가 여자로 안 보이냐고!

"너 야한 생각 했지?"

뜬금없는 말에 무연은 눈을 휘둥그렇게 떴다.

"아니면 그런 말이 왜 튀어나와?"

우진은 약이 올랐다. 안고 싶은 여자가 옆에 있는데 퍽이나 성인군자 노릇 하고 싶겠다. 그의 몸은 이미 발정이 난 지 오래였다. 하

지만 오늘 제 엄마 유골을 바닷가에 뿌린 애를 어떻게 건드리나. 양
심이 있지.

"맞아. 나 고자 아니야."

이를 갈 듯 말했다. 정말이지 날이 날이니까 털끝 하나 건드리지
않을 생각이었다.

"무슨 생각을 했길래 그런 소릴 했을까?"

얼굴을 가까이 내려 귓가에 속삭이듯 말했다. 무연이 어깨를 움
츠리며 숨을 들이켰다. 우진은 입꼬리를 끌어올렸다.

이를 어쩌나. 오늘 밤은 그냥 넘어가보려고 했는데.

"그래서 지금 상황이 꽤 힘들어. 어떡할래."

"뭐, 뭘 어떡해요……? 무슨 소리인지 모르겠네."

무연이 기어들어가는 목소리로 말하곤 침을 꿀꺽 삼켰다. 우진
은 그대로 입술을 내려 무연의 귓가를 가볍게 핥았다. 무연의 몸이
아래에서 움찔했다. 그는 이어 작은 귓불을 가볍게 물고 빨았다.

"이렇게 할지, 아님 그냥 착하게 잘래?"

"나, 나는…….."

"나는 이렇게 하고 싶은데."

우진은 그의 아래에서 기대 반, 두려움 반으로 바짝 쫄은 여자의
입술에 가볍게 입을 맞췄다.

"그…… 나도 시, 싫은 건 아니고요…… 그, 살살…… 돼요?"

살살이라니. 우진은 저도 모르게 웃음을 터뜨렸다. 본론으로 들
어가기도 전에 지레 겁을 낸다. 귀여워 죽겠다.

그가 웃는 게 마음에 안 들었는지 무연의 입술이 뾰로통해지려

했다.

"가능해. 내가 좀 참으면 되지."

우진은 그대로 무연의 턱을 잡아 올리곤 입술을 내렸다. 말캉하게 부딪치는 입술을 꾹 누르고 크게 베어 물어 빤 후 혀로 잇새를 침범했다. 입술 안쪽에 반듯하게 누워 있던 혀를 얽어 이보다 더 노골적일 수는 없도록 원초적으로 키스했다.

"하악……!"

무연이 놀랐는지 그의 어깨를 꽉 움켜쥐었다. 우진은 아예 무연의 위로 올라탔다. 입술 사이로 타액이 미끄러졌다. 우진은 그것을 핥고 입맛을 다셨다. 뜨겁게 젖은 그녀의 아랫입술을 빨아 당기며 웃었다.

"이젠 안 멈춘다?"

이미 불같이 일어난 남성성이 포효했다.

"하앗……!"

무연은 그의 손짓을 따라 솔직하게 반응했다. 예뻤다.

"……진짜 무슨 예고가 없어, 사람이."

"예고?"

머뭇거리는 그녀의 손끝이 그에게로 뻗어왔다. 이내 몸을 세워서는 무릎걸음으로 그에게 다가왔다.

"너무 짐승처럼 덮치니까 놀랐잖아요. 억울한 건 그래도 좋다는 거야. 예고편 같은 거 없어도."

무연이 알 수 없는 말을 하며 그의 목을 꽉 끌어안았다. 그리고는 그의 귓가에 입술을 붙이고는 그가 그랬던 것처럼 귓바퀴를 가볍게 핥은 후 속삭였다.

"옷은 내가 벗어요?"

"……큭큭, 아니."

발칙한 발언에 그는 기쁘게 웃었다. 머리부터 발끝까지 씹어 먹어 줄 거다. 성한 곳 하나 없이 그로 가득하게 만들 거다. 풀어놓으려니 짐승 같은 소유욕이 불길처럼 들끓었다.

곧바로 셔츠를 벗겨내고 브래지어를 벗기고 바지를 끌어내렸다. 모두 그의 손에 의해 사라지자 무연은 어찌할 바를 몰라 했다.

"용감한데."

우진은 무연을 자신의 위에 앉혔다. 가는 허리를 한 손으로 감싸고 부드러운 곡선을 이루는 몸을 타고 올라가 매끈한 어깨를 쓸었다. 손바닥에 무연을 새겼다.

"하아."

그의 손끝에 무연의 허리가 비틀렸고 몸이 움찔 떨렸다. 우진은 가는 목에 부드럽게 키스하고 턱 아래에도 입을 맞췄다. 그랬더니 무연이 끄응, 앓았다.

"맛있게 생겼어."

"에? 뭐가…… 어머! 힉!"

무연의 허리가 곧추세워졌다. 그는 고개를 내려 그녀의 젖가슴 밑살을 먹이를 먹듯 크게 입에 담아 물었다. 손이 그의 머리를 감쌌다. 그의 혀 아래, 작은 심장이 고동치는 소리가 아름답게 울렸다.

"소리 내지 마. 여기 방음 약하니까."

우진은 무연을 눕히며 말하곤 다시 깊이 키스했다.

"아으……!"

하얀 목덜미를 빨고 깨물고 어르고. 쇄골을 짓씹고 긁고 핥으며.

하얀 젖가슴을 이지러뜨리고 빨아 씹고 흔들고 그 아래 깊은 곳까지 모두 침범하며.

더 많이, 더 깊이, 더 진하게.

"하아, 하아, 하아……!"

어둔 밤이 내린 장막 아래, 그의 숨이 짙어갔다. 열락이 환희를 머금었다. 그리고 그 끝에 울고 있는 무연을 더듬어 안으며 귓가에 속삭였다. 앞으로도 거칠지 않게는 못 하겠다고.

"씨이……!"

무연이 그의 어깨를 콱 깨물며 울었다. 작은 자극에도 흐느끼는 여자를 안으며 그는 웃음만 났다. 아마 그의 인생에서 이렇게 많이 웃은 날은 무연을 안은 날이 처음일 것이다. 행복했다. 태어나서 처음으로 그렇게 느꼈다.

내 여자, 내 것, 내가 지켜야 할 온전한 그의 것.

가슴이 지끈거리는 통증은 아파서가 아니었다. 행복해서였고 설레서였다. 열일곱 먹은 여고생도 아니고 그를 잡는 손, 그를 보는 눈, 그의 입술 아래 터지는 교성 그 모든 것이 기쁨을 준다. 그래서 더 못살게 굴었다. 밤이 하얗게 새도록, 하얀 몸 가득 빨간 자국이 멍울 질 만큼 진저리나게.

"큭……!"

척수가 녹고 뇌가 하얗게 세는 기분이었다. 그만큼 좋았다. 미치도록 만족스러웠다. 우진은 달음박질치는 숨을 골랐다. 제가 이리 여자에게 안달하는 날이 올 줄이야.

웃지 말라며, 간지럽다며 그를 밀어내는 무연을 아프도록 꽉 끌어안았다. 이런 날은 앞으로도 끊임없이 반복될 것이다. 그러니까 조급해할 필요 없다.

우진은 부드럽고 말캉한 무연의 몸에 제 몸을 느릿하게 비비며 생각했다.

chapter 17

신벌

『누가 그 어미에 그 딸 아니랄까 봐 똑같은 전철을 밟는구나.』

무연은 주변을 둘러보았다. 하지만 보이는 건 없었다.

『킬킬킬.』

또다시 목소리가 들렸다. 어디서 불어오는지 모를 서늘한 한기가 그녀를 에워쌌다.

『킬킬, 나를 알겠느냐.』

무연은 숨을 들이켰다. 어둠 속에서 둥실 떠오른 것은 낯익은 하회탈이었다.

『나를 잡으려 그 숲을 그렇게 선불 맞은 돼지처럼 날뛰지 않았느냐.』

그것이었다. 의장행사 때 그녀에게 씌었던 것, 천석제의 집에서도 정신을 잃게 했고 냉천정에서 아이를 빠트렸던. 엄마와 거래를 했다던 재액의 신.

"……왜…… 당신이 왜……!"

『네 어미와 생전에 인연도 있고 해서 내 너를 위해 이리 경고를 해주러 왔음이지?』

뼛속이 얼어붙을 것 같은 한기에 절로 몸이 위축되었다.

"무슨 경고를 해주겠다는…… 거죠?"

그녀가 어렵사리 입술을 떼자 하회탈이 그녀의 주변을 천천히 돌다가 웃음을 흘렸다.

『네게서 향이 풍기는구나. 그 수컷이 네게 뱄구나. 킬킬.』

무연의 얼굴이 뜨거워졌다. 하회탈이 말하는 것이 '그 일'과 무관하지 않다는 것을 깨달았기 때문이다.

『네 어미도 그렇게 신의 분노를 샀지.』

"……그래서 엄마는 마땅히 그 값을 치렀어요. 목숨으로!"

『킬킬킬, 남자를 품었기에 신의 분노를 샀고, 너를 낳은 후에는 나를 찾아 그 분노는 배가되었다. 네 어미는 신들의 사랑을 받는 것보다 여자이기를 택했고 어미이기를 택했다.』

"그게 잘못된 거예요? 당연한 거잖아요? 무당이기 이전에 사람인데!"

『킬킬킬, 아니지, 아니지. 너희들은 신의 아이로 태어났고, 신의 아이로 살아야만 했다. 그것이 우리가 안배한 운명이다.』

눈썹이 파르르 떨렸다. 그녀를 관찰하듯 집요하게 보던 하회탈의 몸이 어둠 속에서 온전히 나타났다. 검은 한복을 입은 그것은 검고 삐삐 마른 손으로 얼굴에 쓰고 있던 탈을 벗었다.

"……아!"

무연은 저도 모르게 손으로 입을 막으며 소리를 삼켰다. 하얗게 센 머리카락과 주름이 자글자글한 흙빛의 해골 같은 얼굴은 그녀가 단 한 번도 상상해본 적 없는 괴기한 모습이었다.

『아이야, 너 역시 남자를 배었구나. 심장을 송두리째 내어줬구나. 네 어미와 네가 어찌 같다 하지 않을 수 있겠느냐. 쯧쯧쯧.』

그것은 그녀의 뒤를 심술궂은 얼굴로 응시했다. 무연은 그 시선을 따라 고개를 돌렸다. 그곳에는 우진이 그녀의 어깨에 얼굴을 묻은 채 자고 있었다.

『명줄이 꽤 긴 놈이었는데 신의 분노를 샀으니 그 벌을 어찌 다 감당할꼬.』

"벌?"

무연은 다시 그것을 바라보았다. 그것은 입가를 길게 늘였다. 누렇게 바랜 송곳니가 스산하게 번득였다.

『신벌.』

"신들은 자신의 아이가 다른 자와 정을 통하는 것을 격렬하게 질투한다. 상대를 죽이고 싶지 않으면 연정 같은 건 품지 마라. 무당이란 무릇 평생을 누군가의 삶을 위로하고 달래주며 남을 위해 사는 존재다. 제 인생, 제 사랑, 제 존재 같은 건 없어."

언젠가 무속 수업 중 홍주가 했던 말이 뇌리를 스쳤다.

"신벌……."

『신의 분노는 네 어미를 산산이 부수어버렸지. 이젠 저 사내 차례구나.』

가슴이 덜컥 내려앉았다. 머리부터 발끝까지 얼음물을 뒤집어쓴 기분이었다. 심장이 걷잡을 수 없이 뛰기 시작했다.

"그게 무슨…… 무슨 소리야……? 차례라니! 신벌이라니!"

목소리가 떨렸다. 우진과 그녀의 모습이 연기처럼 사라져버렸다. 이어 그녀를 빤히 보던 그것이 중얼거렸다.

『네 아비가…… 죽었다고 알고 있지? 그런 게 신벌이다. 예기치 못한 사고 혹은 예견된 재앙.』

"……그런 게 어디 있어. 말도 안 돼. 헛소리하지 말고 꺼져, 꺼지라고!"

무연은 돌아서서 어둠 속을 터벅터벅 걸었다. 저것과는 더 이상 말을 섞고 싶지 않았다. 하지만 하회탈은 또다시 그녀 앞에 날아들었다. 무연은 그 탈을 죽일 듯이 쏘아보았다.

『나는 마고다.』

"네 이름 따위 알고 싶지 않아……!"

감히 상상하기도 싫은 이야기를 지껄여대는 저 끔찍한 것은 보고 싶지 않았다.

『아니, 알아야지. 때가 되어 네게 내가 필요해졌을 때 날 부르려면 이름은 알아야지.』

"내가 왜 널 필요로……!"

『네 어미가 널 벗어나게 하기 위해 날 필요로 했듯이 너도 곧 그럴 거다.』

"나한테 왜 이러는 거야!"

무연은 신경질적으로 소리를 질렀다. 하회탈, 마고는 입술 사이로 빨간 혀를 내밀어 제 입술을 게걸스레 핥았다.

『신의 사랑을 받은 아이만큼 특별한 진미는 별로 없거든. 너 역시 그 맛있는 피를 이었으니 내 입에 맞지 않겠느냐.』

"……뭐?"

『나는 재액을 낳는 신. 자연의 섭리에 의해 움직이는 존재. 네가 내게 원하는 것이 있어야 나도 네게 원할 수 있다. 나는 널 먹고 싶구나. 킬킬.』

그것이 바짝 다가와 그 빨간 혀를 내밀어 그녀의 볼을 훑었다. 소름이 돋았다. 온몸의 털이란 털은 다 바짝 섰다. 무연은 두 눈을 꽉 감았다.

『킬킬, 잊지 마라. 나는 마고다.』

다시 눈을 뜬 순간 어둠은 걷혀 있었다. 뿌연 시야로 보이는 것은 밤새 그들 곁에서 덜덜거리며 돌아갔던 오래되고 낡은 선풍기 한 대였다.

무연은 바짝 굳어 있던 몸에 힘을 풀었다. 그녀의 허리를 뒤에서 뭔가가 꽉 죄어왔다. 우진의 품 안이었다.

"음……."

뜨거운 체온이 느껴졌다. 가슴이 순식간에 먹먹하게 젖어들었다. 무연은 아랫입술을 꽉 물고 자신을 안고 있는 팔을 꽉 부여잡았다.

"……잘 잤냐."

허스키한 저음이 그녀의 귀를 울렸다.

"꿈자리가 안 좋은 것 같던데."

그가 그녀를 더 꽉 끌어안으며 잠이 덜 깬 듯 얼굴을 비벼댔다.

밤새 돋은 수염이 어깨에 쓸려 이상한 감각을 자아냈다.

"……꿈, 자리요?"

"음. 가위에 눌리는 것 같았어. 몸이 확 굳던데."

우진이 그녀를 안았던 팔을 풀고 자리에서 일어났다. 따뜻하게 붙어 있던 체온이 멀어지자 갑자기 추워졌다. 돌아보자 우진이 부스스한 머리를 벅벅 쓸고 있었다. 눈이 마주치자 부드럽게 웃는다.

"아. 좋았지?"

밑도 끝도 없이 물었다. 하지만 정작 무연은 다른 데 시선이 쏠려 있었다. 단단하게 드러난 상체는 온통 상처투성이였다. 그가 넘어왔을 사선은 얼마나 치열했던 걸까.

"어딜 그렇게 봐?"

무연은 저도 모르게 손을 뻗어 그의 옆구리에 난 화상자국을 매만졌다. 그의 배가 움찔 조여든다.

"자꾸 이러면 네 사정 고려 안 해. 아직 아플 거 아니야."

그 손을 잡아챈 우진이 그녀의 몸을 힐끔 내려다보았다. 이불이 덮여 있긴 하지만 그 거칠 것 없는 행동에 부끄러워졌다. 좋은데 솔직하게 표현할 수 없는 이 기분은 뭘까.

입술을 삐죽이던 무연은 몸을 움직이다 미간을 찌푸렸다. 아직 아릿하게 올라오는 통증 때문이었다.

"아직 아프니까 안 돼요."

단호하게 말하자 우진이 아쉬운 얼굴로 입맛을 다셨다. 그러거나 말거나 무연은 다시 그의 상처들을 눈으로 훑었다.

"만져볼래요."

무연은 손을 뻗었다. 족히 스무 바늘 이상은 꿰맸을 것 같은 가슴의 상처, 검게 색이 죽은 어깨의 상처, 피부를 짓이긴 화상자국까지.

"……치열하게 살았네요."

복부 위의 사선으로 긴 실금 같은 상처까지 모두 살피고 나서 고개를 들자 우진이 손으로 그녀의 미간을 장난스레 꾹 눌렀다.

"그렇게 막 여기저기 주물럭거리면 어떡하나?"

"뭐가요?"

우진은 그대로 가까이 다가와 서슴없이 입을 맞췄다. 목뒤를 받쳐 고개를 옆으로 틀어 파고든 입술은 그녀의 혀를 깊게 빨아들였다. 무연은 뱃속이 뭉근해지는 감각에 다리를 꼭 오므리며 그의 어깨를 잡았다.

"……하아."

한바탕 입안을 휘젓고 간 그가 그녀의 목을 지분거렸다. 이로 잘근잘근 씹기도 하고 함빡 빨아들이기도 하며 하얗게 드러난 어깨를 못이 박힌 손으로 꾹꾹 주무른다. 어떤 신호를 담고서.

"우진 씨. 하아. 그만, 아, 해요, 아침부터……."

그의 입술이 쇄골을 타고 가슴골로 내려왔다. 그녀가 꼭 부여잡고 있던 이불을 욕심껏 끌어내리며 소담하게 부푼 가슴 위쪽을 혀로 감질나게 할짝였다.

"흐읏! 자꾸 이러면 곤란하다고……! 야! 천우진!"

그가 그녀의 이불을 완전히 끌어내렸다. 발가벗은 상체가 고스란히 드러났지만 무연은 우진의 얼굴을 왈칵 잡아 그녀를 보게 했다. 탁하게 가라앉은 우진의 눈이 그녀를 야릇하게 보았다.

"지금 반말했냐, 너?"

우진이 그녀의 코를 비틀었다. 곧바로 내려간 손이 그녀의 허리 부근 보드라운 살을 손끝으로 뭉근하게 문질렀다.

"왜 날 좋아해서 사서 고생이에요?"

"……뭐?"

무연은 우진을 빤히 바라보다 그의 입술에 키스했다.

"미안하잖아. 이렇게 도망치고, 돈도 없고, 미래도……."

그의 입술을 빨아들인 무연은 어설프게 미소 지었다. 우진이 무슨 소리를 하냐는 모양으로 그녀를 뚱하게 바라봤지만 무연은 그대로 우진을 껴안았다.

꿈은 믿지 않는다. 신의 분노라니. 마고가 말한 일들이 반드시 그와 그녀에게 일어나리라는 보장 따윈 없었다.

"그럼, 좋아하지 말까?"

하얗게 드러난 등을 느릿하게 쓸며 우진이 말했다. 무연은 바로 고개를 가로저었다. 맞닿은 가슴이 미치도록 두근댔다. 남들은 석 달이면 설렘도 잦아든다고 하던데, 그녀는 이 심장이 영원히 멈출 것 같지가 않았다.

"셋 셀 동안 안 떨어지면 덮친다?"

꽉 달라붙어서는 떨어지지 않는 그녀에게 우진이 경고했다.

"하나."

떨어지고 싶지 않았다. 이 남자를 사랑했다. 마고의 저주 같은 말 따위 갖다 버리겠다.

"둘."

미동도 않는 그녀의 행동에 우진의 말끝에 웃음기가 진하게 들러붙었다.

"셋. 끝. 네가 먼저 시작했다."

우진이 그녀를 눈 깜짝할 사이에 부드럽게 눕혔다. 이불을 들추고 제 몸을 밀어넣었다. 순식간에 일어난 일이었다. 다리 사이에 눌리는 단단한 남성에 무연은 낮게 신음을 흘렸다. 어젯밤의 일이 떠오르자 전신이 다 저릿해졌다.

"맙소사. 발정 났나 봐. 미치겠네."

그가 씨익 웃었다. 허리를 쓸고 내려간 손이 엉덩이를 쥐고 당겨 서로의 중심을 노골적으로 마찰시켰다. 적나라한 자극에 다리 사이가 젖어들었다. 마고의 말 따윈 저 너머로 사라졌다. 그 뒤론 아득했다. 그저 죽을 듯이 우진을 잡고 매달렸다. 절정의 끝에서.

"흔적을 찾았다고 합니다. 해남이에요."

"……해남?"

석제는 몸을 지탱하고 있는 지팡이 위에 턱을 얹었다. 해남이란다. 겨우 거기다. 입꼬리가 둥글게 말려 올라갔다.

"……어쩌실 생각이세요? 병원, 알아보고 있습니다. 조만간 좋은 소식 있을 겁니다."

지원은 끈질기게 심장 이식을 권유했다. 새 심장만 찾아서 거부

반응 없이 이식만 받으면 그가 만신에게 기댈 이유는 없다.

하지만 확률이라는 게 있다. 성공할 확률, 실패할 확률. 그 확률에 목숨을 맡기기에 그는 너무 늙었고 노쇠했다. 몸이 녹슬어가는 것이 느껴졌다.

반대로 살고 싶은 열망은 더욱 커져만 갔다. 죽음이라는 공포는 천하의 그조차 밤잠을 이루지 못하게 만들었다. 이걸 해소해줄 가장 쉬운 방법은 바로 만신의 무고였다.

"……떠난 이에게 전해. 만신만 잡아오라고."

경아의 선례로 알았다. 만신이 죽으면 무고도 죽는다. 그러니 만신에게 무고를 만들게 하고 숨만 붙여놓을 셈이다.

"……아아, 사람이란 참 잔인하기도 하지."

지원마저 나가고 홀로 남은 응접실에 있던 석제는 문득 웃으며 탄식했다. 늙은 심장은 언제 멎을지 모른다. 한시가 촉박했다. 석제는 가만히 심호흡해 심박을 느꼈다. 아직은, 괜찮다. 내일도 괜찮을 거다. 죽음이 바로 그의 발치까지 다가섰다.

– 다음 소식입니다. 최근 비자금 문제로 검찰에 소환되었던 남성훈 국정원장의 혐의가 풀렸습니다. 남성훈 국정원장은 바로 업무에 복귀할 예정이었으나 이번 비자금 논란에 책임을 통감하고 자리에서 물러나겠다고 발표했습니다.

계란말이를 베어 물던 무연은 TV에서 흘러나오는 소리에 우진을 흘끔 보았다. 그러나 그는 밥만 열심히 퍼먹고 있었다.

"왜?"

눈이 마주치자 눈썹을 치켜세우기에 무연은 고개를 가로저었다. 그러나 다음 순간이었다. 우진이 갑자기 와락 얼굴을 일그러뜨리곤 손을 입가로 가져갔다.

"왜 그래요?"

손바닥에 뭔가를 퉤, 뱉어내는 행동에 무연이 놀라 눈을 동그랗게 떴다.

"그게 뭐……예요?"

그가 손을 펴 내보인 것은 유리조각이었다. 피도 흥건했다. 우진은 그것을 옆에 던지듯 놓고 냅킨을 집어 입안을 꾹 눌렀다.

"괜찮아요? 어디 봐봐요."

"됐어. 앉아서 마저 먹어."

가슴이 내려앉았다. 잘못해서 삼키기라도 했으면 어쩔 뻔했나.

입에 넣었다 빼는 휴지가 온통 붉다. 대체 어떻게 해야 식사에 유리조각이 들어갈 수 있는지 모르겠다.

"저기요! 잠깐만 여기로 와주시겠어요?"

우진이 손을 못 대게 해 안절부절못하고 보고만 있던 무연은 식당 주인으로 보이는 사람에게 손을 들었다.

"음식을 어떻게 하시는 거예요? 어떻게 식사에서 이런 유리조각이 나와요?"

"어머, 이런 게 거기 왜 들어 있대? 괜찮아요? 어떻게 해? 다쳤어요?"

주인 역시 무척이나 당황한 듯 유리파편을 보고는 얼굴이 파래졌다.

"괜찮아요. 됐어요. 화장실 갔다 올게."

하지만 호들갑스런 반응이 무색하게 우진은 자리에서 일어났다. 무연은 속상한 얼굴로 그런 우진의 뒷모습을 바라보았다.

그녀는 지금 무척이나 예민해져 있었다. 마고의 꿈은 결단코 꿈만은 아니었다. 어제는 우진이 술에 취한 음주 운전자의 차에 치일 뻔 했다. 그가 제때 피하지 않았다면……! 생각만 해도 눈앞이 아찔했다.

"세상에, 이게 거기 왜 있지? 희한한 일이네."

무연은 숟가락을 내려놓았다. 밥맛이 뚝 떨어졌다.

"어머, 아가씨, 밥값은?"

"밥값이요?"

어이가 없어 되묻자 주인이 아니라고 얼버무리며 얼른 눈을 돌렸다. 무연은 우진의 소지품을 챙겨 가게를 나왔다. 잠시 기다리자 화장실에서 나오는 우진이 보였다. 입가의 물기를 닦으며 나오는 우진에게 다가갔을 때였다.

"거기 조심해요!"

멀리서 들려오는 소리에 무연과 우진은 동시에 소리가 난 곳을 보았다. 그들이 서 있는 건물의 옥상에서 간판이 대롱거렸다.

"어어, 떨어진다!"

순식간이었다. 무연은 그녀와 마주 서 있는 우진의 몸을 밀치며

안았다. 그리고 다음 순간 그들이 서 있던 자리를 향해 낙하한 간판이 거대한 굉음과 함께 아스팔트 바닥에 떨어졌다.

"괜찮아요?"

무연은 그녀를 감싼 채 바닥으로 나뒹군 우진을 살폈다.

"나는 괜찮은데 넌 안 괜찮은 것 같다."

괜찮다. 살아 있다. 우진이 무사하다는 사실에 힘이 풀렸다. 일어나야 하는데 힘이 빠진 다리는 좀처럼 말을 듣지 않았다.

"나 괜찮아, 임무연."

하얗게 질린 손을 따스한 체온이 덥힌다. 무연은 고개를 들어 우진을 보았다. 그가 그녀와 시선을 맞추고 천천히 말했다.

"사고였잖아. 괜찮다고."

사고……. 과연 사고일까.

마고의 저주 같은 말이 눌어붙어 무서워졌지만 그에게 내색할 순 없었다. 무연은 고개를 끄덕이고는 자리에서 일어났다.

"손이 차갑다."

간판을 떨어뜨린 업체의 사과를 뒤로한 채, 그들은 해변 거리를 두 손을 맞잡고 걸었다.

"말도 없어졌고."

"……내가요?"

머릿속이 복잡했다. 어제의 자동차 사고, 오늘 음식에서 나온 유리조각, 그리고 하마터면 그의 두개골을 산산조각 낼 뻔했던 간판까지 모두 우연 같지 않았다.

"……당신, 이틀 사이에 세 번이나 죽을 뻔했어요."

"재수가 옴 붙었나 보지."

그가 낮게 웃었다. 그는 단단하고 강한 사람이다. 그런데 그가 얼마나 크고 강한 사람인가는 상관없이 죽을 뻔했다. 예민하게 구는 것일지도 모르지만 자꾸만 마고의 말이 떠올랐다.

"오늘은 우리 뭐 해요?"

무연은 애써 화제를 돌렸다. 계속 가라앉아 있다가는 그녀가 이상하다는 걸 그가 눈치채고 말 거였다.

"사흘 전에는 울돌목 갔었고 이틀 전에는 공룡유적지, 어제는 두륜산 케이블카……. 오늘은 뭐 없어요?"

"관광 왔어?"

"우리 관광한 거 아니었어요?"

그가 헛웃음을 흘렸다. 사실 그 모든 곳은 그녀가 먼저 가자고 조른 것이다. 지금 묵고 있는 방의 집주인인 할머니가 해남에 오면 꼭 가야지, 하면서 추천해준 곳들이었다.

"신났네. 도주 중인 건 잊지 말자?"

"당신이랑 있으니까요. 즐길 수 있을 때 즐기자고요. 그런데 병원 가봐야 하는 거 아니에요?"

씩 웃던 무연은 입안이 불편한지 이따금씩 미간을 찌푸리는 우진을 보고 물었다.

"칼에 베이고 사흘 동안 그대로 다닌 적 있었어도 안 죽었어. 이 정도는 며칠 지나면 나아."

이 남자의 강한 척에는 말이 통하지 않는다. 무연은 낮게 한숨을 쉬곤 양손으로 그의 고개를 잡아 내렸다. 이어 그의 입을 잡고 아래로 벌렸다.

"왜 이래? 괜찮다니까."

"벌려봐요. 사람 피 마르는 거 보고 싶지 않으면."

그녀의 목소리에 조금 물기가 묻은 탓일까. 우진이 하는 수 없다는 듯이 입을 벌려 유리조각을 씹었던 볼 안쪽을 보여주었다.

"……이게 별거 아니에요?"

아직도 피가 났다. 그가 계속 혀로 쓸어댔는지 철철 쏟아지는 것까지는 아니었지만 그냥 두면 꽤 쓰릴 거였다.

"그냥 두면 나아. 사람 재생능력은 생각보다 뛰어나. 뭐 할지나 생각하자. 하루 종일 네 얼굴만 보고 있어도 좋을 정도로 눈이 멀지는 않았거든. 계속 이러고 있을래?"

우진이 장난스레 덧붙였다.

"말을 해도 진짜!"

눈을 흘긴 무연은 입을 비죽 내밀며 손을 놓았다.

"그럼 설마 너는 얼굴만 보고 있어도 좋아?"

"나는 좋아요. 하루 종일 당신 얼굴만 보고 있어도. 심각하게 안 질려. 눈이 제대로 멀어서. 아직 나한테는 멀었네요."

그녀가 대꾸하자 우진이 손으로 그녀의 머리통을 투박하게 비비댄 후 그녀와 눈을 맞추고는 입꼬리를 끌어올렸다.

"알아."

말이나 못 하면. 저 모양이 어찌나 얄미운지.

"어, 할머니! 어디 가세요?"

그를 흘겨보며 눈을 돌리는데 맞은편에서 민박집 주인 할머니가 걸어오고 있었다. 오래 묵으니 아침도 무료로 제공해주시는 인심 좋은 분이었다.

"어, 나 굿판 가는데. 너희들도 할 거 없음 그거 구경이나 해. 서울에서는 굿하는 거 잘 못 보지? 여기는 인간문화재로 지정된 무당이 있거든."

"……굿판이요?"

"바다 용왕님한테 올리는 굿이여. 굿판 벌어지는 날은 이 동네 잔칫날이거든. 무당이 어찌나 굿을 잘하는지 서울서도 기자들이 가끔 취재 온다니까."

재게 자기 할 말만 한 할머니는 이따 집에서 보자는 말을 남기고 가버렸다. 무연은 작게 고동치는 가슴을 억눌렀다. 굿이라는 말에 가슴 한쪽이 철렁 내려앉았다.

"가볼 거야?"

한쪽에서 듣기만 하던 우진이 물었다.

"……아뇨. 내가 거기서 또 이상한 짓 하면 어떻게 해."

"이상한 짓?"

"장구 소리, 징 소리, 방울 소리……. 내가 그런 거에 좀 약한 것 같거든요. 이렇게 말하니까 영락없이 무당이네."

무연이 애써 입가를 늘였다. 그런 그녀를 빤히 바라보던 우진이 이내 그녀의 손을 잡고 천천히 걷기 시작했다. 바닷바람이 조금 텁텁하게 불어왔다. 그가 문득 중얼거렸다.

"잘까."

뜬금없는 소리였다. 우진이 장난스레 입가를 늘였다.

"하루 종일."

그의 손가락이 손바닥 안쪽을 야릇하게 문지른다. 얘기만 들어도 아찔해졌다. 차마 아무런 대답도 못 하는 그녀를 바닷가로 이끈 우진은 모래사장에 엉덩이를 깔고 앉았다.

"임무연."

그녀를 부르는 소리에 고개를 돌리자, 그의 입술이 가볍게 내려앉았다. 무연은 두 눈을 끔뻑이다 그녀의 귓불을 야릇하게 문지르고 있는 그의 손길에 얼굴을 붉히며 고개를 돌렸다.

"여기 오고 나서 천우진 씨, 되게 착해진 거 알아요?"

"착해져?"

"아니, 착해졌다기보다 솔직해졌달까. 원래 이렇게 표현에 거침 없는 사람이었어요?"

"글쎄. 그냥 손이 나가는데."

그의 손이 귓가에서 떠나갔다.

"아, 그렇게 말하니까 심장 떨려요."

"그 정도에?"

"그 정도에."

무연이 웃었다. 머쓱해하는 그의 모습이 보기 좋았다. 입가를 늘이며 나란히 세운 무릎에 머리를 막 기댈 때였다.

『어리석은 것!』

무연은 고개를 번쩍 들었다. 삼신의 목소리였다.

"왜? 뭐 있어?"

주위를 두리번거렸지만 보이는 건 없었다.

"……아니에요. 없어요."

목이 타는 듯 뜨거워졌다. 무연은 고개를 가로젓곤 다시 무릎 위에 고개를 묻었다. 몸에 열이 나는 것 같다. 단전부터 뜨겁다 못해 홧홧한 기운이 전신으로 뻗어갔다. 시야가 멍하니 흐려지려 했다. 식은땀이 샘솟았다. 위장이 비틀리는 듯 꼬이기 시작했다.

『게서 뭐 하는 거야! 돌아가! 정녕 이럴 게냐!』

삼신의 호통이 커졌다. 무연은 자리에서 벌떡 일어났다. 볼이 붉게 달아오르고 관자놀이를 타고 식은땀이 흘렀다.

"몸이, 안 좋은 것 같아요. 방으로 돌아가면 안 돼요?"

발밑이 빙글 돈다. 꼭 그때 같다. 신병이 들려서 제 몸이 제 몸이 아닌 것 같았을 때.

밭은 숨을 뱉으며 말하자 우진이 그녀의 이마를 짚어보고는 눈살을 찌푸렸다.

"갑자기 몸이 왜 이렇게 뜨거워?"

무연은 열로 인해 달뜬 숨을 뱉으며 그의 팔을 꽉 잡았다. 얼굴을 굳힌 우진이 바로 그녀를 데리고 움직였다.

오는 길은 가까웠는데, 돌아가는 길은 너무 멀었다. 우진의 손에 이끌려 걷던 무연은 문득 걸음을 멈추었다. 해변가 끝에서 농악 소리가 들려왔다. 많은 사람들이 모인 가운데 기다란 봉이 하늘을 향해 찌르듯 뻗어 있었다. 봉 끝에는 붉은색, 노란색, 파란색, 하얀색, 초록색의 오색 천이 사방으로 거미줄 뻗듯 팽팽하게 늘어져 있다.

무연은 뭔가에 홀린 것처럼 그쪽을 향해 걷기 시작했다.

"어디 가?"

우진이 그녀의 어깨를 잡았지만 무연은 걸었다. 멈추고 싶은데 단지 생각뿐이었다. 스스로도 당황스러웠다. 가슴이 북처럼 울린다. 손끝이 장구 소리에 맞춰 흔들린다. 뭔가가 몰려온다.

『얼쑤! 좋구나!』

사람들 사이를 헤쳐 걸어갔다. 귓가에 와자지껄한 소리가 이명처럼 울렸다.

『얼마 만의 굿판이냐! 이 아이가 신기는 없어도 굿 하나는 영 잘한다는 말이야!』

홍색 치마에 백색 저고리를 입은 무당이 술잔과 신칼을 들고 굿상을 마주 보고 있다. 굿상으로 몰려든 희뿌연 잔상들이 무연의 눈을 아프도록 찔렀다.

"……혼이로다 넋이로다 무주공산 삼원혼량 혼이라도 다녀가요 넋이라도 다녀가요 사람은 죽어 귀신이요 귀신은 죽어 품은 혼령 품은 혼령은 부모님의 영혼 오시는 것을 누가 보며 가시는 길을 누가 알랴 꿈결 같은 세상살이 헌신같이 저버리고……."

『좋구나! 껄껄껄!』

무당이 불경처럼 외는 무가 뒤로 하나둘씩 신들의 머릿수가 늘어갔다.

호구별성신, 진광대왕, 초강대왕, 변성대왕, 태산대왕, 만명, 법우화상, 토주대감, 왕래대감, 나주금성산신…… 신들의 잔치였다.

곧 굿상에 모여 앉은 신들의 시선이 그녀를 향했다.

『만신 계집아이다!』

『만신? 만신이 모시는 건 치우야.』

『치우는 어디 있지?』

『저년의 어미는 유명해. 만신씩이나 되는 것이 감히 신의 은혜를 배신하고 금기를 범했어.』

『신을 모셔야 하는 주제에 사내의 정기가 진동을 하는구나.』

『사내를 품었어. 치우가 화가 날 만도 해. 치성을 드려 하루빨리 신을 모실 생각은 않고 사랑놀음에 눈멀었으니.』

『신벌이 내리겠군.』

『신벌이야.』

여기저기서 왕왕 울리는 목소리가 숨통을 갑갑하게 죄어든다.

『신벌!』

천둥 같은 소리에 발끝부터 얼어붙었다. 옴짝달싹할 수 없었다. 그리고 그 순간 바람이 불어왔다. 신들의 시선도 한곳으로 향했다. 돌풍처럼 거센 바람이 바다로부터 휘몰아쳤다.

무연은 모래사장 먼 곳을 불길한 눈으로 보았다. 굿판을 구경하려 몰려들었던 사람들이 웬 바람이냐며 너도나도 얼굴을 가리며 몸을 틀었다.

휘날리는 모래 속에서 무연은 보았다. 몇백 년은 되었을 것 같은 목을 가리는 금갑(襟甲)과 가슴을 가리는 쇄골갑(鎖骨甲), 두 부분으로 이루어진 단단한 갑옷을 입은 강인한 인상의 노인을.

입술이 덜덜 떨렸다. 저것을 안다. 엄마의 곁에서 이따금씩 보았던 거대한 그림자다. 치우.

『네가 있어야 할 곳으로 돌아가라!』

치우의 전신에서 쏟아지는 거대한 기운에 무릎이 후들거렸다.

『네가 해야 할 일을 해라!』

귓가를 울리는 목소리는 웅혼해서 머리가 깨질 것처럼 울렸다.

『네 아직 나를 담을 그릇이 못 된 터, 지켜보려 했으나 방자하기가 이를 데 없구나! 너는 내가 다스렸던 이 땅을 위해 빌고 또 빌어야 하는 이다! 감히 다른 마음을 품고 다른 몸을 품었으니!』

치우의 얼굴이 화로 일그러졌다. 무연은 숨을 할딱였다. 목이 졸리는 것 같고 폐부가 터질 것처럼 팽창했다. 숨을 제대로 쉴 수가 없었다. 횃불 같은 치우의 두 눈이 우진에게로 향했다.

『네가 네 자리를 찾아 돌아갈 때까지 벌이 내릴지니!』

다시 한 번 바람이 몰아쳤다. 모래에 굳건하게 꽂혀 있던 기다란 봉이 우둑 부러졌다. 사방으로 걸려 있던 오색 천이 무너져 내렸다. 사람들의 비명이 메아리쳤다.

무연은 뒷걸음질을 쳤다. 모골이 송연했다. 그녀의 귓가에 재신(災神) 마고의 음성이 멀리서 들려왔다.

『나는 마고다……! 나를 원할 땐 내 이름을 부르렴, 아이야.』

자신이 곧 필요하게 될 거라는 말.

"괜찮아?"

뒤에서 들려오는 음성에 어깨가 움츠러들었다. 이어 그가 그녀의 어깨를 잡자, 저도 모르게 그 손을 뿌리쳐버렸다. 우진이 눈살을 찌푸렸다.

"……나는!"

스스로도 자신의 행동이 당황스러웠다. 머릿속에는 계속해서 똑같은 말만 되뇌어졌다. 신벌.

지난 이틀간 우연처럼 일어났던 일들은 사실 우연이 아니었던 걸까.

무연은 혼란스러운 눈으로 우진의 얼굴을 더듬었다. 날카롭지만 조금은 다정한 빛을 띤 시선, 그녀에게만 이따금씩 보여주는 웃음, 언제든 그녀가 위험할 때면 히어로처럼 나타나준 사람.

어쩌면 죽는다. 이 사람이.

이 사람과 멀어져야 한다. 곁에 있지 않으면 괜찮을지도 모른다. 두서없이 생각했다. 그리고 생각과 동시에 무연은 돌아서서 도망쳤다. 지리도 잘 모르는 곳을 정신없이 내달렸다. 숨이 목구멍까지 차올랐다. 호흡 끝에 쇳내가 났다.

"……하악!"

그렇게 얼마나 달렸을까. 그녀의 몸이 뒤에서 감아 당겨졌다. 등이 단단한 것에 부딪쳤고 돌려세워졌다. 익숙한 남자의 품에 강하게 끌어 안겼다.

"……뭐라도 본 거야?"

그가 애써 감정을 고르듯 낮게 물었다. 하지만 그녀는 아무 말도 할 수가 없었다. 그가 조금 전에 지나왔을 자리에 갑자기 굵은 나뭇가지 하나가 부러져 떨어졌다. 나뭇잎이 우수수 허공에 휘날린다.

"왜 도망가냐고."

무연은 바들바들 떨리는 손을 들어서 우진의 등을 꽉 붙잡았다. 나뭇가지가 부러진 부위에 검은 기운이 흐드러졌다.

"뭐냐고. 말 안 할래?"

무연은 대답 대신 굵은 가지를 멍하니 보았다. 따가워지는 눈시울을 겨우 추슬렀다.

"……끝이, 있을까요?"

밑도 끝도 없는 의문이었다. 하지만 그는 그녀를 다독이듯 뒤통수를 꾹 눌러 제 어깨에 묻게 했다.

"울 정도로 무서운 거라도 봤냐?"

"무서운 소리를…… 들었어요."

"뭔데?"

그게 정말 사실이 될까 봐 말을 할 수가 없다. 무연은 대답 대신 그의 뒤를 손가락으로 가리켰다. 뒤를 돌아본 우진은 눈썹을 치켜세웠다.

"……미안해요…… 내가 당신을 좋아해서, 당신이 다칠 수도 있어요. 내가 당신이랑…… 자서 당신이 죽을 수도 있어요."

"무슨 소리야?"

"내가 있어야 할 곳으로 돌아가지 않으면, 무당으로 내가 해야 할 일을 하지 않으면…… 신벌이…… 내린대. 그러니까 미안해요. 혹시 많이 다치면, 다치게 되면 미안해…… 나는 괜찮으니까 이제라도 가요. 이제라도 나 두고…… 앗!"

무연은 눈을 질끈 감았다. 우진이 거칠게 그녀의 볼을 양손으로 꽉 거머쥔 채 저를 보게 했다.

"뭐 이런 멍청한 게 다 있어."

그의 입가에 피가 비쳐들었다. 아까 잘못 먹을 뻔했던 유리조각 때문인 것 같다.

"거기서 한마디만 더 해봐. 어차피 너 처음 봤을 때부터 좆 된 거 알았어. 그럼에도 불구하고 내가 말했잖아! 너 좋다고! 내가 말했지! 도망가지 말라고! 붙잡았잖아!"

그의 눈이 차갑지만 뜨겁게 그녀를 응시했다.

"한 번만 더 이런 식으로 도망가기만 해. 한 번만 더 도망가봐. 그때는 안 잡아. 안 찾아. 구차하게 안 이래. 그러니까 알아서 붙어 있어. 알았어?"

그가 열기로 뜨거운 그녀의 이마에 제 이마를 맞댔다.

"죽긴 누가 죽어. 누가 날 죽여."

얼굴을 감싼 그의 손이 그녀의 얼굴에 흥건한 눈물을 손가락으로 투박하게 문질러주었다.

"나 그렇게 쉬운 놈 아니거든."

짙은 한숨을 쉬며 그녀의 머리를 가슴으로 당겨 안았다. 무연은 입만 벙긋거렸다. 아직도 그녀의 가슴에 매인 말들을 털어놓지 못했다.

나는 무서워요. 내가 가진 거라고는 당신밖에 없는데 정말 당신이 나 때문에 해를 입게 될까 봐. 어디도 못 가게 꽉 잡고 있고 싶은데 그게 내가 당신을 망쳐버리는 일이 될까 봐.

당신을 놓치지 않으려면 어떻게 해야 해요. 어떻게 해야 내가 당신을 지키고 아끼고 올바르게 사랑할 수 있는 걸까요. 지금이라도 놔야 하나요. 내가 죽을 것 같아도.

우진은 화가 머리끝까지 치밀었지만 뭔가에 겁을 잔뜩 먹고 움츠러든 무연한테 화를 낼 수도 없어서 속으로 화를 삼켰다.

사랑한다면서 어떻게 도망갈 생각을 하나. 그러면 신이랑 맞장 뜬다. 니가 이기나 내가 이기나 한번 물어뜯어본다. 그게 맞는 거다. 그러면 무연을 옆구리에 꼭 붙여놓고 그랬을 거다.

"그림 좋군요. 이 동네 물이 참 좋습니다."

익숙한 목소리다. 우진은 무연을 감싼 손을 느슨하게 풀었다. 앞에는 편안한 면바지 차림의 성훈이 서 있었다.

"이 동네 어른들이 둘을 신혼부부인 줄 알더군요."

우진은 한쪽 입꼬리를 삐뚤게 끌어올렸다.

"……유배라도 간 줄 알았더니."

"유배요?"

"그 사람한테 거스르고도 살 수 있었습니까, 이 나라에서?"

성훈은 대답 대신 무연을 향해 부드럽게 웃었다.

"우리 또 보네요. 무연 양."

무연이 고개를 살짝 숙여 보였다.

"여긴 어떻게 아셨습니까?"

"원장 자리에서 물러나긴 했어도 10여 년간의 노하우가 어딜 가겠어요? 헌데 손님한테 밥도 대접 안 해주나요?"

"대접은 무슨."

"이래도?"

성훈이 들고 있던 검은 가방을 들어 지퍼를 열어 그 안을 보여주었다. 우진이 입가를 스산하게 끌어올렸다.

"도주 찬조금이랄까."

성훈이 빙글 웃었다. 만 원권 지폐가 성훈이 든 가방에 가득 들어차 있었다.

🍂

"복분자 좋아하나 봐요?"

"네. 소주나 맥주, 막걸리보다는 이게 좋더라고요."

성훈이 잡은 펜션으로 장소를 옮겼다. 불판에서는 고기가 지글지글 구워졌고 그 옆에는 거대한 용량의 복분자주가 있었다.

"엄마랑 같군요."

취기가 조금 오른 무연이 눈썹을 치켜세웠다.

"경아도 복분자주를 좋아했죠."

"엄마가 술을 마셨어요?"

"술을 좋아하는 사람은 아니었는데 복분자주는 가끔 한잔씩 하곤 했죠."

"……엄마랑 친하셨어요?"

뭔가를 쫓듯 성훈의 얼굴이 아련해졌다. 우진은 그것을 의아하게 바라보았다.

"……조금요. 어때, 한옥 벗어나니까 좋아요?"

"좋기도 하고 불안하기도 하고 그래요. 하지만……."

헤실헤실 웃은 무연이 우진의 손을 은근슬쩍 잡았다.

"이 사람 있으니까 뭐든 행복해요."

낯간지럽다. 기분이 좋으면서도 멋쩍어 우진은 고개를 돌렸다.

"우와, 별 많다! 우진 씨, 우리 여기 와서 며칠을 묵었어도 이렇게 별 보는 거 처음이다. 그렇죠."

무연이 그의 어깨에 머리를 기대곤 하늘을 올려다보며 감탄했다.

"쏟아질 것 같아. 이렇게 보고 있으면 정말 다…… 세상만사 다 아무것도 아닌 것처럼 느껴지는데……."

중얼거리던 무연의 머리가 어깨에서 미끄러져 그의 허벅지로 떨어져 내렸다. 작게 비명을 지른 무연이 일어나려 했지만 우진은 그런 무연의 이마를 손바닥으로 눌렀다.

"자라. 취했다."

"기분 좋아서 조금 마셨는데. 그래서 그런가."

"그래. 그러니까 자."

무연이 일어나겠다고 아등바등했지만 오래가진 않았다. 곧 색색거리는 숨이 그의 다리 위에 조용히 번져갔다.

그 역시 무연처럼 하늘을 올려다보았다. 별이 참 많기는 많다 싶었다.

"……왜 재워요? 더 많이 얘기하고 싶었는데."

뜬금없는 말이었다. 더군다나 성훈은 무연을 보고 있었는데 어쩐지 아련하게 느껴지는 시선이었다.

"뭡니까, 수상하게."

"뭐가 말이죠?"

모를 리 없을 텐데 모른 척을 한다. 우진은 한동안 성훈을 빤히 보다가 이내 고개를 돌렸다.

"······들으려고 한 건 아닌데 들었어요."

기분이 좋은 듯 복분자주를 세 잔 연거푸 비워낸 성훈이 잠이 든 무연을 바라보며 말했다.

"죽을 수도 있다. 그렇게 얘기하던 거요······."

우진은 미간을 찌푸렸다.

"혹여나 저 생각한답시고 이 여자 버리라는 거면······."

"아뇨. 그런 소리는 안 합니다. 천 팀장은 무연 양 손을 죽어도 놓지 마세요."

"천 팀장은? 말이 묘하게 이상합니다만?"

"······경아도 그랬었죠. 죽는다니까, 손을 놓더군요. 끔찍하리만치 독하게 그랬었습니다."

"······이 여자 아버지도 아십니까?"

"······알죠."

우진은 눈을 가늘게 좁혀 떴다. 성훈은 약간 취한 것 같았다. 쓸쓸하게 웃으며 말을 이었다.

"아마 죽을 수도 있습니다. 반불구가 될 수도 있습니다. 만신의 옆에 남자로 있겠다는 건 그런 위험을 감수해야 하는 겁니다."

"신 같은 건 안 믿습니다."

"하지만 무연 씨가 보는 세계는 믿지 않습니까."

"이 여자를 믿는 거죠."

그의 강직한 대꾸에 성훈이 제 얼굴을 손바닥으로 쓸며 낮게 웃었다. 그리곤 들릴 듯 말 듯 중얼거렸다.

왜 나는 그러지 못했을까요, 왜 나는 그녀를 믿지 못했을까요.

아마 그렇게 말한 것 같았다. 묘한 위화감에 우진은 입을 뗐다.

"……이 여자 어머니, 좋아하셨습니까?"

성훈의 동공이 흔들렸다.

"……좋아했죠. 아주 예뻤으니까요. 첫눈에 반할 만큼."

"잘 풀렸으면 원장님이 이 여자 아버지였겠습니다?"

성훈이 다시금 복분자주를 입가로 가져갔다. 그대로 털어넣고서는 잔을 꽉 움켜쥐었다. 성훈을 지그시 보던 그는 대답을 기다리지 않았다. 대답을 들을 수 있을 것 같지 않았다.

우진은 자신의 추론을 확신했지만 입 밖으로 내지는 않았다. 성훈의 눈이 유독 아련하고 애잔했던 이유는 그래서였다. 너무 가혹한 인생이 아닌가. 그리고 지금은 그렇게 많은 걸 생각하고 싶지 않았다. 그와 무연의 코가 석 자였다.

"……우진아."

우진은 눈썹을 꿈틀했다. 성훈은 10년을 알아왔어도 먼저 말을 놓는 사람이 아니었기 때문이다.

"정말 죽을 수도 있다."

"그런 건 다 미신입니다."

우진은 지난 이틀간의 자잘한 사고들을 떠올렸다. 자동차에 치일 뻔했던 일, 유리조각을 씹은 일, 머리 위로 간판이 떨어진 일, 그의 뒤로 부서져 내린 굵은 나뭇가지.

"우진아, 살아남아라."

성훈은 평상에서 내려섰다. 그리고는 조금은 처진 어깨로, 세월에 작아진 몸을 이끌고 펜션으로 들어갔다. 그 뒷모습을 한동안 보던 우진은 곤히 자고 있는 무연을 내려다보았다.

"살아남는다……. 널 사랑하는 일은 그런 다짐이 필요할 정도로 무거운 거냐?"

흘러내린 여자의 머리칼을 쓸어넘겼다.

"그렇다면 그러지 뭐."

이미 사랑한다. 이미 이 여자가 아니면 안 된다. 그를 밀어내려는 그 작은 몸짓에도 화부터 덜컥 나 이 작고 여린 몸을 미친 듯이 잡고 흔들게 된다.

우진은 하늘을 올려다보았다. 귓가에는 멀리서 부서지는 파도 소리가 넘실대고 하늘에서는 별이 쏟아진다. 지금이 딱 좋다. 검게 펼쳐진 밤을 이불 삼고 사랑하는 여자를 곁에 두고 손으로 만질 수 있는 시간. 지금 이 순간.

다른 복잡한 생각은 저만치 밀어두었다. 지금은 이 여자 옆에 있는 것만 생각하기로 했다. 심플하게.

아침 햇살이 펜션의 전면 유리를 통해 따갑게 들이쳤다. 성훈은 펜션 거실에 누워 다정하게 잠든 두 사람을 한동안 멍하니 바라보았다.

"……참 시간이 빠르기도 하지."

사실 그는 어제 점심, 석제의 감시 하에 한국을 떠나야 했지만 공항에서 도망쳤다. 그리고 무연과 우진이 있는 해남으로 왔다. 어쩐지 이번에 보지 않으면 다시는 이 아이들을 보지 못할 것 같았기 때문이다.

성훈은 이내 몸을 돌려 밖으로 나와 가볍게 뛰기 시작했다. 습관적으로 해온 아침 운동이었다.

그렇게 펜션을 나와 얼마나 돌았을까. 성훈은 마을 길목에서 몸을 숨겼다. 검은 슈트를 입은 사람들이 검은 차량에서 내려 마을 사람을 붙들고 뭔가를 물었다. 이어 그들은 마을 안쪽으로 우르르 몰려갔다. 어제까지만 해도 무연과 우진이 묵던 민박집 방향이다.

"젠장……!"

성훈은 그대로 뒤돌아 펜션으로 달렸다. 석제가 사람을 푼 것은 알고 있었지만 바로 이렇게 들이닥칠 줄은 몰랐다. 하루만 늦었다면 얼굴조차 보지 못할 뻔했다.

"일어나! 사람들이 왔어. 도망가야 돼!"

펜션 안으로 뛰어든 성훈은 크게 소리를 내지르곤 한쪽에 두었던 돈 가방을 챙겨 우진의 가슴팍으로 던졌다.

우진은 막 잠에서 깬 사람답지 않게 바로 움직였다. 무연 역시 마찬가지였다. 필요한 소지품만 챙긴 후 우진을 따라 현관으로 다가갔다.

"뒤쪽에 차 있어. 그거 타고 도망가라. 차 키는 꽂혀 있다."

"원장님은요?"

우진의 손에 끌려 나가던 무연이 멈춰 서서 그를 돌아보았다. 눈이 마주쳤다. 가슴이 지끈거렸다. 경아가 생각났다. 저 아이만큼이나 검은 머루 같은 눈으로 눈물만 뚝뚝 떨구며 떠나겠다고 조용히 말했던 그날의 기억.

"……나는 시간을 벌어보겠습니다. 최대한 멀리 가요."

딸을 아련하게 바라보며 타인인 것처럼 존댓말로 등을 떠밀었다. 그렇게 아무것도 아닌 사람처럼 보내려 했다. 하지만.

성훈은 저도 모르게 발을 떼어 무연의 손목을 잡았다. 무연이 왜 그러냐는 듯 의아한 눈으로 그를 올려다본다. 시간이 없다. 얼마 없다는 것을 알고 있다.

"왜 그러세요?"

"……저기…….."

한 번이라도.

자신이 그녀의 아버지라고 말은 하지 않아도 단 한 번만이라도 이 아이를 품에 안아볼 수는 없을까. 아버지로서 자격은 없지만 감히 그랬다.

"……한 번만…….."

다음 말은 잇지 못했다. 그들을 지켜보고 있던 우진이 훌쩍 다가와 무연과 그를 한꺼번에 안아버렸다.

"다음에 봅시다, 원장님."

우진의 목소리는 들리지 않았다. 성훈은 무연의 등을 조심스러운 손길로 토닥였다. 눈시울이 시큰해졌다. 우진이 갑작스레 그와 무연을 동시에 껴안은 이유를 모르지는 않는다.

필시 이 눈치 빠르고 영리한 녀석은 그의 사연을 알아챘겠지.

"우진아, 고맙다."

무연을 먼저 내보낸 우진에게 말했다. 그를 돌아본 우진이 입가를 비뚜름하게 휘었다.

"무연이 어머니였던 분과…… 제가 생각하는 것, 맞습니까?"

성훈은 대답 대신 눈을 피한 채 창가로 다가가 밖을 살폈다.

"여우보다는 곰 과였군요, 원장님."

"뭐?"

우진은 제 할 말만 던지고 가버렸다. 우진이 나간 자리를 멀거니 보고 서 있던 성훈은 희미하게 웃었다. 건방진 녀석.

성훈은 만약을 위해 미리 준비해놓았던 또 다른 차를 몰고 나가, 검은 슈트를 입은 남자들을 기다렸다.

한평생 혼자였다. 가슴에 품었지만 끝내 지켜주지 못한 여자의 곁에서 비겁하게 맴돌기만 했다. 나서지도 못하고 그렇다고 도망가지도 못하고.

어젯밤의 만찬이 머릿속을 맴돌았다. 고즈넉한 평상, 쏟아질 것 같은 밤하늘, 향긋한 술잔, 내내 웃음이 떠나가지 않았던 자리. 그리고 그 끝에 평온하게 잠든 딸의 얼굴.

"……왔구나."

사이드미러를 통해 뒤를 살피던 그는 핸들을 다부지게 틀어쥐었다. 국정원장 자리를 지킨다면 만약의 만약에 때, 무연이를 지킬 수 있을 줄 알았다. 하지만 남은 건 아무것도 없었다. 이 늙은 몸뚱이밖에.

"슬슬 가볼까."

성훈은 기어를 풀고 액셀러레이터를 밟았다. 다급하게 떠나는 그의 차량을 본 사내들이 저희들끼리 무어라 소리를 지르더니 그를 뒤따르기 시작했다.

성훈은 속력을 높여 마을 밖으로 빠져나갔다. 멀리서 사내들이 정신없이 쫓아오는 것이 보였다. 해안을 따라 깎아지른 듯한 절벽 위로 난 도로는 이리저리 꺾여 있었다.

커브를 돌 때마다 몸이 이리저리 쏠렸다. 뒤로 차가 바짝 붙더니 강하게 들이받았다. 이런 식으로 차를 멈추게 할 셈 같았지만 성훈은 더욱 속도를 높였다. 그러자 차가 커브를 돌 때 바깥쪽으로 밀려나기 시작했다. 뒤에서 다시 한 번 차가 받았다.

"젠장⋯⋯!"

브레이크를 밟고 핸들을 꺾어보지만 이미 가드레일이 부서지고 있었다. 눈앞으로 아릴 정도로 푸른 바다가 드넓게 펼쳐졌다. 하늘을 난다고 생각했다.

뒤에서 바퀴가 바닥과 마찰하는 불쾌한 소리가 찢어졌다. 흘깃 보니, 아슬아슬하게 세운 차에서 사내들이 내려 그를 보고 있었다.

시간은 아주 느리게 흘러갔다. 그는 검고도 푸른, 그래서 시리고 어둡기만 한 바다를 향해 떨어지고 있었다. 어쩌면 그는 처음부터 이렇게 될 걸 알았던 것 같다.

"하아⋯⋯!"

웃음이 났다. 한 여자를 사랑했고 지켜주지 못했고 그 여자를 지켜주지 못한 대신 딸이라도 지키기 위해 살았다. 온통 멍이 든 가슴을 끌어안고 병이 든 채로 살았다.

"경아야."

10여 년 동안 제대로 불러보지 못한 이름을 시커먼 바다가 그를 집어삼키는 순간에야 겨우 불러본다. 순식간에 차 안에 물이 차올랐다. 폐부를 꾸역꾸역 채우는 물을 받아들이며 성훈은 아련하게 피어오르는 기억 속을 허우적거렸다. 지나간 순간들이 필름처럼 눈앞을 스쳤다. 대부분은 한 여자에 대한 기억이었다.

이렇게 허무하게 가서 미안하다. 너는 우리 아이를 지키기 위해 그렇게까지 했는데 나는 겨우 이거라서 미안하다.

꿈을 꿨다. 너와 나, 그리고 어린 무연이가 나란히 손을 잡고 가로수 길을 걷는 꿈을. 너와 내가 무연이의 학업 문제에 대해, 친구 문제에 대해 가끔은 싸우고 또 화해하고 그렇게 살아가는 모습을.

어제, 내 딸과 만찬을 했다. 그 아이와 함께한 술은 네가 좋아하는 복분자주였고 그 아이가 사랑하는 사람은 얄밉지만 그래도 꽤 괜찮은 놈이었다. 한 번도 아껴주지 못한 그 애를 그놈은 아껴줄 것 같아서 부럽기도 하고 시샘도 났었다.

『살아……! 살아아아아……!』

끊어지는 의식 속에 뭔가 보였다. 왜 경아의 얼굴이 보이는 걸까. 바다물결이 그대로 투과되는 위태로운 몸을 하고서 울고 있었다.

'경아야…… 나 이 정도면…… 괜찮은 아빠였지 않냐……. 이젠 너한테 가도…… 되지 않아?'

입을 뻐끔거렸다. 눈앞의 경아가 고개를 가로젓는다. 성훈은 웃었다. 찢어지는 비명이 들린다고 생각했다. 의식이 저 깊은 곳으로 까무러친다. 마지막의 마지막에도 생각했다.

'사랑했다, 임경아.'

chapter 18

별 리 別離

무연은 곳곳에 거미줄이 쳐진 낡은 교실 안을 분주하게 오갔다. 이곳은 폐교였다. 해남을 떠날 줄 알았는데 우진은 오히려 근방의 산으로 향했다. 등잔 밑이 어둡다는 게 요지였다.

"뭘 그렇게 왔다 갔다 하고 있어?"

먼지를 쓸어내고 여기저기 널린 쓰레기들을 치우던 무연은 우진을 돌아보곤 입꼬리를 올려 빙글 웃었다.

"잠자리 만들려고 좀 치우고 있었어요. 이런 때일수록 잠은 더 잘 자야죠."

그가 음식을 찾아오겠다며 나간 후로 내내 움직였던 탓에 교실 한쪽이 깨끗해졌다.

"피곤하지도 않아?"

"나보다 우진 씨가 더 피곤하겠죠. 내가 할 수 있는 건 이 정도밖에 없는걸. 미안해요."

무연은 다른 교실에서 주운 파란색 비닐을 빈 공간에 깔고 차에서 가져온 초록색 담요를 펄럭여 그 가운데 깔았다.

"이 정도면 꽤 괜찮죠?"

"고생했네."

우진이 피식 웃음을 베어 물고는 교실로 들어와 문을 닫았다. 그의 손에 들린 봉지를 보고 무연은 눈썹을 치켜세웠다.

"음식은 어디서 구했어요?"

"원장님이 선견지명이라도 있었는지 차에 이런 게 있더라고."

"……괜찮으시겠죠?"

"아마 괜찮을 거야."

우진은 담요 위에 털썩 앉아서 내용물을 쏟아냈다.

"그 사람, 보기엔 그래도 국정원에선 나름 전설로 통했거든. 지금이야 나이가 들었으니 예전만 못하지만. 그 사람 걱정은 됐으니까 이거나 먹어."

무연은 그의 손을 따라 고개를 내렸다. 봉지 안에는 편의점 음식들이 있었다. 삼각김밥, 샌드위치, 구운 달걀, 우유, 커피 등등.

"우와, 많다. 이거 한 번에 다 먹자면 배 터지겠어요."

"왜 웃어? 지금 네 손바닥만큼 큰 쥐랑 같이 잠을 잘 판인데."

무연이 샌드위치를 집으며 웃자, 우진이 이해가 안 간다는 얼굴로 미간을 찡그렸다.

"미소를 짓기 위해서는 열일곱 개의 근육이 움직여야 하고 찡그리기 위해서는 마흔세 개의 근육이 움직여야 한다는 과학적 증명이 있어요. 웃으면 복이 온다는 옛말도 있고 이런 상황에서는 찡그려서 에너지 소비하는 것보다는 웃어서 절약하는 게 낫죠."

"……뭐?"

무연은 얼빠진 우진을 향해 히죽이곤 샌드위치 포장을 벗겨 한 입 먹었다. 그의 손에 삼각김밥을 쥐여주었다. 씩씩하게 먹었다. 사실 그녀가 아니었다면 그가 구태여 이런 고생을 할 필요도 없었다. 그러니까 힘들다고 징징 짜기보다 조금이라도 그녀를 덜 신경 쓰게 해야 했다.

"봉지째 쓸어먹을 것처럼 굴더니 그게 끝이야?"

"내일 아침에도 먹어야죠. 아껴야지."

그녀가 샌드위치 빈 껍질을 정리하곤 아직 손대지 않은 계란과 바나나를 다시 봉지에 집어넣었다.

"좋은 생각이네. 나도 이것까지만."

무연은 우진의 손에서 쓰레기를 받아 정리하곤 곁에 바짝 붙어 앉았다. 그녀의 경우는 귀신이 정말 보이기 때문에 이 음산한 폐교가 머리가 쭈뼛거릴 정도로 오싹했다.

"여기 생각보다 더 오래 있을 수도 있어."

그가 문득 말했다. 무연은 가만히 고개를 끄덕였다.

"몇 끼쯤 굶을 수도 있고. 일단은 사람들 눈에 띄지 않는 게 중요하니까."

또 고개를 끄덕였다. 그리고 그가 또 뭔가를 말하려 입을 열어서 무연은 그의 팔을 당기며 자신의 어깨를 툭툭 쳤다.

"오늘은 당신이 기대서 자요. 나 때문에 계속 고생했으니까 이거라도 해주고 싶어요."

그러나 기대오는 기색이 없다. 힐끔 보자 그가 웃고 있었다. 마치 손녀 재롱을 보는 것처럼 말이다.

"뭐 해요. 어서요. 흔하게 오는 기회가 아니거든요?"

그녀가 재차 재촉하자 우진이 눈을 가늘게 접고 잔잔하게 웃었다.

"무거울 텐데?"

"머리 정도는 받쳐줄 수 있어요."

"애석하게 난 내가 기대는 쪽보다 지키는 쪽을 선호해서."

그가 그녀의 어깨를 안아 제게 기대게 했다. 버텨보려 했지만 힘으로 이기기는 요원했다.

"가오가 있지. 마음만 곱게 받을게."

그가 웃음기 섞인 목소리로 중얼거렸다. 무연은 입술을 비죽였다. 매일 저만 멋진 척하고 그녀에겐 그럴 짬을 주질 않는다.

무연은 우진을 흘겨보다 이내 편하게 기댔다. 혹시라도 뒷덜미가 잡힐까 봐 긴장했더니 많이 노곤하기는 했다.

"후회, 안 해요?"

교실 창을 통해 보이는 달을 하릴없이 보다 물었다.

"널 좋아한 걸 말하는 거야, 다시 내 발로 칠궁에 기어들어간 걸 말하는 거야, 널 데리고 도망친 걸 말하는 거야?"

"음, 후회할 일이 많았구나. 당신은 그거 다 후회했군요?"

그녀가 장난스럽게 받아치자 우진이 낮게 웃었다. 귓가에 그의 숨소리가 고즈넉하게 들렸다. 제대로 된 이불도 없이 맨땅에 담요 하나 깔고 앉았지만 무연은 그가 함께 있다는 사실만으로 모든 부재가 채워졌다.

"잠이나 자. 내일도 이럴지, 아님 전쟁 같은 하루가 될지 모르는 일이니까."

"나는 후회한 적 없어요. 다시 청와대 내 발로 간 것도, 당신한테 좋아한다고 말했던 것도, 당신 잡은 것도, 보내지 않은 것도, 포기하지 않은 것도, 아무것도 후회한 적 없어요."

들릴 듯 말 듯 중얼거린 말에 우진이 움직였다. 손으로 그녀의 턱을 받쳐 젖히더니 늘상 그랬듯 예고 없이 얼굴을 내려 그녀의 입술에 제 입술을 강하게 눌렀다. 우진의 손이 매만지는 목덜미의 감각이 아찔하게 곤두섰다.

"후회한 적 없어. 충분히 생각했고 결정한 거였으니까."

입술 위에서 속삭인 말이 흩어져 내렸다. 무연은 그의 목을 껴안았다. 이번엔 그가 그녀를 열기 전에 그녀가 먼저 그의 입술을 빨아들였다. 벌어진 입술 새로 그가 했던 것처럼 혀를 밀어넣었다. 그의 입술이 둥글게 올라가는 것이 느껴졌다.

"왜 이렇게 적극적이야?"

"좋아서요. 당신과 닿는 게 좋아요."

어쩐지 즐거운 음색이었다. 무연은 숨을 할딱이며 그의 입술을 가볍게 입술로 물고 혀로 할짝였다. 그러니까 그의 눈이 탁하게 가라앉아버린다. 키스로 인해 살짝 부어오른 그녀의 입술을 군침이 뚝뚝 떨어지는 눈길로 보다가 그녀를 자신의 다리 위에 앉혔다. 입술이 다시 가까워졌다. 숨이 닿았다. 안달이 났다.

"아프다고 난리를 치더니."

입술이 맞닿으려는 찰나, 그가 그녀의 엉덩이를 움켜쥐고는 바짝 당겼다. 다리 사이로 단단한 것이 노골적으로 부딪쳐왔다. 허리가 곧추섰다. 목구멍으로 침을 꼴깍 삼켰다. 그가 자신의 안에 가득 차는 감각을 이젠 너무나 잘 알았다.

도망 중이었고 여기는 폐교였으며 저쪽 구석에서는 쥐가 찍찍거렸다. 전혀 그럴 분위기며 장소는 아니었지만 상관없다는 생각이 들었다. 무연은 아랫입술을 슬쩍 깨물었다. 성난 남성을 제게 들이미는 우진의 얼굴에 갈등이 어렸다.

"장소만 안 이랬어도."

그가 그녀의 엉덩이에서 손을 떼곤 쓰게 중얼거렸다. 하지만 그 손을 그녀가 끌어내렸다.

"……처음이 어렵지 두 번이 어렵나요. 난 하고 싶어요."

"……이 여자 봐라? 그렇게 막 적극적으로 말하면 어떡해."

"어떡하긴요. 냉큼 물어야지."

무연은 그의 상의를 들추고 단단한 복근을 손끝으로 감질나게 쓸었다. 그러자 그가 그녀의 윗옷을 끌어올렸고 무연은 허리를 휘었다. 우진의 커다란 손이 등허리를 부드럽게 받쳐 안곤 가슴골에 입을 맞췄다.

"그러게. 물어야지. 신사인 척하면 나만 바보지."

해남에서의 밤은 늘 뜨거웠다. 남자의 욕구는 남달랐다. 그에게 익숙해진 그녀 역시 마찬가지였다. 아랫배가 바싹바싹 조이는 아찔한 느낌에 무연은 저도 모르게 움찔거렸다.

"하아……!"

무연은 숨을 몰아쉬며 색기 어린 우진의 얼굴을 어지러이 응시했다.

"정말 괜찮겠어? 이제 와서 안 괜찮다고는 하지 마."

우진이 그녀의 귓가에 대고 허스키한 음성으로 말했다. 물을 필요가 없는 일이다. 무연은 웃음을 삼켰다. 곧바로 그가 깊이 밀고 들어왔다.

그를 받아들이는 일이 좋다. 그가 안아주는 게 좋다. 그가 가득 차는 게 좋다.

"……벌 받을 텐데."

그가 움직이는 대로 흔들리며 중얼거렸다. 허리를 깊이 밀며 우진이 그녀의 얼굴을 가까이 보았다. 그녀를 가지느라 이지러진 이마가 섹시했다.

"벌?"

"무서운 신……벌이요. 하아."

"내리라지. 비웃어줄 테니까."

무연은 그녀를 꽉 안은 우진을 마주 껴안으며 고개를 돌려 밤하늘을 보았다. 달이 밝다. 야속하게.

이렇게 사랑하는데 안 돼요? 이렇게까지 좋은데 안 돼요?

신벌, 그거 저한테 내려주세요. 이 사람 말고 저한테.

자신의 간절함이 신들에게 닿기를 빌었다. 그녀는 엄마도 없고 뿌리도 없다. 집도 없고 가진 것도 없다. 그녀에겐 이 남자가 전부였다.

이 사람은 안 돼요.

강하게 생각했다.

종일 기분이 좋지 않았다. 점심 때 상황을 살피고 오겠다고 나간 우진이 돌아오지 않았다. 괜스런 불안에 가슴이 일렁였다. 손에는 땀이 배었고 머리는 지끈거렸다. 어쩐지 식은땀이 계속해서 흘러내렸다. 산 너머 지는 석양이 불길하게만 느껴졌다.

"후우. 왜 안 오지?"

무연은 그를 기다리며 초조하게 폐교 앞을 서성였다. 그녀더러 짐짝이라고 면박을 줘도 그냥 같이 갈 걸 그랬다. 머릿속으로 온갖 생각이 밀려들었다.

그때 운동장 한 곳에 뭔가 불쑥 나타났다. 강한 미련을 가진 영혼이었다. 무연은 그것의 정체를 가늠하듯 빤히 바라보다 소리 없는 비명을 질렀다.

"……아!"

어찌할 새도 없이 눈물이 핑 돌았다. 낯익은 얼굴이었다. 그녀를 볼 때면 한없이 자상한 얼굴로 웃던 사람.

"어떻게…… 어떻게…… 되신 거……예요?"

목소리가 떨려 나왔다. 마지막 보았던 그 모습 그대로의 성훈이 곧이라도 꺼질 듯 일렁이며 그녀를 보고 있었다.

"어떻게……!"

성훈이 웃었다. 가슴이 공포로 하얗게 질렸다. 사람이 죽었다. 그것도 우진이 그렇게 믿고 의지했던 사람이 다른 일도 아니고 그녀의 도주를 돕다 죽었다. 무연은 성훈을 멍하니 보았다.

"이게 어떻게……."

그녀의 심정은 아랑곳없이 희미하게 웃은 성훈은 이내 어딘가를 손으로 가리켰다.

"말을, 말을 하세요……!"

그의 의도를 알 수 없어 울먹였지만 성훈은 목을 잡고 고개를 가로저었다. 입을 뻐끔거릴 때마다 물이 그르륵, 역류했다. 그러고 보니 성훈은 머리끝부터 발끝까지 모두 젖어 있다. 마치 물에 빠져 죽은 물귀신처럼…….

무연은 안타까움을 삼켰다. 어떻게 해야 하나. 이런 모습으로 이렇게 나타나면 그녀가 뭘 어떻게 해야 하나.

성훈은 다급하게 손짓했다. 잠시 사라졌다가 조금 떨어진 곳에 다시 나타나 계속 한 방향을 가리켰다.

『우…… 진……!』

그녀가 움직일 생각을 안 하자 고통스럽게 물을 토해내며 겨우 말했다. 무연은 저도 모르게 발을 뗐다. 가슴이 철렁 내려앉았다.

"그, 그 사람이 왜요? 그 사람이……!"

성훈의 넋이 흩어졌다가 더 먼 곳에서 다시 나타났다. 무연은 달렸다. 넘어지고 구르기도 하면서 성훈을 죽자 살자 쫓아갔다.

그에게 무슨 일이 벌어진 게 틀림없다. 울음이 터져 나오려 했다. 수풀이 얼굴과 몸을 할퀴고 어느새 신발도 잃어버렸다. 정신을 차려보니 흙과 나뭇잎이 바스락 밟혔다.

"우진 씨! 우진 씨이!"

성훈이 멈추었다. 이 근처 어디엔가 있을 것이다. 앞은 가파르게 경사져 있었고 나무들이 빼곡하게 자리했다. 사위가 어둠에 잠겨 보이는 것 역시 없었다. 무연은 고래고래 소리를 질렀다.

『아⋯⋯래⋯⋯!』

무연은 성훈의 말을 따라 아래를 내려다보았다.

"천우지이이인! 거기 있어요?!"

그녀의 목소리가 메아리쳤다.

"임무연! 여기야!"

멀지 않은 곳에서 뭔가 반짝였다. 무연은 앞뒤 생각할 것 없이 아래로 구르듯 내려갔다. 그리고 목적한 곳에 다다랐을 때는 그대로 다리가 풀려 주저앉고 말았다.

"하룻밤 지나면 알아서 올라갈 수 있는데 뭐하러 여기까지 와?"

나무에 기대앉은 우진이 그녀를 보고 웃었다. 무연은 입술을 꽉 깨물었다. 그의 상태 때문에 말이 나오지 않았다. 옆구리와 오른쪽 다리에서 피가 배어나왔고 눈은 초점이 흐렸다.

"발을⋯⋯ 헛디뎠나 봐. 뭔가 민 것 같기도 했는데 모르겠다."

울상이 된 그녀의 얼굴에 우진이 힘없이 웃으며 덧붙였다.

"왜 우냐. 누구 죽었냐."

"⋯⋯일어날 수 있겠어요?"

"아니. 부러진 것 같아."

그가 고통스러운 듯 인상을 찡그렸다. 무연은 애써 울음을 삼켰다. 울어봤자 해결책 따위는 없다. 우선 자신이 입고 있던 집업후드를 그에게 덮어주고 주변을 둘러봤다. 밤새 여기 있다간 죽을 거다. 일단 그를 병원으로 데려가야 했다. 하지만 전화도 없는 마당에 어떻게?

그를 부축하자니, 빽빽한 나무와 높은 경사가 걸렸다. 자신이 그를 지탱할 수 있을지도 미지수였다.

"여기 잠깐 있어요. 금방 올게. 그럴 수 있죠?"

사람을 불러와야 했다. 무연은 우진에게 차분히 말했다.

"금방 올게. 당신 데리고 갈 수 있게 준비해서 다시 올게."

무연은 땀과 흙으로 얼룩진 그의 얼굴을 꽉 감쌌다. 그리고는 이마를 맞대고 간절함을 담아 속삭였다.

"괜찮아야 해요. 버티고 있어야 해. 바로 올 테니까."

우진을 뒤로한 무연은 기듯이 산을 다시 올랐다. 길가로 나와 차를 세워뒀던 아랫길로 정신없이 뛰었다.

『죽을 것이다!』

멀리 차가 보였다. 미친 듯이 달리던 무연은 우뚝 멈췄다.

『저이가 죽으면 네가 돌아갈 곳은 그곳뿐이지 않아? 그래서 죽일 거다, 신들은.』

차 옆에 하얀 머리칼을 가진 괴기스런 눈의 천구가 나타났다.

『네 아비 역시 그들이 잡아먹었지 않아. 그러니까 죽일 거다.』

"말도 안 돼! 너희들은 인간에게 관여할 수 없다고 했잖아. 그러니까 그렇게까지는……!"

『그래서 경아도 포기했었지. 포기하고 돌아왔지. 제가 사랑하는 사람을 지키려고. 배 속에 든 너를 지키려고.』

이따위 말씨름을 할 시간은 없었다. 무연은 주먹을 꽉 움켜쥐었다.

"……나더러 돌아가라는…… 거야? 가면 무고를……!"

『금기 주술을 하느냐 마느냐는 너의 선택이다. 그들은 단지 원하는 거다. 네가 애초에 있어야 할 자리에 머무르기를.』

"내가 산송장이 된대도……? 그들을 한평생 원망한대도……? 무고를 거부해 큰일이 나 온전한 몸이 아니어도 그저 그 자리에 있기만 하면 된다고, 그렇게 말하는 거야, 지금……?"

『그들에게 중요한 건 그게 아니다. 우리는 너무 오랜 세월을 죽은 것도 아니고 산 것도 아닌 상태로 존재해왔다. 이쯤 되면 모든 게 덧없고 부질없지. 그래서 별거 아닌 일에도 울고 우는 인간들이 흥미로운 것이다. 네 몸 어디 하나가 부서져도 너를 통해 인간들을 찾을 수 있다면 그만인 것이다.』

"……진짜 신들이란 거, 웃기다. 순전히 흥미 본위라는 거잖아."

이해할 수 없다. 무연은 천구를 외면하고 운전석 문을 열었다. 마을로 가 의사든 구조대든 데려와야 했다. 한시가 급했다. 그러나 차에 오르려다가 문득 행동을 멈췄다.

"……만약 마고에게 부탁하면……?"

『네 어미의 목숨 값을 그따위로 쓸 작정이냐……!』

천구의 눈에서 붉은 안광이 쏟아졌다. 마고의 유혹적인 목소리가 그녀의 머릿속을 맴맴 돌았다.

『촌각이라도 더 지체했다간 숨이 끊어질 거다. 선택해야 할 거야. 신벌을 받아 죽음까지 같이하든지 혹은 네 심장을 도려내고 신벌을 거두든지.』

무연은 아스라이 흩어지는 천구를 두고 산을 올려다보았다. 저 검고 깊고 춥고 외로울 산 속에서 그는 혼자였다. 그녀 때문에. 이렇게까지 그를 괴롭히고 싶은 건 아니었다.

무연의 입술이 바르르 떨렸다. 심장이 갈기갈기 찢겨나갔다. 울걱울걱 피를 토해낸 가슴에 멍이 들었다. 이제 허깨비인 그녀가 욕심을 버리고 그를 놓아줘야 할 시간인가 보다.

"우진 씨는 행복할 자격이 있잖아요……."

일단 그를 구하는 것이 급선무다. 무연은 운전석 문을 열었다. 그때였다. 저 앞에 헤드라이트가 눈부시게 비쳤다. 무연은 눈살을 찌푸리고서 차에서 내리는 검은 그림자들을 바라봤다.

무연은 딱딱한 얼굴로 사람들을 우진이 있는 곳까지 데리고 갔다. 다다르자 기절한 듯 나무 옆에 쓰러진 우진이 보였다.

"우진 씨……!"

우진에게 달려간 무연은 그의 심박부터 확인했다. 느리지만 확실하게 뛰고 있었다.

"괜찮아요? 정신 좀 차려봐. 나 좀 봐요!"

겁이 났다. 떨리는 손으로 그의 얼굴을 어루만졌다. 곧 그가 눈을 떴고 시선이 마주쳤다.

"그동안…… 미안하다는 말은 안 할게요. 고마웠어요."

그의 눈이 뒤에 선 남자들을 향하더니 곧바로 날을 세우며 그녀의 팔을 꽉 틀어쥐었다.

"그냥 두면 죽는대요. 당신 죽는대."

"야, 임무연……!"

"사랑해. 그래서 가는 거야. 내 옆에 있으면 계속 이렇게 돼요. 당신이 아무리 강해도 결국에는 사고가 날 거예요. 그러니까 이제 내가 놔주는 거예요. 감당을…… 못 하겠어서……."

"입 다물어!"

"사랑하니까 떠난다는 말 참 웃기다고 생각했었는데 이제는 알겠어. 사랑하니까 가는 거예요. 어떻게든 이 빌어먹을 팔자 뜯어고치고 나서, 그때 내가 당신 찾을게요. 그러니까 다시 만나요. 언젠가 꼭……!"

"닥치라고 했어……! 임무연!"

무연은 그를 뿌리치고 물러났다. 그녀를 잡으려 움직이던 우진이 쓰러졌다. 흙이 묻은 얼굴로 그녀를 야차처럼 쏘아보았다.

"거기 가면 그 인간이 널 그냥 둘 것 같아? 간을 떼는 게 아니라 더한 것도 할 인간이야!"

그는 흙바닥을 기어 그녀에게 오려 했다. 발이 얼어붙었다. 눈물샘이 고장 났다. 언제 다시 볼 수 있을지 기약 같은 건 할 수 없었다. 충동적으로 정한 일이라서 몇 시간 뒤에는 후회할지도 몰랐다. 차라리 그냥 같이 죽을걸, 그리고 말이다.

"임무여어언!"

남자들이 그녀의 팔을 붙잡았고 한편으로는 일어서려는 우진을 발로 억눌렀다.

"놔아! 임무연! 가지 마. 가지 마아아! 새끼야, 그 손 안 놔!"

무연은 눈을 꽉 감아버렸다. 그는 살아야 했다. 그러니까 이게 맞는 거다. 그녀가 너무 오래, 많이 욕심을 부렸다.

"으아아아아아악!"

우진의 절규가 메아리쳤다. 남자들에게 끌려가며 무연은 심장이 뭉그러지는 걸 느꼈다. 어느새 곁에 나타난 친구가 그녀를 안타깝게 바라보았다. 무연은 공허한 눈으로 고개를 숙였다.

두 시간 전, 산중턱에서 그녀를 발견한 건 석제가 보낸 사람들이었다. 하지만 상관없었다. 지푸라기라도 잡아야 했다.

무연은 그녀를 끌고 가려는 사람들의 바짓가랑이를 잡고 늘어졌다. 얼마든지 갈 테니 그 사람을 살려야 한다고 애걸했다. 그러면 얌전히 따라가겠다고 말이다.

다른 사람도 아니고 천석제의 아들이다 보니 그들은 그녀를 따라나섰고 우진을 인도하고 나서야 무연은 안도했다. 앞으로 그녀가 어떻게 될 것인지에 대해서는 생각도 않은 채 말이다.

"이제 어르신께 모실 겁니다."

운전석에 앉은 남자가 말했다. 하지만 무연의 대답은 벌써 열 번은 더 이어진 차가우면서도 나직한 물음이었다.

"그 사람은 괜찮나요?"

"……예. 병원으로 모셨답니다."

무연은 창밖으로 고개를 돌렸다. 무섭다. 그가 없으니까 더 이상 앞이 보이지 않았다. 하지만 그럼에도 불구하고 그녀가 옆에 없으면 신들도 더 이상 그를 해코지하지 않을 거란 막연한 믿음으로 조금은 안도했다.

"그 사람, 지금은 어떻대요?"

"치료 중이랍니다."

무연은 그렇게 서울로 가는 내내 불쑥 물음을 던졌다. 때문에 석제 집 앞에 다다랐을 때 그의 치료가 끝났고 입원수속을 밟았다는 말을 들을 수 있었다.

그녀는 석제 앞에 빈껍데기마냥 앉아 있었다. 침대에 반쯤 누운 석제는 일주일 전보다 얼굴이 누렜다.

"……상태가 많이 안 좋으신가 봐요."

그녀의 말에 석제가 입가를 슬쩍 늘였다.

"늙는다는 건 그런 거지."

"그런 거군요."

무연은 의미 없이 석제의 말을 따라 하곤 다시 조가비처럼 입을 다물었다.

"어쩔 텐가? 여기까지 순순히 따라왔다는 건 무고를 만들 마음이 섰기 때문이겠지?"

"……아뇨. 전 아무것도 결정하지 않았는데요."

무연이 무미건조하게 대답했다.

"그럼 어째서 여기 있는 거지?"

"……그 사람이 죽을 것 같아서요. 저랑 있으면 죽을 것 같아서. 마침 핑계 좋게도 저를 그 사람에게서 떼어낼 수 있는 사람들이 왔더군요. 그래서 왔습니다. 제가 그 사람 후벼파지 않고 자연스럽게 떠날 수 있는 유일한 방법이었으니까."

무연은 감정이 말라버린 얼굴로 석제를 보았다.

"그 사람은 어떤가요?"

위압적인 석제의 눈빛도 그녀에게 아무런 영향을 끼치지 못했다. 송두리째 뽑혀나간 가슴 때문에 아무것도 느낄 수가 없었다. 공허했다. 그를 떠올리면 텅 빈 가슴이 쓰라렸다.

"……이 아이를 데려가. 일을 시작하기 전까진 물 한 모금도 주지 마. 제풀에 죽든지 무고를 만들든지, 때가 되면 하나는 선택하겠지. 의료팀 대기시켜놓고."

곧 판단을 내린 석제가 손을 내저었다. 남자들이 그녀를 밖으로 데리고 나갔고 실 끊어진 인형처럼 움직이던 무연은 걸음을 멈췄다. 뜰 안, 나무 아래 서 있는 사람을 본 탓이었다.

"……아줌마."

홍주였다. 왜 여기 있는지는 모르겠지만 얼굴이 많이 상해 있었다. 무연은 그동안 넋을 놓고 있던 게 무색할 만큼 놀라운 힘으로 사내들을 뿌리치고 홍주에게 달려갔다.

"아줌마! 부탁, 부탁 좀 할게요!"

홍주의 양팔을 꽉 거머쥐곤 절박하게 말했다.

"우진 씨, 그 사람 많이 다쳤어요. 돌봐주세요. 내 대신 괜찮은지 봐줘요! 부탁할게요! 아줌마가 나 싫어하는 건 알지만 제발요……!"

남자들이 뒤에서 그녀를 당겼지만 무연은 독하리만치 홍주를 잡고 늘어졌다. 하지만 결국 남자들의 힘을 이기지 못하고 홍주를 놓치고 말았다. 그러자 홍주가 그녀에게 다가와 손을 들었다.

"……알았다. 알았으니까."

홍주가 그녀의 어깨를 다독이듯 툭툭 두드렸다. 마치 괜찮다고 달래듯이.

"알았으니까……."

고개를 떨구는 홍주를 뒤로하고 무연은 다시 남자들에게 끌려갔다. 그들이 그녀를 데려간 곳은 자택 뒤쪽에 있는 별채 건물이었다. 무연은 그곳의 방에 갇혔다.

"이봐요, 잠깐만요……!"

방에는 장롱도 침대도 아무것도 없었다. 창문도 모두 막혀 있었다. 있는 거라곤 막 어미젖을 뗀 것 같은 강아지와 오롯이 놓인 테이블 위의 커다란 식칼과 팔뚝 길이의 작은 독 하나.

무연은 가슴이 서늘하게 내려앉았다. 낑낑거리는 소리가 고막을 파고들었다.

산 개의 심장.

엄마가 적은 무고의 시작은 그것이었다. 이건 그녀에게 저 개의 심장을 꺼내라는 소리였다. 깨달은 순간 다리가 풀렸다. 그대로 문을 타고 주저앉아버렸다.

"하, 하하……! 뭐 이런……!"

무연은 무릎에 얼굴을 묻었다. 여건이 된다면 도망칠 생각이었다. 도망친 후에는 신들을 떼어낼 방법을 찾아 10년이 걸리든 20년이 걸리든 해보려 했다.

『내가 도와줄까?』

무연은 번쩍 고개를 들었다. 눈앞에 하회탈이 불쑥 솟았다.

『벗어나고 싶지? 도망가고 싶지? 내가 도와줄게.』

벗어나고 싶다. 도망가고 싶다. 저 강아지의 가슴에 칼을 꽂아넣어 맥박 치는 심장을 꺼낼 바에야, 차라리 죽는 게 낫다고 생각했다. 하지만 죽으면 다시 그를 보지 못하지 않나.

"……원하는 게…… 윽, 원하는 게……!"

마고와 거래 같은 건 하려 들면 안 된다. 엄마의 전철을 밟을 뿐이다. 하지만 무연은 저도 모르게 마고를 홀린 듯 바라보았다.

『네 어미는 혼도 맛있더구나. 바다에서 그 남자를 건져주는 대가로 받았지. 너도 그러면 된다. 만신의 혼은 별미거든.』

『마고, 그 요망한 입을 정녕……!』

마고의 탈이 뭔가에 밀려나 허공으로 붕 떠올랐다. 모습을 드러낸 천구의 눈이 화마처럼 붉게 타올랐다.

『킬킬킬, 아이야, 나는 어디에나 있다. 그러니 부르거라.』

천구를 놀리듯 그녀의 머리에 왕왕거리는 울림을 남긴 마고는 도망치듯 사라졌다.

『인간이란 어찌 그런 것이냐.』

천구는 복잡한 눈빛으로 그녀를 응시했다.

『네 어미는 지금 소멸하고 있다. 또다시…… 마고와 거래를 했다. 섭리에 따라 내가 경아를 붙잡아둘 명분은 더 이상 없다.』

천구가 그녀의 뒤를 가리켰고 돌아본 무연은 두 눈을 부릅떴다. 예전보다 더욱 많이 상한 엄마가 가루처럼 부서져 내리고 있었다. 단 한 번도 보지 못했던 환하게 웃는 얼굴로 말이다.

"······엄마."

경아가 입술을 뻐끔거렸다. 무슨 말인지 들리지 않았다. 다리 한쪽, 팔 한쪽, 얼굴 한쪽 그렇게 바람에 떠밀리듯 먼지가 되어 흩날리듯 엄마가 부서져갔다.

『너는 약하지 않아. 부디 용감하게 살아내. 어떤 상황에서든 포기하지 마. 널 위해 살 수 있어 행복했다. 그러니까 너도 하루를 살아도 그렇게 행복하게 살아. 엄마는 그거면 돼.』

친구가 엄마의 말을 읽어주었다. 그 자리에는 아무것도 남지 않았다. 가슴이 밑도 끝도 없이 먹먹해졌다.

『경아가 남긴 진언(眞言)이다. 대체 인간이란 어찌 그럴 수 있는 것이냐. 소멸은 다시 회생할 길도 없이 영원한 무(無)로 돌아가는 것인데 어찌······!』

답답한 듯 토로하던 친구가 고개를 돌려 목울음을 구슬프게 냈다. 마치 늑대의 그것처럼 오래도록 남은 소리는 애달프기 짝이 없었다.

한동안 멍하니 서 있던 무연은 시선을 내리깔았다. 발아래 닿은 감촉 때문이었다. 그녀가 애써 웃어 보이자 강아지가 마치 위로하듯 그녀의 다리에 얼굴을 비벼댔다.

무연은 강아지를 품에 보듬어 안았다. 따뜻했다. 죽이는 짓 따위는 못 한다. 품에서 바르작거리는 강아지를 안고 소리 없이 오열했다. 한이 켜켜이 쌓여갔다. 응혈이 고여갔다.

무연은 강아지에게 묻고 있던 고개를 들고 자리에서 벌떡 일어났다. 이어 테이블 위의 식칼 손잡이를 꽉 부여잡았다.

포기하지 않을 거다. 절망 속에서도 희망은 있다. 신이든 천석제든 자신의 오기와 집착과 끈기와 의지를 보여주겠다.

무연은 손에 든 식칼을 머리 위로 번쩍 치켜들고 도끼로 나무를 패듯이 그대로 문을 찍어냈다. 칼날이 지잉, 울려 손목이 시큰해졌지만 문에 박힌 칼을 빼서 다시 힘껏 내리찍었다. 그렇게 몇 번이나 찍어댔을까.

"무슨 소리지?"

문밖이 소란스러워지고 누군가 다가왔다. 무연은 땀을 닦아내고 칼을 뽑은 후, 강아지를 안아 들었다. 문이 바로 벌컥 열렸다.

"이게 무슨……!"

방으로 들어온 남자가 칼로 난도질 된 문을 기가 막힌 듯 바라보았다. 무연은 상황 설명을 위해 남자가 밖을 향해 고개를 돌렸을 때 남자를 어깨로 밀치고 현관만 보고 미친 듯이 달렸다.

"잡아!"

힘이란 힘은 모두 쥐어짜내 칼을 이리저리 휘둘렀다. 그들은 쉽게 접근하지 못했고 그녀는 다행히 현관문을 잡을 수 있었다.

"헉, 헉, 헉!"

신발도 신지 못하고 정원을 내달렸다. 조금만, 조금만 더 달리면 대문이다.

"거기 서!"

등 뒤에 기척이 느껴졌다. 무연은 입술을 꽉 물었다. 잡히기 전에 더 빠르게 도망가야 했다. 하지만 뱀처럼 유연한 손이 기어코 그녀를 잡아챘다.

"이봐요! 와보세요! 의원님이⋯⋯! 빨리 병원으로 모셔야 할 것 같아요!"

그때였다. 집에서 뛰어나온 가정부가 얼굴이 사색이 되어서는 자리에서 방방 뛰었다. 서로 눈짓을 주고받은 남자들은 그녀를 잡은 한 명만 남겨두고 집 안으로 우르르 들어갔다.

어떻게든 벗어나려 바르작거리던 무연은 현관문에 어스름하게 보이는 것 때문에 눈을 부릅떴다. 그녀를 돌아본 마고가 가면 속에서 오싹하게 웃는 것 같았다.

"어르신은 대체 어떻게 되신 거야? 왜 조용하지?"

그녀를 잡은 남자가 중얼거렸다. 그제야 무연은 다시금 현실에 발을 붙였다. 도망가야 했다.

"아악!"

입을 크게 벌려 남자의 손을 와득, 물어뜯었다. 이어 머리로 남자의 얼굴을 들이받았다. 집 안쪽에 정신을 팔고 있던 남자는 그녀의 공격을 허용해버리고 말았다.

"⋯⋯미, 미안해요!"

무연은 대문으로 뒷걸음질을 치다가 얼른 뒤돌아 달렸다. 자유로워질 수 있는 기회는 지금뿐이다.

"헉, 헉⋯⋯!"

평소에 운동이라도 좀 해서 체력이라도 길러둘걸.

인적이 드문 길이었지만 잘 닦여 있었다. 무연은 아스팔트길을 정신없이 달리다가 왼편으로 난 작은 산으로 몸을 틀었다. 일단 숨어야 했다. 이대로는 금세 또다시 잡힐 것이다. 거의 기듯이 산을 올라갔다.

"하아, 하아, 하아……!"

스스로 생각한 것보다 더 오래도록 나무 사이를 헤집던 무연은 뒤를 돌아보고 아무도 없다는 걸 확인한 후에야 자리에 주저앉았다. 구명줄처럼 쥐고 있던 식칼도 그제야 손에서 놓았다.

"하아……!"

무연은 나무에 등을 기대고 사지를 늘어뜨렸다. 다리가 너덜너덜했다. 코를 찌르는 땀 냄새와 여전히 진정되지 않는 심장, 핏물이 배어나오는 발까지.

"도망자 영화를 아주 제대로 찍었네……."

진이 다 빠졌다. 그럼 이제 뭘 어떡해야 하나. 막막했다. 돈도 없고 꼬라지는 이 모양이다.

"굶어 죽겠네…… 앞으로 내 팔자는 그런 거야……. 굶어 죽을 거야…… 이런 동네 뒷산에서."

장난처럼 중얼거려보았지만 기분은 좀처럼 나아지지 않았다. 몸이 조금 편해지자 바로 우진 생각이 났다.

"……포기 안 해요. 어떻게든 사람처럼 사는 방법 찾아서 당신 옆으로 갈 거야. 그러니까 몸 챙기고 잘 있어요. 나는 당신한테 가는 일, 쉽게 포기 안 해요. 우선은 그 사람한테서 도망쳤으니까 이제 시작이지, 뭐."

불안을 달래기 위해 쉴 새 없이 중얼거렸다.

『여기가 뉘 집 안방이야? 저쪽으로 곧장 가서 밑에 보이는 동네로나 들어가.』

무연은 퍼뜩 고개를 들었다.

"천구야!"

『그 동네에 무당집이 하나 있어. 거기로 가. 사기나 치는 핫바지는 아니니까 도움을 받을 수 있을 거다.』

"어떻게 된 거야! 아까는!"

『뭐가 말이냐.』

"그 집! 아까 거기 대문 앞에 마고랑 있었잖아!"

『아아. 아무튼 우선 움직여라. 곧 해가 질 거야.』

사람이 아니어도 친숙한 것이 있어 순식간에 안심이 되었다. 무연은 자리에서 일어나려다 멈칫했다.

"……혹시 그 사람, 괜찮은지 알 수 있어? 우진 씨."

『살았다. 적어도 나는 그렇게 느낀다.』

"……그거…… 내가 없으니까 사는 거지. 그런 거지."

천구는 한동안 말없이 그녀를 보다가 문득 입을 열었다.

『너도 그이를 위해 너 자신을 버린 거냐.』

"응?"

『너도 네가 사랑한다는 사람을 위해 너 자신을 이리 내몬 거냐 묻는 거다. 네 어미처럼…….』

천구의 눈에 처연한 빛이 스몄다.

『인간이란 어리석구나. 옛날부터 많은 인간들을 보아왔다. 탐욕에 미친 자, 인간이지만 인간이기를 포기한 자, 색에 눈이 멀어 인의를 저버린 자. 하지만 너 같은 것들은 보지 못했다. 경아와 네가 이상한 것이냐.』

천구의 눈이 유리구슬처럼 반질거렸다. 눈자위를 가득 채운 검은 동공이 문득 엷어졌다.

『인간을 이해하기를 포기한 것은 아주 옛일이다. 하지만 죽어서도 소멸을 택한 네 어미와 경아와 똑같은 전철을 밟는 너는 왜 이리 내 머리를, 내 가슴을 꽉 붙들고 에게 하는 것이냐.』

한동안 멍하니 천구를 보던 무연은 쓰게 웃었다. 그가 묻는 말의 의미를 알겠다. 신이란, 한때는 인간이었던 존재도 있고 천구처럼 필요에 의해 태어난 존재도 있다. 그들은 당연히 인간의 감정에 서툴다. 그런데 천구는 마치 그녀와 경아를 안쓰럽게 느끼는 것 같았다.

"……엄마가 소멸할 때 너도 슬펐어?"

천구는 대답하지 않았다.

"너는 나하고 엄마를 참 많이 아꼈나 봐. 그래서 그래."

무연은 자리에서 일어났다. 아직 가야 할 길은 끝나지 않았다.

『네 어미와 같은 길을 걸을 거냐, 넌…….』

천구는 가슴이 술렁였다. 태곳적부터 잠잠하기만 했던 가슴이 마치 태풍이라도 불기 전처럼 술렁였다.

『너도 그 아이를 위해 버릴 거냐, 너 자신을…….』

천구의 눈이 걸어가는 무연의 허리 즈음에 고정되어 있었다. 저 아이는 모르겠지만 미세한 생명의 태동이 느껴졌다.

천구는 두 눈을 질끈 감았다. 눈앞에 갓 태어난 무연이를 안고 행복하게 웃던 경아가 생각났다. 그런데 또다시 그가 지켜보는 가운데 가혹한 운명의 수레바퀴가 맞물려 굴러간다.

『딸은 제 어미 팔자를 닮기 마련이지.』

마고의 심술궂은 음성이 머릿속을 메아리친다.

『……조용히 해라.』

『킬킬킬. 말버릇 한번 고약하구나. 다시 묻겠다. 저 아이의 숨을 주련, 그 잔악한 자의 혼을 내놓으련?』

천구의 눈이 순식간에 붉게 물들었다. 하얀 털을 가진 큰 개로 변해서는 허공을 향해 날카로운 이를 세우고 그르렁거렸다.

『킬킬킬. 내 그 잔악한 자에게 병을 깃들게 하였으니. 선택은 네 몫일까, 저 아이 몫일까.』

마고의 기운이 사라졌다. 천구는 무연을 뒤쫓았다.

그렇다. 마고가 석제의 병을 위중하게 만들었다. 그것이 마고의 일이었다. 병을 뿌리는 것.

그에게는 그의 소임이, 마고에게는 마고의 소임이 있다. 신들이 서로의 선을 넘는 것은 어긋나는 일이었다. 하지만 분명한 건 마고의 심술 덕분에 무연이 여기까지 도망칠 수 있었다.

"그 아이를 지켜줘."

경아의 마지막 말이 천구의 가슴을 왈칵 쥐어버렸다. 천구는 슬프게 눈을 내리떴다. 신이 자연의 섭리를 거스른다는 것은 그 자격을 박탈당한다는 것을 의미했다. 그렇게 되면 그들은 존재할 이유가 없어진다.

『……너는 내게 너무 잔인한 부탁을 했구나.』

이 여자가 또 도망을 갔다. 너덜너덜 헤진 그를 병원에 버리고.

"……빌어먹을!"

"입이 거칠군요. 무연이에게도 늘 그런 식으로 말했었습니까?"

혼자인 줄 알았다. 눈을 떴고 마지막 기억이 머릿속을 스쳤고 피가 거꾸로 솟는 것 같아 이를 악물었다.

"그 아이는 어르신 집에 있습니다."

다시는 볼 일이 없을 거라고 생각했던 홍주가 어째서인지 그의 침대 옆을 지키고 있었다.

"그걸 그냥 두고 여기 앉아 있는 겁니까, 당신은?"

"그 아이가 부탁했습니다. 그래서 앉아 있는 겁니다."

홍주가 건조하게 대꾸했다. 우진은 인상을 그으며 몸을 반쯤 일으켰다. 어제는 발목이 부러진 줄로만 알았는데 감각으로 보아 그건 아닌 모양이다. 허리에도 붕대가 감겨 있긴 했지만 중요한 곳은 모두 성했다.

"제 예상보다 더 빨리 잡혔더군요."

홍주가 다시금 말을 이었다. 그건 질책이었다. 겨우 여기서 잡히냐는. 더 그 애를 지켜주지 못했냐는.

"……죽는다더군요. 자기가 제 옆에 있으면 제가 죽는다고 웃기지도 않는 소리를 지껄입니다. 그리곤 도망가버렸죠."

"그 애 엄마가 그 애 아버지를 떠난 이유랑 같군요."

우진은 눈을 내리깔았다. 성훈이 생각났다.

"제가 분명히 처음에 경고했을 텐데요. 머리가 나쁜가요? 신을 모시는 여자의 남자로 산다는 게 어떤 건지. 이제 어쩔 겁니까? 그 애 아버지처럼 그냥 손 놓고 있을 건가요?"

홍주의 목소리는 다소 고양되어 있었다. 아마 이 아줌마는 성훈에게 화가 많이 났던 모양이다. 그저 바라만보고 품어주지도 못할 거였다면 경아를 데리고 도망치면 안 되었던 거라고 열렬히 비난하고 싶을지도 모른다.

"왜 웃죠?"

저도 모르게 피식 웃자, 홍주가 딱딱하게 물었다.

"그 아버지라는 사람이요, 참 그 사람답다고 생각했습니다. 아마 자기감정만 생각하고 행동하면 틀림없이 그 여자 어머니가 힘들 거라고 생각을 했을걸요?"

"그게 무슨……!"

"남성훈 원장님이요. 뭐, 잘못 찍은 거면 말고."

홍주의 표정이 미묘해졌다. 우진은 침대에서 다리를 내렸다. 옆에 있는 목발을 가져다가 짚을 만한지 확인했다.

아무래도 무연을 다시 되찾으면 성훈 앞으로 데려다가 부녀 상봉이라도 시켜줘야 할까 보다. 아버지를 아버지라 부르지 못하고 딸을 딸이라 부르지 못하니 이게 무슨 현대판 홍길동전이냐.

"……남 원장, 죽었어요."

성훈과 무연을 생각하며 입가를 희미하게 늘이던 우진의 등이 굳었다. 돌아보자 홍주가 재차 말했다.

"해남에서 자동차 사고로 죽었습니다. 당신이 이 병원으로 옮겨

지기 전날 오전에요."

우진은 한동안 홍주를 뚫어지게 바라보았다. 신색은 덤덤해 보여도 머릿속이며 가슴에는 오만 생각이 다 쓸고 지나간다.

"그 애한테 아버지 얘기는 하지 마세요. 또 다른 상처만 될 테니."

아마, 그날이 마지막이었나 보다. 달을 안주 삼아 복분자주를 마셨던 해남에서의 그 밤이.

우진은 침상을 꽉 움켜쥐었다. 눈시울이 습하게 차올랐지만 입안쪽 살을 짓씹으며 참아냈다.

"자동차 사고……."

우진은 고개를 숙였다. 성훈은 그에게 삼촌 같은 사람이었다. 그를 낳아준 어머니와는 대학 선후배 사이였고 길가의 돌멩이처럼 굴러다니던 그에게 존재의 가치를 부여해준 사람이었다. 무연을 제외하면 그에게 가장 가까운 타인이 바로 성훈이다.

"어디…… 가는 거죠?"

그가 고개를 숙인 채 한동안 침묵하고 있다가 목발을 짚고 자리에서 일어나자 홍주가 물었다. 우진은 돌아보지 않았다.

"저 버린 여자 잡으러 갑니다."

"……뭐요?"

"저 혼자 살겠다고 절경 좋고 좋은 음식 많고 잠자리 편한 천석제 집으로 제 발로 찾아 들어간 그 여자."

우진은 묵묵히 걸었다. 병실 문을 열고 뒤를 돌아보았다. 뉘엿뉘엿 지는 해를 배경으로 홍주가 자리에서 일어나 있었다.

"남 원장이랑 약속했었습니다. 절대 안 떠나겠다고. 죽어도 지킨다고. 그러니까 갑니다."

그는 병실을 나왔다. 다행히도 이번엔 무연이 어디 있는지 알았다. 바로 가서 되찾을 것이다.

"……망할 여우 영감."

목이 꽉 멨다. 그의 의지에 반한 눈물이 흘러내린다. 마지막으로 본 그 아침, 망설이면서 무연을 안아보면 안 되겠냐고 물었던 그 소심함이 안타깝다. 가슴이 아프다.

"천 팀장님!"

홍주가 뒤에서 그를 불렀다. 우진은 일렁이는 가슴을 내리누른 채 태연하게 말했다.

"병원비는 그쪽에서 좀 부담해주십시오. 지금은 빈털터리라서. 아, 돈도 좀 빌려주시고. 나중에 꼭 갚죠."

병원 로비를 지나는데 뉴스 하나가 흘러나오고 있었다. 우진은 로비의 대형 TV로 눈을 돌렸다.

– 다음 소식입니다. 정계의 큰손이라고 알려진 천석제 전 의원이 심장질환으로 투병 중이라는 사실이 알려지면서 각계의 정권인사들은…….

"……쇼하네."

싸늘하게 중얼거린 우진은 병원을 나와 곧장 택시를 잡았다.

chapter 19

당신에게 가는 길

무연은 한참을 망설이다 대문 안쪽으로 쭈뼛거리며 들어갔다. 그러자 그녀를 향해 나이를 가늠할 수 없을 만큼 늙은 노인이 땅바닥에 풀썩 엎어졌다.

"이 누추한 곳까지 어찌 걸음하셨습니까?"

무연은 저도 모르게 뒷걸음질을 쳤다. 힐끗 고개를 든 노인의 눈은 성에가 낀 듯 흐렸다. 하지만 보는 데는 문제가 없는지 그녀의 뒤를 물끄러미 보았다. 거기엔 천구가 서 있었는데 설마 천구를 알아보나 싶었다.

이 미친 팔자를 어떻게든 떨어내보려고 무당집이며 교회, 성당을 종횡무진하던 때도 천구를 정확히 알아보는 무당은 없었다.

"저기, 저는……."

무슨 말이라도 해야겠거니 싶어 입을 여는데 노인이 누런 이를 드러내며 마른 웃음을 삼켰다.

"나는 옛날 옛적에 신기 떨어져 판에서 손 놓은 당골이오. 왔으면 이름을 밝혀야지. 아가씨 이름은 무엇이오?"

"……임무연이라고…… 합니다. 제가 여기 온 건……."

"……무연이?"

무연은 괜스레 가슴이 스산해졌다. 왠지 그녀를 아는 것 같은 말투였다.

"옆에 친구가 있어 짐작은 했지만, 아가씨는 역시 푸른 기와의…… 만신이요?"

무연은 아연해져서 눈만 끔뻑였다. 눈앞의 노인은 앙상한 손을 힘없이 들어 제 얼굴을 쓸어내렸다.

『경아의 어미다.』

"뭐?"

자신이 잘못 들은 게 아닌가 싶었다. 무연은 당혹스런 심정으로 눈앞의 노인을 바라보았다. 한 번도 엄마의 모친, 그러니까 외할머니에 대한 이야기는 들어본 적이 없었다. 그녀가 기억하는 그곳에서의 엄마는 늘 혼자였다.

『한때 네 어미보다 더 큰 무당이었던 자다. 네 핏줄이나 되어야 이런 몰골의 너를 도와주지, 누가 덜컥 제집에 모르는 사람을 들이겠냐.』

머리가 멍했다. 그러니까 한 번도 본 적 없고 생면부지의 저 노인이 그녀의 외할머니라고.

이 집을 찾기 전, 동네 사람들에게 무당집을 찾는다고 했을 때 이 동네에는 무당이 없다고 했다. 그런데 미친 노인이 사는 집은 있다고 했다. 옆에 있던 아이들이 그 집엔 괴물 할머니가 산다고 떠들어대기도 했었다.

"……밥은 먹었냐?"

노인이 성마르게 물었다. 하얗게 센 머리카락과 꼽추처럼 굽은 등은 많이 불편해 보였다. 그녀가 대답이 없자 노인이 갑자기 괴팍하게 소리치곤 집 안으로 들어가버렸다.

"이년아, 묻잖아. 밥 먹었냐고!"

혼자 남은 무연은 다 낡은 세간살이를 천천히 둘러보았다. 물이 뚝뚝 떨어지는 철로 덧댄 지붕, 삭은 나무 기둥. 마당은 깨끗했지만 집 전체가 폐가처럼 음침해서 별로 티가 나지 않았다.

댓돌을 딛고 마루로 올라가던 무연은 발을 멈췄다. 활짝 열린 방문으로 정갈하게 차려진 신당을 본 탓이다.

"일단 먹어. 밥 식으면 맛없어."

무연은 노인이 차려준 밥과 김치, 감자조림뿐인 상을 내려다보다 밥을 한 술 떠 입으로 가져갔다. 노인은 몸을 틀어 마당을 보고 앉았다. 태어나서 처음 보는 손녀인데도 퉁명스럽기만 하다.

"웬일로 귀인이 올 것이니 밥 차리라 잔소리를 해대나 했다. 아침부터 비질만 했어. 내가 올해 몇인 줄은 안다니. 아흔이 넘은 손으로 비질을 하려니 무릎 쑤시고 다리 아프고."

"……만신은 죽기 전에는 그곳을 나갈 수 없던 거 아니었나요. 할……머니는 어떻게……."

눈물 젖은 신파 따위는 없었다. 노인은 마치 그제 본 손님을 대접하듯 담담했고 무연 역시 생면부지의 사람이 어색하기만 했다. 겨우 호칭을 끄집어내놓고도 낯설어서 입안이 근질거렸다.

"이팔청춘도 아니고 다 늙어빠져서는 나온 게 무슨 영화라고 하디. 늙어 고생이지. 하기야 이 목숨이야 이미 30년 전에 죽은 거였다만."

"죽……다니요?"

노인은 가만히 웃었다.

"원래 죽었어야 할 몫인데 어찌저찌 살다 보니 나흘 전에 죽었어. 명이 참 길었지."

백태가 낀 것 같은 노인의 눈에 회한이 어렸다. 안개처럼 흐늘거리다 다시 형체를 되찾고는 갸푹하게 웃었다.

『안 죽었으면 내가 어찌 천구를 이 눈으로 보니? 무당이 뭐야. 진즉에 신기도 다 떨어져 하루 빌어 하루 먹고살던 노인이.』

무연은 아까 노인이 들어갔던 방으로 가보았다. 넓게 펼쳐진 이부자리 위에는 옆으로 누운 노인이 눈을 굳게 감고 있었다. 시취가 코를 찌른다.

『천구가 삼도천으로 안내를 안 해주더구나. 이만큼 살았으면 어딜 가도 빨리 가서 그냥 쉬고 싶은 법인데. 기다릴 사람이 있다잖아. 그래, 내가 해줬으면 하는 일이 뭐니?』

"……아."

『뭘 그리 놀라? 본디 사람이야 무(無)에서 나와 무(無)로 돌아가는 것을. 모두 다 한 번씩 살면 돼지는 거지. 죽는 게 무서워서 어디 살겠니. 놀란 척 그만하고 가서 밥이나 처먹어.』

무연은 타박타박, 산사람처럼 걸어가는 노인의 뒷모습을 멍하니 바라보았다.

『원래 저렇다. 너만 경아 밑에서 고생한 게 아니라 경아도 저런 어미 밑에서 꽤 고생했겠지 않아?』

"어떻게…… 어떻게 거기서 나와서 이렇게 버젓이, 저 나이가 먹도록 살 수가 있……."

『저자는 괴팍한 만큼이나 머리도 비상했거든. 기회가 생겼을 때 미리 꽁지 뺐지만 경아는 그저 감정에 휘둘렸지. 너라는 감정, 사랑이라는 감정, 그리고 저에 대한 감정. 그때, 저 노인네가 옆에 있었다면 경아도 다른 선택을 했을지도 몰라.』

"그럼 왜 그때는……!"

『몰라서 물어? 경아 그년 팔자가 그것밖에 안 되는데 어떻게 해. 그년이 선택한 게 그런 팔자였고 내가 신이 아닌데 그걸 바꿀 방법이 있었을 성싶냐. 하지만 넌 내 팔자를 더 닮았으니. 명은 길겠다.』

상 앞에 앉아 소리를 빽 지르는 노인에 무연은 어깨를 움츠렸다. 그런데 노인이 그녀를 빤히 보다 눈썹을 치켜올렸다. 사라진 몸이 곧바로 그녀의 앞에 나타났다.

『어미 팔자를 닮긴 했구나. 너, 이 씨는 어쩔 것이냐?』

"네?"

『여기, 여 안에 든 거 말이야.』

무연은 노인의 손을 따라 고개를 숙였다. 노인의 손이 그녀의 배를 쿡 찔렀다. 무연은 순간 두 손으로 제 배를 감쌌다. 우진의 얼굴이 스치고 지나갔다. 가슴이 너무 두근대서 귓가에까지 심장 소리가 들릴 것 같았다.

『늙은 만신아. 너는 천석제가 네 자식들을 말려 죽이길 원하는 건 아니지?』

노인이 천구를 쏘아보았다. 그때, 경아가 이 노인의 손을 잡고 그곳에서 나갔다면 이 괴팍한 노인은 그래도 제 딸이니 어떻게든 그 팔자를 달랬을 것이다. 하지만 경아는 거기 남길 선택했다. 그 놈의 정 때문에. 친구인 홍주를 버릴 수 없어서.

『내가 대체 무얼 할 수 있다고 이러는 게야?』

『너밖에 가르쳐줄 이가 없으니 그러지.』

천구는 믿을 수 없다는 얼굴로 제 배를 어루만지는 무연을 물끄러미 보았다.

『굿을 가르쳐줘.』

무연은 고개를 번쩍 치켜들었다.

"굿? 나는 굿 같은 건……!"

『……경아와 약속했다. 나는 신이니까 약속은 지킨다. 너를 지켜주기로 했다. 위령제를 올려. 분노한 신들을 달래는 굿을 지내. 나흘 밤낮 동안. 그래야 그들이 떠날 거다.』

"하지만 그렇게 해서 떠날 거였으면……!"

『그만해라, 이년아.』

무연이 따지려는데 노인이 막았다. 천구를 물끄러미 보던 노인은 무연에게 따라오라고 했다.

"천구가 뭘 어떻게 한다는 거예요?"

『신이 신인 이유는 인간이 할 수 없는 대개의 일이 가능하다는 거지. 그가 말하는 건 너를, 만신의 피를 놓아준다는 거다. 제가 희생해서. 나중에 이럴 거면 나 젊었을 때 진즉 그랬으면 얼마나 좋아.

그 빌어먹을 천가 놈 만나기 전에 그래줬으면 얼마나 좋아. 하여간 신이란 것들이 굼떠서는……!』

노인이 갑자기 욕지거리를 쏟아냈다.

『이대로 가면 경아의 팔자가 네게도 되풀이될 터. 천구는 자신의 무엇을 내주고 널 풀어주려는 거다. 아마 존재 자체가 없어질 수도 있겠지. 흔적도 없이.』

무연은 우뚝 섰다. 돌아보았다. 천구는 이미 거기에 없었다.

『네 속의 씨만 생각해.』

"하지만."

『천구가 죽으면 그 자리를 메울 또 다른 천구가 태어난다. 만신이 없어지면 신들은 저들을 받아줄 또 다른 귀한 피를 찾아 헤맬 거다. 그게 하늘이 내린 섭리고 그걸로 삶 역시 물레바퀴 돌듯 돌아간다. 그릇이 옮겨갈 뿐, 달라지는 것은 없어. 옘병!』

노인은 아득한 산자락을 내다보며 중얼거렸다.

『무당 팔자란 게 그런 거지. 나는 죽기 전에 거동도 제대로 못 했다. 하지만 죽으니 이렇게 자유롭구나. 아마 경아 년도 좋았을 거다. 죽고 나서야 그 푸른 기와에서 벗어날 수 있었을 테니. 무당 팔자란 게 그런 거지. 이 팔자가 그런 거지.』

무연은 머리가 아득해졌다. 천구는 이 모든 비현실적인 일들로부터 그녀를 도와주던 유일한 존재였다. 때로는 나무라고 때로는 진실을 일러주고 때로는 거기에 그렇게 있어주고.

무연은 고개를 숙였다. 신들이 떠나면 우진에게 갈 수 있었다. 그와 함께일 수 있다. 이 아이도 지킬 수 있다. 하지만 천구가 하려는 일을 방관한다면 그녀는 또 다른 멍에를 지어야 할 거다. 그녀가 아는 친구는 죽는 거다. 그렇다고 친구를 말리는 건 지금 상황의 반복일 뿐이었다. 무연은 배를 감쌌다.

『네가 무엇을 택하건 네가 안을 상처의 크기는 다르지 않을 거다.』

무연은 고개를 들고 노인을 보았다.

『나는 내 딸을 지키진 못했다. 하지만 네게는 기회가 있다. 너는 산 사람이야. 정신 차려라. 산 사람은 살아야지. 그 말이 괜히 있는 건 줄 알어?』

눈물이 툭, 떨어져 내렸다. 운명이란 건 어쩌면 없을지도 모른다. 그녀에게 이렇게 늘 선택지를 주니까. 단지 그 뒤에 떠안아야 하는 책임만이 있을 뿐이다. 자신이 선택한 길이 바로 운명이었다. 경아가 홀로 남을 친구 홍주를 택했고 아버지였던 사람을 택했고 자식인 그녀를 택했듯이.

『……징은 말명을 정하시고 장구는 풍월을 갖추시고 피리 젓대는 열두왕문을 줄줄이 열어주옵시고 방울 흔들고 깡쇠 치는 법은 도량 귀신과 청산 혼신들을 불러다가…….』

노인의 무가가 아득하게 울렸다.

운명은 그녀가 택해야 했다. 평생 어떤 멍에를 짊어지더라도.

우진은 석제의 저택으로 들어섰다.

"누구……?"

목발을 짚고 절뚝이며 현관으로 들어선 그는 곧바로 석제의 방으로 향했다. 이상하다 싶을 정도로 아무도 그를 막지 않았다. 방 앞을 지키고 선 남자도, 주치의 손 박사도 말이다.

우진은 방 안으로 들어갔다. 침대 옆에 앉아 있던 지원이 자리에서 벌떡 일어났다. 침대 위, 입에 산소호흡기를 쓴 석제의 몸에는 의료기기와 연결된 전선들이 주렁주렁 달려 있었다.

"어디 있어?"

"뭐?"

"임무연. 여기 있을 거 아니야. 어디 있냐고?"

그는 석제에게는 눈길도 주지 않고 지원을 다그쳤다.

"어디 있냐고 묻잖아!"

우진은 짚고 있던 목발을 바닥에 쿵, 찧었다.

"조용히 못 해! 아버지 병중이셔! 여기가 어디라고 소란이야!"

지원이 소리 질렀다. 그리고 그 와중 그를 지켜보던 석제가 입에서 산소호흡기를 떼고 몸을 일으켰다. 병색이 완연한 모습이었지만 별다른 생각은 들지 않았다. 마치 타인을 보는 것처럼 무감하기만 했다.

"……너는 내 모양을 보고도…… 할 말이 그것뿐이냐."

"임무연 어디다 감췄습니까?"

"……어디 여자가 없어서 무당 따위를……! 허억!"

석제가 문득 말을 끊고는 가슴을 움켜쥐었다. 지원이 얼른 옆으로 가 쓰러지려는 석제를 지탱했다.

"몸 상태가 갑자기 악화됐어. 수술을 버티실 수 없어서 이식은 아직 못 하고 있어."

지원이 말했지만 그와는 상관없는 일이다. 방을 나온 우진은 온 집 안을 다 뒤졌다. 본채에는 없어서 별채로 가 방이란 방은 다 열어젖혔다. 그러다 멈칫했다. 안쪽 방문에 찍힌 험한 자국 때문이다.

"의원님께서 찾으십니다."

문에 난 자국을 손끝으로 만져보던 우진은 그를 따라 별채로 온 사내를 돌아보았다.

"대답해."

"예?"

"그 여자, 여기 갇혀 있었나?"

"그게……."

"도망……갔어?"

"……그때 의원님께서 쓰러지시는 바람에…… 경황이 없어 놓쳤습니다."

우진은 자흔에 이마를 갖다 대었다. 입가를 휘었다. 이젠 그가 슈퍼맨처럼 구해주지 않아도 혼자 도망갈 줄도 안다. 많이 컸다, 임무연. 씩씩한 임무연. 그런데 지금은 어디 있냐.

"의원님이 찾으……!"

"그 노인네, 죽을병이야?"

"네. 심장이식에 성공 못 하면 십중팔구……."

돌아서며 지나가는 어투로 물었다. 우진은 씁쓸하게 웃었다.

"죽을병이라니 다행이네. 다 제 업보지."

우진은 그대로 돌길을 밟아 저택을 나가려 했다.

"어디 가! 이 자식아! 아버지가 찾으신다고⋯⋯! 네가 아무리 끔찍하게 싫어해도 네 아버지야. 얼굴은 보고⋯⋯!"

돌아보니 현관으로 나온 지원이 그를 쏘아보고 있었다.

"나 아버지 같은 거 없어. 죽든 말든 알 바 아니야. 저 안에 누워 있는 사람은, 내 어머니를 죽인 사람 그 이상도, 이하도 아니야."

"나쁜 새끼⋯⋯! 고작 계집애 하나 때문에 네가!"

"천지원."

저 아버지라는 작자는 지원에게나 애틋할 거다. 그는 아니다. 그를 나게 해주긴 했어도 그뿐이다. 그에겐 어떤 의미도 없었다. 아마 무연만 아니었다면 죽는 날까지 그 인간 근처에는 얼씬도 안 했을 거다.

"옛날부터 이 집이랑 나랑은 맞는 게 하나도 없었어. 그런데 이제 와서 뭘 바라. 그렇게 다른 사람들 인생 달달 볶아서 살았으면 그만 살 때도 됐지. 명복 정도는 빌어줄게."

죽을병에 걸렸다고 해서 평생 증오했던 사람에게 갑작스럽게 연민이 생기는 것은 아니다. 그만큼 그의 세계는 석제에게 무정했다. 그 사람이 그에게 무정했듯이.

"미안하지만 나는 저 사람이 진심으로 죽기를 바라."

얼음장처럼 차디찬 말이었다. 우진은 서늘하게 웃었다. 그리고는 그를 질린 눈으로 바라보는 지원을 두고 등을 돌렸다.

"다시 한 번만 더 그 여자 어쩌려고 내 앞에 나타난다면 다 죽여버릴 줄 알아. 진심이야."

"천우지이인!"

"내가 이렇게 가는 건 당신이 잘못 살아온 방식에 대한 대가야."

우진은 냉정하게 읊조리며 집을 나왔다. 목발에 몸을 기대서
는 양쪽으로 난 길을 눈을 가늘게 뜨고 바라보았다.

나는 널 어디로 가서 찾아야 하는 거냐. 그런 식으로 도망가는 건
아니지. 나를 두고, 내가 죽을까 봐 무섭다고 그런 식으로 도망가
는 건 아니지.

이가 갈렸다. 이 한반도를 모두 이 잡듯 헤집고서라도 너를 찾는
다.

우진 씨, 하며 웃는 무연이 그립다. 가끔 영문을 알 수 없는 미친
짓을 해대도 그런 건 상관없었다. 그 여자가 아니면 안 된다. 심장
이 쓰리고 먹먹해졌다. 설마 이 여자를 찾아내지 못할까 봐, 영영
보지 못할까 봐 두려움이 엄습했다.

"하아."

우진은 이내 방향을 잡고 걸으며 어디론가 전화를 걸었다.

"구호윤. 사람 좀 찾자."

개미 손이라도 빌려서 그 여자를 찾아야 했다. 그가 싫어서 도망
간 게 아니었다. 그를 너무 사랑해서 도망갔다. 다시 돌아온다고
기약했지만 마냥 기다려줄 만큼 온순하지 않다. 그러니까 찾는다.
사지육신 멀쩡한 자신을 보여주고 그건 사고였다고 말해야 했다.
자신이 멍청해서 발을 헛디딘 것뿐이라고.

그런 것 때문에 헤어질 순 없었다. 그의 마음은 그렇게 쉽지 않

았다. 임무연은 알아야 했다. 그라는 놈이 한번 빠지면, 미치면, 열받으면 어디까지 갈 수 있는지.

몸 따위야 부서지든 깨지든 알 바 아니다. 숨만 붙어 있으면 됐다. 보고 만질 수만 있으면 됐다. 그는 그걸로 충분했다.

꽤 스릴 있지 않은가. 그녀를 사랑하는 일이 목숨을 담보 삼을 정도로 위험하다는 게. 오늘이 끝인 것처럼 더 처절하게 사랑할 수 있으니까.

우진은 전화를 내려놓으며 입맛을 다셨다.

꼬리를 잡고 말 거다.

무연은 홍주와 마주 앉아 있었다. 할머니가 청와대를 나온 이후 평생을 모았다는 쌈짓돈을 챙겨들고 일주일이 지난 후 그녀는 해남으로 왔다. 우리나라에서 가장 굿을 잘한다는 집안이었고 홍주의 본가이기도 했다.

"……굿판을 빌려달라고?"

"면목 없지만 부탁드려요."

"무슨 굿이냐?"

"제가…… 자유로워질 수 있는 굿이요."

무연이 사그라질 것 같은 목소리로 고개를 숙인 채 중얼거렸다. 홍주는 대답이 없었다. 한동안 정적이 돌았고 거절당할 수도 있겠다는 생각이 들었다.

"마고와 거래를 한 것이냐?"

"아뇨."

"그 어떤 대가도 없는 굿이라는 거냐? 네가 그 팔자에서 벗어날 수 있다고 지금 내게 말을 하는 거야?"

"나흘 밤낮 동안 이뤄져야 하는 굿이에요. 급하게 배워서 굿을 할 때 정확히 어떤 사람들이 필요한지는 잘 몰라요."

신중하게 생각을 잇던 홍주의 시선이 그녀를 날카롭게 꿰었다. 무연은 그 눈을 피하지 않았다.

"……큰어머니께 허락을 받아야 한다. 너를 만신으로 소개하지는 않을 것이다. 다른 지방 무당이라고 대충 둘러댈 테니."

"감사합니다."

무연은 허리를 깊이 숙였다. 아무런 연고도 없는 그녀는 굿판을 벌이자니 막막하기만 했었다. 덕분에 큰 걱정을 덜어내었다. 그렇게 생각하며 무연은 자리에서 일어나려 했다.

"그에 대해서는 물어보지 않는 거냐?"

가슴이 덜컥 내려앉았다.

"……신을 모두 달래 떠나보내기 전에는 그 사람에게 못 가요. 저 때문에 죽게 둘 순 없어요."

무연은 자신의 배를 어루만졌다. 할머니도 그랬고 친구도 그랬다. 그녀의 안에 새로운 생명이 자라고 있다. 그러니까 반드시 그에게 갈 거다. 이 굿을 끝내고 나서. 자유가 되고 나서.

"그이는 보이는 데만 크게 다친 것이지. 의사가 괜찮을 거라고 했다."

"……다행이네요."

무연은 희미하게 미소 지었다. 홍주는 눈을 가늘게 떴다. 어쩐지 무연이 한 뼘 성장한 것처럼 보였다.

"오늘은 일단 여기서 자라."

석제의 일로 인해 그녀도 집안에서의 입장이 불편했지만 그래도 경아의 딸을 밖으로 내몰 수는 없었다. 이것이 그녀가 베풀 수 있는 최대한의 친절이었다.

"아줌마."

홍주는 문을 열고 나가려다 무연을 돌아보았다.

"정말 고맙습니다. 악연인 줄 알았는데 아니었나 봐요."

"악연이다. 나는 네가 무당이 되길 바랐다. 이 이후에는…… 너와 내가 볼 일은 없길 바란다."

"진심이세요?"

홍주는 눈썹을 치켜올렸다. 무연의 물음 끝에 장난기가 배어나왔다. 저 어린것이 또 어른을 갖고 놀리려는지. 그녀가 인상을 찌푸리자 무연이 가다듬고 덧붙였다.

"저…… 아기 가졌어요."

문을 열려던 홍주가 우뚝 멈췄다.

"굿이 끝나면 그 사람이랑 살아갈 거예요. 이 아기와. 그러니까 감사해요."

"……어리석은 것."

문을 닫으며 본 것은 제 배를 어루만지며 행복한 듯 미소 짓고 있는 무연이었다. 홍주는 문 앞에 한참을 서 있었다.

"......바보 같은 것."

무연이 나흘 밤낮의 굿으로 신들을 떠나보낼 수 있다고 호언장담하는 내막은 모른다.

하지만 만약 그렇지 못하게 되면…….

홍주는 고개를 가로저었다. 홍주는 곧바로 안채로 향했다. 큰어머니에게 굿을 허락받기 위해서였다.

"큰어머니. 홍주입니다."

홍주는 장지문을 조용히 열었다.

우진은 폐가로 들어섰다. 동네 사람들이 말한 집은 이 집이 분명했다. 작은 집이다. 방 두 칸에 실외 부엌, 아궁이, 화장실이 전부였다. 집 안을 모두 돌아본 우진은 입가를 늘였다.

사람이 지냈던 흔적이 있다. 사람들 말에 따르면 무연이 확실했다. 이 집에서 잠시 지냈던 여자는 처음에는 맨발에 엉망인 꼴로 무당집을 찾았었다고 했다.

"찾았다……."

"멀리 간댔어요. 아주 멀리. 그 누나가 이쪽은 쳐다도 안 볼 거랬어요. 흥칫뽕, 하면서요."

아이들이 재잘대던 말이 머릿속을 스쳤다.

"어디였지? 버스 타고 부산 가는 것보다 더 오래 걸린댔어요. 굉장히 소중한 추억이 있는 곳으로 간다고 했는데."

깨끗이 정리된 신당 앞에 선 우진은 눈을 가늘였다. 그 여자를 놓친 지 벌써 열흘이 훌쩍 지났다.

"보고 싶다."

소중한 추억이 있는 곳.

점점 거리가 좁혀지고 있다고 느꼈다. 그래야 했다.

"병원으로 함께 가주십시오."

막 차에 오르려는데 어디서 나타났는지 검은 정장을 입은 남자들이 앞을 가로막았다. 우진은 인상을 사납게 그었다.

"다시는 눈앞에 얼씬거리지 말라고 했을 텐데."

"아가씨께서 모셔오라셨습니다. 어르신께서 심장 이식 후 예후가 좋지 않답니다."

"말했을 텐데. 그 인간이 세상 뜨면 열렬히 박수쳐주겠다고."

우진은 아직은 조금 불편한 발을 절뚝이며 남자를 지나쳤다.

"자꾸 이러시면 천벌 받을 겁니다."

우진은 삐딱하게 웃으며 남자를 돌아보았다.

"천벌? 천벌을 받기엔 내 악행은 너무 초라한데. 그 사람이 천벌이란 걸 받고 나면 그 다음다음다음다음다음⋯⋯쯤을 내 차례로 둬. 하나도 무섭지는 않지만."

어쩌면 남들은 손가락질할지도 모른다. 당장 오늘 내일 사람이 죽는다는데 그까짓 지나간 일들이 중요하냐고. 하지만 당사자가 아닌 이상에야 모른다. 누구도 왈가왈부할 수 없다. 천하의 다시없는 패륜아가 되어도 그가 석제를 볼 일은 없을 것이다.

"……아마, 해남."

우진은 낮게 중얼거렸다. 아마 무연이 향한 곳은 해남이 아닐까 싶다. 그도 그때 시간들이 가장 행복했으니까. 해남에 생각이 닿으니 자동적으로 성훈까지 떠오른다. 성훈의 시신은 서울의 병원에 안치되었고 그가 수습했다.

마땅히 그래야 했다. 무연의 엄마처럼 화장을 했고 근처 납골당으로 모셨다. 그리고 언젠가 무연에게 진실을 알려주고 경아를 뿌린 곳에 함께 뿌려줄 작정이었다.

"살이 포동포동하게 올라만 있어봐라. 누구는 이렇게 바싹바싹 말랐는데."

우진은 조금 여윈 제 턱을 쓸어내렸다. 무연의 꼬리가 보인다. 곧 만날 수 있을 거란 예감이 강하게 들었다.

무연은 이부자리에 반듯하게 누웠다. 드디어 내일이다. 나흘 밤낮 그녀는 미친년처럼 멍석 위를 뛰어다니며 그녀를 질타하는 신들에게 빌고 또 빌어야 하는 전쟁 같은 시간이 이어질 것이다.

힘들겠지만, 어쩌면 탈진해서 쓰러질 수도 있겠지만 반드시 해야만 하는 일이었다. 바라는 건 배 속의 아기가 버텨주기를.

무연은 배 언저리를 부드럽게 쓸었다. 우진과 헤어진 지 열흘하고도 이틀째다. 아직 2주도 안 됐는데 그가 미치게 보고 싶었다.

『일찍 자둬. 체력이 많이 달릴 테니.』

머리 위를 울리는 목소리에 고개를 돌렸던 무연은 자리에서 벌떡 일어났다.

"얼굴이 왜 그래?"

『알 바 없다.』

천구가 몸을 틀며 새침하게 말했다. 이상했다. 마치 실금이 간 도자기처럼 하얀 저고리 아래 드러난 피부가 온통 쩍쩍 갈라져 있었다.

"……미안해. 내가 이기적이라서."

까닭을 짐작할 뿐이지만 무연은 죄스러움에 고개를 떨궜다. 굿이 잘 끝나면 그녀는 행복해질 수 있겠지만 천구는 아니다. 타인의 희생을 밟고 그 위에 서는 것이었다.

『나는 어차피 필요에 의해 다시 태어나. 신이란 건 원래 무(無)에서 무(無)로 돌아가는 것이니까. 하지만 네 피에 덧입혀진 귀안(鬼眼)은 어쩌지 못해. 신을 떨쳐낸다 해도 산 것이 아닌 자를 보는 눈은 달라지지 않을 거야. 그건 각오해야 해.』

천구가 눈을 끔뻑이자 가루 같은 것이 부스스 떨어져 내렸다.

『힘든 나흘이 될 거다. 신들을 설득하고 싸우고 애걸하고 매달려야 해. 네가 얼마나 정성으로 하는지에 달려 있어.』

"……내가 너한테 해줄 수 있는 건 없을까? 너는 이렇게까지 해주는데…… 내가 해줄 건 없을까?"

울지 않기 위해 아랫입술을 짓깨물었다. 스스로 어떻게든 벗어나보려 했지만 결국엔 다 도움을 받았다. 천구의 도움, 홍주의 도움, 우진의 도움…… . 결국 그녀 혼자 한 건 아무것도 없다.

그러니까 더 미안했고 죄스럽고 애달프고 슬프고 먹먹했다.

『네 어미 몫만큼 행복하게 살아라. 그리고 가끔은…… 날 생각해 줘도 된다.』

쑥스러운지 천구는 고개를 모로 꼬았다. 어린아이의 모습이라 더 가슴 끝이 저릿해졌다.

"잊지 않아. 내 친구잖아. 나를 위해 참 많은 걸 해줬던 내 친구. 정말…… 미안해. 그리고 고마워…… ."

무연은 천구에게서 돌아누우며 눈을 꾹 감았다. 눈이 뜨겁다.

미안해. 나 살자고 너를 모른 척해서 미안해.

끝도 없이 되뇌었다. 할머니의 말처럼 그녀는 선택을 했다. 어떤 쪽을 선택하더라도 돌이킬 수 없는 상처와 멍에를 짊어져야 한다면 그녀는 역시 사는 쪽을 택할 거였다. 사람이니까.

그러니까 미안해, 천구야.

천구는 무연의 머리맡에 앉아 눈 끝에 눈물을 대롱대롱 매단 채 잠에 빠진 무연을 빤히 내려다보았다.

마고와 만나고 왔다. 나흘간의 굿이 끝나고 자신이 다른 신들에 의해 찢겨나갈 때, 틈을 타 석제의 혼을 가져가라고 일러두었다. 그리고 네가 좋아하는 그 잔악한 혼을 거두고 나면 무연 곁에는 얼씬도 말라고 했다.

『어리석구나. 영겁의 시간을 지나오며 그 머리에 든 것은 무지뿐이냐?』

마고가 말했다. 천구는 느릿하게 두 눈을 깜빡였다. 두 눈에서 부스스, 가루가 흘러내렸다.

『너무 오래 존재했다. 어차피 이대로 사라져도 또 다른 내가 태어날 것이고 이 세계의 균형은 그렇게 맞춰져간다. 애초부터 산 적이 없으니 미련도 없다. 다만 조금 알 것 같다. 아끼는 뭔가를 위해 희생을 한다는 것은 꽤 기분 좋은 일이다. 지금에야 그걸 알았다.』

천구의 몸이 쩍쩍, 갈라져 내리기 시작했다. 자연은 위대하다. 섭리를 배반하고 비틀어져버린 그를 아는 듯 바로 벌을 내린다.
천구는 부서져 내리는 자신을 신기한 듯 바라보았다. 그에게 죽음이라든지 소멸 같은 순간은 영영 오지 않을 줄 알았다.
『신들이여. 노여움을 풀고 내 신격을 찢어발겨 이 아이를 풀어주시오. 다른 몸주를 찾으시오. 이 아이는 다시 그 푸른 기와로 돌아가지고 않을 것이니 심술일랑 그만 부리고 놓아주시오…….』
슬프지 않다. 자신의 죽음에 일말의 미련도 없다. 하지만 이 아이를 더 이상 지켜보지 못하는 것이 아쉽기만 했다.
천구는 자고 있는 무연의 머리칼로 부서지고 있는 손을 가져가 부드럽게 쓰다듬었다.

『행복하여라…….』

무연의 입가가 둥글게 올라갔다. 천구는 그런 무연을 내려다보다 문가를 향해 천천히 걸어갔다. 아이의 모습이 작게 줄어서는 개의 형상으로 변했다. 그리고 그 모습조차 곧 새벽빛에 아련하게 흩어져 사라져버렸다.

"때도 아닌데 웬 굿판이래?"

"무당도 그 큰무당이 아니더라고. 젊은 아가씨던데."

"내림굿이라도 하는 건가?"

"근데 이게 벌써 며칠째래?"

"오늘이 사흘째지. 대체 무슨 굿이기에 이리 길어?"

동네 사람들의 수군거림은 벌써 사흘째 계속된 굿으로 인해 정신마저 혼미한 무연에게는 제대로 들리지 않았다. 사방에서는 무악이 신명나게 울렸다. 그리고 그녀의 의지를 배반한 몸은 이리저리 미친 것처럼 멍석 위를 뛰어다니고 있었다.

장구, 북, 피리, 대금, 아쟁, 징, 꽹과리 등 다양한 악기들이 굿판 한쪽에 늘어앉아서는 쉴 새 없이 소리를 켠다.

"먼디 사람은 듣기 좋고 가직헌 사람 보기 좋고 장장구 포장절쇠 정주소리에 오늘 이 굿 하시난디 오늘날 야락잔치 허실 적 저무다면 저무놀고 늦으다면 늦으놀아……."

497

제 입에서 흘러나오는 소리가 아닌 것 같다. 온몸이 뜨거웠고 발 밑에는 탄력이 붙었다. 뛸 때마다 붉은 치마가 풀썩거렸고 쾌자 위에 맨 흑색 띠가 나풀거렸다. 소매 끝에 단 한삼도 고운 선을 그리며 휘날렸고 머리에 쓴 화관 역시 쩡쩡 몸을 떨었다.

"오시었소! 치우 님, 오시었소!"

무연은 신칼을 집어 휘둘렀다. 치우는 장군신이었으므로 그를 불러낼 때 쓸 무구는 신칼이어야 한다던 천구의 음성이 그녀의 머릿속에서 휘돌았다.

그녀에게 오고자 했던 신들을 사흘에 걸쳐 넷을 흘려보냈다. 치우와의 대면이 가장 힘든 싸움이 될 것이다.

『감히 그릇도 되지 않은 것이 나를 불렀느냐!』

우레 같은 소리가 쏟아지고 정성껏 차린 제상에 치우가 벼락처럼 내려앉았다. 무연은 금방이라도 눌려 죽을 듯한 위세에 안간힘을 쓰고 버텨야 했다.

"내 고운 비단 길 가시는 길 깔아드릴 터이니 여기 와서 좋은 음식 잡수시고 자손들 공경하는 마음 받듭시고 성심 다해 올린 치성 받듭시어 이 모자란 당골을 놓아주십사 청을 드립니다!"

그녀가 말을 하는 동안 무악도 멈추었다. 화난 것처럼 하늘을 향해 솟은 치우의 눈썹이 꿈틀거렸다.

『불가하다! 나 치우는 백성들을 굽어살필 의무가 있느니!』

무연은 목구멍으로 침을 꼴깍 삼켰다. 얼굴을 타고 흐르는 땀은 닦아낼 생각도 못 한 채 칼을 유려하게 휘둘러 치우의 앞에 바람을 불렀다.

"부족한 재주 부려 치우 님 가시는 마음 달래볼 터이니 이 불쌍한 것 가련히 여기어 베풀어주시니!"

그녀가 칼을 휘두르자 칼에 달린 방울에서 청명한 소리가 울렸다. 치우의 눈이 번뜩인다. 마음에 들지 않는 춤을 출 시에는 죽을 각오라도 하라는 것 같아 간담이 다 서늘해졌다.

"어허!"

무연은 할머니에게 배운 대로 칼을 둥글게 휘둘러 허공을 힘있게 찔렀다. 다시 한 번 청명한 방울 소리가 울렸고, 치맛자락이 곡선을 그리고 장삼이 나풀거린다.

왼발을 축으로 몸을 돌렸다. 발레 같은 건 한 번도 배워본 적이 없는데 말 그대로 신이라도 들린 것처럼 몸이 끝없이 돌아갔다. 그리고 그 끝에서 나비를 본 것 같았다. 봄이나 되어야 피는 꽃 향이 콧속으로 밀려들었다.

무연은 저도 모르게 웃음을 흘렸다. 사방에서 그녀의 춤사위에 맞춰 울리는 무악이 그렇게 신명날 수가 없다. 몸이 자신의 의지를 가진 것처럼 멋대로 움직인다. 음악이 점점 빨라지고 그녀의 몸 또한 정신없이 돌아간다. 허공에 칼을 찔러댈 때마다 청아한 방울 소리가 꽃향기를 몰고 왔다.

"어허!"

기합을 흘리며 무연은 새처럼 날았다. 치우가 만족할 때까지 그렇게 끝날 줄 모르는 신칼춤을 추기 시작했다.

우진은 걸었다. 해남에 오니 온 동네가 떠들썩했다. 하지만 그는 다른 데는 눈길도 주지 않고 곧장 한곳을 향했다. 길가에 차를 세워 두고 굿판이 벌어지는 해변으로 향했다. 모래사장에 푹푹 빠지는 발 때문에 아직 다 낫지 않은 발목이 조금 시큰거렸다.

"무연이, 여기 있어요."

해남으로 내려오는 길, 홍주로부터 한 통의 전화를 받았다.

"그 아이가 제게 올 신들을 떨쳐버리려고 굿을 준비하고 있어요. 그걸 다 끝내고 난 뒤에야 천 팀장에게 가겠다더군요. 그러니 그날까지 기다려주세요."

어디 있는지 알고 있으니까 기다렸다. 굿을 준비하며 지낸다니까 기다렸다. 그리고 하루를 남겨두고 더는 참지 못하고 걸음하고야 말았다.

바람에 나부끼는 오색 천들이 가까워질수록, 징이며 북, 꽹과리 소리가 귀를 따갑게 울리는 소리가 커질수록 그의 가슴도 같이 뛰었다.

우진은 커다란 멍석 위에서 정신없이 울려대는 악기 소리에 맞춰 방방 뛰고 있는 무연을 확인했다.

단정하게 묶인 댕기머리가 너울거리고 고운 버선을 신은 발이 홍치마 아래 슬쩍슬쩍 드러났다. 손끝에 걸린 하얀 천이 바람에 흩날리고 허리에 맨 검은 띠가 치마 위에서 흔들린다.

무연이다. 그에게는 낯설기만 한 무복을 입은 채 사람들의 구경
거리가 되어서는 온 곳을 뛰어다니고 있지만 무연이었다. 그리고
뜻밖에도 무복을 입고 굿을 하고 있는 무연은 예뻤다. 당황스러울
정도로.

한동안 멍하니 무연을 바라보던 우진은 문득 눈살을 찌푸렸다.
웃고 있는 무연의 얼굴을 흠뻑 적신 땀 때문이다. 호흡은 거칠었고
머리칼도 비라도 맞은 것처럼 흠뻑 젖어 있었다.

"……얼마나 저러고 있었던 겁니까?"

우진은 옆에 선 생면부지의 중년인에게 대뜸 물었다.

"……아마 오늘이 나흘째지. 나흘째 밥도 안 먹고 눕지도 않고
자지도 않고. 어제저녁부터는 계속 저 칼 들고 춤을 추는데. 대체
무슨 굿이길래 이 난리인지. 저러다 사람 죽겠어."

밤부터라면 족히 아홉 시간 이상은 이러고 있었다는 거다. 우진
은 저도 모르게 발을 내디디려 했다. 그러나 그런 그의 앞이 막혔
다. 언제 왔는지 홍주가 그를 막았다.

"지켜보세요."

"지금 사람 죽일 일 있습니까?"

대체 무슨 힘으로 저렇게 방방 뛰고 있는지 모르겠다. 우진은 당
장 저 멍석 위에서 무연을 데리고 나오려 했다. 그러나 홍주가 고개
를 단호하게 저었다.

"지켜보세요! 그게 천 팀장이 할 일이에요."

"사람 죽일 일 있냐고……!"

"……축원이야 할머님들이 이 돈을 주실 적에 무당각시가 예뻐

서 주겠능교 그저 명복을 타실라고 이 정성 드릴 적에 이 정성 드린 끝에 나이 많은 노인네 우리 보살님네와……."

어느덧 춤을 멈춘 무연이 비틀대며 칼을 내려놓고 악사의 꽹과리를 뺏어 들어서 제가 쳐댔다. 우진은 홍주와 하던 실랑이를 멈추고 무연을 보았다. 곧이라도 쓰러질 양 비틀대고 헐떡이면서도 최대한 몸가짐을 바르게 한 채 꽹과리를 두들긴다.

"꽃이 피어 만발했다고 보고 가지를 말고 해 뜬 세계 달 뜬 세계 밝고 좋다고 그 길을 가지 말라 즐거웁고 기쁜 길 가기는 꿈결 같지만 지옥길이라 꽃이 떨어져……."

무연이 꽹과리를 내려놓고 또다시 알 수 없는 말을 읊으며 두 손을 모아 제상을 향해 비볐다. 죄를 참회하듯 푹 숙인 고개는 간절했고 달달 떨리는 음성은 먹먹했다.

"제발…… 놓아주세요!"

무연이 흐느꼈다. 우진은 주먹을 움켜쥐었다. 신을 털어버린다고 했다. 그것을 위해 나흘 밤낮을 하는 굿이라고 했다.

"……밥도 못 먹었죠?"

"물만 간간히 마셨어요."

"누구한테 저렇게 비는 겁니까?"

"저 아이에게 올 최고신인 치우께 비는 겁니다. 치우께서 고집이 어지간하신지 벌써 하루를 몽땅 쏟아붓고 있습니다."

곧 쓰러질 것 같은 저 몸을 받쳐주고 싶다. 이제 그만해도 좋으니 쉬라고 말해주고 싶다. 하지만 무연은 더 간절하게 빌 뿐이었다. 악도 지르고 울어도 보고 간절하게 매달려도 보며 그렇게 빌고 있다.

"……저러다 죽습니다."

우진이 잠긴 목소리로 말했다. 연주자들도 지쳤는지 안색이 파리했고 굿판을 받쳐줘야 하는 새끼 무당들의 행색도 며칠을 내리 이어진 굿에 엉망이었다.

"……내 마지막으로 치우신을 위해 신명나는 춤을 올릴 터이니 오시는 것을 누가 보며 가시는 길을 누가 알랴 꿈결 같은 세상살이 사람은 죽어 범이 되고 범은 죽어 꽃이 되네……!"

무연의 한삼이 하얀 곡선을 그리며 또다시 빙글 돌기 시작했다. 처연하게 젖은 얼굴은 납빛이었고 입술은 말라서 파랗게 변했다. 하지만 무연은 웃고 있었다.

그 모양을 가만히 보던 홍주가 중얼거렸다.

"……끝났나 봅니다."

"그럼 이제 곁으로 가도 됩니까?"

"저 춤이 끝나면…… 그러세요."

홍주의 목소리 역시 잠겼다. 끝을 향하는 굿판을 알았음인지 다소 늘어져 있던 연주자들의 연주 소리가 힘 있게 바닷가에 울려 퍼졌다.

마치 하늘에서 꽃비라도 맞는 양 무연은 두 팔을 활짝 벌리고는 그 자리를 나비처럼 맴맴 돌았다.

그렇게 얼마나 지났을까.

허공을 나풀거리던 하얀 한삼이 내려앉았을 때 무연이 그를 보았다. 파랗게 메마른 입술로 그를 아연하게 보던 무연이 두 손을 올려 입가로 가져갔다.

"······무당 기어코 하기로 했어?"

우진은 그를 보고 굳어버린 무연을 향해 한 걸음씩 다가갔다.

"너 찾아다니느라 피가 다 마른다."

무연의 눈에서 눈물이 투둑, 떨어졌다.

"끝난 거면····· 가자."

땀으로 젖은 무연의 얼굴을 손바닥으로 닦아주곤 머리에 쓰인 화관을 대충 잡아 빼 바닥으로 던져버렸다. 드디어 잡았다. 내내 긴장과 초조로 조여 있던 가슴이 안정을 찾았다.

우진은 무연의 손을 잡고 가려 했다. 그러나 무연이 그의 손을 뿌리쳤다. 돌아보자 그녀가 하는 말이 가관이다.

"왜 여기 있어요? 다 끝내고 내가 먼저 멋지게 찾아가려고 했는데."

"뭐?"

"내가 먼저 가서 안아주려고 했는데."

그러더니 무연이 그를 왈칵 껴안았다. 어이가 없었지만 일단은 품으로 날아든 작은 몸을 꽉 움켜쥐었다. 마다할 이유는 없었다.

"아무 데도 안 가. 이제 어디 안 가요. 안 보고 버티느라 죽는 줄 알았어."

"너 그 말이 몇 번째인 줄 알아? 지난번에도 그랬어. 그래 놓고 갔잖아. 내가 네 말을 어떻게 믿어?"

"믿어요, 이젠."

무연이 그의 가슴에서 고개를 들고는 웃으며 말했다. 하지만 그는 이 작은 여자가 하는 말은 도무지 믿음이 안 간다.

"이렇게까지 안 해도 네가 무당이어도 난 너 좋아해. 이게 뭐냐, 나흘 밤낮을."

이 여자가 그의 손에서 달아나 미칠 뻔했던 일들은 모두 옛일 같았다. 나사가 빠졌다. 잡았다는 것만으로, 손에 쥐었다는 사실만으로도 이렇게도 가슴이 뻐근해졌다.

"다 끝났어. 모두 다. 이제 어디 가래도 못 가요."

무슨 꿍꿍이라도 있는 양 무연이 웃으며 속삭이듯 말했다.

"우리, 아기 생겼어요."

"뭐?"

"미리 말하지만 난 아빠 없이 애 낳을 생각은 없…….."

다음 순간이었다. 멀쩡하게 말을 잇던 무연이 그의 품에서 그대로 까무룩 늘어졌다. 우진은 깜짝 놀라 무연을 흔들었다. 마침 굿판을 돌아보던 홍주가 놀라서 다가왔다.

"무연아! 어서 병원, 아니, 의사…….!"

홍주가 당황해서 더듬거렸다. 오히려 침착해진 우진은 무연을 고쳐 안고 맥박을 짚었다. 체력적인 한계에 부딪쳐 실신이라도 한 모양이었다.

"기절……한 것 같습니다."

"아……."

우진은 무연을 안아 들고 무연의 이마에 제 이마를 가져가 댔다. 머리가 뜨겁다. 열이 나는 것 같다. 무연을 일단은 어디라도 눕혀야겠다는 생각에 몸을 돌렸다.

"아기라고……?"

품 안의 무연을 내려다봤다. 그의 아이를 가졌다고 한다. 우진은 히쭉거리는 입가를 어쩌지 못하고 무연의 이마에 입술을 꾹 눌렀다.

"정말 넌…… 내 인생에 놀랄 일들만 안겨준다."

우진은 일전에 성훈과 묵었던 펜션으로 향했다. 반 실성한 사람처럼 이따금씩 웃음을 터트렸다. 무연이 돌아왔다. 제 운명 같은 건 스스로 선택하고 걸어갈 줄 아는 멋진 여자로.

"빨리 일어나라. 할 얘기 많으니까."

궁금했다. 그가 곁에 없는 동안 그녀가 겪었을 많은 일들이.

chapter 20

야사 野史

『아니, 떠난다고 하셨소? 이 아이를 놓으면 어쩌오?』

『삼신이라도 끝까지 버텼으면 나중에 스리슬쩍 끼려고 했는데! 삼신까지 그리 놓으시다니!』

『굿상도 흡족한 데다 굿까지 그리 신명이 나니 홀리지 않고 배기오? 그렇게 말씀하시는 업신께서는 왜 흔쾌히 놓아주겠다 하신 겁니까?』

『자자, 그만들 하게. 이 아이가 태중에 품은 아이가 있지 않아? 그 아이를 기다리지.』

『불가(不可)!』

『불가라니. 치우, 그대가 가장 왕왕하지 않았소?』

무연은 둥그런 원을 그리고 모여 있는 신들을 숨죽이고 바라보았다. 저들은 그녀를 눈치채지 못한 것 같다.

『천구와 약조하지 않았는가! 그대들의 발아래 놓인 천구의 신격을 내려다보시게!』

무연은 소리 없는 비명을 질렀다. 신들의 발아래, 잿더미처럼 소복하게 쌓인 것은 부서진 천구의 잔해였다.

『죽었지.』

『이 어리석은 것이 죽어버렸지.』

『이것은 하늘이 정하신 섭리! 그대들은 천구의 신격을 취했고 마땅히 대가를 받은 바.』

『어리석은 이로다. 어찌 자연이 낳은 존재를 소멸시켜 하늘과 땅을 잇는 다리에게 바치누.』

『모두 조용히들 하시오.』

무연은 숨을 들이켰다. 근엄한 얼굴로 삼신이 좌중을 훑었다.

『나 그 아이를 가까이 지켜본 바, 만신의 그릇이 아니었소.』

『만신의 피를 이었으면 만신의 그릇이다.』

『제 어미와 달랐소. 나를 허깨비로 치부하였고 감히 내 얼굴에 대고 빌어먹을 팔자라 욕하였소. 내가 아무리 그 아이를 짓누르고 으깨어도 악 소리 한번 안 지르고 버티더이다. 그 아이를 우리 뜻대로 휘두를 수 있을 것 같으시오?』

『독한 계집애군.』

『독해. 신병은 가히 견디기 힘든 것인데.』

신들 사이로 웅성이는 소리가 퍼져나갔다.

『굿 하나로 끝날 일이 아니오.』

『아니지.』

『그런 피는 흔치 않소.』

『하지만 약조는 지켜져야 한다!』

치우가 말할 때마다 벼락이 치듯 공간이 진동했다. 무연은 천구의 마지막을 망막에 새기며 뒷걸음질 쳤다. 신들이 점점 멀어졌다. 그러다 발치에 뭔가가 채였다.

『가. 네가 있을 곳이 아니야. 저들은 저 문제로 한동안 싸우겠지. 인간의 시간은 빛과 같이 빠르고 그 순간은 저들에게 찰나에 지나지 않아. 네가 죽고 네 자손이 죽고 또 그다음 대가 죽을 때까지 저들은 계속 싸우기만 할 거야.』

손에 잡히지 않는 연무처럼 피어오른 것은 천구였다. 분명 저기 유리파편처럼 부서져 있는데 또한 여기에도 있었다.

『나 즐거웠다. 감정 따윈 잃은 채 오랜 세월을 존재하며 참 많이 지루했었는데 경아가 너를 생각하는 일, 네가 그 남자를 생각하는 일, 그것들을 보며 나 즐거웠다.』

천구가 히죽 웃었다. 무연은 무릎을 꿇고 앉아 형체 없는 그것을 가슴으로 끌어안았다. 만져지는 것은 없었지만 그녀에게 안겨들듯 천구가 다가왔다.

『울지 마라. 나는 또다시 무(無)로 태어나 망자를 저승길로 인도하며 소임을 다할 거야. 어서 돌아가. 여기는 신의 영역. 그러니 미안함으로 네 자신을⋯⋯.』

천구가 멈칫했다. 아마 그녀가 이마에 입을 맞췄기 때문이리라.

『고⋯⋯마워⋯⋯.』

천구가 희미하게 웃으며 흩어졌다. 흩어진 안개가 신들 사이의 파편으로 흡수되듯 빨려 들어간다. 신들의 얼굴이 그녀에게로 향했다. 무연은 삼신과 눈이 마주쳤다고 생각했고 눈을 질끈 감았다. 그리고 다시 눈을 떴을 때 보인 것은 하얀 셔츠였다.

몸이 답답했다. 머리 위에서 고른 숨소리가 들렸고 그녀의 몸을 속박한 것이 무척이나 따뜻하다고 느꼈다. 무연은 고개를 젖혔다. 조금은 거뭇한 턱과 날카로운 턱선이 눈에 들어왔다.

아주 많이 보고 싶었던 얼굴이다. 빠듯한 마음에 손을 올리려던 무연은 손목에 뭔가 덜그럭거려 고개를 내렸다가 자리에서 벌떡 일어났다.

"음, 드디어 눈을 떴냐……."

무연은 기가 막힌 얼굴로 제 손목을 내려다보았다. 수갑이 그녀와 우진의 팔목을 잇고 있었다.

"……사람이 어떻게 이틀 내리 잘 수가 있어? 아사하는 건 아닌가 했다. 그러다 죽기라도 하면 내 손해잖아."

무연은 우진과 수갑을 번갈아 보았다.

"이게…… 뭐예요?"

무연이 자신의 왼손을 들자 그의 오른손도 따라서 훌쩍 들렸다.

"뭐가?"

"이거. 이게 뭐냐고요. 내가 범죄자예요?"

어처구니가 없다. 수갑을 빼보려 손을 뒤척여도 쇠붙이에 이길 도리는 없었다.

"이거 좀 풀어봐요."

"싫은데."

"우진 씨!"

우진이 상체를 일으켜서 그녀에게 바짝 다가들었다. 갑자기 가까워진 얼굴에 물러나자 그만큼 또 가깝게 다가와선 그녀를 집요하게 응시했다. 그런데 그녀를 보는 눈초리가 자못 날카롭고 사나운 게 어쩐지…….

"……화났어요?"

"당연한 거 아니야?"

"뭐가 당연해요?"

"너와 내가 마지막으로 봤던 순간이 기억 안 나?"

무연은 아랫입술을 슬쩍 깨물었다.

"그 추운 산속에 조난당한 날 두고 그렇게 가? 사랑하니까 떠난다? 그런 유치한 말을 이유랍시고 갖다 붙여서? 너는 그게 용서가 되는 일이야? 그러니 내가 화가 나겠어, 안 나겠어?"

이봐요. 나 그쪽이 사랑한다는 여자인데요. 이렇게 죽일 것같이 째려보면 무섭거든요.

무연은 간이 오그라들었다.

"내가 왜 손을 묶어놨는지, 왜 안 풀어주는지 굳이 말해줘야 알겠어?"

우진이 다리 사이에 그녀를 가두듯 무릎을 세우고 앉아 집요하게 응시했다. 어렵게 다시 만난 연인이라면 달달함과 깨소금으로 무장해야 정석이지 않나 싶지만 이 남자에게는 아닌 모양이다.

"내가 예전에 말했지. 또 도망가면 그땐 어떡하나 보자고."

"……결국 잡았잖아요. 그때 안 잡는다고 했었는데."

작게 항의하는 그녀의 입술을 우진이 손으로 아프게 잡아당겼다. 무연은 이맛살을 구기며 입술을 문질렀다. 입술이 얼얼했다.

"너를 찾아서 2주 동안 이 나라를 이 잡듯 뒤졌어. 엄한 애들한테 거짓말까지 하면서 너 찾느라 똥줄이 탔다고."

우진의 얼굴에 살벌한 기색이 살짝 가셨다.

"입장을 바꿔봐. 네가 나였다고 생각해봐. 기분이 어땠을 것 같아."

그의 어투에서, 음성에서, 얼굴에서 그간의 고생을 어렴풋이 짐작할 수 있었다.

"다시는 못 찾을지도 모른다고, 정말 아무 데서도 찾을 수 없을 거라는 생각이 자꾸 들어서 초조해 미칠 것 같았어."

그녀에게만 들릴 듯이 작게 속삭이는 음성은 그래서 더 그녀의 심장 끝을 긁어내렸다.

"그러니까 화날 만하지. 안 그래?"

그의 왼손이 고개 숙인 그녀의 귓가를 어루만졌다. 고개를 들자 바짝 다가와 있는 그와 눈이 마주쳤다. 귓불을 어루만지는 애틋한 손길에 심장 한구석이 헐어버렸다. 투박하지만 진실된 마음에 미안해졌고 고마워졌다.

"여기서 굿을 하고 있다고 해서 이걸 잡아다 혼내줘야지 했는데 갑자기 눈앞에서 풀썩 쓰러지기나 하고."

"……짐이 되는 게 싫어서 그랬어요."

"짐?"

무연은 우진의 손을 제 볼에 감싸게 했다. 따뜻한 감정으로 가슴이 메었다. 행복해서 이렇게 저릴 수도 있구나 처음 알았다.

"처음 만났을 때부터 우진 씨가 나 도와주고 지켜줬잖아요. 씩씩하게 청와대 들어는 갔는데 홍주 아줌마도 무섭고 내 팔자도 무섭고. 입으로만 강한 척했지 불안했었어요. 그런데 우진 씨가 늘 옆에 있어줬잖아요. 지금도…… 포기하지 않고 날 찾아줬고."

우진이 입꼬리를 늘여 웃으며 그녀의 머리칼을 부드럽게 쓰다듬었다. 마치 연인들이 그러하듯. 심장이 다 간질거리는 기분이었다. 새삼 또 설렜다. 이 남자의 눈빛에, 손짓에, 사랑에.

"그래도 있잖아요…… 나요, 이 지긋지긋한 팔자에서 반쯤, 옆으로 비켜선 것 같아요. 신내림이니 만신이니. 더 이상 그런 거에 얽매이지 않아도…… 될 것 같아요."

우진은 종알거리는 그녀를 따뜻하게 바라보았다.

"나 이제 무당…….."

"상관없다고 했었잖아."

그가 양손으로 그녀의 얼굴을 감싸 잡고 짓궂게 미소 지었다.

"그런 거 하등 상관없다고 했잖아. 네가 무당 팔자라서 좋고 싫었던 게 아니라니까."

"……그게 어떻게 상관이 없을 수가 있어요?"

"글쎄. 내가 널 좋아해보니까 별로 중요한 문제는 아니던데."

그의 이 한마디가 그녀를 미칠 것 같은 현실에서 버티게 해줬다는 걸 이 남자는 과연 알까.

"서론이 너무 길다. 임무연."

그녀가 감동에 벅차 눈물짓는 순간이었다. 그가 그녀의 손을 확 휘어잡아 당겼다. 긴장을 풀고 있던 무연의 상체가 우진에게 쏟아지듯 기울었다. 그리고 가뿐하게 그녀를 받아 안은 우진이 그녀의 뒷머리를 받치고 씩 웃었다.

"어쨌든 난 화났다고. 네가 도망가서."

곧바로 얼굴을 내린 그가 입술 위에서 속삭였다. 부드럽게 비벼 오는 입술에 무연은 눈을 끔뻑거렸다. 우진의 입꼬리가 둥글게 올라가는 게 맞닿은 입술 사이로 느껴졌다.

"자꾸 딴소리를 해. 왜."

입술 사이를 맞스럽게 핥는다. 무연은 떨리는 숨을 겨우 내쉬었다. 살짝 붙었다 떨어지는 입술이 감질났다. 하지만 그녀가 보채기 전, 우진이 성급하게 닿아왔다. 입 가득 밀려든 혀가 제 것을 문지르고 빨아 당겼다. 잡아먹을 것처럼 노골적인 입술이 그녀의 숨을 온통 먹어치웠다.

"빌어먹게 보고 싶더라."

그녀의 윗입술을 빨아 올린 우진이 한숨처럼 말했다. 무연은 할딱거렸다. 입안에 온통 그의 향이 배었다. 입술에 온통 그의 무게가 실렸다. 숨 쉬는 것 말곤 아무것도 생각할 수 없었다. 온몸이 찌릿해졌다. 저도 모르게 그의 목을 껴안았다. 묶인 수갑은 서로의 손을 얽고 있었다.

"정말로 여기……."

할딱이는 그녀를 달래듯 그녀의 목선을 길게 핥아올린 우진이 손을 그녀의 배로 가져갔다.

"……있는 게 맞아?"

무연은 배를 내려다보았다. 아직은 잘 모르겠다. 그녀의 상식으로는 병원을 가 확인하는 게 맞았다. 하지만.

"……다들 여기 있대요."

"다들?"

"할머니랑 삼신이랑 천구랑……."

"아, 됐고."

우진이 그녀의 배를 신기하다는 듯 뚫어지게 바라보았다. 괜스레 민망해서 손으로 배를 감쌌다.

"있다고……. 아마. 정말로."

그가 기분이 묘한 듯 입꼬리를 휘었다. 이어 그녀의 이마 위에 딱밤을 튕겼다. 절대 살살이 아니었다.

"네가 제정신이야. 그리고 그렇게 나흘 밤낮을. 미쳤어?"

말버릇 하고는. 무연은 빨개진 이마를 문지르며 그를 밉살스럽게 보았다.

"천구가 다치지 않게 지켜준댔어요."

"천구?"

유리처럼 깨어져 흩어진 내 친구. 현실이 아닌 저쪽 세계의 신기루 같았던 친구.

그녀가 울 것 같은 얼굴로 눈을 내리깔자 우진이 눈썹을 치켜올렸다.

"뭐야? 왜 그래?"

"……아무것도 아니에요."

무연은 자리에서 일어났다. 그러나 그와 이어진 팔목이 걸려 침대에서 내려올 수가 없었다.

"배고파요. 밥 먹고 싶어요. 여기 뭐 있나?"

한동안 그녀를 보던 우진이 캐물으려던 것을 말기로 했는지 어깨를 으쓱였다.

"밥 먹으면 병원부터 가자. 산부인과."

"못 가요."

"왜."

"난 서류상으론 죽은 사람이잖아요."

그녀의 볼멘소리에 그가 인상을 구겼다. 무연은 설핏 웃으며 주
변을 돌아보았다. 낯익다.

"그런데 여기…… 전에 남 원장님이 묵었던 그 펜션이죠?"

무연은 그의 팔을 당겨 거실로 나와 따사롭게 볕이 드는 창가로
다가갔다.

"왜 여기로 왔어요?"

"마음에 들어서."

무연은 고개를 끄덕이며 고개를 돌렸다. 아무렴 어떠랴 싶었다.
그녀도 이곳이 마음에 들었다. 창밖으로 복분자를 마셨던, 그 평상
이 눈에 들어왔다. 무연은 그에게 전해야 할 말을 떠올렸다.

"……원장님, 돌아가신 거 알아요?"

"알아?"

"……만났어요, 그 넋을."

누가 들으면 미친 소리라고 할 말을 그는 아무렇지 않게 받아들
였다. 그에게 남 원장이 가까운 사람이라는 것을 안다. 남 원장 때
문에 산에서 조난당한 우진을 찾을 수 있었다.

무연은 창가에서 떨어져 TV를 켰다. 손목이 묶인 터라, 그가 거
추장스럽게 딸려왔다.

"이것 좀 풀자니까요?"

"싫어."

어린아이처럼 억지를 부린다. 그때 TV에서 소리가 흘러나왔다. 무연은 TV를 뚫어져라 보았다.

– ……발인했습니다. 고 천석제 전 의원은 약 50년 동안 정치계에 몸담았으며 대통령들의 길잡이로, 앞선 선행으로 국민들의 존경받아왔습니다. 15일 저녁 5시 17분에 갑작스런 심장마비로 숨을 거둔 고 천석제 전 의원은…….

무연은 저도 모르게 우진을 올려다보았다. 그런데 아무렇지도 않은 무덤덤한 얼굴이라 외려 그녀의 가슴이 내려앉았다.

"밥 먹자. 근데 여긴 먹을 게 없을걸. 나가야 할까 봐."

그가 아무렇지도 않게 주방 쪽을 둘러보다 말했다.

그의 아버지다. 그녀가 무고를 했다면 그는 죽지 않았을까.

언뜻 그런 생각이 스쳐갔다. 무연은 곧게 편 우진의 등을 바라보다 그를 뒤에서 껴안고 등에 이마를 기댔다.

"왜?"

"괜찮아요?"

"뭐가?"

그가 아무렇지 않은 듯 보여 그게 더 속상했다. 무연은 그의 옷을 틀어쥐고 속을 삭였다. 무고를 명령하며 그녀를 가두었던 석제의 병약했던 모습이 떠올랐다.

"배고프다. 너 때문에 나도 이틀 쫄쫄 굶었어. 그리고 준비가 필요하긴 하지만 너 산 사람으로 만드는 데 대략 2주면 될 거야. 그땐 병원 가자."

우진이 그녀의 손을 잡아 등에서 떼어내선 옆에 세웠다.

"네가 왜 우냐?"

눈시울이 붉어진 그녀를 보고 우진이 머리칼을 흩트리더니 이내 그녀의 머리에 입술을 묻었다.

"어디 가서 살까?"

문을 나서며 그가 문득 말했다.

"뭐가요?"

"살아야지. 애 낳을 준비도 해야 하고."

"……어디가 좋을 것 같은데요?"

"글쎄. 이 나라에는 좋은 데가 한 군데도 없어서."

"왜요? 여기, 해남도 괜찮지 않아요?"

"정이 안 붙어, 이 나라엔."

"그래요?"

"뭐 하고 먹고살지? 사람이 살아가는 데 돈이 필수라는 게 슬프네."

"에? 일은요?"

"관둬야지. 이제 돌아올 곳이 있잖아. 한데 붙어 있어야지. 사실이 나라, 저 나라 떠돌아다니는 것도 좀 피곤하거든."

"내 옆에요?"

"그럼 달리 어디 있어?"

등 뒤로 문이 닫혔다. 그와 손을 잡았다. 손목 끝에서 덜그럭거리는 쇠붙이의 느낌은 여전히 불편했지만 아무래도 그의 불안이 종식될 때까지는 어쩔 수 없을 것 같았다.

"근데 애기는 언제 나와?"

"나도 모르죠."

무연은 펜션을 나와 그와 손을 맞잡고 걸었다. 친구 말대로 여기저기 흩어져 있는 넋들이 보였다. 아직 끝나지 않았다는 불안에 그의 손을 더 꽉 움켜잡았다. 조금 안심이 되었다.

이 남자에게 돌아왔다. 산 사람으로서 그녀가 원하는 행복을 손에 쥐었다. 엄마, 남 원장님, 친구 그 모든 일들을 넘어서서 이 사람을 잡았다. 그러니까 반드시 행복해질 것이다.

그녀는 이미 죽은 사람이었기에 임무연이라는 이름 석 자를 내어놓고 살아갈 수는 없겠지만 상관없었다. 희망은 다른 게 아니었다. 그녀의 옆에 이 사람, 그녀를 아껴준 사람들의 마음. 그게 희망이었다.

"멀쩡하게 생겨서는 정신도 온전치 못한 자기 와이프한테 빌붙어 먹고산다며? 얼굴이 아깝다, 아까워."

"그러니까! 몸이 저렇게 좋으면 뭐해? 백수인데!"

"속 빈 강정이 따로 없네. 집 탓 아니야? 저 집이 터가 안 좋잖아."

"그러게. 저 집에서 사람 죽어나가고 6년 만에 새사람 들어오나 했더니 저 모양이야. 애는 또 어떻게 해, 와이프 배부른 거 봤어? 양심도 없는 놈! 쯧쯧쯧!"

뒤통수가 따끔따끔했다. 무연은 허벅지를 꼬집어가며 참았던 웃음을 끝내 터트리고 말았다. 옆에서 똥 씹은 표정의 우진이 그녀를 싸늘하게 흘겨보았다.

"진짜 소문이라는 게 무섭다. 우리 여기 산 지 한 달도 안 됐는데."

"헛소리니까 소문이라고 하는 거야."

"그래요? 정신 나간 마누라한테 빌붙어 사는 백수 씨?"

"까분다?"

그가 이맛살을 찌푸리는 걸 보고 무연은 그의 손을 잡고 동그마니 솟은 자신의 배 위에 올렸다. 긴장한 우진의 손이 움츠러들었다.

"예쁜 말, 고운 말, 긍정적인 말! 우리 아이가 다 듣고 있어요."

"하아…… 그래. 예쁜 말, 고운 말, 긍정적인 말."

임신을 한 무연을 그는 단 한 번도 이긴 적이 없었다. 우진은 손에 든 장 본 물건들을 다른 손으로 옮겨 들었다.

"일단 애 낳고, 좀 안정되면 그다음에 더 좋은 데로 옮기자."

"왜요? 난 이 동네 좋은데. 공기도 맑고 인심도 좋고."

"정신 나간 여자라고 저렇게 수군거리는데도?"

"어딜 가도 듣는 소린데요 뭐. 그래도 앞에선 백수 데리고 사는 내가 불쌍해서인지 엄청 잘 대해주세요."

무연은 한마디도 지지 않았다. 이 여자는 태교를 말발로 했다. 저 배 속에서 태어날 아이의 미래를 생각하자니 벌써 그는 기세가 꺾이는 기분이었다.

"묘하게 즐기고 있는 것 같다?"

"피할 수 없으면 즐기라는 말도 있잖아요?"

그래 내가 졌다.

우진은 피식 웃으며 무연의 머리를 투박하게 쓸곤 저 앞에 보이는 그들의 집을 바라보았다. 처음에는 막연하게 서울에 자리를 잡았었다. 무연의 신분을 세탁하고 그는 요원 일을 그만두었다.

급한 대로 여태까지 모아뒀던 돈으로 집을 구하고 생활을 했다. 하지만 서울 물가가 살인적이다 보니 통장 잔고가 바닥나는 데는 몇 달 걸리지 않았다. 엎친 데 덮친 격으로 지원이 그를 찾아왔다. 상종도 하기 싫었다.

하지만 그가 상대를 안 하니 피도 눈물도 없는 천지원은 무연을 압박했다. 그가 천씨 집안에서 내놓은 자식이기는 해도 정치적으로 필요한 상황이 된 것이다.

무연이 먼저 서울을 떠나자고 했고, 우진 역시 동의했다. 그도 천우진이라는 이름을 버리고 신분을 세탁했다. 천씨라면 지긋지긋해서 다시는 상종도 하고 싶지 않았다.

하지만 그러다 보니 천우진이라는 이름으로는 가능했던 것들이 불가능하게 되었다. 바닥부터 시작해야 했다. 막 임신 6개월을 넘어가는 무연에게도 못 할 짓이었다.

흔적을 지우기 위해 바로 자리를 잡는 대신 경기도 인근의 모텔을 장기로 빌려 지냈다. 당장 생활비를 벌기 위해 급한 대로 막노동을 했고 무연도 돕겠다며 편의점 등 소소한 아르바이트를 했다.

밤에 피곤에 지쳐 잠든 무연을 볼 때면 자신이 이것밖에 안 되나 싶은 자괴감에 화날 때가 한두 번이 아니었다. 하지만 무연은 그만 있으면 다 괜찮다며 늘 웃어주었다.

그렇게 몇 달을 버텼고 이전에 남긴 돈을 모아 여주에 낡았지만 괜찮은 주택을 대출 받아 구입할 수 있었다. 다행히 아이를 낳기 전, 자리를 잡을 수 있었다.

"오늘은 우진 씨가 저녁 하는 날이죠?"

현관문을 열며 무연이 말했고 우진은 얼굴을 구겼다.

"내가 한 게 맛있어? 거짓말로라도 맛있다고는 못 할 맛이지 않아, 솔직히?"

"가사분담은 공평해야죠. 얼마든지 맛있게 먹어줄 용의가 있으니 걱정 말고 준비해주세요."

스리슬쩍 말을 꺼냈다가 어퍼컷만 맞았다. 요즘 여자인 무연은 같이 살면서 몇 가지 규칙을 정했는데 공정한 가사분담도 그중 하나였다. 요리 맛이 테러인데도 꿋꿋하게 먹는 걸 보면 참 대단하다 싶었다.

언젠가는 사람이 먹을 수 있는 걸 만들 수 있는 날이 오긴 오려나. 우진은 주방에 서서 짙은 한숨을 쉬며 칼을 들었다.

"아, 소방서에서 우편 왔네요?"

무연이 허리 뒤를 손으로 받친 채 그에게 서류봉투를 가져왔다. 언제까지 일용직으로 때울 순 없는 노릇이라 얼마 전에 소방 공무

원 시험을 친 참이다.

"어떻게 됐대요?"

"당연히 합격이지."

서류봉투를 열기도 전에 우진이 으스댔다. 무연이 입술을 비죽이곤 자신의 배를 쓰다듬었다.

"오름아. 오름이 아빠가 소방관이 되면 참 멋지겠다, 그렇지? 소방관은 위험하지만 멋진 일이니까."

"봐. 내 말이 맞지?"

그녀가 오름이와 대화를 하는 중에 우진이 그녀에게 종이를 내밀어 보였다. 무연은 씩 웃으며 우진의 볼을 손으로 어루만졌다.

"역시 못 하는 게 없으시네요. 그럼 저녁도 맛있게 부탁드려요!"

이어 그의 엉덩이를 토닥토닥 두드리기까지 한다. 기가 막힌 얼굴로 봤지만 무연은 장난스럽게 눈을 찡긋거리곤 돌아서 거실 소파로 가 앉았다.

"그래도 애는 맛있는 걸 먹여야 하지 않아?"

"아빠가 만든 건 다 맛있어요!"

무연이 애들 목소리를 흉내 냈다. 우진은 고개를 가로저었다. 분명 여우 과는 아니었던 걸로 기억하는데, 어째 점점 여우가 되어간다.

그가 할 수 있는 요리는 몇 없었다. 그것도 무연이 억지로 떠넘겨서 매번 인터넷 레시피를 찾아서 급하게 했다. 오늘 메뉴는 계란국과 소시지 볶음, 그리고 마트에서 사온 김치였다.

계란국 간을 본 우진은 미묘한 맛에 고개를 갸웃거렸지만 더 이상 씨름하기도 싫어 가스 불을 껐다. 식탁에 수저를 놓고 김치와 소시지, 밥을 퍼놓은 후 거실을 보았다.

3평가량의 작은 거실엔 3인용 아담한 패브릭 소파가 놓여 있었고 거기 앉아 있는 무연은 비스듬히 누워 꾸벅꾸벅 졸고 있었다. 우진은 수건에 젖은 손을 닦고 무연의 옆으로 가서 조심히 앉았다.

정면의 낮은 테이블 위에는 혼인신고서가 액자에 끼어서 세워져 있었다.

남편 김우진, 아내 임지연.

낯선 이름이었지만 앞으로 그와 그녀가 가지고 가야 할 이름이기도 했다. 상상도 해본 적 없었다. 자신이 결혼이라는 걸 하고, 가정을 꾸리고, 아이를 낳고, 아내 말에 꼼짝 못 하는 애처가가 될 거라곤.

"밥 다 됐어요……? 어떡하지. 너무 졸린데……."

무연이 웅얼대며 그의 어깨에 기대고 팔을 꼭 끌어안았다.

"좀 더 자. 국이야 다시 데우면 되지."

"우진 씨는 배 안 고파요?"

"괜찮아."

"다행이다……."

무연이 한숨을 쉬곤 다시 눈을 감았다. 가만히 앉아 있던 우진은 어깨에 기댄 무연의 머리 위로 제 얼굴을 기댔다. 따스한 체온이 느껴졌다. 옆에 있다. 그때 이후로 쭉, 여전히.

사실은 이 여자의 꿈을 찾아주고 싶다. 공부를 계속하고 싶어 했고, 취직도 하고 싶어 했다. 하지만 상황이 따라주지 않았고, 아이가 생겼고, 이름마저 바꿔야 했다.

그럼에도 불구하고 그가 묻지 않아도 여자는 늘 행복하다고 말해주었다. 19평의 낡은 주택에, 도배도 새로 하지 못하고 사는데도.

"고마워, 임무연."

열심히 살고 싶다. 무연에게, 아이에게 자랑스럽도록 열심히 살고 싶다.

"……고마워요. 천우진 씨."

무연은 이따금씩 말했다. 행복은 먼 곳에 있는 게 아니었다고.

그도 공감했다. 무연이 그의 행복이었다. 우진은 피식 웃고 숨을 깊게 들이쉬었다. 주변을 메우는 적막감이, 고요가, 평화가 세상 그 어떤 순간보다 달콤했다.

"우진 씨……! 나 아파, 어떻게 해!"

옆에서 끙끙 앓는 소리에 우진은 눈을 떴다. 무연이 그의 옷을 구명줄처럼 움켜쥐고 땀을 뻘뻘 흘리고 있었다.

"왜 그래! 어디가 아픈데! 어?"

잠이 다 달아났다. 뒤늦은 저녁을 데워 먹고 TV로 축구를 보다가 새벽이 다 되어서야 누운 참이었다. 시간을 보니 새벽 5시였다.

"아, 아이……! 오름이!"

말이 가닥가닥 끊어졌다. 질끈 감은 눈은 뜨지도 못했다.

"애가? 애가 왜! 뭐 잘못된 것 같아? 어?"

그가 당황해서 말을 잇자 무연이 답답한 듯 그의 팔을 신경질적으로 세게 치곤 고개를 저었다.

"애, 나올 것 같……! 애 나올 것 같다고! 구급차!"

이를 악물고 무연이 소리쳤다. 그 뒤로는 무슨 정신으로 병원을 갔는지 모르겠다. 그는 신발도 짝짝이로 신고 있었다. 분만실에 같이 들어가고 싶었지만 무연이 극구 거부했다.

밖에 있자니 찢어지는 비명만 계속해서 들려왔다. 초조해서 자리에 앉지도 못하고 애꿎은 머리털만 쥐어뜯었다. 안에서 들리는 소리만 듣자면 정말 사람이 죽어나가는 것 같았다.

"초산이라 오래 걸렸지? 그래도 열 시간이면 무난한 거야. 지해네는 열아홉 시간 동안 진통했다잖아."

"그 사람 앞에서 그런 소리 마세요. 고생했는데 그런 소리 들으면 서운해요."

우진은 옆을 돌아보았다. 젊은 남자와 그의 어머니로 보이는 사람이 이야기를 나누고 있었다. 조금 전에 저 남자의 아내가 휠체어를 타고 병실로 올라갔다.

"열 시간……?"

우진은 시계를 보았다. 아침 8시였다. 무연이 분만실로 들어간 지 벌써 세 시간이 가까워졌다. 게다가.

"네? 가진통인 줄 알고 네 시간을 참으셨다고요? 그러다 양수 터져요!"

병원에 오니 산파 간호사가 물었고 무연의 대답에 혀를 내둘렀다. 그도 깜짝 놀랐다. 그가 편하게 퍼자고 있을 때 옆에서 네 시간이나 참고 있는지 몰랐다. 자괴감이 몽글몽글 피어올랐다.

"하아. 대체 어떻게 돼가고 있는 거야."

오만 생각을 하다 보니 오전 10시가 다 되어갔다. 아직도 안에서는 소식이 감감했다. 들어가봐야 하는 게 아닌가 심각하게 고민할 때였다.

"임지연 산모님 보호자분?"

낯선 이름에 흠칫했던 우진은 손을 번쩍 들고 앞으로 나섰다.

"건강한 아드님을 나으셨어요. 들어오셔서 탯줄 잘라주세요."

"무, 아니 지연이는요?"

"출혈이 좀 있긴 했지만 그래도 순산하셨어요."

그는 피를 무서워하는 사람이 아니다. 오히려 철이 들며 많은 피를 묻히고 살아온 사람이었다. 하지만 안으로 들어가는 순간 무연 곁으로 퍼져 있는 피를 보니 세상에 그만큼 무서운 게 없었다.

"괜찮아?"

"……탯줄 먼저 잘라줘요. 난 괜찮아요."

무연이 기절할 것 같은 모습으로 침대 위에 늘어져 있었다. 아이 얼굴은 눈에 들어오지도 않았다. 우진은 간호사가 하라는 대로 탯줄을 자르고 바로 무연에게 눈을 돌렸다.

"우리 아이…… 눈, 코, 입 다 있어요? 손가락 발가락도 열 개고?"

우진은 정신없이 고개를 끄덕였다.

"제대로 보고 말해줘요."

우진은 숨을 몰아쉬며 아이를 다시 한 번 보았다. 간호사가 그의 품에 우는 아기를 안겨줬다. 작고 꼬물거린다. 성실하게 무연이 물어본 부분만 체크하고 다시 무연을 바라본다.

"응. 다 멀쩡해."

"눈은……?"

무연이 울 것 같은 얼굴로 물었다.

"눈은……? 달라 보이지 않아요? 어때요?"

"무슨 말이야?"

두 눈 멀쩡히 있다. 하지만 무연은 정신이 없는 탓인지 꺼질 것 같은 목소리로 횡설수설했다.

"정상 같아요? 나처럼, 나 닮았으면 안 되는데. 우진 씨 닮아야 하는데."

우진은 그제야 무연이 하는 말의 의미를 깨닫고 품 안의 아기를 내려다보았다. 아직 눈도 제대로 뜨지 못했다. 말도 못하니 이 아이가 뭘 보는지, 뭘 볼 수 있는지 알 수 없었다.

"건강하대. 그걸로 된 거야. 다른 건 상관없어. 괜찮아."

"하지만……."

강해진 줄로만 알았다. 마냥 행복한 줄만 알았다. 임신기간 동안 무연은 그에게 한 번도 내색하지 않았던 우려를 내비쳤다.

혹시 아이가 그녀와 같을까 봐. 이 세상의 것이 아닌 것들을 볼 수 있을까 봐.

"괜찮아. 임무연. 일단 회복부터 하자. 고마워. 수고했어. 우리 아이야."

무연에게 아기를 보여주었다. 무연의 눈꼬리를 타고 눈물이 흘렀다. 미소가 번졌다.

"나도…… 이제 엄마가 됐어요. 내가 엄마예요."

"응. 나도 아빠네."

입으로 뱉고 나자, 그제야 실감되었다. 그는 품 안의 꼬물거리는 아기를 다시 한 번 내려다보았다. 그가 아빠였다. 맙소사.

눈시울이 뜨거워졌다. 우진은 힘없이 늘어진 무연의 손을 꼭 잡았다. 그가 겪어온 시간들 중, 가장 찬란하며 아름다운 순간이었다.

에필로그

푸른 기와 밑에는 나라의 액운을 점치고 나라의 길과 행을 비는 큰무당, 만신이 살았다고 합니다. 언제부터였는지, 어디에서 왔는지, 그게 누구인지는 아무도 모릅니다. 그것은 그저 유서 깊은 무당들에게만 전해지는 유언비어라고 합니다.

우리 엄마가 해준 이야기입니다. 엄마는 이것을 아무도 모르는 야사(野史)라며 깊은 밤 잠자리에 든 내게 가끔, 아니, 자주 이야기해주었습니다.

제 이름은 김성주입니다. 올해 열두 살이 되었습니다. 엄마 이름은 임지연, 아빠 이름은 김우진입니다. 엄마는 조금 이상한 사람입니다. 가끔씩 동네 사람들이 엄마를 손가락질하고는 합니다. 왜냐면 길을 가다가 갑자기 비명을 지르기도 하고 아무도 없는 데다가 혼자 말하기 때문입니다.

아들인 제가 보기에도 엄마는 조금 이상합니다. 사실은 엄마가 병원에 가야 하는 게 아닌가 생각도 합니다. 하지만 그런 이상한 때를 빼면 엄마는 좋은 엄마입니다.

우리 아빠는 동네에서 제일 멋있는 소방관입니다. 그리고 이상한 엄마를 아주 좋아합니다. 물론 엄마는 우리 아빠가 멋있기 때문에 아빠를 아주 많이 좋아합니다.

아빠는 엄마를 애칭으로 부릅니다. 친구들 부모님은 친구들 이름을 붙여 누구 엄마, 누구 아빠 하는데 아빠는 그러지 않습니다. 늘 엄마에게 무연아, 그럽니다. 엄마 이름은 임지연인데 이상합니다.

아무튼 오늘은 학교에서 청와대로 견학을 갔습니다. 청와대로 견학을 간다고 했더니 엄마가 제게 한 가지를 알려주었습니다. 제가 견학할 칠궁의 어디로 가면 계단이 많은데 거길 쭉 올라가면 으슥한 집이 있다고요. 지금은 아무도 살지 않아 폐가가 되었을 거라고 하면서 귀신이 나온다고 저를 놀렸습니다.

하지만 저는 아빠를 닮아 용감합니다. 친구들을 따돌리고 혼자서 용감히 계단을 올라갔습니다. 그런데 괜히 올라갔습니다. 나는 제가 엄마를 따라서 머리가 어떻게 된 줄 알았습니다. 거기서 하얀 개를 보았습니다. 눈이 세 개 달리고 하얗고 복슬거리는 꼬리를 가진 그 개는 그 폐가의 마루에 엎드려서 길게 하품을 하고 있었습니다.

창피한 일이지만 저는 뒤돌아서 마구 달렸습니다. 정말이지 무서워 죽는 줄 알았습니다. 집에 돌아와서 엄마에게 그 얘기를 했더니 엄마는 한동안 아무 말도 못 했습니다. 그러더니 갑자기 저를 꼭 끌어안았습니다. 아빠가 나를 안아주는 건 좋아하지만 엄마가 안아주는 건 별로 좋지 않습니다. 저는 다 컸기 때문입니다.

다행히 아빠에게 전화가 왔습니다. 저를 놓고 웃으며 전화를 받던 엄마의 얼굴이 금세 시무룩해졌습니다. 아빠가 일 때문에 늦게 들어오시나 봅니다.

엄마가 또 저를 꽉 끌어안으며 얼굴을 부비부비 비빕니다. 싫다고 하니까 엄마가 꿀밤을 먹입니다.

아빠랑 저는 똑같이 생겼다고 합니다. 오늘 아빠가 야근이라 보지 못하니까 엄마는 저라도 실컷 봐야겠다며 징그럽게 굽니다. 정말 피곤합니다. 엄마 아빠는 사이가 너무 좋습니다. 가끔 아빠가 엄마를 짓궂게 놀려도 엄마는 마냥 좋다고 합니다. 이상한 부모님입니다.

저는 겨우 엄마에게서 벗어나 방으로 왔습니다. 한숨을 쉬다가 놀라서 소리를 지를 뻔했습니다. 간신히 입을 틀어막았습니다. 내 침대 위에서 눈 세 개 달린 하얀 개가 저를 보고 있습니다. 금방이라도 쉬가 나올 것처럼 무섭습니다.

그런데 세상에! 개가 말을 합니다!

내가 보이냐고, 그렇게 묻습니다.

아, 나도 엄마처럼 조금 이상해져가나 봅니다.

– *fin.*

작가 후기

안녕하세요, 이윤미입니다.

후기를 쓰라고 페이지를 주셨는데, 무슨 말부터 써야 할지 막막합니다. 근 5년 만의 종이책입니다. 그간에도 꾸준히 이야기를 써왔지만 후기로 제 이야기를 할 수 있는 기회는 좀처럼 없던 터라 새삼 긴장이 됩니다.

'푸른 기와의 만신'은 옛날부터 써보고 싶었던 소재였습니다. 글 속에도 대사로 간간이 풀어냈지만, 우리나라 역사에 보면 제사를 주관하는 이른바 '무당'의 역할을 하였던 위치의 사람들이 있지요? 그것이 만약에 첨단기술이 집약된 현세까지 이어져왔다면?

그런 생각들의 고리 끝에서 이야기를 엮다가 '무연'과 '우진'이 나와 빛을 볼 수 있었습니다.

첨단기술이 집약되고 과학으로 모든 게 증명될 수 있는 시대에 '무당'이란 무엇일까요?

이 글 뒤에도 몇 가지 관련된 이야기를 써내려갔었고, 덕분에 혹시 본업이 그쪽이냐는 질문도 간혹 들었습니다만 그저 궁금했고,

여러 가지 시각에서 생각해보고 싶었습니다.

작가라는 직업이 좋은 게, 한계 없는 상상이 가능하다는 점이거든요. 그래서 저는 '푸른 기와의 만신'을 집필할 수 있었던 오늘을, 또 다른 상상을 가능하게 하는 내일을 즐겁게 거닐고 있습니다. 제가 작가여서 다행이고, 부족한 제 글을 늘 읽어주시는 독자님들이 계셔주셔서 감사합니다.

이 글이 나오기까지 제 삶에는 꽤 많은 우여곡절이 있었고 사람들이 있었습니다.

그 모든 분들에게 감사드리며 두서없는 후기를 마무리 짓겠습니다.

모두 행복한 일만 가득하시기를 바라며, 이만 올립니다.

2019년 여름,
이윤미

reference
참고자료

참고도서

백승렬, 우리시대의 궁궐 청와대, 디오네, 2006
한국무속학회, 무구의 이해, 민속원, 2011
하효길 외, 한국의 굿, 민속원, 2003
황루시, 황루시의 우리무당 이야기, 풀빛, 2000
김은정, 한국의 무복, 민속원, 2004
홍태한, 한국 서사무가 연구, 민속원, 2002
송국건, 도대체 청와대에선 무슨 일이?, NemoBooks, 2007
무라야마 지준, 조선의 귀신, 동문선, 2008
심진송, 신이 선택한 여자 두 번째 이야기, 느낌이있는책, 2012
김선경, 한양무속집, 대웅, 2007

참고 사이트

http://www.nis.go.kr/main.do
http://shindonga.donga.com/3/all/13/107646/1
http://blog.daum.net/misulmun49/15959976
http://egloos.zum.com/lsm20418/v/2905954